FRANZ SPICHTINGER
Der böhmische Herr Ferdinand

Foto: © privat

FRANZ SPICHTINGER wurde 1941 in Plöss, einem Dorf an der böhmisch-bayerischen Grenze, geboren. Nach der Vertreibung und Flucht aus der angestammten Heimat ließ sich die Familie in der benachbarten Oberpfalz nieder. Der Neuanfang, der Aufbau neuer Beziehungen und Lebensverhältnisse und die Vielfalt persönlicher Ereignisse in den Wirren der Nachkriegszeit haben sich auch in seinem Leben niedergeschlagen. Der Autor studierte Erziehungswissenschaften und Religionspädagogik an der Katholischen Pädagogischen Hochschule Eichstätt. Danach war er als Volksschullehrer und schließlich als Schulleiter tätig. Ein Schwerpunkt ist seit Jahrzehnten im Rahmen der Erwachsenenbildung die Auseinandersetzung mit Fragen der Gesellschaftspolitik und der Religionen. Franz Spichtinger ist verheiratet und hat zwei Töchter.

Franz Spichtinger

Der böhmische Herr Ferdinand

Roman

Die Bibliografische Information der Deutschen Bibliothek
Die Deutsche Bibliothek verzeichnet diese Publikation in der
Deutschen Nationalbibliografie; detaillierte bibliografische
Daten sind im Internet über http://dnb. ddb. de abrufbar.

ORIGINALAUSGABE

Einbandabbildung: *Violin and violin bridge* © rawinfoto - fotolia.com
Herstellung und Verlag: BoD - Books on Demand, Norderstedt
www. bod.de

ISBN 978-3-7392-4234-7

1.

Der böhmische Herr Ferdinand hat nicht immer schon der böhmische Herr Ferdinand geheißen. Dass er zu diesem doch etwas ungewöhnlichen Namen gekommen ist, hatte seine besondere Bewandtnis. Der Ferdinand Polschitz war das dritte Kind des Bürstenbinders von Nebahovy, Wenzel Polschitz und seiner Marie, wobei der Erstgeborene, der Gustl, noch im Kindbett gestorben war und die Barbara, ein Wildfang, wie man so sagte, das Dorf unsicher machte und mit Hund und Katz' auf Du stand. Dass ihnen allen einmal die kleine Bertl, der »süaße Tropfn«, wie der Pap' sie nannte, das Herz brechen möcht, konnten sie nicht ahnen.

Dieses Nebahovy, das die deutschen Böhmen in der Ortschaft lange schon ihr Nebahau nannten, war ein hölzernes Dorf nahe Prachatitz. Vom Dorf bis in die Stadt hinein war man zu Fuß eine gute halbe Stunde unterwegs, auch nach Žernovice hinauf streckte sich der Weg ebenso lang und wer denn in Chroboly zu tun hatte, nutze eine gute Stunde den Feldweg über die wunderschönen Auen.

Jeder Bauer in Nebahovy besaß seinen Holzstadel neben dem steinernen Stall und einen hölzernen Abort hinter dem Haus. Die Dorfhunde lebten in angemalten hölzernen Hütten und die Dörfler gingen schon seit langen Jahren auf sauber gefegten hölzernen Bürgersteigen, die an den beiden Seiten entlang der Dorfstraße, die breit wie die Prachatitzer Allee war, durch das schöne Nebahovy führte. Sie brauchten keinen Kanal unter dem Bürgersteig, denn in der schmalen, stets sauber gereinigten, irdenen, braun glänzend gebrannten Rinne unter dem hölzernen Gehweg floss nur das restliche Regenwasser, das nicht im Sand der Straße versickert war, aus dem Dorf in den Bach, der sich seinen Weg in den Živný potok suchte.

Auf einer Wiese zwischen dem kleinen Rinnsal und dem Živný potok hatte der Herr Bezirksrichter von Prachatitz eine kleine Holzhütte hingestellt und er verbrachte dort im heißen böhmischen Sommer bis hinein in die letzten Septembertage seinen freien Sonntag. Die Magdalena, seine Frau, die er in Rokyzany gefunden hatte, badete ihre Füße im Bach und die blonde Mischa lag auf einer Decke, schaute in den blauen Himmel und träumte sich in ihre eigene Welt.

Im Sommer war die Straße staubtrocken, im Winter beinhart gefroren und im Frühjahr und im Herbst von der dicken, grundigen Sanddecke braun eingefärbt. In der Früh um sechs Uhr, da hatten die Hähne schon ihr erstes Konzert in den jungfräulichen Himmel gekräht, pünktlich zum Mittag und abends um sieben zog der Wenzel Polschitz die Glocke der kleinen Kapelle am hanfernen Glockenseil, dass sie zuverlässig ihren jammervollen, scheppernden, doch so wohl gelittenen Klang durchs Dorf bellte und die Leute zum Beten aufforderte. Mit dem ersten Hahnenschrei krochen die Leute von Nebahovy aus den Federn und wenn es abends dunkel wurde, schlüpften sie wieder unter die Decke. In jedem Bauernhaus lebte eine Herde Kinder, die es durchs Leben zu bringen galt.

In Nebahovy, wo also auch der kleine Ferdinand das Licht der Welt erblickt hatte, haben gerade zwölf Häuser gestanden. Neben dem Polschitz hatte der wortkarge Josef Bolech, ein grauschädeliger, robuster Mann, ein kleines, sauberes Gehöft hingestellt, er hatte die Gänse im Dorf gehütet und war noch dazu ein angesehener Schuster. Seine

Kinder brauchten einen Herrn und Meister, weil sie sonst kaum zu bändigen gewesen wären.

Das andere erwähnenswerte Anwesen neben dem Bolech gehörte der einschichtigen, jungen Lenka Hejda, vor deren Gartenzaun der Dorfbrunnen stand, ein für die örtlichen Verhältnisse stattlicher, sehr gediegener Granitblock, in den ein quadratisches Becken eingemeißelt war und aus dem massiven Granitklotz ragte die schmiedeeiserne Schwengelpumpe. Vor dem Brunnen trafen sich allmorgendlich die Frauen des Dorfes und frönten lachend einem Tratsch.

Dann wohnte auf der anderen Straßenseite der Miloslav Janik mit seiner Elena, ein rothaariges, lebenslustiges Geschöpf, die jedes Jahr zuverlässig nach der Ernte im September ein neues Kind in die Welt setzte. Daneben hauste der Jiří Kratochvil, ein umgänglicher Witwer, ein Holzhauer, welcher der erwähnten Lenka, deren Mann in Wien ein Fleischer war und nur alle heilige Zeit heimkam, das Wesentliche besorgte. »Lebst noch?«, begrüßte der Jiří Fremde wie die einheimischen Dörfler, denn in seinem Denken existierten keine Standesunterschiede. Er tat keinem weh und lebte aus der Souveränität des einfachen, armen Mannes, dem das Hemd und die Hose und ein Paar Schuhe fürs Leben genügten. In der kleinen Hütte neben dem Haus der Lenka wartete der biedere Hufschmied Jan Tomanek täglich, oft genug vergeblich, vor seiner Esse auf Kundschaft. Aber er hatte noch einen kleinen Ausschank angemeldet, und in den Abendstunden saßen die Männer des Dorfes gerne beim Tomanek, kartelten und tranken das dünne Bier.

Der Lukas Zwerenz war der Einzige, der aus der Reihe tanzte und immer wieder einen Zwist ins Dorf brachte, ein unguter Geselle, wie es schien. In den ersten Monaten, er hatte das leere Haus der verstorbenen Eva Silbermannova gekauft, war ihm am frühen Morgen das Glöckerl vom Polschitz zu laut, das ihn ins Gebet bringen sollte. Dann stänkerte er über den Rauch, den der Ostwind ab und an vom Bursik herübertrieb, der sich nur über sein Gehöft lege, wie er sagte. Der Kinderlärm auf der Dorfstraße ärgerte ihn, das Bier vom Tomanek war ihm zu dünn und schließlich sagte ihm der Bursik aufs Gesicht zu, dass sie noch keinen solchen Querkopf im Dorf gehabt hätten und er würde alles durcheinander bringen und wenn es ihm im Dorf nicht passe, solle er dorthin gehen, wo der Pfeffer wächst. Da wurde der Zwerenz leidlicher und auf der Herbstkirchweih in Prachatitz saß er unvermittelt neben dem Tomanek und dem Bursik und langsam fand er sich mit den dörflichen Gegebenheiten in Nebahovy ab.

Dann waren noch vier tschechische Holzhauer da in Nebahovy, in vier frisch gestrichenen Hütten, der langarmige Václav Brožík, der mit dem linken Fuß lahmte, aber die Geige so schön spielte, der Jan Kosárek, der immer flotte Sprüche klopfte, der schweigsame František Procházka, der mit seinen Gedanken mehr in der weiten Welt als in Nebahovy lebte, und noch der gescheite Bedřich Wiesner, den sie alle den Doktor nannten. Die vier haben im Wald und im nahe gelegenen Sägewerk gearbeitet und ein fünfter, der Vojtěch Holub, der weiß Gott was getrieben hat, lebte in Nebahovy sein bescheidenes Leben, hatte aber seine Familie auch gut durchgebracht. Schließlich wäre vom einzigen größeren Bauern in der tschechische Gemeinschaft zu berichten, der seinen steinernen Hof an das Ortsende hingestellt hatte, der Martin Bursik also.

Er hatte tatsächlich einen größeren Viehbestand, sechs

Schweine dazu im Koben, die er das ganze Jahr über fett fütterte und sie dann an einen befreundeten Metzger in Prachatitz verkaufte. Dreizehn Milchkühe und ein Bummel, »mein Milan«, wie er ihn nannte, standen im Stall, und der Milan brachte dem Bursik zusätzliches gutes Geld, dazu meckerte eine Herde Ziegen den Sommer über auf der Brache hinter dem Dorf, ein paar Schafe labten sich am Gras auf der Oberwiese und eine Handvoll Hühner legten täglich ihre Eier.

An milden Sommerabenden trafen sich die Dörfler beim Bursik im Hof, sangen ihre heimischen Lieder und tanzten die Polka und in den stillen Tagen zwischen Weihnachten und Neujahr saßen sie einträchtig in der guten Stube beim Martin Bursik und der Václav Brožík spielte auf seiner Geige besinnliche Weihnachtslieder und weil die Leute aus Nebahovy eines wie das andere tschechisch und deutsch redeten, fiel es ihnen leicht, ihr »Stille Nacht, heilige Nacht« auch auf Tschechisch zu singen. »Tichá noc, svätá noc! Všetko spí, všetko sní, sám len svätý bdie dôverný pár, stráži Dieťatko, nebeský dar. Sladký Ježiško spí, sní, nebesky tíško spí, sní.« – »Stille Nacht, heilige Nacht, alles schläft, einsam wacht.« Danach war es still und die Leute aßen ein paar Plätzchen und tranken den Punsch, den die Bursikova gebraut hatte.

Beim Bursik lärmte eine Horde kräftiger, nimmermüder Buben und ein schönes Mädel, ein blondes, langhaariges und spindeldürres Gewächs, das so geschliffen deutsch wie der Ferdinand Polschitz tschechisch sprach. Die Bozena war schon als kleiner Wildfang in den Ferdinand verliebt und versprach ihm, da führte er sie an der Hand nach Prachatitz hinüber in die erste Klasse der Volksschule, dass sie ihn und nur ihn heiraten würde. »Tancuj, tancuj vykrúcaj, vykrúcaj,

Len mi piecku nezrúcaj, nezrúcaj, Dobrá piecka na zimu, na zimu, Nemá každý perinu, perinu. Trá-la-la-la, trá-la-la-la, La-la-la-la la-la-la la-la-la, Trá-la-la-la, trá-la-la-la, La-la-la-la la-la-la la-la-la«, trällerte sie und tanzte an seiner Hand durch ihre jungen Tage.

2.

Einen Steinwurf außerhalb von Nebahovy, wo der Weg nach Žernovice abbiegt, hatte seinerzeit der Bohumil Blecha seine Familie durchs Leben gebracht, hatte den Prachatitzern die Straßen gekehrt und beim Bursik in Nebahovy hatte er gemacht, was so anfiel. Sie hatten den kleinen Pavel in die Welt gesetzt, der nicht stehen und gehen konnte und erst in Jünglingsjahren auf die Beine kam. So hinkte er durchs Leben, ging Tag für Tag in aller Herrgottsfrüh nach Prachatitz hinüber in die Frühmesse und hatte, nach dem Tod der Eltern, den Prachatitzern auch die Straßen gefegt, im Winter den Schnee von den Bürgersteigen geräumt und das Abwasser aus den Häusern entsorgt. Er stand bei mehreren Bauern in Diensten und hatte, wie seinerzeit der Vater, für geringes Entgelt die Schweineställe ausgemistet, die Kühe auf die Wiesen geführt und den Bäuerinnen den Garten umgegraben. Der Pavel hatte nie geklagt und seine Unbilden ohne Murren getragen. »Dein Kreuz tragst fürs Leiden Christi, Bua«, hatte seine Mutter ihm von Kindesbeinen an mitgegeben. An den Maiabenden ließ er sich's nicht nehmen, die Maiandachten in Sankt Jakob zu besuchen. Mit seiner schönen Stimme sang er die böhmischen Marienlieder und in der österlichen Zeit betete er den Kreuzweg mit den Prachatitzer Frauen.

An einem heißen Augusttag fanden sie den Pavel vor seiner Hütte, ein blecherner Milcheimer lag neben ihm. »Den Pavel hat der Blitz gstreift«, brachte einer der Bursikbuben ins Dorf. Der Blitz hatte dem Pavel den rechten Arm verbrannt, aber er hatte ihn auch um den Verstand gebracht. Der Bursik legte den Pavel ins Austragshäusl, das seit dem Tod der Bursik-Großeltern leer stand und versorgte ihn. Nach einem halben Jahr ließ sich die Schwester des Pavel sehen. Sie fuhr mit einem Schlittengespann im Hof der Bursik vor. In Babice drüben hatte sie mit ihrem Mann einen Hof bewirtschaftet. Ihr Emil sei vor ein paar Wochen gestorben, sagte sie zum Bursik, der hätte den Pavel nach dem Blitzschlag nicht auf den Hof gelassen, sie nähme den Bruder jetzt mit nach Babice. Wenn sie nicht fertig würde mit der Arbeit, müsst er halt ins Armenhaus nach Pištín rüber, der Pavel. »Da geht's den Leuten recht gut«, und sie würde schon für ihn aufkommen, sagte sie beim Abschied. In Nebahovy hatten die Dörfler den Pavel Blecha einen Gottesknecht genannt, kein anderer hätte so viel Elend aufgeladen bekommen.

3.

Wo der Weg nach Lhenice rüberbiegt, das in einer guten Stunde von Nebahovy aus zu erreichen ist, liegt auf der halben Strecke Mičovice. Nur einen Steinwurf vor Mičovice, zur linken Hand einem schönen Waldstück vorgelagert, bestellte der Jankov sein Anwesen, ein schönes Gütl mit etlichen Tagwerk Acker und Wiesen, dazu hatte er ein Dutzend Kühe im Stall. Dieses Gehöft zählte zu Nebahovy und der Jankov hörte zur festgesetzten Stunde das Läuten der Glocke vom Wenzel Polschitz herüberwimmern. Bauer und Gesinde schlugen andächtig das Kreuz und beteten am Feierabend den *Engel des Herrn*.

Bedřich Jankov selber stammte aus Chvalovice, war der siebte, der letzte einer Reihe Buben, sollte den heruntergewirtschafteten, verarmten elterlichen Hof übernehmen, weil die Brüder alle schon das Heil in der weiten Welt gesucht hatten. »Daheim verhungern wir alle gemeinsam«, sagten die Brüder, die von Kind auf schmale Kost auf dem Tisch hatten. Aber wo der Dung fehlt, wird auch nichts wachsen, sagten die Eltern und das traurige Gehöft würde auch den Bedřich nicht ernähren können.

So hatte der Bedřich in den Seiberthof bei Mičovice eingeheiratet, die Lena Seibert hatte er beim Tanz in Mičovice kennen gelernt. Dann kamen recht bald nach der Hochzeit die Wally, der Emil, die Rita, der Jan und die Herta zur Welt und schließlich meldete sich acht Jahre später noch unvermutet der kleine Bedřich. Eines Tages hatte die Mutter die Wäsche auf der Wiese ausgelegt, rief die Herta und gab ihr auf nach dem schreienden Bedřich zu schauen. »Steck ihm den Sauger in den Mund«, rief sie ihr nach, »dann gibt er a Ruah'.« Aber nach geraumer Zeit fing der Bedřich wieder zu schreien an und die Herta ließ sich nicht mehr blicken. Auf dem Weg von der Wiese ins Haus musste die Herta am Brunnenloch vorbei. Die Herta wird da hineingeschaut haben und die Mutter hat nach vergeblicher Suche ihre Herta zwei Meter unten im Schacht entdeckt. Das war ein Elend im Haus und der Bedřich Jankov hat seiner Lena Vorwürfe gemacht und ihr die Schuld gegeben, sie habe den Deckel nicht über den Brunnenschacht gelegt und auch an der Maßlosigkeit seiner Anschuldigungen ist der Lena das Herz endgültig zerbrochen. Übers Jahr hatte man sie dann zu ihrer Herta auf den Friedhof gelegt. Der Bedřich Jankov zog seine Kinder allein groß und alle sind sie gut geraten. Eines Tages erschien der Herr Prälat von der Jakobskirche und meinte, dass der Jan so ein Gescheiter wäre und der Familie wäre doch geholfen, wenn der Bub auf Priester studiert und er würde ihn nach Budweis ins Seminar schicken.

Ein Esser weniger, dachte der Bedřich, kann nur gut tun und der Bub wird ja alle heilige Zeit heimkommen. Die Wally fand dann eine Anstellung beim Magister Borwitz in Prachatitz, in den elterlichen Hof hat ein einschichtiger Taglöhner eingeheiratet und die Rita glücklich gemacht. Er hat recht ordentlich seine Pflicht und Schuldigkeit getan. Der Emil ist ins Amerika ausgewandert, hat als Zimmerer gearbeitet und man hat nichts mehr von ihm gehört.

4.

Als der Ferdinand Polschitz die Bürgerschule in Prachatitz hinter sich gelassen hatte, richtete ihm seine Mutter ein ledernes Säckel, steckte das schöne Hemd und eine zweite Unterhose hinein und für den Winter dicke, gestrickte Strümpfe. »Geh zum Onkel Karl nach Prachatitz, auf den bist ja mit deinem Zweitnamen getauft, der wird dich durchbringen. Das ist er mir schuldig. Er durfte damals auf die Bürgerschule gehen und was Gscheites lernen, an mir haben die Eltern gespart.«

Der Ferdinand war ein gehorsamer Jüngling, er fragte nicht lange und machte sich auf den Weg. Die Mutter sagte zum Vater: »Wenn's a weng a Gerechtigkeit gibt, dann wird er einmal der Herr.« Das Schicksal meinte es also mit dem Bub besser als mit den Eltern, die ja noch ein Mäderl, wohl ein halbes Dutzend Jahre jünger als der Ferdinand, durchzubringen hatten und mit der Bürstenbinderei auf keinen grünen Zweig kamen. Der Onkel Karl, der es drüben in Prachatitz mit Fleiß und einem Haufen Glück, wie er selber sagte, zu Ansehen und einem beträchtlichen Vermögen gebracht hatte, nahm den Ferdinand in seinem Haus auf und wollte aus ihm einen echten Prachatitzer Kaufmann machen, der sich in der Welt bewährt.

»Streng dich an, Ferdinand, ich hab bloß dich als Erben.«

»Ich rechne nicht mit einem Geschenk, einem großen Erbe, Onkel, deswegen bin ich nicht da. Ich bau mir selber was auf. Der Papa hat immer gsagt, mir san nix, mir ham nix, also müasst's ihr was tua – ich tu was.«

»Respekt«, dachte sich der Onkel Karl, »Respekt, der is' wie seine Mutter, die Marie«, und er schob den Ferdinand ins große Wohnzimmer.

Er solle am Samstag wieder heimkommen, hatte ihm die Mama mit auf den Weg gegeben, das Fest des heiligen Franz möchte man im Dorf feiern. Da ging er nach den ersten vier Wochen wieder hinüber nach Nebahovy, schüttelte den Staub der geschäftigen Stadt von den Füßen.

Die Blätter der Birken, die beidseitig den sandigen Weg säumten, glänzten in der Abendsonne, der Herbst stand vor der Tür, hatten doch die dieses Jahr noch milden Septembertage schon Abschied genommen, die erste Oktoberwoche war kühler und leichte Schatten lagen über dem Weg nach Nebahovy. Ferdinand griff fester nach dem ledernen Säckel, der ihm über die linke Schulter hing, ein Schinken lag da drinnen, von der Tante Roserl eingepackt in Fettpapier und

16

ein halber Laib Brot dazu im Leinentuch. »Das gibst deiner Mama«, lachte der Onkel Karl, »weil ich sie so mag.«

Diese herbstliche Jahreszeit war die Seine, dem heißen Sommer hatte er noch nie viel abgewinnen können, schon in den Kindertagen lag er vom späten Juni bis hinein in die Wochen nach Maria Himmelfahrt gerne im Schatten der beiden Buchen, die im Garten hinter dem Haus in Nebahovy ihr gewaltiges Blätterdach schützend über den Buben ausstreckten.

Er berichtete dem Vater und der Mutter, was er die Wochen über gelernt, wen er getroffen, mit wem er geredet, was er gegessen hatte. Die Tante Roserl sei eine ganz Liebe und der Onkel Karl würde mit den Leuten, die ins Geschäft kämen, scherzen und hätte eine Gaudi, aber er hätte ihn kaum zu Gesicht bekommen. Der Onkel Karl wäre viel außer Haus, weil ihn das Geschäft eben braucht. Er wäre eine Woche in Krumau gewesen und gleich danach in Budweis und der Onkel meinte, als er wieder gut aufgelegt aus Budweis zurück war, über kurz oder lang würde er ihn dorthin schicken oder auch nach Krumau, dass er die Buchhaltung lerne.

Von Nebahovy bis zum Ringplatz mitten im schönen Prachatitz war es nur eine halbe Stunde Weges, wo der Onkel Karl seine Seilerei hatte und auch noch blechernes Geschirr und feines Porzellan für das Haus verkaufte und elegante Kleider und Mäntel, Anzüge für den einfachen wie den wohlhabenden Käufer, Hüte und Schals für die begüterten Damen der Stadt und Strümpfe und Socken nach Belieben, Dirndl und Jancker für die mit einem gefüllten Geldbeutel wie für die kleinen Leute. Beim Herrn Magister, der ein halbes Dutzend Angestellte führte, lag alles zur Auswahl, was das Herz begehrte, war feil. Allerlei wichtige und unwichtige Dinge standen dazu in den Regalen, auch Nägel und Feilen und Zangen, Hämmer, Schuhe, Stiefel und Schürzen und tagaus, tagein fanden sich die Frauen vom Ringplatz zum Schwätzen vor dem Geschäft des Herrn Magister Karl Borwitz.

Der Herr Magister handelte auch in Brünn und in Pilsen, überdies im österreichischen Linz, und machte seine vielfältigen Geschäfte zudem in Wien und Prag. In Prachatitz gehörte er zu den Fleißigen, den Wohlsituierten, der sein einfaches Herkommen mit Bedacht und feiner Lebensart trug und nur Eingeweihte wussten, dass der Herr Karl Borwitz seine Geschäfte in der halben Welt machte. Ein Großer war er geworden, der Herr Magister Karl Borwitz.

Die Frauen aus der Klostergasse kamen eine um die andere auf den neu gepflasterten Vorplatz an der Borwitzhandlung und die Finkin und die Hoderer Fanny aus der Horni-Straße gesellten sich regelmäßig dazu und auch die jungen und alten Weiber vom Kirchplatz, g'schnappige Mägde vom Salzlager am schönen Hauptplatz, die von der Herrschaft zum Einkaufen delegiert waren und die grad Zeit genug zum Ratschen übrig hatten. Im Sommer schenkte der Borwitz ein Haferl Kaffee aus, ganz umsonst und die Prachatitzer sagten am Anfang, dass der Herr Magister nun italienische Zustände einführt in Prachatitz, Sitten von anderen Ländern und er bräuchte bloß noch ein paar Salzburger Nockerln spendieren, dann wär's was. Aber die Leute gewöhnten sich an die Zustände vor dem Borwitzladen, wie sie sich an alle Umstände gewöhnten, wenn nur genug Wasser die Moldau runterlaufen würde.

5.

Die Geige hatte ihm der Onkel geschenkt, »zum Einstand, Ferdinand«, sagte er wohlgelaunt, »und dass halt a wenig a Musik gspielt wird in meinem Haus, und dem Roserl gefällt es auch.« In Krumau beim Meister Seybold hätte er sie erstanden, ein Künstler wäre der Meister Seybold und der hätte schon in Linz gespielt und in Salzburg, wo der Herr Wolfgang Amade seinerzeit ein Großer gewesen wäre. »Die Geige, mit der du das Spielen gelernt hast, daheim in Nebahovy beim Brožík, musst halt in Ehren aufbewahren«, lachte der Onkel Karl und der Ferdinand hätte alles erwartet, aber dass ihm der Onkel eine so schöne Geige zum Einstand, wie er gesagt hatte, in die Hand drücken würde, hätte er nicht angenommen.

Der langarmige Václav Brožík aus Nebahovy, der mit dem linken Fuß lahmte, war ein übers Dorf hinaus bekannter und gern gesehener Musikant, das Jahr über eingeladen zu Hochzeiten und Beerdigungen, und auf der Kirmes spielte er in Prachatitz und von Vimperk bis Vodňany war er gern gesehen.

Der Václav spielte neben der Geige die Bratsche und könnte für die Musik sterben, wie er oft genug anklingen ließ, und wenn er einmal draußn läg am Friedhof, dann sollen sie den Slatzik Thomas aus Žernovice einholen mit seiner Diatonischen und den Stammler Willi dazu, der so schön auf der Geige spielt, schöner gar wie er selber und der wär in Husinec daheim, wär ein Knecht und hätte Finger wie eine feine Mamsell.

Im Dorf lernten die Kinder beim Brožík auf der Geige spielen und zupfen und der Ferdinand war ganz anstellig, wie der Václav der Marie Polschitz sagte und wenn er, der Václav nicht mehr greifen könnte, dann bräuchten die Leute einen solchen Musikanten wie den Ferdinand, dem läg des Musizieren im Blut und die Maria Polschitz erinnerte sich an die Pauliner Herta aus Mitschowitz drüben, die die Geige so schön gespielt hatte wie der Herr Stradivari persönlich und eine Stimme hätte die gehabt wie ein Zeiserl. »Vielleicht hast es von der Tante Herta aus Mitschowitz, des Talent für die Geign«, lachte die Mama und spornte ihren Ferdinand an und er solle ja fest üben, dass er ihr beim Brožík keine Schande machen würde.

»Mit dem Wolfgangerl, dem Herrn Mozart, wird er oft genug zu tun haben«, sagte der Václav Brožík, weil die Mama fragte, was der Ferdinand denn da alles spielen würde, wenn er könnte, »und mit dem Herrn Vivaldi auch, aber erst soll er die böhmische Volksmusik kennen lernen.«

Der Brožík fertigte die Geigen selber, hatte fichtenes Holz für die Decke in der Hütte getrocknet, gehütet wie ein Goldschatz. Im Winter holte er sich das Fichtenholz aus den böhmischen Bergen. Der Leimberger, ein Bauer nahe Kašperské Hory, wartete in den ersten Dezembertagen auf ihn, wenn der Stamm wenig Saft führte. Für den Boden nutzte er feinen Ahorn und den Knochenleim bereitete er selber auf. Wenn er dann die Decke und den Boden mit den Zargen verleimte, durften die Kinder des Dorfes zuschauen und so manch einer der Buben aus Nebahovy lernte das Geigenbauerhandwerk vom Brožík und schnitzte sich in Jünglingsjahren auch die Schnecke selber, die oft genug die Gesichtszüge der Angebeteten trug. Nur die Kinnhalter ließ sich der Václav aus Krumau mit der Post schicken.

»Wage wohl«, sagte der Václav, wenn er die Kinder nach

den ersten Fingerübungen entließ, »wage wohl, Ferdinand«, und der Ferdinand sah weit und breit keine Waage. Eine solche hatte der Bursik im Stadel, aber was diese Waage mit dem Geigenspielen zu tun hat, blieb ihm verborgen. So übte er fest und der Václav lobte ihn und sagte immer nur »wage wohl, Ferdinand«.

Die wäre was wert, ließ der Onkel Karl anklingen, die habe der Meister aus Linz mitgebracht und die Woche drauf klopfte der Ferdinand an die Haustür seines Lehrers, des Václav Brožík, und der meinte auch, dass das schon ein besonders Stück wäre. »Wage wohl, Ferdinand«, sagte der Václav, »das ist ein Prachtstück.«

Die Geige vom Onkel Karl sollte ihn durchs Leben begleiten.

6.

Neben dem stattlichen Haus des Onkel Karl, der es zu Geld und Ansehen in der Stadt gebracht hatte und der also einen emsigen und einträglichen Handel bis hinunter nach Krumau und seit Neuestem bis Oberplan trieb, hinüber nach Budweis auch, wo er eine Freundin, »ein Gspusi«, hätte, wie die Mama manchmal beiläufig erwähnte und somit der Tante Roserl einen heftigen Kummer machte, neben dem Anwesen also stand das ehemalige Stadthaus derer von Iglatz. Verarmt, wie sie waren, die Iglatzer, hatten sie das recht ansehnliche Haus an einen früh pensionierten österreichischen Rittmeister verkaufen müssen, der im Böhmischen Ländereien hatte, unterhalb der Moldauschleife bis nahe an die österreichische Grenze, in Wien mit einem gewinnbringenden Spirituosengeschäft gutes Geld machte und eine junge, fesche, böhmische Bauerstochter, die noch im besten Alter blühte, geheiratet hatte.

Sein Regiment war seinerzeit nahe Krems gelegen und bei einem Manöver, dem Kaiser war ja daran gelegen, die Böhmischen und die Österreichischen zu fraternisieren, hatte er in Krumau herüben in einer Schänke, dort, wo der Fluss seine Schleife windet, diese charmante, herzliche Jarmilla kennen gelernt, ein Bauernmädchen vom unverdorbenen Schlag, wie er meinte. Er hatte sie dann mit nach Wien genommen und sozusagen stante pede geheiratet.

Die Aussicht auf die Heirat mit dem Herrn Rittmeister Baron Jakob von Wesowitz, der Eintritt in die wenn auch niedere Aristokratie, das herrschaftliche Stadthaus in Prachatitz, der Gutshof unterhalb von Prachatitz, nahe Krumau, der Wiener Spirituosenhandel direkt in der Leopoldstadt ließen die Jarmilla alles schlichtweg vergessen, was den Herrn Baron in den Augen so vieler ihrer Vorgängerinnen wenig erstrebenswert gemacht hatte. Die zehn Gehminuten vom Palais in der Leopoldstadt hinunter an die Gestade der blauen Donau waren für die stolzige Jarmilla eine tägliche Einladung zum Flanieren, zum Schauen, zum Kennenlernen neuer Freundinnen, zum Begutachten der Modetrends und zum Reden über dies und das, wie sie am Abend dem Herrn Gemahl beim gemeinsamen Tete-a-tete zuraunte. »Ich vermisse dich, Jakob«, seufzte sie, »du gehst halt in der Arbeit auf, das macht dir keiner nach.« Aber die Wiener Zeit war kurz, ging bald dem Ende zu und das schöne Anwesen in diesem Prachatitz, das der Herr Rittmeister so günstig erworben hatte, tröstete sie recht bald darüber hinweg, dass sie, wie sie meinte, eigentlich für die große Stadt geboren war.

Der Herr Baron brachte ins Prachatitzer Stadthaus auch seine Wiener Köchin mit und er überließ es seiner Jarmilla, einen Hausmeister und die weiteren Angestellten zu rekrutieren. Neben dem üblichen Personal für Küche und Haus brachte die schicke Frau Baronin einen jungen, kräftigen Bauernburschen, wie sie sagte, aus ihrer Heimat in die Position des Haus-und Hofmeisters. »Ferdinand Wosizek heißt er«, sagte sie, »und er ist a Nachbarsbua aus Blanice.«

Der Nachbarsbua kam aus dem Nachbarland, ein Oberösterreicher war er eigentlich, ein Neumarkter aus dem Mühlkreis, in jungen Jahren nach Blanice zur Oma ins Böhmische hinaufgeschickt, weil die Eltern das Leben verloren hatten. Er kannte die Jarmilla seit langen Jahren, sie waren einander so gut wie versprochen und der Ferdinand Wosizek hatte auch wenig dagegenzuhalten, als die Jarmilla seinerzeit nach Wien verzog und den Herrn Baron ehelichte. Als die Wesowitz'schen dann die Stadtwohnung in Prachatitz bezogen, hatte er seine Jarmilla wieder nahe bei sich und ausgesorgt hatte er von nun an auch.

7.

Der Ferdinand Polschitz hatte seine Lehrjahre beim Herrn Onkel Karl im Kontor zu Ende gebracht und er solle, wie der Herr Onkel meinte, nun auch Neues kennen lernen, sich anderwärts die Hörner abstoßen, dazu lernen und reifen, vor allen Dingen reifen solle er.

Die Baronin von nebenan, der Ferdinand kannte die adelige Dame ja vom Grüßen, suche noch einen Herrn fürs Bureau, sagte der Onkel, für die Bücher vornehmlich, und aufs Reisen müsse er sich auch einstellen. Er würde ihn, den

Ferdinand, an die Baronin ausleihen, eine Zeitlang nur, weit habe er ja nicht zu gehen und wenn er ihn hier im Haus brauche, wär es eh kein Malheur, von einer Tür raus, in die andere rein zu gehen.

Die Köchin Anna Anzengruber, die den Herrn Baron über die Maßen verwöhnte und seit Jahren mit besten Mahlzeiten und guten Weinen versorgt hatte, konnte die junge Frau Jarmilla nicht ausstehen und würde sie liebend gerne vergiften, dass sie langsam und gräulich verrecken müsste, wie sie nach Hause zu ihrer Mama schrieb, »das Luder, das elendige«.

So gingen die Jahre ins Land. Ein Tag wie der andere plätscherte im Haus der Baronin und des Herrn Rittmeisters von Wesowitz gleich dahin. Man redete tagaus, tagein das Gleiche, übers Wetter, die Gesundheit und die Probleme im Geschäft und er ließ sie seine Korrespondenz lesen und fragte sie nach ihrem Rat, was ihr gut tat und wenn der Herr Rittmeister unterwegs war, tröstete sie sich in den Armen ihres Ferdinand Wosizek.

Die Anzengruberin lebte nun neben der Jarmilla und dem Herrn Rittmeister, mit dem sie mehr als ein kurzzeitiges Pantscherl verbunden hatte, der sie seinerzeit zugunsten dieses böhmischen, schaßfreundlichen Veigerl, verstoßen hatte, ihre besten Jahr ab. Sie meinte zu der alten Demolenzerin, die sie oft genug am Hauptplatz oder beim Milchholen traf, deren Aufrichtigkeit sie zudem sehr schätzte: »Dös oide Graffl, de Wesowitz'sche Burg kannst an da Abendkassa vakaufn, so oid is es. Oba an neimodischn Abort hot sie sich von Pilsen drent eina kauft, dass'd moanst, bu bist bei aner Durchlaucht persönlich und a boudoir ziert das herrschaftliche Gemach, wos früha de Speisenkammer war, beim Vorgänger, dem Baron von Iglatz. Hot sie an Mahagoni an der Wand und an einem Sekretär schreibt die gnädige Frau ihre Post in die Wölt hinaus, dös bamstige Hirnederl, dös. Ane Schubladn um de andere hot sie sich einbaun lassn und an oide Uhr hot sie an de Wand ghängt, ane Comtoise, nennt sie sie, mit anen Haufen Figuren mit Knaben und Mädchen, »aus der antiken Welt«, wie sie sagt. Auf ana Tacken hot sie an ersten Schnauferer gmocht. Aus einfachen Verhältnisse käme sie und wär stolz drauf, stamme sie doch aus kleinem Bauernadel. Wos hot er denn ghabt, der Herr Vater, Henna hot er ghabt, Henna und an Goaßbock und da Regn is von oben durchglafa bis in de Kuchl, do hab'n sie sich alle miteinander drinnen gebadet, omal im Johr. Man is ja informiert, hab mich umgehört.«

Bei einem seiner abendlichen Ausritte mit der weißen Stute, die er aus Wien mitgebracht hatte und als lammfromm einschätzte, stürzte der Herr Rittmeister vom Pferd und brach sich das Genick. Hatte ihn der Schlag im Sattel getroffen oder hatte die Stute vor einem streunenden Hund gescheut, hatte er zu viel vom roten Wein im Blut, war er übermüdet vom weiten Ritt vom Libin nach Hause oder einfach mit den Gedanken bei seiner Jarmilla gewesen, wer wollte das wissen?

Der Herr Baron hatte ein großes Begräbnis, der Bürgermeister lobte ihn über den grünen Klee. Der Herr Rittmeister wäre ein sozial eingestellter Mann gewesen, seiner Zeit weit voraus, und der Graf von Selbsess, ehemaliger Regimentskommandeur des nun so früh verblichenen Rittmeisters von Wesowitz, hielt eine aufrechte, aber auch doch recht melancholische Rede auf den Kameraden Rittmeister, die Kapelle intonierte den Kaisermarsch, Jarmilla weinte ein um das andere Taschentuch nass und die Köchin Anna Anzengruber dachte sich: »De Pritschn soll der Teifl holn.«

8.

Mit der einen oder anderen von den Prachatitzer Frauen pflegte die Anna Anzengruber eine gewisse Vertraulichkeit, vergab ihre Sympathie jedoch nicht so mir nichts, dir nichts. Eine gewisse Seelenverwandtschaft sei da schon vonnöten, wie sie sagte. Der Hotinka hat sie die Freundschaft aufgekündigt, hat ihr brühwarm ins Gesicht gesagt, was sie von ihr halte, dass sie so ane sei, die Geheimnisse nicht bei sich behalten könne, dass ihr a Watschn g'hörat. Die Hotinka hatte nach der Sonntagskirche der frommen Klara vom Hanitzer, die vor einem guten Jahr beinahe in der Moldau ertrunken wäre, vom Wesowitzer Verdruss erzählt, was die Klara gleich der Anna hinterbringen musste, hätte ihre tugendhafte Seele doch keinen Frieden mehr gefunden. Aber diesen Weibsbildern fehlte eben der Adel der Herzensbildung, auf den ihr verstorbener Liebhaber, der Herr Rittmeister, der Vater ihres Buben, der ein Pfarrer ist, immer hingewiesen hatte. »Noblesse oblige«, pflegte der Herr Baron zu sagen, »Adel verpflichtet«, wenn sie das eine oder andere Mal nach einer frohen Nacht anfragte, ob er sie heiraten würde, wär doch jetzt der Bub, sein Jakob, auf der Welt. »Noblesse oblige«, sagte der Herr Rittmeister und sie solle doch verstehen, dass er aus seinem Stand in praxi nicht ausbrechen könne, aber der Bub sei kein Bankert, er halte immer seine schützende Hand über ihn.

Nur wenige der Frauen in ihrem Umfeld dachten weiter

als von gerade heut auf morgen. Die wären kein Umgang für sie, resümierte die Anna.

»Ane Lusch is sie, die angeheiratete Strawanzerin«, weinte sie und schlug die Hände vor das gerötete Gesicht, »ane ägyptische Potifar, ane Suleika dazua, ane sündige, de hots mit an Wosizek Ferdinand ghabt, eahran fadisierten Haberer, wann der Herr Rittmeister ausgeritten war, hinauf zum Aussichtsturm am Libin«, sagte die Anna zu der alten Demolenzerin, die unten am Ringplatz in einer dürftigen Kellerbleibe hauste, war sie doch zuvor ein langes Leben am Unteren Tor in an Gschäftl angestellt, wo der junge Herr Besitzer, der Radecz Kurtl, sie recht gut gehalten hat, solange sie in der weiblichen Blüte gestanden hat, von einer Heirat aber schließlich nichts wissen wollte, »und dann war i auf amal allan und er hat se mit ana Jüngeren, ana geldernen Wittib verlustiert«, setzte die Demolenzerin, aus der Melker Gegend nach Prachatitz zugezogen, melancholisch hinzu. »A Bissgurn wär i, sagt er zu mir, der Falott, der schlechte, der Deschek der, dös hinterfotzige Gfras des und i hob den deppatn Demolenzer gnommen, der hintn und vorn nix ghabt hot, der grausliche Hadernflechter, der bräsige. So a nasches Luder war i und etzat bin i an oide Wabn.

Wia eahm na die Frau Gemahlin weg gstorbn is, a feine Bauerntochter war sie, de an kloana Hosenscheißa mitbracht hat in dös neie Verhältnis, war er wieder kemma. I sollt eahm den Haushalt führn, hot er gmant, eahm den Haushalt führn und die vier Kinder aufziagn, hot er gsagt, der Herr Kramladlbesitzer. Na ja, den Herrn hot as Unglück a net auslassn. Wos sog i, im Schnaps hot er sei Kreiz dasuffa. I sollt eahm den Haushalt führn, sagt er.« Sie wandte sich wieder der unter ihrer Last ächzenden Anna zu.

»Wos, mit an Herrn Ferdinand hot sie's?«, fragte die Demolenzerin die Anzengruberin. »Der is oba noch so jung, der hübsche Bursch aus Nebahovy drübn, wo de Mama de Schwester vom Herrn Magister Karl Borwitz is, der gleich neben der Rittmeisterin den großen Laden hat.«

»Net der, des is doch der böhmische Herr Ferdinand, den andern man i, den Ferdinand Wosizek aus Blanice, den hat sie sich gholt, an depperten Bauernproletn. Schaut er doch aus wia da Wiena Kalafati, abgfieselt wia a, wia a dürra Zauk, sog i, a dürra. De machn jede Nacht an Drahra, in da Fruah hot er na anen Fetzn und ko net arbeitn, der Haftlmacha. I bin hoit unglücklich, Demolenzerin, bin wia a Ganserl boananda, muaß hoam zu da Mama af Mödling. Oba dös nimmt amol a gachs End, sog i, mit dera Jarmilla-madam und dem Wappler, dem dasign Sandler, dem ghört ane pickt, jedan Tag.«

Es gab noch so viel zu reden, denn im rittmeisterlichen Haus ging es nach dem Ableben des allseits geachteten Herrn Baron drunter und drüber, und was da so ablief, ging der Frau Anzengruber gehörig gegen den Strich. Selber hatte sie nur beste Erinnerungen an den Herrn Rittmeister, nicht dass sie sich in früheren Jahren wirklich eingebildet hätte, einmal eine Frau Rittmeister zu werden, na ja, in ihren besten Zeiten, in jungen Jahren, als sie fesch und rank in seine Dienste trat, hatte der Herr Baron sie jeder adeligen Dame vorgezogen.

Den Bub von ihm, den Jakoberl, hat sie gegen regelmäßiges Entgelt einer ihrer Schwestern zur Aufzucht gegeben. Nachdem er schließlich mit Fleiß und Anstand das Seminar in Pölten absolviert hatte, hatte ihn der Herr Bischof mit noch dreißig anderen blassen, meist recht dicklichen jungen

Burschen geweiht und der junge Herr Jakob ist dann ein Herr Kaplan geworden, dann ein Herr Pfarrer drüben in Sankt Pölten an der Domkirche. Respektiert wäre er dort, »und ich werd ane Karrier machen«, schrieb der Bub der Mama ins Böhmische. Dafür hatte der ledige Papa von Wesowitz schon gesorgt, und »es wird amal a Domkapitular aus ihm werden«, sagte der Herr Baron der oft besorgten Mama.

So war es die Anna Anzengruber zufrieden, wenn sie dem Herrn Baron das Wammerl braten durfte, diesen frischen, geräucherten Schweinebauch, den ihr in der Leopoldstraße der Metzger Upseder persönlich frisch über die Theke langte und ihre Böhmische Kartoffelsuppn hat ihm geschmeckt und ihre Mehlspeisen würden ihm unvergesslich bleiben, wie er ihr oft genug sagte, solange sie noch jung war und er nicht im Traum daran gedacht hätte, gar eine Böhmische zum Altar zu führen und das Ehebett mit ihr teilen würde, eine Jarmilla noch dazu.

»De Mess am Sonntag in das Fruah z'Jakob drübn is eahra zu wenig, es muss das Hochamt sei für die Madam, da hot sie as Gschau, dös passt eahra, an Weihrauch brauchat sie, sagt sie. Aber daher kommt sie, auftacklt wia ane Halbseidene und des in da Kirche. Sie is eben ane Gestrauchelte, ›ane überreife Zwetschgn is sie‹, möcht der Lederer Jackl sagn, Gott hab ihn selig, den Jackl. Der war a Gebildeter, war scho als a Junga in Salzburg, hot dir de Dichter aufgsagt, wia koa anderer, der Jackl.«

Sie müsse nun wieder in ihre Küche. »As Essen kocht sich ja nicht von selber«, verabschiedete die Anna die Demolenzerin, nachdem sie das ganze Repertoire an verbalen Hässlichkeiten an die Frau gebracht, einfach das Ungute rausgeredet hatte, was die Seele sonst vergiften möchte, und machte sich auf den Heimweg. »Net dass ich etzat der Madam was Unrechts nachsagen hab wolln, bei meiner Söl, ma red ja bloß, lass mir nix zuschulden kommen, es is eben a Kreiz auf dera Wölt.«

Da war ihr seelisches Gleichgewicht wieder hergestellt und sie widmete sich uneingeschränkt ihren Diensten in der herrschaftlichen Küche derer von Wesowitz. Sie neidete der drallen Jarmilla weiterhin das ehedem rittmeisterliche Ehebett, das nun der Ferdinand Wosizek mit der jungen Baronin teilte, mied das Gespräch mit »der Sumpftaum, dem Viertlhirn«, wie sie innerlich zum Ausdruck brachte, und reduzierte die Kontakte mit der Madam auf das Notwendige. »Mit aner solchen kann i lang no mithaltn«, sagte sie sich, »wos de sagt, de Kraumpn, des ged ma am Oasch vorbei. Ane wia de taugt a net amol für a Vaschiads.«

Von Zeit zu Zeit war so ein fulminanter Ausbruch, ein innerer Großputz dieser Mödlinger Tochter, wie sie ihn vor der Demolenzerin grad hingelegt hatte, notwendig. »Das reinigt des Gemüt«, sagte sie sich, »des muaß von Zeit zu Zeit sein, sonst dadruckt es mi.«

Ihre Mama, auch ein Mödlinger Gewächs aus altem Wiener Proletariat, war eine unschlagbare Großmeisterin solch inneren Großreinemachens gewesen, begehrt unter den Tratschweibern, gefürchtet auch in der Mödlinger Szenerie von der Kreuzung Goethegasse und Spechtgasse bis rüber zur Pfandlbrunngasse. Dort wohnte auch die Sibylle, Annas vergangene beste Freundin. Beide hatten in sehr jungen Jahren den Freund geteilt, den Lederer Jackl, dann hatte die Sybille den reschen Jackl geehelicht, der aber in jungen Jahren schon das Zeitliche gesegnet hatte. Aus dem schönen

Mödlinger Pflanzgarten ist so manche liebreizende Blume herausgewachsen, hat es zu einem kleinen Wohlstand, oft auch zu gewissem, eher lokalen Ruhm gebracht.

Für die herrschaftliche Köchin Anna Anzengruber war der Zeitpunkt einer endgültigen Abrechnung mit dieser Jarmillabaronin, diesem vulgären Kasernfetzn, noch nicht gekommen, meinte sie, so etwas bedarf der gründlichen Vorbereitung und einer gewissen göttlichen Fügung. »Oba es is net aufz'haltn«, sagte sie sich, »in seiner Harpfn, sog i, in ana lenoška, möchte man so was net durchstehn.«

9.

Der Alltag holte auch die Jarmilla ein. Sie war nun froh, dass sie mit dem jungen Ferdinand Polschitz einen Menschen an der Seite hatte, der die Kassenlage hier in Prachatitz überblickte. Die städtischen Finanzer hatten ja ihrem Mann, dem Herrn Baron, trotz seiner noblen Abstammung grad im letzten Jahr eingeheizt. Nachzahlen müsse er, meinte der Herr Finanzrat Krobschlacht und gewissenhafter abrechnen, was ja eine reine Unterstellung war. Der Ferdinand Polschitz war ein gwiefter Buchhalter geworden, hatte in Budweis drüben im Kontor beim alten Bloch dazu gelernt, der ihm die ganze Palette merkantiler Raffinesse beigebracht hatte, ein stattlicher Jüngling war er zudem, mit breiten Schultern in der feschen Joppe, die ihm die schöne, vom Onkel Karl so vernachlässigte Tante Roserl zum siebzehnten Geburtstag auf den Tisch gelegt hatte. »Bei uns daheim feiert man nur den Namenstag«, sagte er, nahm aber das Geschenk mit Freude und rotem Kopf an, nicht gewohnt, dass ihm jemand einen Gefallen tut, gar eine Freude macht, aber ein Hochgefühl ergriff ihn und er schaute die Tante mit ganz großen Augen an.

Im Budweiser Stadtpark hatte er flaniert wie ein Kavalier, jung wie er war und dumm. Er war immer wieder am Samsonbrunnen am Ringplatz hängen geblieben, wo ein Dutzend Handlerer ihre Waren anboten, hatte den Mädchen ein bisserl nachgeschaut, dem Herrn Offizier, der sein Hunderl um das bronzene Standbild des Herrn Ritter Adalbert von Lanna, gleich an der Langen Brücke, führte. Ein guter Mensch müsste das gewesen sein, sagte ihm der Herr Bloch, der ihn an den Abenden durch die Stadt und in das eine oder andere Gasthaus gelotst hatte, und: »A Göld hat er auch ghabt, der Lanna, an Eisenbahner war er, damit hot er sein Vermögen gmacht.« Der Ferdinand Polschitz dachte an den Onkel Magister. In Budweis würde es ihm gefallen, sinnierte er, und er konnte sich vorstellen, die hiesige Dependance zu führen, das würde ihm gefallen und mehr bräuchte er nicht. Nur die Lage der Niederlassung wäre zu verändern. Wer nahe dem Rathaus residierte, hätte den Hauptgewinn gezogen, das müsste er dem Onkel Karl nahebringen.

10.

»Ferdinand, kommens nach dem Abendessen noch einmal rauf zu mir«, meinte die verwitwete Neubaronin Jarmilla von Wesowitz häufig genug an den Abenden nach dem gemeinsamen Mahl, »wir hätten da noch einiges abzuklären für morgen, tagsüber hat man kaum Zeit fürs Nötigste.« Das sagte sie ein um das andere Mal und schaute nur so beiläufig ihren Hausmeister, den Herrn Ferdinand an.

Einmal, es war schon gut gegen neun Uhr nach einem

ereignisreichen Tag, der Baron Jakob von Wesowitz war nun schon Vergangenheit, hatte sich der Ferdinand, der Nachbarsbua aus Blanice, mit der Frau Anzengruber in der Küche um irgendeine Belanglosigkeit in die Haare gekriegt. Eine Kleinigkeit, wie so oft, war strittig zwischen den beiden. Da rief die Jarmilla vom ersten Stock über die Treppe in die Küche hinunter: »Ferdinand, wo bleiben Sie denn?« und fügte fordernd hinzu: »Gstritten wird net in dem Haus, das müssens schon anderswo hingehen, Anna.«

Der Ferdinand war derweil in den Keller hinabgestiegen, eine Flasche Wein zu holen, den vollmundigen St. Laurent, den der Herr Baron im Burgenland selber angebaut hatte, waren doch dort zwei Weinberge bei Eisenstadt, nahe dem Neusiedler See sein eigen. »Kleine Hügel sind das«, wie er sagte, »nur Hügel, aber ertragreich, weil von voller Sonne aufgewärmt.« Drüben im nahen Ungarn bei Szombathely gehörte ihm noch eine dieser lang gezogenen Anhöhen, auf der er einen Blaufränkischen, einen aromatischen Klassiker, den er für nichts in der Welt eingetauscht hätte, mit viel Liebe und eigener Hand kultiviert hatte. Ein Erbhof war ihm dieses Stück Land im Ungarischen gewesen. Im herrlichen Bistum Szombathely hatte einer seiner Verwandten mütterlicherseits die Kirche im westlichsten Teil des ungarischen Königreiches regiert, war Bischof gewesen, der Ferenc Szenczy, der Bruder seiner geliebten Großmama, einer aus dem Gutsherrengeschlecht der Szenczy aus dem Bagoder Land.

»Ferdinand, kommens, ich habe nicht alle Zeit der Welt«, fügte sie an, als der sich nicht rührte.

Die Anna Anzengruber war noch mit dem Abräumen des abendlichen Tisches beschäftigt, brachte die geleerten Teller und Schüsseln in ihr Küchenreich, rief hinauf in die obere Etage, wo sich die Wohnräume der Baronin befanden: »Welcher Ferdinand soll es denn sein, gnä' Frau, der österreichische Ferdinand aus Blanice oder der böhmische Herr Ferdinand von drüben?«

Von da an hatte der Ferdinand Polschitz seinen Namen weg, er hieß jetzt der böhmische Herr Ferdinand und die Wienerin Anna Anzengruber sollte von diesem Tag an in diesem herrschaftlichen Haus derer von Wesowitz wohl keine Zukunft auf Dauer haben.

11.

»A so ane Bisgurn, de Anna, dera geb i an Laufpass, da kann sa se valossn drauf, gleich morgen setz ich de Henna vor de Tür, frechs Luada, frechs.« Die Baronin war hoch echauffiert. »De setzt a no Gerüchte in da Stodt in Umlauf, über di und mi, de hau i davon, dass sie sich de Haxn bricht.«

Die Baronin hatte einen roten Kopf auf und redete sich ihren Frust von der Seele und schickte ihren Ferdinand aus Blanice wieder in sein Gemach zurück. »Morgen is a no a Tag, überleg dir des noch a mal«, wagte er sie dann beim pressanten Abschied zu beruhigen. »Red net Ferdinand, dös is mei Sach' und ausbadn muaß ich de Sticheleien von der Wiener Brunzn. Und die corsage, die sie aufträgt, is a Schand, es is einfach despektierlich, steht einem Dienstbotn gar net zua, aber der Jakob hat da nix gsagt, der Filou, es hat eahm passt.«

Der Ferdinand schickte sich an, das gemeinsame Gemach zu verlassen. »An Pfarrer hot sie, dös woaßt, an Pfarrer als Buam, in Pölten drübn, des wird scho a Gscheiter sei, bei dera Bixn als Mutta«, echauffierte sie sich aufs Neue. »Der

Jakob hätt' den Trampel scho lang ausseschmeißn solln. Sei frühere Gspusi in meinem Haus, stell dir des vor, des vergiss i eahm net, dem Jakob.«

»Geh, lass es guat sei, Jarmilla, überschlaf des Ganze, heit is heit, morgen is morgen.«

»Dös san deine gscheitn Redn, de helfa mir gar nixe«, fauchte sie und warf sich auf die andere Seite, »lass mir mei Ruah.« Wie immer, wenn sie sich ärgerte, sehnte sie sich zurück nach Wien und dem städtischen Leben im herrschaftlichen Wesowitzer Haus. In der Stadt das Leben zu genießen, die Luft am schönen Donaustrom zu atmen, wie sie sagte, im Prater sich zu ergehen, dafür hätt' sie jetzt weiß Gott was gegeben. Mit der Suserl von Tollet, eine aus der ehrenwerten Familie derer von Tollet, kaisertreuer, alter Adel vom Feinsten, hatte sie dort im Prater, auch in dem einen oder anderen Kaffeehaus schöne Gespräche geführt, auch über Poesie und Malerei, delikate Konversationen zudem. Das Suserl hatte den alten Freiherrn Peter von Hatzendorf geehelicht, was über lange Wochen zum Stadtgespräch wurde. Aber die Leut könnten sie kreuzweiß, sagte das Suserl und schenkte dem Freiherrn dann sehr flott ein halbes Dutzend fesche Buben und Mäderl. Der Freiherr war dann im Herbst von seinem schwarzen Hengst, dem Harras, ins Kreuz getreten worden, laborierte noch eine Zeitlang dahin, bis er an Lichtmess, das Jahr drauf, ausgelitten hatte. Der Falk, sein Jüngster, hatte drei Tage zuvor das Licht der Welt erblickt. »Schau ihn an, den Bub, den herzigen«, sagte das Suserl, als die Jarmilla die Gelegenheit wahrnahm und ihr kondolierte. »Er ist dem Peter wie aus dem Gesicht geschnitten«, sagte das Suserl zur Jarmilla. Die Baronin besann sich, fand in die

Gegenwart zurück. Es wäre Klarheit zu schaffen, man könne Unangenehmes nicht andauernd vor sich herschieben.

12.

»Zählen Sie nach«, sagte die Baronin nach dem Mittagessen, »es ist alles mit dem Herrn Advokat besprochen.« Sie hatte der Anna Anzengruber ein braunes, versiegeltes Kuvert überreicht. »Es sind Zeugen da, falls Sie meinen, übervorteilt zu werden. Öffnen Sie das Kuvert und zählen Sie nach. Angesichts Ihrer langjährigen Arbeit für meinen Mann, dem verstorbenen Herrn Baron, gebe ich Ihnen den Lohn fürs ganze Jahr, da können Sie zufrieden sein, dass macht nicht jede Herrschaft. Der Herr Sohn in Sankt Pölten ist bereits vom Herrn Baron zufriedenstellend bedacht worden. Schauns, dass Sie bis Mittag das Haus verlassen haben. Adieu dann.«

Der Ferdinand aus Blanice war als Zeuge anwesend, die zwei Bediensteten, für den Haushalt zuständig, waren hinzugezogen. »Machen Sie dergleichen Geschäfte nur unter Anwesenheit von mehreren Zeugen«, hatte ihr der Advokat mit auf den Weg gegeben.

Den Vormittag war sie in der Kanzlei ihres Advokaten, des Herrn Assessor von Rechensteiner, einem durchtriebenen Fuchs wie er im Buche stand, der einer alten Pilsener Advokatendynastie entstammte und dem Herrn Rittmeister zu Diensten stand, seit der in Prachatitz eingezogen war, gesessen. »Unangenehme Dinge sollte man wenigstens eine Nacht bedenken, gnädige Frau Baronin«, lächelte der Herr Advokat. »Hab ich, hab ich«, antwortete die Frau Baronin. »Die ganze letzte Nacht und viele Nächte vorher hab ich es

36

erwogen, wie ich die Madam rausschmeißn kann, man ist ja ein Mensch, man macht ja so was nicht ohne es gründlich zu bedenken und es ist alles bedacht, Herr von Rechensteiner.«

Nachdem das einseitige Gespräch mit der Köchin beendet war, entschwand die Baronin in ihr Zimmer in der ersten Etage. Die Anna Anzengruber glich der berühmten Salzsäule. Da war buchstäblich ein Gottesgericht über sie herein gebrochen, dem sie nichts entgegen zu setzen hatte. So wünschte sie der Frau Baronin die Pest an den Hals, noch dazu allen Schwefel und das schlimmste Feuer, das auf Sodom seinerzeit niedergegangen war. Anna Anzengruber schwieg, steckte das Kuvert in ihre Handtasche, packte ihre Habseligkeiten in einen braunen Koffer und fuhr mit dem Zug am späten Nachmittag hinunter nach Linz, sie würde nach einer schlaflosen Nacht im Bahnhofsrestaurant in Linz nach Wien weiterfahren, nach Hause zu der Mama. Die Kapitel Prachatitz und Baronin Wesowitz schienen damit abgeschlossen zu sein und Anna Anzengruber, langjährige Muse, Mutter seines Sohnes und Köchin des verblichenen Herrn Rittmeisters Baron von Wesowitz ging einer sehr individuellen Zukunft entgegen.

13.

Der Ferdinand Polschitz, den die Anna Anzengruber den böhmischen Herrn Ferdinand genannt hatte, machte sich den frischen Geist seiner Mutter zunutze. Der starke Wille des Vaters, der sich in seinem Dorf wacker durchschlug, zeigte sich im Bub, wie die Mama ihren Ferdinand immer nannte, dass er nicht zu jenen gehörte, die zu früh klein beigegeben hätten. »Aus Ihrem Ferdinand wird einmal was«, erklärte seinerzeit schon der Dorfschullehrer, wenn die Mutter nachfragte, ob er denn anständig sei, der Bub. Der Ferdinand gab keine Ruhe, bis er nicht die Lösung gefunden hatte, wenn er den Kindern die kniffligsten Rechenaufgaben »zum Beißen«, wie er sagte, gab.

»Den Ferdinand müssen Sie zum Studieren nach Budweis schicken, der hat ein Hirn, wo andere einen Haufen Heu drin haben«, meinte der Lehrer Zwicknagel, aber er wusste, dass der Herr Magister und Stadtrat Borwitz der Onkel des Ferdinand Polschitz war und machte sich so seinen Reim drauf.

Der Ferdinand durfte sich den Zweispänner vom Onkel Karl ausleihen und fuhr damit, sobald am Samstagnachmittag die Woche abgehandelt war, hinaus zu den Eltern nach Nebahovy. Die Mutter ließ sich nicht sehen beim Onkel. Sie wäre keine feine Dame, sagte sie zum Bub, »und da soll sich die Tante Roserl nicht mit mir schämen müssen.«

Dann änderten sich von heute auf morgen die Fakten. Der Herr Magister Karl Borwitz hatte einen Bauernhof gekauft, auf den leichten Anhöhen hinauf zum Libin gelegen, die zwanzig Milchkühe verhießen viel Arbeit, ein Knecht, der Severin Weingart, war am Hof geblieben und der Onkel Karl suchte nun einen zuverlässigen Verwalter. »Das macht der Vater, musst ihn halt selber fragen, Onkel Karl, kennst ja seinen Stolz. Da kämen sie endlich raus aus dem Dorf und könnten was aufbauen, die zwei brauchen eine Chance, wie man heute sagt.«

Er bräuchte a wenig a Bedenkzeit, sagte der Vater, dem das Blut in den Kopf gestiegen war. Das war die einzige und letzte Möglichkeit, rauszukommen aus den Niederungen, in die er hineingeboren wurde. »Ich bin kein gelernter Bauer,

Karl und ich möchte deinen Besitz nicht herunterwirtschaften, da hab ich meinen Stolz.«

»Wir machen das, Karl«, sagte schließlich seine Schwester, »dös werdn wir packn, wirst sehn.« Diese Geste würde sie dem Bruder nicht vergessen.

Der Bursik hat dann das Polschitz'sche Haus im Dorf gekauft. »Wenn du Hilfe oder einen Rat brauchst, sag mir Bescheid«, sagte der tschechische Freund beim Abschied. Wer würde jetzt die kleine Glocke läuten, früh, zur Mittagszeit und am Abend, wenn im Sommer die Dörfler auf der Bank vor dem Haus den arbeitsreichen Tag segneten? Der Ferdinand würde nun nie mehr wieder in sein Elternhaus nach Nebahovy kommen, der Zweispänner würde ausbleiben. »Unsere Bozena wird sich die Augen nach dem Ferdinand ausweinen. Schmerzhafte Jungfrau Maria von Budweis steh ihr bei«, betete die Mama Bursik. Im Stall schepperten die Milcheimer, ein paar Kühe blökten, eine Katze schlich aus dem angelehnten Stalltor.

»Wo ist denn die Bozena?«, fragte Ferdinand und stieg von seiner Kutsche. Es war wieder ein später Samstagnachmittag.

14.

In Prachatitz fuhr schon das eine oder andere Daimler-Automobil über die gepflasterten Straßen. Lederne Kappen auf den Köpfen und eine gewaltige Schutzbrille auf der Nase, so trotzten die zumeist noch recht jungen Fahrer den Winden und der vehementen Geschwindigkeit. Die Straßen waren nicht auf dergleichen Gefährte eingerichtet, noch beherrschten die Pferdefuhrwerke, Droschken und auch feinere Kutschen das Straßenbild. »Es wird seine Zeit brauchen, bis diese Fahrzeuge sich auch bei uns durchsetzen«, sagte der Onkel Karl eines Abends, »und wer kann sich so was schon leisten?« Es blieb still, denn alle wussten, die Tante wie der Ferdinand, dass da noch etwas nachkommen würde.

»Ich habe mir das überlegt, gründlich durch den Kopf gehen lassen. In Budweis und Pilsen und in den Städten drüben in Deutschland sind sie schon an der Tagesordnung. Mit so einem Automobil bin ich in einer Stunde in Budweis, mit der Kutsche brauche ich einen halben Tag, außerdem sind die Automobile kräftiger und billiger als Pferde, ich meine in der Haltung.«

»Da magst du recht haben, Onkel Karl«, der junge Ferdinand Polschitz nickte beifällig.

»Also dann fahren wir am Samstag nach Budweis und kaufen so ein Automobil.«

Da wäre aber doch einiges zu lernen, warf die Tante ein. »Na, das werden wir doch auch hinkriegen«, lachte der Onkel Karl. »Wir stehen bald in einem neuen Jahrhundert, da werden wir noch einige Überraschungen erleben.«

15.

Der Josef Bolech, der Jüngere, machte der Familie wenig Ehre, tanzte regelmäßig aus der Reihe. »Das schwarze Schaf eurer Familie ist der Josef, merk dir das, Maria«, sagte der Pfarrer, den die Maria Bolech um Rat fragte, weil der Josef ihr ganzes Unglück wäre. »Da kann man nicht raten, Maria, entweder er wird oder er wird nicht. Schön ist so was nicht.«

Der Josef blieb über seine dummen Jahre hinaus einer, der scheinbar nie ins Gleichgewicht kommen würde, es müsste schon ein Wunder geschehen, sein Charakter blieb unausgereift und wenn man ihn beschreiben müsste, wären die schlechten Eigenschaften prägend, aber Vater und Mutter ehrte er, wie er betonte.

Bei den ersten Gemeinheiten und Beleidigungen, die er den Mitschülern zumutete und recht bald auch den Lehrern und später auch dem Bäckermeister Ungerov, der ihm das Bäckerhandwerk beizubringen trachtete, anmaßend Frechheiten entgegen schleuderte, blieb es nicht. Bald schlug er auch zu und dem Jaro Neumann, der mit ihm in der Backstube gestanden hat, der einen deutschen Vater und eine tschechische Mutter hatte, drosselte er, bis ihm der Jaro aus den Händen fiel. »Ihr gehört ausgerottet, mehr brauche ich da gar nicht zu sagen«, schrie er ihn an, als der Jaro sich wieder bewegte und sich wieder an den Brottisch hoch gezogen hatte, um die Laibe und die Wecken fürs Backen vorzubereiten. »Bis du dich versiehst, räum ich dich ab«, fügte der Josef Bolech lapidar hinzu und machte eine eindeutige Bewegung über seinen Hals.

Dann hatte er sich auch an den Nachbarn, vornehmlich an dem Miloslav Janik in der Dorfstraße in Nebahovy, gerieben, hat ihm die dünnen, blau gestrichenen Zaunlatten zertrümmert, die der Miloslav um das Haus gezogen hatte und ihm gedroht, er würde ihm seine dreckige Hüttn anzünden. Der Josef war unbeherrscht, immer auf Händel aus, spöttisch und im Herzen voller Grimm und unbändiger Wut. Hatte er sich etwas in den Kopf gesetzt, verfolgte er sein Vorhaben bis ins Letzte.

Der Vater saß daheim und schusterte ein Paar Schuhe um das andere, reparierte die durchgelaufenen, klebte da ein neues Fersenfutter ein und hämmerte dort mit Sorgfalt neue Leder auf die durchgeschliffenen Sohlen und er nähte die offenen Nähte der wertvollen Handtaschen der feinen Damen in der Stadt. Er setzte kunstvoll ein Fleckerl auf die ledernen Einkaufstaschen, die durch langen Gebrauch Schaden genommen hatten oder auf das durchgescheuerte Hirschwams eines städtischen Beamten oder klebte mit bestem Schusterleim, den er aus Passau zugeschickt bekommen hatte, auf die braunen, ungarischen Reitstiefel des Herrn Baron neue Absätze. Als der Herr Rittmeister ihm aus Wien einen neuen Dreifuß mitgebracht hatte, versprach der Bolech seinem Wohltäter sein Fürbittgebet auf Lebenszeit. So brachte es der Schuster Josef Bolech zu bescheidenem Wohlstand und zog gemeinsam mit seiner Maria die Kinderschar zu respektablen Gliedern der Prachatitzer Gesellschaft auf.

Er war gut zu allen Leuten, ein wahrhaftiger Mensch, im Dorf angesehen und beliebt bei den Städtern, die zu seiner Kundschaft zählte, und wenn einer nicht gleich bezahlte, schrieb er die schuldig gebliebene Summe in sein Schuldenbüchlein, ein mit schwarzem Wachstuch überzogenes, kleines dickes Heft und er forderte niemand auf zu zahlen und wartete, bis der Schuldner selber wieder vorbei kam, um seine Geldschuld zu begleichen.

Er war gütig, freundlich und durchs Leben abgeklärt wie seine Frau, die Maria, die er sich aus einem Weiler, nahe bei Volary, wo es nicht mehr weit ist bis Oberplan, geholt hatte. Eine gute halbe Tagesreise war es bis Volary auf dem Pferd. Dort hatte er sich das gute Leder, vom Rind vor allem, besorgt, das die Wallerner aus dem Bayerischen eingeführt hatten. Dann stattete er regelmäßig der Heiligen Katharina in der Kirche einen Besuch ab, hatte ihr gedankt für alles Gute. Das hatte er der Mutter versprochen und er betete, dass er weiterhin in Frieden leben darf, dass er eine gute Frau bekäme, dass es den Eltern und Geschwistern gut geht und dass der liebe Herrgott den Herrn Kaiser noch lange erhalte. Der Himmel an diesem Tag war freundlich und er wurde dem schönen Gotteshaus gerecht.

Sie hatte die Kirche geputzt, er saß ganz hinten in einer Bank und sie war schön anzuschauen. Er wartete vor der Kirche, bis sie das Gotteshaus verließ und dann hatte sie ihm Volary gezeigt. »Mein Vater ist ein Bauer, ob er einen Schuster zum Schwiegersohn haben will«, lachte sie ihn bei seinem zweiten Besuch an, »das weiß ich nicht, musst ihn halt schön fragen.« Schließlich folgte ein ausführliches Gespräch mit dem Vater und der Mutter der Maria. Von Nebahovy habe er freilich gehört, sagte der Bauer, da lebe ja der Martin Bursik und der habe einen Bummel, wie es keinen zweiten weit und breit gäbe.

Übers Jahr waren sie verheiratet und dass der jüngste der Kinderschar, der Josef, den sie doch so geherzt und behütet hatte, so aus der Art schlagen würde, das konnten sie nicht verstehen. Der Onkel, der Bruder der Maria aus Volary, wäre ein Wilder gewesen, der habe auch seine ganze Bubenzeit gerauft, vielleicht hat er es von dem, sagte der Großvater aus Volary.

Der Josef Bolech arbeitete nach der abgebrochenen Bäckerlehre, der Ungerov hat ihn schlussendlich hinausgeschmissen, als Schankkellner beim Bräu in Oseky drüben. Aber wie konnte es anders sein, er fand an allem ein Haar in der Suppe und verlor nach einer handfesten Keilerei auf dem Dorfplatz in Oseky erneut seinen Arbeitsplatz.

Dann fanden der Vater Josef Bolech und die Mutter Maria Gehör bei ihrem Herrn im Himmel, hatten sie ihm doch seit vielen Jahren ständig in den Ohren gelegen.

Der Josef, den die Mutter gern Seppi nannte, hatte während einer sommerlichen, sehr beständigen Großwetterlage im südlichen Böhmerwald, den Anruf seines Schöpfers vernommen. So machte er sich, nachdem er in einen gebügelten Anzug gestiegen war, auf den Weg nach Prachatitz, klopfte beim Herrn Stadtrat und Magister Karl Borwitz an die Glastür zum Kontor und meinte, er kenne den Ferdinand Polschitz gut und der würde sicher seine Hand für ihn ins Feuer legen und er könne gut mit dem Automobil fahren, wo er, der Herr Magister ja eines hätte, das schönste in Prachatitz und Arbeit bräuchte er.

»Ja, wennst du den Ferdinand kennst, der steckt zur Zeit in Budweis, dann kannst bei mir anfangen, da finden wir schon was. Bist einer von den Schusterbuben in Nebahovy, wie du sagst, dann hast einen guten Vater, den ich ja kenne und eine kreuzbrave Mutter und meine Frau hat bei deinem Vater schon das eine oder andere Paar Schuhe richten lassen.«

Ja, das wäre er, einer von den Bolechbuben. Weil der Herr Magister nun so freundlich war, ging dem Josef Bolech das Herz ganz auf und er erzählte dem Herrn Borwitz in aller Offenheit von dem vielen Mist, den er schon ausgebreitet hätte in der ganzen Umgebung und er wäre bekannt als schwierig und aufbrausend.

»Na ja, dann probieren wir's mit dem Josef Bolech«, lachte der Karl Borwitz. Der Josef aber dankte zum ersten Mal im Leben der Jungfrau Maria und dass er den Ferdinand Polschitz kenne und der sein Freund sei.

»Der Kluge lernt aus allem und jedem, der Normale aus

seinen Erfahrungen und der Dumme weiß schon alles besser«, das habe der alte Sokrates schon vor dreitausend Jahren von sich gegeben, setzte der Herr Magister hinzu. »Wenn du zu den Normalen gehörst, Josef Bolech, wie wir kleinen Leute alle, dann passt es schon.«

So kehrte in die Stube des Josef und der Maria Bolech doch noch der Frieden des Jesuskindes ein, um den sie für ihren Josef ein Leben lang gebetet hatten und der Ferdinand Polschitz wunderte sich, als ihm nach seiner Rückkehr aus Budweis der Josef Bolech freundlich entgegen kam: »Ja, da schau her, der Josef, schön dass es dich gibt«, sagte er zu ihm und der Josef lachte nur.

16.

Die Anna Anzengruber, in einem Mödlinger Grätzl aufgewachsen, ehemalige Geliebte des Herrn Rittmeisters Baron Wesowitz, war seinerzeit ja zunächst die Kalle von einem Herrn Oberfeldwebel gewesen. »Er is halt so a Kanari, ein blonder Recke mit einem prächtigen Schnauzbart«, sagte sie seinerzeit im Freundinnenkreis, wenn man sie nach ihrem derzeitigen Effendi ausfragte, auch er ein Leopoldstädter. Dann war sie weitergereicht worden an einen jungen Leutnant Maximilian von Vöslau, der das Leben in der Stadt, außerhalb des Quartiers kennenlernen sollte. Er war aus der Rennweger Infanteriekaserne, einer der frischen, tollpatschigen Hupfer aus der adeligen Provinz. »Mein Vater is a pensionierter General, Infanterist wie alle Vöslauer, seit Generationen in Diensten von Kaiser und Vaterland«, flüsterte er ihr beim ersten längeren Rendezvous ins Ohr.

Der Herr Vater wäre zunächst Adjunkt am Hof in Wien

gewesen, in jungen Jahren noch, dann hätte man ihm mehr anvertraut, neben einer schönen Gräfin hätte er auch die Führung einer Kompanie erhalten, wäre dann in den Generalstab hineingewachsen, erzählte der Maximilian, und »der kommt für alles auf, sollte was schiefgehen, Tschapperl, hörst«, fügte der Maximilian hinzu.

Er, der Herr Leutnant von Vöslau, hätte einen prächtigen Gutshof zu eigen, auf dem zwar der Vater noch die Regie führe, wie er wohl ganz zufällig anführte, aber immerhin. »Drunten in Baden, nicht weit weg von Mödling«, erwähnte er beiläufig, um ihr das Zusammengewöhnen zu erleichtern. Was es ihm an Lebens-und Liebeserfahrung mangelte, wollte sie wettmachen mit ihrer persönlichen Substanz, nahm sie sich nun vor, Substanz, die sie habe, von der Mutter geerbt, der Vater wäre lang schon verstorben. Aber auch diese prekären, familiären Zeiten wären vergangen. »Heut is heut«, sagte sie mit der ihr eigenen Nonchalance.

17.

Nun hatte sich also die Anna Anzengruber in Sankt Pölten bei einer alten Freundin vorübergehend eingemietet, nahe beim Bischöflichen Ordinariat in der Schmiedgasse. Zufällig besaß die Traudi Menacher, geborene Falk, Freundin aus alter Wiener Zeit, die einen Sankt Pöltener geheiratet hatte, einen Stoffladen in der Wiener Straße, einfach extraordinär.

Sie wär nur auf dem Durchzug heim nach Mödling, da böt sich a neue Chance, sagte die Anna Anzengruber zur Traudi. Sie soll se net zier'n, sagte daraufhin die Traudi Menacher, a paar Tag würden sie es schon miteinander aushalten, es gäb so viel zu erzählen.

Der Gustl Menacher konnte damals in der Rennweger Infanteriekaserne in Wien als Hauptmann reüssieren und schließlich als Zwölfender abgehen. Die Traudi hatte ein Glück gehabt, denn der Herr Hauptmann ließ sich nicht lumpen und hat sie glattweg geheiratet, dann hat er etwas Unbestimmtes in den Därmen bekommen und liegt heute am Friedhof Stattersdorf in Sankt Pölten im Grab der Eltern. »Der Herr von Vöslau hat ane g'schlamperte Baronesse geheiratet, sei froh, dass du damals den Rittmeister von Wesowitz gekriegt hast«, lachte die Traudi in Erinnerung an die hupferten Jahre.

Vieles Neue aus dem Mödlinger Umfeld hat die Anna in der ersten Stunde erfahren, dann erzählte sie von ihrem geliebten Baron in Prachatitz droben im Böhmischen, dem sie schließlich aufgewartet habe, der einer blöden Bauerntrutschn verfallen und jetzt viel zu früh die Seiten gewechselt habe. Sie kehre nun wieder zurück in ihr angestammtes Heimatland und sei glücklich, dass der Bub, »du waßt, der Bua vom Herrn Baron, der seine und der meine halt«, in der katholischen Kirche eine Karriere mache, eine Ernennung zum Herrn Domvikar, hier in Pölten, stünde da gerade an, hätte sie ghört.

Davon müsse sie auch noch der Frau Magister Roserl Borwitz schreiben, mit der sie recht intim sei. »Die wohnt im Nachbarhaus, ein Palais hat die und eine feine Frau ist sie, kinderlos, aber einen feschen jungen Mann haben sie im Haus, den Herrn Ferdinand, ich nenn eahn den böhmischen Herrn Ferdinand, weil der andere Ferdinand kein Herr ist, ein Trampel eben.«

Dann erzählte sie den Rest des Tages von der Bissgurn,

der Frau Baronin, die ihr praktisch, notabene, den Mann und Geliebten weggenommen habe.

18.

Man soll den Tag nicht vor dem Abend loben. Der Herr Domvikar im Bischöflichen Ordinariat zu Sankt Pölten bekam unerwarteten Besuch.

»Eine Dame sei sie, sagt sie, sie sei Ihnen wohlbekannt Herr Domvikar und sie schreibe sich Anzengruber und ich soll Sie bitten, sie, die Dame, nach oben zu holen in Ihr Büro.«

Die ehrwürdige Schwester Emerentia war leicht konsterniert, denn eine Dame, gar eine Mutter habe sie noch nie gesehen im Bischöflichen Ordinariat zu Sankt Pölten, wie sie sich nicht verkneifen konnte, zu erwähnen, bevor sie wieder die braune, gebohnerte, hölzerne Treppe, die jahraus, jahrein so widerlich roch, hinabglitt. Aber an Gerüche gewöhnt man sich und an so vieles andere auch und wenn man in einem so hohen Haus Dienst tun darf, nimmt man einiges in Kauf.

»Jessas, Mama, du bist es«, entfuhr es dem Herrn Domvikar. »Na, wenn ich jemand erwartet hätte, dann nicht dich, wo kommst denn her und was kann ich für dich tun?

»Wos haßt denn dös, ob du was für mich tun kannst? Jessas, Bua, wia red'st denn du mit deiner Mutter, ich hab dich aufzog'n und deine Karrier' hast mir zu verdanken.«

»Also Mama, reden wir nicht über meine Karrier', die könnt' heut Abend noch zu Ende gehen. Hättest mir doch geschrieben, aber ein Mutterbesuch im Ordinariat bei ihrem Bub, das spricht sich rum, da verlier' ich Renomee, vastehst, was ich sagn will, Reputation anders ausgedrückt, mit Verlaub, wann i dös so ungeschützt sagn darf.«

»Jessas Bua, is dös der Dank, dass du mi etzat so abkanzelst, da auf der Stiagn. Gemma net aufi, in deine Kanzlei, da kann man doch besser redn?«

»Mama, dös geht goar net. Kanna nimmt mir dös ab, dass du mei Muatta bist, schaugst viel zu jung und zu guat aus. Wenn ana von de Domkapitulare daherkommt, sagt er gleich, i hob a unbilliges Verhältnis mit ana älteren Frau. »Mutta«, sagn de, »Mutta ko a jeda sagn.« Dann werdn's lachen und morgen in der Konferenz wird der Herr Bischof sagn, dass es nichts wird mit aner Karrier' und dass der Vata gestorben is, woaß a a jeder und dann geht es außi aus der Stadt, hinter ins letzte Loch, wo se de Füchs und de Hasn a guate Nacht sagn, vastehst, Mama?«

»A soviel Undankbarkeit hätt' i net erwartet, Bua, selm der Herr Jesus Christus hot ane Muatta ghabt und hat se net verleugnet.«

»No bleib nur bei der Wahrheit. A jede woaß, der hot seiner Muatta a de Meinung g'stoß'n, wia sie sich eingemischt hot in sein Kram und dann hat er einen Haufen überflüssigen, guat'n Wein produziert und de Leut war'n alle hochprozentig im Rausch.«

»Jessa Bua, dös G'spräch muaß i beenden, dös geht mir an mein Nervenkostüm, da brich i no zamm, auf der Stell. Etzat geh i, i wohn bei der Menacher Traudi in der Schmiedgassn, wannst mi doch no amol sehn möchtest. Jessas, Maria, Bua, weit is es mit dir kemma.«

»Wia i a Bua war, host mi du zu der Großmutter g'steckt nach Mödling auße, zu der Tante Mare no, ins dreckigste Grätzl. Dann host mi ins Seminar nei gsteckt, rein gepresst, dann hob i Geistlicher werdn müassn, ja Kruzitürkn, wos wüllst etzat vo mir. Schleich di, Mama, schleich di, etzat brauch i di a net und in Sankt Pölten brauchst di nimma sehn lassn, dös is mei Revier. Und dass i da im Ordinariat sitz und eine Verantwortung trage, dös hob i einem Herrn Papa zu verdanken, den i a net kenn.«

Da schlich die Anna Anzengruber, die verschmähte Mutter, nach Hause in die Schmiedgasse. Sie tapste über das Pflaster, setzte einen Fuß suchend vor den anderen, als hätte sie eine schwere Krankheit grad hinter sich gebracht, nicht weit weg vom Bischöflichen Ordinariat wär sie doch in Logis, nur ein Katzensprung wär es für den Bub auf einen Besuch.

Sie trank an diesem depperten Abend eine ganze Flasche Roten, schlief wie ein Ratz und schwor sich am nächsten Tag, als sie ihren Kater ausgeschwitzt und ausgestöhnt hatte, dass sie nach Wien gehen würde, dort hätte sie doch ihre beste Zeit gehabt. »An oidn Geheimrat kriag i oiwei no«, sagte sie beim Abschied zur Traudi, »oan, der a Pflege braucht und a Ordnung und dankbar ist« und »i ziag wieder zu der Mama nach Mödling außi, de braucht mi gwiß, se hot halt as ewige Lebn, de Mama.«

Zur Mama in Mödling hatte sie nahezu gar keine Verbindung aufrecht erhalten. Vor Jahren hat die Mama ihr geschrieben, dass sie es mit den Hüften hätt' und bald auf jemand angewiesen wär und ob die Anna nicht wieder heimkommen wollte. Und sie hat davon geredet, dass a solche Hüftn erblich sei, da hätt' ihre Mutter schon damit herum laboriert und sie, die Anna, hätt' auch die Figur und dürft' wohl damit rechnen.

Dass sie für sie beten würd, hat die Mödlinger Mama

auch geschrieben und die Anna besaß selber einen Rosenkranz und sie hat nicht nur den Herrn Jesus angerufen bei allen passenden und unpassenden Gelegenheiten, sondern auch das kleine eiserne Kreuzl immer wieder abgegriffen und druckt, weil der Rosenkranz in der linken Tasche im Sonntagsgewand seinen festen Platz hatte. Sie solle doch heimkommen, flehte die Mama im letzten Brief, da hätte sie einen festen Wohnsitz und was tät sie als einschichtige Person allan daham mit vier Zimmer und sie hätt' als Einzige in der Straß' eine Badewanne eingebaut.

»Wart net auf irgend anen Gigolo, der nutzt dich nur aus, die Männer denken e bloß an ihren Vorteil und oa Hawara is wia da andere. Dann schmeißt der feine Herr dich weg. Na bist alt und und eine ausgschtochene Pflanzn, host as Gsicht voller Rüscherln wia die Schicherl Mare, die einen Herrn Rat aus Guntramsdorfer Straß emsig gehegt und gepflegt hat und dann hat der alles seinem Bub vermacht, der drüben in Bruck an der Leitha an Zwirnladn hat und ein gutes Auskommen und sie hot an Dreck ghabt. Grod dass sie net in die Donau gangen is. »Wär sie jetzt erlöst«, fügte sie in ihrer immer noch schönen Mädchenschrift an. »Recht hat sie scho, de Mama«, dachte sich die Anna, als sie wieder ein wenig Ruhe gefunden hatte, »der Herr Baron hat auch seinen gschamsten Diener gspielt und hat sich dann diese böhmische Jarmilla gholt«, was sie ihm net vergessn wird, so lang sie lebt.

Der Herr Geistliche Jakob Anzengruber hatte einen recht unguten Abend durchzustehen. Er weinte sich bei seiner Susanne aus, die ihn schon seit einer Reihe von Jahren treu begleitete. Bald nach dem Abschied aus dem Seminar, vor seiner Weihe in der Hohen Kathedralkirche von Sankt Ma-

riä hat er sie bei einem Bekannten seines Vaters, des Herrn
Baron Wesowitz, bei der Familie Froschleder draußen bei
Michelbach vorm Kyrnberger Wald kennen gelernt. Der
Vater, der Gustl, hatte eine gut gehende Mostbaronie. Angesehen war der Froschleder weitum und er produzierte und
kredenzte das Beste aus heimischen Erträgen. Beim Kosten
sortenreiner Birnenmoste und feiner Edelbrände haben sie
sich bald gut verstanden. Die Susanne war ihm zugetan und
treu ergeben, ihm, dem Jakob Anzengruber, Bub vom Baron Wesowitz, geistlicher Herr, »ana mit ana Zukunft«, wie
der Froschleder seiner Susanne so beiläufig zuraunte. Auch
wenn er als uneheliches Kind eines Adeligen und einer Kü-
chenfrau aus Mödling einen leichten Makel mitzutragen
hatte, bis hierher ins Bischöfliche Ordinariat, so wollte er
doch ein guter Priester sein, ein echter Diener Gottes und
Freund der Menschen und seine Susanne würde ihm ein Leben lang dabei helfen.

19.

Man soll den Tag nicht vor dem Abend loben. »Jessas«, sagte des Roserl beim Mittagessen zu ihrem lieben Mann, »da
hätt' ich doch glatt vergessen, dir zu sagen, dass die Frau
Anzengruber mir geschrieben hat.

»Ja, hör auf, Roserl, die Ohrenbläserin, schreibt dir.«

Der Ferdinand Polschitz, den die Frau Anzengruber ach-
tungsvoll den böhmischen Herr Ferdinand genannt hatte,
verkniff sich ein Lächeln und schaute mit steinerner Miene
zunächst zur Frau Tante, dann wandte er seine Blicke dem
Herrn Onkel zu.

»Unser Ferdinand kennt sie sicher am besten, die Dame,

die so fluchtartig das Haus der Frau Baronin verlassen musste«, er schaute in Richtung seines Neffen, »das war schon ein anstrengendes Frauenzimmer. Der Herr Baron nannte sie sein Beißzangerl, früher war sie sein Verhältnis, der gemeinsame Sohn sitzt in Sankt Pölten, wird vielleicht einmal ein Herr Prälat oder gar ein Herr Weihbischof.« Der Herr Magister lachte prustend, »in Adelskreisen ist heutzutage nichts unmöglich.«

»Das ist doch gar kein Adeliger, er heißt ganz einfach Anzengruber wie die Mutter, er ist einer von uns, aus dem Volk«, das Roserl war in der Sache, so meinte sie, involviert und echauffierte sich sehr. »Impertinent bist Karl, er kann ja nichts dafür, dass ihn die Mama unehelich in die Welt gesetzt hat.«

»Wenn er gestorben wäre, als kleiner Bub, dann hätte sie ihn vor der Friedhofsmauer eingraben müssen«, bemerkte er noch süffisant, »as arme Bodschal.«

Dann gab ein Wort das andere, die Stimmung wurde hitziger, das Roserl erhob sich und rauschte in ihr Zimmer: »Mir schmeckt gar nichts mehr«, sagte sie, bevor sie durch die breite Glastür abging.

Der Brief von der Anna Anzengruber, die im Gegensatz zum Roserl doch ein wesentlich aufregenderes Leben gehabt hatte, blieb auf dem Tisch. Der Herr Magister öffnete ihn und lachte lauthals. »Da kannst es einmal wieder sehen, wie die Leute die Fakten verdrehen, jeder redet, wie es ihm passt. Sei vorsichtig im Reden, lieber weniger als zu viel, Ferdinand.«

»Die Anzengruberin ist plötzlich zum Lamm mutiert, dös ist a Hetz, wia ma bei uns im Böhmischen sagt. Die

Frau Baronin würde sagen, dass es ein Amüsement ist. Jeder spinnt eben auf seine Weise«, monierte der Karl Borwitz.

»Halt dich fern von der adeligen Nachbarschaft, Ferdinand. Deine Arbeit bei den Wesowitz'schen drüben endet nächsten Monat, die Madam muss sich einen neuen Buchhalter suchen. Ich habe gerne ausgeholfen, aber du musst eine Zeitlang nach Budweis und dann nach Wien, Bub. Ich hab dem Herrn Baron seine Spirituosen in der Leopoldstadt abgekauft, zwei Tage vor seinem unglückseligen Sterben waren wir beim Notar, auf Empfehlung seiner Frau, der Baronin, übrigens, die brauchte Geld und hat ihm wohl zugeredet. Jetzt gehört ihr ja alles.«

20.

Der Vorsitzende Amtsrichter rief die Sache: »Das Königreich Böhmen gegen Frau Katinka Trabes« auf. Staatsanwalt, Verteidiger, Angeklagte und eine Handvoll Zuschauer erhoben sich von den Plätzen. Der Staatsanwalt zupfte an der Stulpe seines rechten Ärmels. Alles musste seine Ordnung haben.

Die Gerichtsverhandlung im Raum Nr. 17 in der ersten Etage im Amtsgericht in Budweis nahm dann Knall auf Fall einen unerwarteten, gar unvermuteten Verlauf. Zunächst plädierte der Advokat der Beschuldigten auf Befangenheit des Staatsanwaltes, er habe als Gast Kontakt zu der Beschuldigten gehabt.

»Wenn Sie damit sagen wollen, Herr Anwalt, dass ich von Ihrer Mandantin wohl ab und an bedient worden bin, im *Goldenen Stier*, am Abend, im Kreise meiner Kollegen unserer Verbindung, des ehrenwerten Corps Suevia, dass sie mir, das heißt uns, Speis und Trank servierte, ja dann hatte ich tatsächlich Kontakt zu der Beschuldigten.«

Der Vorsitzende Richter wies den Antrag auf Befangenheit des Staatsanwaltes zurück.

»Meine Mandantin zieht ihr Geständnis zurück, sie fühlte sich bei der Vernehmung durch die beiden Kriminalbeamten unter massiven Druck gesetzt. Im Königreich Böhmen wird doch Recht gesprochen oder sollte sich da etwas geändert haben? Zudem rufe noch weitere zwei Zeugen in den Zeugenstand.« Der Herr Anwalt delektierte sich unverhohlen.

»Das hätten Sie mir vor der Verhandlung sagen müssen, des Respektes vor dem Hohen Gericht wegen, aber ich lasse Nachsicht und die Vernunft walten, Herr Rechtsanwalt, ich lasse für den Nachmittag Ihre beiden Zeugen zu. Damit kann ich leben, dann fangen wir das Prozedere von vorne an, mir soll es recht sein. Wenn es Ihrer Mandantin nicht zu lange wird«, erwiderte der Herr Amtsrichter.

In den Zuschauerrängen saß auch Ferdinand Polschitz, der böhmische Herr Ferdinand ehrenhalber genannt, der im Auftrag von Herrn Magister Borwitz den Verlauf der Verhandlung verfolgte.

»Das Ganze könnte sich in die Länge ziehen«, er telefonierte nach dem ersten Verhandlungsvormittag mit dem Onkel. »Die Dame hat ihr Geständnis widerrufen.«

»Worum geht es denn überhaupt konkret, hat sich die Katinka etwas zuschulden kommen lassen?«

»Ihr wird vorgeworfen, einen betuchten Gast im *Goldenen Stier* mit irgendwelchen alkoholischen Mixturen in die Erschöpfung, in einen tiefen Schlaf getrieben und ihm die reich gefüllte Brieftasche entwendet zu haben. Dafür gibt es jedoch keine Zeugen, nur die seltsame, fragwürdige Zeugenaussage der Katinka, die sie scheinbar unter massivem Druck der vernehmenden Beamten gemacht hat. Jedoch hat die Verteidigung zwei Zeugen beigebracht, die für die Angeklagte wohl Partei ergreifen werden. Die Vernehmung geht um zwei Uhr heute Nachmittag weiter.«

Die Faktenlage war für den Richter eindeutig. Die Beschuldigung des um sein Geld gebrachten Gastes, eines Viehhändlers aus Kaplice unten an der österreichischen Grenze, war nicht nachweisbar, die Zeugen sagten für die Beschuldigte aus, der Herr Amtsrichter sprach die Katinka Trabes, wohnhaft in Budweis, in der Budovkova Nummer 14, frei.

Ferdinand Polschitz fuhr am späten Nachmittag noch nach Prachatitz zurück und lernte dabei das eine und das andere im Umgang mit dem neuen Daimler-Automobil. Vor etlichen Wochen hatten sie das Gefährt gemeinsam in Budweis abgeholt, nach einer halbtägigen Einführung hatte der Onkel das Steuer übernommen, auf halber Strecke löste ihn der Ferdinand ab. »Fahr langsam, Bub, es ist schon eine Teufelsmaschine, fährt wie der Sturm dahin, es is eine Hexerei.« Sie hatten sehr überlegt eingekauft. In Prachatitz gab es schon eine Anzahl recht schöner Fahrzeuge, kleine und größere wurden von ihren stolzen Besitzern in den sommerlichen Abendstunden über den Hauptplatz kutschiert. Eines der großen Fahrzeuge gehörte dem amtierenden Bürgermeister Freiherrn von Raschkotz. »Das Vehikel darf nicht so groß sein wie das des Bürgermeisters und in der Farbe dezent, nicht rot, das ist Frau Raschkotz' Lieblingsfarbe, er selber fährt lieber in Grün, aber die Frau Gemahlin hat sich beim Kauf durchgesetzt.« Der Karl Borwitz lachte spitzbübisch.

Der Stellung des Bürgermeisters, des Freiherrn Rudolf von und zu Raschkotz gemäß, sollten andere Bürger, auch wenn sie die finanziellen Dimensionen des Bürgermeisters bei weitem übertrafen, besonders Stadträte, sich doch bei solchen symbolträchtigen Anschaffungen zurückhalten. »Die Kutsche, lieber Ferdl, sagte auch schon früher etwas über den Stand und über den öffentlichen Rang seines Besitzers in der Gesellschaft aus und manchmal ist es klug, das zu berücksichtigen. Mir fällt kein Stein aus der Krone, wenn mein Vehikel zehn Zentimeter niedriger ausgefallen ist.« Ferdinand Polschitz nickte, der Onkel war schon ein vernünftiger Kopf. Zudem dürfte der Freiherr bald in den Grafenstand aufrücken, hatte er doch in Wien am kaiserlichen Hof mit massiven Geldzuwendungen ausgeholfen und konnte mit dem vererblichen Grafentitel rechnen.

Ferdinand erreichte am späten Abend dieses doch sehr aufregenden Gerichtstages in Budweis das schmiedeeiserne Tor zum Borwitz'schen Haus, der Josef Bolech war noch auf den Beinen.

»Du hast heute Besuch gehabt, ich sagte ihr, du wärst in Budweis, Ferdinand.« Das konnte nur die Bozena gewesen sein.

»Aber im Haus ist was Schlimmes passiert«, fügte er an.

Ferdinand stürmte in die große Eingangshalle. In der Mitte der Halle stand auf einem Podest ein Sarg, vier weiße Kerzen zu beiden Seiten und mit Blumen und Gebinden reich geschmückt. Vor dem Sarg saß der Onkel auf einem hölzernen Stuhl, Ferdinands Eltern waren auch vom Hof am Libin gekommen. Das Roserl lag auf einem weißen Kissen und hatte ein allerliebstes Gesichterl. Der Ferdinand brach in ungehemmtes, heftiges Schluchzen aus, die Mama zog ihn zur Seite. »Sie ist gleich nach dem Mittagessen von der Stiege runter gefallen, hat sich das Genick gebrochen, jetzt ist sie im Himmel.«

Das nutze gar nichts, das Roserl war tot, er hatte sie ins Herz geschlossen, sie war gute zwanzig Jahre älter, aber er hatte sie gerne gehabt. Der Onkel Karl war blass im Gesicht und konnte sich kaum auf den Beinen halten.

Frisch bohnern sollte die Frau Stella, die Stiege hätte es wieder einmal nötig, hatte das Roserl der Bediensteten aufgetragen. Die Mama nahm den Ferdinand in die Arme.

Die Frau Stella hat nur ihre Pflicht getan, aber es war Zeit für das Roserl. Sie hätte mit dem Pferd nach Pilsen reiten können und der Tod hätte sie am Tor der Bartholomäuskirche begrüßt oder sie wäre nach Friedberg heim gefahren und in der Moldau, weit vor dem elterlichen Gut hätte er schon gewartet, der Gevatter Tod. Kopfüber ist sie über die Treppe gefallen, hat noch einmal laut »Jessas« gerufen und dann lag sie unten und hat sich nicht mehr gerührt.

»Es war eine große Leich', eine schöne Leich'«, wie die Prachatitzer drei Tage später anerkennend sagten, »und ein guter, ein lieber und wertvoller Mensch ist von uns gegangen«, vernahm die Trauergemeinde vom Herrn Pfarrer. Der Bürgermeister und seine Frau kondolierten und die Stadträte und ihre Frauen warfen Blumen ins offene Grab und weinten und Roserls Familie aus Friedberg im Süden der schönen böhmischen Heimat war zur Beisetzung gekommen und die ganze Verwandtschaft stand ums Grab und alle Freunde und das hat den Onkel Karl wieder ein bisschen aufgerichtet und er hat seinem Roserl Abbitte geleistet, weil er, ein ehrenwerter Mann, ein guter Christ, ihr doch ein Gschpusi zugemutet hatte und das wäre im Nachhinein nicht zu verzeihen und darüber haben die Trauergäste alle geredet. »Aber so war es schon immer«, sagten die Frauen und Männer, »Hauptsache, er ist ein guter Mensch, der Herr Magister Borwitz, tut er doch so viel Gutes.«

»Der Herr Magister steht noch mitten im Leben und jetzt so was, aber er macht mir trotz allem keinen besonders guten Eindruck«, sagte der Herr von Raschkotz und der Lehrer Anderl zitierte die Božena Němcová: »Mitten im Leben?, fragte die gute Němcová und meinte noch, »wir leben zu sehr in der Vergangenheit, haben Angst vor der Zukunft und vergessen dabei völlig, die Gegenwart zu genießen.« Ja, der Anderl, der rezitierte die Tschechen wie die deutschen Klassiker, auch wenn seine Zitate nicht immer passten, eine Autorität eben, der Herr Lehrer.

Das Roserl stammt aus dem schönen Friedberg, ein erkleckliches Gut hatte der Vater gehabt und ihr viel Geld und Gut mit in die Ehe gegeben, das hat den Reichtum des Onkel Karl erst Grund gelegt, dessen war er sich immer bewusst und er hätte es dem Roserl nicht angetan, von ihr weg zu gehen, als er mit der Katinka verbotenen Umgang hatte. Aber das schäbige Techtelmechtel, gar mit einer, die im Verdacht stand, einen Viehhändler auf unrechte Weise ums Geld gebracht zu haben, das konnte er sich nicht verzeihen.

»Weißt, Bub«, sagte er Tage später zum Ferdinand, sie saßen beim gemeinsamen Abendessen, »alles ist einem geschickt, glaub ich. Es war einer dieser heftigen, hitzigen Sommertage unten an der Spitze der Sumava, ich war ganz allein auf weiter Flur, meinte bis in den Abend hinein daheim wieder die Füße unten den Tisch strecken zu können.

Als die Sonne am höchsten stand, schob sich aus dem Bayerischen eine Wolkenwand herüber, unerwartet schnell, hastig, als würde es ihr pressieren, mit einem heftigen Sturm als Vorboten und dann hat es auch schon wie aus Kübeln geschüttet. Ich war von einem Augenblick auf den anderen nass bis auf die Haut, als stiege ich aus der Moldau, stand dann urplötzlich mit meiner offenen Kutsche an dem breiten Tor vom Vierseithof der Koroner, alte künische Bauern. Sie haben mich gleich in ein warmes Bad gesetzt, mich trocken gelegt, den Tisch reich gedeckt und da hab ich sie kennen gelernt, mein Roserl. Es hat gar nicht lange gedauert, da haben wir geheiratet, konnten aber keine Kinder kriegen. Ich hab Gedanken, Ferdl, weißt, Gedanken, die mir gar net gut tun, sollt öfter zum Beichtn gehn, ja, so ist es, müsste mir vieles von der Seele reden«, seufzte er. »An die Höll glaub ich net, aber wann es mi jetzt erwischn würd, ich glaub, des würd net recht guat für mich ausgehn.«

Der stramme Ferdinand Polschitz, den sie alle im Haus liebevoll das eine oder andere Mal den böhmischen Ferdinand nannten, respektvoll und in Abgrenzung zum schlamperten Ferdinand von nebenan, der Ferdl schwor sich, seinem Onkel treu zu bleiben, vor allem dann, wenn es ihm einmal schlecht ginge, er alt und gebrechlich würde, wenn er ihn also am ehesten bräuchte.

21.

Der Einberufungsbefehl des k. u. k. Böhmisches Infanterieregiment »Albrecht von Württemberg« Nr. 73 in Prag, hatte den Ferdinand Polschitz, aber auch den verehrten Onkel Karl Borwitz, kalt erwischt. Unterzeichnet war der

Befehl vom Herrn Regimentskommandeur Oberst Alfons Makowicza persönlich. »Eine Ehre is dös«, sagte der Onkel. Ferdinand Polschitz solle sich am 1. Oktober des Jahres pünktlich am Nachmittag um 2.00 Uhr am Kasernentor einfinden, im 2. Bataillon würde man sich auf ihn freuen. »Ja, hörst, freuen tun sie sich auf dich.«

Der Ferdinand sollte eigentlich in den nächsten Wochen nach Wien fahren, da wäre ja schon alles ausbaldowert, sagte der Onkel und die Wiener warten auf den jungen Herrn und »da kommen jetzt die daher«, knurrte er zornig. Außerdem müsste der Ferdinand noch das Schwimmen lernen, denn die Herren Unteroffiziere und Feldwebel werden ihn bald in die Moldau hineinwerfen und dann ersäuft er noch bevor er schießen gelernt hat. Er wird dem Herrn Kommandeur einen Brief schreiben müssen und um Zurückstellung des Ferdinand Polschitz bitten, das müsste in Friedenszeiten doch wohl möglich sein. Der Ferdinand wäre unabkömmlich, würde er darlegen und habe in Wien eine wichtige geschäftliche und vor allem unaufschiebbare Mission zu erfüllen.

Da wäre im Wiener Geschäft nicht nur einiges zu lernen für den Junior. Auch viel zu ändern, neu auszurichten, beabsichtigte der Herr Magister in Wien und den Josef Bolech hätte er mitgeschickt.

»Na, es ist eine Königliche Stadt, dieses Prag, wo du hinkommst, von Kaiser Karl IV. selber errichtet, lange ist es her. Wenigstens ein Trost, dass du dös Stadtleben kennen lernst, Bildung hat noch keinem geschadet. Aber auch ein Gefängnis haben die dort, Lumpen gibt es ja überall«, der Herr Magister lehnte sich in seinen Ledersessel zurück und dachte nach.

»Wenn du jetzt für den 1. Oktober zurückgestellt wirst, ziehen sie dich in zwei Jahren ein, davonkommen wirst nicht.« Er erhob sich aus seinem Ledersessel, ein vom Tischler Wrangel für den Herrn Magister persönlich angefertigtes Prachtstück, mit bequemen Armlehnen und weich gepolstert. »Nicht zu weich«, hatte er dem Tischlermeister eingeschärft. »Also, wir geben nach. Geh nach Prag, Ferdinand.«

»Jetzt brauch ich eine Mütze Schlaf, wir reden später weiter.« Da brauchte er nun seine Ruhe und keiner durfte ihn stören und der junge Herr Ferdinand verzog sich in sein Zimmer, das ihm das Roserl so liebevoll eingerichtet hatte, und er hatte somit immer einen Grund, an sie zu denken.

22.

»Mit Wien wird es nichts«, hatte er der Bozena gesagt, als er am Samstagnachmittag in Nebahovy vorfuhr. Dann hat er sie bei der Hand genommen und auf den Weg durch die Weizenfelder geführt. Er wusste nicht, wie er anfangen sollte, da gäbe es doch einiges zu berichten, meinte er.

»Weiß schon«, sagte die Bozena mit sanftem Augenaufschlag, »deine Mutter hat es erzählt, das mit dem Einrücken. Gut, dass wir Friedenszeiten haben, hat sie gemeint und sie würde mir das im Vertrauen sagen.«

»Das mit Wien, also, dass du mitgefahren wärst, wäre auch nicht so einfach geworden, das hätten wir erst beim Onkel langsam und bedacht andeuten müssen, alles ist so kompliziert.«

»Also der Jan Tomanek, unser Schmid, hat einen Cousin, ein gewisser Stercinscy und der hat eine Frau. Die wiederum hat eine Cousine in Budweis und der Mann von ihr ist ein

Hauptmann Steiner und weißt, wo der ist? Das ahnst du nicht, ich sag dir's. Er dient im besagten Infanterieregiment in Prag und die Mutter meinte, wenn man den einspannen würde, dann könntest du bald in der Schreibstube arbeiten und denen einmal was beibringen und der Josef Bolech, der wie ich hörte, auch mit einrücken muss, könnte in die Küche und wenn ihr wiederkommt, dann macht der Bolech ein Wirtshaus auf.«

Damit war eigentlich alles gesagt und der Ferdinand drückte seine Bozena ans Herz. »Red nur weiter«, sagte er, »ich nehm dich mit ins Regiment, da darfst du in den Stab und den Generälen die Planung abnehmen.«

»Die Friedensplanung«, lachte sie, »weil einen Krieg fang ich nicht an, das geht immer schlecht aus.«

»Es ist halt weit weg, dieses Prag, da ist es ja nicht weit zur polnischen Grenze«, lachte er, »ich fahr erst nach Budweis, dann nach Tabor rüber und dann nach Prag. Dann bin dort und werd zusammengeschissen, dass ich in keinen Stiefel mehr reinpasse, hat der Onkel gesagt. Aber ich werd dem Kaiser Franz Josef dienen und für den Sold bau ich mir dann ein Schloss mit einem gewissen Fräulein Bozena.«

»Und wenn der Herr Soldat einmal Urlaub macht, dann heiratet ihn das Fräulein Bozena in der schönen Jakobskirche in Prachatitz, aber vor der Kaserne in Prag lauern die schönen Mädchen an den Toren und lachen und lassen ihre Augen rollen und ziehen den Rock bis über den Knöchel und weg ist der Herr Soldat«, fügte sie traurig hinzu.

»Der Soldat Ferdinand Polschitz wird dem Fräulein Bozena Bursik immer und ewig die Treue halten«, lachte er und der Abend ist dann noch recht anheimelnd geworden.

23.

Und so ging alles seine geregelten Wege. Der Herr Magister Borwitz kutschierte den Schmid von Nebahovy, Jan Tomanek, mit dem neuen Automobil zur besagten Cousine. Es wäre eine Ehre für ihren Mann, den Herrn Hauptmann, sich ein bisserl um den Herrn Soldaten Ferdinand Polschitz zu kümmern, sozusagen väterliche Gefühle könnte er ihm entgegenbringen und eine doppelte Ehr wär's, dem Herrn Magister aus seiner misslichen Lage zu helfen. Der Gatte hätte schon Einfluss und sei ein vortrefflicher Bekannter des Herrn Regimentskommandeurs. Der Herr Hauptmann, sagte die Gattin, habe zufällig die Geschäftsstelle im Stab unter sich und da könne man sicher das eine oder andere regeln. Es wäre ja auch eine Frage der Ehr, dass man einem Landsmann zur Seite stünde.

»Eine Hand wäscht die andere«, dachte sich der Schmid Tomanek, als er nach geraumer Zeit immer mehr in der Schmiede zu tun hatte und einen Gesellen einstellen musste und es wäre »keine unredliche Angelegenheit«, hatte der Herr Magister auf der Rückfahrt gesagt, und »natürlich ist das eine Ehrensach', lieber Tomanek, das weißt, und wer mir hilft, dem helf ich weiter, da kann auch der Herr Hauptmann auf mich zählen, er ist a Achtzehnender, wie ich erfahren habe.«

24.

Das Geschrei am Tor der Kaserne des k. u. k. Infanterieregiments in Prag hatte einen Urheber. Ein mit gewaltigem Schnauzbart ausgestatteter, spindeldürrer Soldat, Feldwebel wäre er, hat sich schnell unter den wartenden Burschen herumgesprochen, brüllte, dass von den steinernen Toren der Kasernen der Putz zu bröckeln begann, wie der Josef Bolech lakonisch feststellte, während er noch den letzten Rest einer deftigen Plockwurst vertilgte und die ungenießbare Wursthaut ausspuckte. Er bereute es, dass er seinerzeit die Bäckerlehre begonnen hatte und nicht das ehrenwerte Metzgerhandwerk auf seiner Liste hatte. Das geräucherte Stück aus Rindfleisch und Speck und einer Portion fettem Schwein sollte keinen Einzug in die Kaserne erleben, gelobte er noch in der Bahn und vernichtete den ellenlangen Strang, ohne dass er einen Bissen Brot dazu nötig hatte.

»Nachdem du dich voll gefressen hast, wirst heut nix mehr brauchen.« Der dünne Feldwebel hatte sich vor ihm aufgebaut und warf ihm seine Speichelfetzen ins Gesicht. »Wannst beim Marschiern so guat bist wia beim Essen, dann wirst ein ganz Großer bei uns, host ghört, und etzat schleich di, vadruck di, sonst ghörst der Katz.«

Der Josef Bolech hatte sich geschworen, jedem noch so kleinen Widerspruch aus dem Weg zu gehen. »Wenn du aufsässig bist beim Militär, auch nur im Ansatz, Josef, dann wirst bald wünschen, nicht geboren zu sein, mach dich dünn, ganz dünn, unauffällig, mach ein freundliches Gesicht und sag immer: Jawoll, Herr Feldwebel, jawoll, Herr Unteroffizier, jawoll, Herr Hauptmann, verstehst du mich, Josef? Was sonst noch ist, lässt an dir herunterlaufen.«

Der Herr Magister meinte es gut mit dem Josef Bolech, erinnerte er sich doch nur zu gut an seinen eigenen Militärdienst oben in Prag beim Landwehrkommando. Ein Unteroffizier ist aus ihm geworden. »Sie hätten es zum Obristen gebracht, Herr Magister«, meinte der Prachatitzer Bürgermeister Freiherr Rudolf von und zu Raschkotz bei seiner Installation zum Stadtoberhaupt.

Es ließ sich gut an im Prager 2. Bataillon. Das erste Vierteljahr haben sie Nacht für Nacht verwunschen, schlimmer könne es nicht werden, klagten sie, bevor sie ahnen konnten, dass die folgende Nacht die vorhergehende übertreffen würde. Sie badeten noch im November in der Moldau, fetzten sich auf den langen Märschen das Fleisch von den Fersen bis zur Kniekehle und urinierten im Gehen, denn wer aus der Reihe tanzte, hatte das Gewehr des ordinärsten aller Obergefreiten, des Oleg Harras im Kreuz. »Dich merk ich mir«, sagte der Soldat Josef Bolech, »wo immer du auch nach deinen zwölf Jahren landest, ich werd dich finden und dann dreh ich dir deinen dreckigen Hals um«, und er sagte »Jawoll, Herr Obergefreiter«, und »Jawoll, Herr Feldwebel«, und fand sich nach einem halben Jahr in der Küche wieder und hatte ein vortreffliches Auskommen.

Nachdem der Ferdinand Polschitz tschechisch wie deutsch sprach, ohne dass man die Zugehörigkeit zu der einen wie der anderen Sprache heraushörte, saß er bereits nach fünf Monaten im Stab, war doch sein Vorgänger, ein recht gescheiter Unteroffizier, im Urlaub auf der glitschigen Straße ausgerutscht und hätte sich das Kreuz ramponiert, wie er an den Herrn Kommandeur schrieb und es würde sich seine Rückkehr ins Regiment um ein paar Tage hinauszögern. Der Herr Hauptmann Steiner nahm sich seiner an. Das erste Jahr sah den Herrn Ferdinand Polschitz bereits auf der Unteroffiziersschule in Prag und, der erste, kalte Prager Winter war vorbei, durfte der böhmische Herr Ferdinand stolz seiner Bozena den ersten Streifen auf der Schulterklappe opfern. »Damit du stolz sein kannst, meine Bozena. Den hab ich mir erarbeitet, den Lehrgang als einer der besten absolviert. Hätt' eine Zukunft beim Regiment, in seinem Stab, sagte der Herr Oberst.«

Der Josef Bolech hatte ein Mädel kennen gelernt, das ihn aus dem Kreis vieler Anwärter auserwählt hatte, sie hatte den Rock auch ein ganz klein wenig über die Knöchel gezogen und nachdem er ihr im Park auf der Bank erzählt hatte, dass er viel vom Kochen und vom Backen verstünde, hat sie ihn eingeladen ins kleine Wirtshaus ihres Vaters, droben am *Vyšehrad*.

»Es ist halt eine Spelunke«, hat er der Mama heimgeschrieben, »das wird nichts werdn mit der Eva, in Prachatitz gibt's auch schöne Mädchen.« Das Infanteriemädchen war dann recht traurig, hat einen anderen ausgesucht und ihm ihr Wirtshaus gezeigt.

Der böhmische Herr Ferdinand mutierte zum Briefschreiber und der Prachatitzer Postbote sagte zur Bozena: »Fleißig schreibt er, der Herr Unteroffizier«, oder »Schon wieder a Brieferl, Fräulein Bozena.« Dann schickte sie ihrem Ferdinand ein Packerl mit einer dicken Plockwurst und einer Salami und einem nahrhaften Stück Schinken und er solle sich's schmecken lassen, aufpassen soll er, dass nichts passiert und sie habe ihn lieb und möchte am liebsten Tag und Nacht bei ihm sein.«

25.

Der Herr Onkel Magister Borwitz war wieder in den Stadtrat gewählt worden, sein Wort zählte, sein Ansehen und sein Vermögen hatten Gewicht und der Herr Bürgermeister Freiherr von und zu Raschkotz durfte in den nächsten Wochen mit der Erhebung in den erblichen Grafenstand rechnen und die ganze Stadt würde Kopf stehen und mitfeiern. »Das kostet ihn einen Haufen Geld«, schrieb der Onkel Karl in seinem Brief, einen der seltenen.

»Der Baron ist dir, allemal möglich, Herr Kollege«, meinte der Graf in spe und er würde sich darum kümmern. »Soll er sich nur kümmern, meine Sorge ist das nicht«, dachte Borwitz und las den Brief der lieben Katinka Trabes, den ihm die Wally auf den Schreibtisch gelegt hatte. Sie möchte die eingeschlafene Verbindung zu ihm wieder aufnehmen, schrieb sie und nach dem Tod seiner Frau würde sie sich noch mehr um ihn kümmern als ehedem.

Er dachte lange nach, dachte an sein Roserl, daran, dass er sie ausgeschmiert, ihr viel Lebensfreude genommen hatte und beendete die unterbrochene Liaison mit einem gefälligen aber endgültigen Schreiben an die liebe Katinka.

26.

Wer gemeint hatte, die Frau Baronin, die genannte Bauernchaiselongue, würde nach dem traurigen Ableben des Herrn Baron und Rittmeisters a. D. in der k. u. k. Infanterie seiner Majestät, des Herrn Kaisers Franz Josef, sich mit einem unauffälligen Abgesang aus Prachatitz verabschieden, einen Schlussakkord setzen, vielleicht auf dem kleinen Landgut bei Krumau ein Ade von der Welt erklären oder in den ungarischen Weinbergen bei Szombathely landen, der sah sich getäuscht, hatte weder ein Verständnis für die Ansprüche der Baronin noch kannte er das Seelenleben einer trauernden Witwe mit grad vierzig Lebensjahren.

Zunächst tauschte sie den nicht standesgemäßen Herrn

Ferdinand Wosizek aus, der ja dem Böhmischen Herrn Ferdinand nicht das Wasser reichen konnte, eher ein Dahergelaufener war. Was er denn falsch gemacht habe, fragte der Wosizek bescheiden an. »Nix, gar nix hast falsch gmacht, dös is' es ja.« Dann hat sie ihn ausbezahlt und er hat ein Mädel ohne Allüren und Verstand an den Traualtar geführt, recht schnell, nachdem die Baronin ihm alle Schlüssel vom Haus und den Stallungen abgenommen hatte. »Tramhappert oba guat is dös Trutscherl«, hat die Baronin gesagt, als der Ferdinand aus Blanice der Baronin sein neues Mädel vorgestellt hatte, was sie, die Frau Rittmeisterin, sich ausgebeten hatte.

Sie hatte dann die Honoratioren der Stadt und des Umlandes eingeladen, nur der Bürgermeister hatte es sich verkniffen, ihr die Aufwartung zu machen, war er doch jetzt Graf von und zu Raschkotz und sie hatte sich in einem sehr eleganten Pariser Kleid zur Schau gestellt. Sie würde ihren Wohnsitz vielleicht nach Wien verlegen, sagte sie in der ihr eigenen lässigen Art, ihr Palais habe der Herr Magister Borwitz gekauft, sie sei dabei sich neu zu orientieren und sage nun dem schönen Prachatitz Ade und Lebewohl und allen Damen und Herren, die ihr heute die Ehre gäben, erhoffe sie die gleichen Wünsche, die man ihr mit auf den Weg gebe.

Der böhmische Herr Ferdinand machte der Frau Baronin noch seine Aufwartung, bevor er sich wieder der Infanterie im fernen Prag widmete und sie meinte, er habe schon ein anderes Format wie der andere Ferdinand, der weniger ein Herr gewesen wäre und in dem sie sich so getäuscht habe und wäre er einmal in Bedrängnis, auf sie könne er zählen.

Er legte die Hand an die Unteroffiziersmütze, machte einen leichten Diener, sagte ein devotes »habe die Ehre Frau Baronin« und überließ »diese Suleika«, wie die Anna Anzengruber sie tituliert hatte, einer ungewissen Zukunft, wobei man festhalten darf, auch um der Wahrheit die Ehre zu geben: Die Jarmilla hatte sich brav durchs Leben gekämpft und die Schwierigkeiten, die ihr Abstammung und Umstände vor die Füße geworfen hatten, überwunden und das Beste daraus gemacht.

27.

Der Bub der Anna Anzengruber, der Jakob, war trotz mancher Befürchtung zu frühen, hohen Ehren im Bischöflichen Ordinariat berufen worden. »Zu jung ist er, der Herr Baron«, reklamierte der Generalvikar beim Herrn Bischof. »Er hat bisher nichts geleistet.« Er solle schweigen, sagte der Herr Bischof, der Anzengruber habe eben Vorfahren, die für Kirche und Kaiser etwas geleistet hätten, zudem müsse sich jeder bewähren können.

Er wäre nun Kaplan seiner Heiligkeit, Monsignore, und würde sich dieser Ehre sicher würdig erweisen, meinte der Herr Bischof an den Jakob gewandt voller Wohlwollen, wie es schien. Ein Vicarius war er ab diesem festlichen Tag, ein Statthalter Christi sozusagen, bedachte der Jakob in Bescheidenheit und sicher, er wollte sich der Ehre würdig erweisen. Er würde den Herrn Bischof nicht enttäuschen. Der Salm Peter, sein Herr Papa war im Wiener Maschinenbau ein Direktor, der als Spiritual im Priesterseminar seinen Dienst absolvierte, konnte ebenfalls die Auszeichnung als Monsignore aus der Hand des Herrn Bischof in Empfang nehmen.

Von heute an durfte der Jakob Anzengruber, Nachfolger des Rittmeisters von Wesowitz, mit bischöflichen Vorfahren im Ungarischen, inner- und außerhalb der feierlichen Gottesdienste die schwarze Soutane mit violetter Paspelierung tragen, dazu violette Knöpfe und ein Zingulum aus violetter Seide mit gleichfarbigen Fransen. Im Alltag, bei der Arbeit im Ordinariat und auch wenn er durch Sankt Pölten ging, oder hinaus auf das Gut der Froschleder fuhr, bei Besuchen auf dem Land oder auch bei einer Einweihung einer Kapelle oder Kirche, würde er als Kopfbedeckung, wie gewöhnliche Kleriker auch, ein schwarzes Birett mit einer schwarzen Quaste auf dem Haupt tragen. Über kurz oder lang stünde dann sicher auch der Päpstliche Ehrenprälat an, dann dürfte er für die Gottesdienste gar in die violette Chorkleidung schlüpfen: »Was nicht ist, kann noch werden«, und er träumte sich in eine klerikale Zukunft. Die Susanne würde stolz auf ihn sein.

28.

Der Magister Karl Borwitz sagte dem Ferdinand Polschitz, dass er ihn gerne um sich hätte, ob er denn vielleicht später einmal in das neu gekaufte Haus der Baronin nebenan einziehen möchte, gerichtet müsste halt einiges werden, da wär so manches runtergewirtschaftet worden. Er wäre jetzt wieder militärfrei, ein wohl bestallter k. u. k. Unteroffizier der Reserve, sein Adlatus noch dazu und was am meisten zählt, eben der Bub seiner Schwester Maria.

»Heiraten werd ich, Onkel Karl, die Bozena hast dir's ja schon gesagt«, der Ferdinand schaute den Magister an.

»Die Hochzeit richt ich euch aus, es wird eine Zeit kommen, da bist du der Herr im Haus.«

Der Bub drehte sich zum Fenster und schaute auf den schönen, neu gepflasterten Stadtplatz hinunter. »Was Großes will ich nicht, des zählt bei mir nicht, komme aus einfachem Stall, du weißt es eh.«

Der Magister nickte: »Die Baronin hatte einen Leitspruch: Mein Palais, mein Auto, meine Kutsche, aber die Leut, die Leut hat's net auf ihrer Liste gehabt, sie wird es lernen, ist ja kein unebener Mensch.«

29.

Der Herr Rittmeister Baron Wesowitz hat schon seine schützende Hand über seinen unehlichen Sprößling gehalten, ohne dass dies dem Filius bekannt gegeben worden wäre. Der Bub war ein Günstling, in der Schule wie im Seminar, dann auch in den Überlegungen des Herrn Papa wegen der späteren Karriere.

»Haben von jeher schon Fürsten und Kaiser unehlichen Nachwuchs ghabt, so soll der meine wenngleich keine Grafschaft so doch a schönes Amt in unserer heiligen Kirche bekommen«, sagte er, wenn er mit der Anna noch zu Zeiten, als ihre Verbindung eine glückliche war, sich um den Bub und seine Zukunft Gedanken machte.

Dumm war er nicht, der Jakob, ein wenig schlicht im Gemüt, das vielleicht ein Erbstück von der Mödlinger Mama, aber doch, nachdem er seine heißen Bubenjahre hinter sich gebracht hat, recht annehmbar. So hatte er seine ersten Kaplansjahre nach der Weihe im Sankt Pöltener Dom gar in der Pöltner Dompfarre selber verleben dürfen. Er war ein anschaubarer Magnet für die jungen Frauen und den Knaben war er ein wirklich fördernder Freund, der das rechte Augenmaß walten ließ, auch schon einmal eine Wanderung mitmachte und des Gitarrenspiels mächtig war, was ihm dann der Herr Weihbischof anheimstellte, es doch eher zu lassen oder gar weiterzuspielen, weil die Kinder mit dieser Musik auf allzu seltsame Gedanken kommen könnten. Er hat es bleiben lassen, auch das Orgelspiel hat er nicht weiter gepflegt, aber seine Susanne meinte, es gäbe noch einen anderen Zeitvertreib, er habe so viele Bücher im Schrank und sie wäre ja auch noch da.

Zwei Jahre nach der Weihe schon wurde der Jakob recht plötzlich vom Herrn Bischof mit einer neuen Aufgabe betraut. Der Herr Prälat und Historiker an der Theologischen Hochschule, Dr. Wolfgang Kaulberg, war das Opfer einer Denunziation. Er sei Vater geworden, was ihm nicht zu beweisen war. Aber der Herr Bischof hatte ihn dann doch aufs Land geschickt, just in das Dorf, wo das Mäderl, das die Leut ihm nachsagten, dann aufgewachsen ist. Nun hatte der Jakob Anzengruber sich um die Selig-und Heiligsprechungsprozesse zu mühen. »Wer, wenn nicht Sie, Herr Kaplan«, deutete ihm der Bischof, »habens doch Kirchengsschichte studiert und a recht a guate Note sehe ich da, Kaplan waren Sie lange genug.«

So kam der junge Herr Jakob mit vielen Leuten ins Gespräch, den Postulatoren vornehmlich, die sich ihrerseits mühten, dass das Prozedere der Seligsprechungen vorangetrieben wurde. Er hatte sogar desöfteren Kontakt mit den römischen Kollegen der römischen Kongregation und war vor allem in kluger Vorausschau bemüht, den Herrn Prälat Dr. Kaulberg, der bisher in bewährter Manier für diesen wichtigen Aufgabenbereich zuständig gewesen war, der aufs Land auf eine Pfarrerstelle abgeschoben worden war, nicht außen vor zu lassen.

»Ein kluger Kopf is' er, der Anzengruber und scho recht

besonnen für sein Alter«, lobte ihn der Herr Offizial Dr. Krones gegenüber dem Generalvikar. Dr. Krones hatte an dem jungen Priester einen Narren gefressen und meinte, als Vorsitzender der Selig-und Heiligsprechungsverfahren dem Jungen doch die Richtung weisen zu dürfen, was ihm beim Herrn Dr. Kaulberg nicht möglich gewesen war.

Jakob arbeitete sich in die Verfahren ein, prüfte mündliche und schriftliche Zeugnisse, fertigte Gutachten, prüfte die biographischen Daten der herausragenden Persönlichkeiten, hatte die vom Herrn Dr. Kaulberg eröffneten Verfahren brav weitergeführt und es waren in seiner Amtszeit gar sieben ungewöhnliche Menschen, denen der Titel »Diener Gottes« oder »Dienerin Gottes«, zugestanden wurde.

»Passens nur auf, zu bestimmten Zeiten im Jahr kommt eine Lawine von exaltierten Wunderberichten auf das Bischöfliche Ordinariat zu. Jede zweite Madam, die von de Hitz'n befreit ist oder gar einem unnötigen Blutfluss, der sie seit Jahren aufgeregt hat, reklamiert ein Wunder an ihr. Da hätten unsere Seligen was zu tun.« Der Herr Dr. Krones hatte nicht viel übrig gehabt für die seines Erachtens überkandidelte Arbeit des Herrn Prälat Kaulberg.

Nach den Gesprächen mit dem Herrn Dr. Krones las der Jakob dann bei Matthäus 9,18-22 und bei Markus das 5. Kapitel sehr ernsthaft und verglich mit Lukas, 8. Kapitel, Vers 43-49, und er überlegte, dass der Herr selber doch sicher zuständig sei für solche Wunder und dass man die künftigen Seligen nicht mit solchen Geschichten noch nachträglich martern solle und dass es der blutflüssigen Frau bei Matthäus 9 doch seinerzeit eher peinlich gewesen war, über ihre Not zu sprechen, habe sie doch gerade wegen ihrer Krankheit sozusagen die rechtgläubige Umgebung ihrer verehrlichen Mitmenschen verunreinigt, und ihre sozialen Kontakte dürften eher rar gewesen sein. Zwölf lange Jahre, berichtet die Heilige Schrift, habe sie unter Blutfluss gelitten und sei nach dem Gesetz des Moses unrein gewesen und fortwährend vom Kult ausgeschlossen. So meinte der Jakob Anzengruber, die Akten der Wichtigtuerinnen, so sah er sie nun, schließen zu dürfen. Extreme seien das, sagte er dann zum Herrn Prälat Dr. Krones, vermied aber, den Herrn Prälat Dr. Kaulberg in sein eigenmächtiges Vorgehen einzuweihen.

Der Herr Dr. Krones schlug dem Herrn Bischof vor, den Herrn Pfarrer Anzengruber den Aufstieg zu eröffnen und ihn zum Domvikar zu ernennen. »Solche Leute brauchen wir, Herr Bischof, keine Großsprecher und er ist ein Bescheidener, aber er traut sich was, geht mit der Zeit, der Pfarrer Anzengruber, was eher selten ist in unserem Umfeld, Hochwürdigster Herr Bischof«, hat er hinzugefügt.

30.

Die Cousine des Jan Tomanek, seines Zeichens Schmid von Nebahovy, hatte der Blitz erschlagen. »Ein Unglück kommt selten allein«, hatte der Herr Major Steiner dazu gesagt, als er spät am Abend nach einem Achsenbruch seines Automobils, der ihn ein paar Kilometer vor Budweis geschlagene drei Stunden aufgehalten hatte, mit dem er die Strecke von Prag heim gefahren war, zu Hause ankam. Da lag seine Cilie schon im Sarg. Gerne hätte sie ihn in einem neuen Kleid erwartet, dass sie am Vormittag in der Stadt gekauft hatte, dann war sie bei der Margarete eingekehrt, die ihr als Einzige seit Schulzeiten die Treue gehalten hatte, nachdem sie den Herrn Steiner geheiratet hatte, der allen Mädchen Avancen gemacht hatte, der schließlich und endlich, nach langem Hin und Her, an der Cilie hängen geblieben war. »A Gwitter kommt, na derf ich schaun, dass ich heim komme«, sagte sie, schob sich aus dem schönen Korbsessel, der im Garten am Tischl gestanden hatte, ihr gegenüber saß die besagte Margarete. »Ja, lauf, sonst bist nass wie eine Katz«, schickte die Margarete sie fort. Dann hat das Gewitter sie doch noch erwischt und sie blieb neben dem Eingang zum Gasthof Prager Hof stehen. Sie suchte einen kleinen Unterschlupf und das schmiedeeiserne Tor muss den Blitz nur so angezogen haben, der fuhr ins Eisen und hat die Cilie ein paar Meter wie einen trockenen Ast in die Straße hineingeschleudert. Sie muss auf der Stelle tot gewesen sein, sagte der Doktor Hasenbart und für ihn war sie schon die zweite Leiche am gleichen Tag, weil auch der kleine Bub vom Schulmeister Hannemann sein unschuldiges Seelchen viel zu früh ausgehaucht hatte.

Jetzt stand er da, der Herr Major, hätte noch ein paar Jahre hin und her fahren können, hätte vielleicht auch in Brünn, was auf halber Strecke gelegen war, den Stabsposten gekriegt, einen Major fürs Technische hatte das Brünner Militärkommando ausgeschrieben. Da hätte man einen erfahrenen aber auch technisch versierten Militär gebraucht. »Jetzt muss es auch ohne meine Cilie gehn«, sagte er sich, nach dem sie die Cilie beigesetzt hatten. Der böhmische Ferdinand aus Prachatitz war bei der Beisetzung der Cilie anwesend. »Kannst Josef sagen zu mir, es wird Zeit. Bist einmal in Brünn, dann schau vorbei, im III. Corps im Stab, im 132er Regiment wird die Technik neu justiert. Wenn es gut geht, wird es Herbst und ich bin dort.«

»Im Herbst bin ich schon in Manchester«, dachte der Ferdinand, aber ohne meine Bozena gehe ich da nicht hin.

31.

»Ich brauch dich aber wieder eine Zeitlang in Prag, Ferdinand«, sagte der Herr Magister Borwitz nach dem Mittagessen am letzten Sonntag im August. Dem Ferdinand steckte noch die feierliche Beerdigung der Frau Steiner in den Knochen. »Sterben muss a jeder, schau net so, Bub und der Steiner, der kommt schon zurecht, wird bald eine neue haben«, der Magister Karl versuchte es mit seiner Art des Trostes.

Frauen hatten im Leben des k. u. k. Unteroffiziers der Reserve Ferdinand Polschitz schon immer eine zentrale Rolle gespielt. Solange die Großmutter noch im Hause lebte, hatte er mit ihr die schönsten Stunden seiner Bubenzeit verbracht, hat ihr die geschundenen, flügellahmen jungen Schwalben, die Regenwürmer und kleinen Kröten in die Hand gelegt und alle weiteren kleinen Freuden mit der Bába, der babička geteilt, sie hat über seine geschundenen Finger und Knie eine Salbe gelegt. »Heilt wieder, Ferdinand, hojí, hojí«, hat sie gesagt und er spürt heute noch ihre warme Hand auf seinem Kopf. Bába stammte aus dem benachbarten Kobylí Hora, eine halbe Stunde des Weges mit guten Schuhen.

Die Mama kannte er als die oft genug Abwesende. Am frühen Morgen schon war sie im Wald, kam am späten Abend, den Rücken bepackt mit den dünnen Ästchen der Fichten, mit einen Bündel Weidenruten oder getrocknetem Reisig müde nach Hause. Der Vater hatte daraus kräftige und elastische Besen gebunden.

Tags darauf war sie bei den Bauern im ganzen Okres unterwegs, um Schweineborsten für die Bürsten zu erwerben, die unter seiner kundigen Hand entstanden. Die Jäger der Umgebung verkauften ihr die Wildschweinborsten. Als der Vater sich die erste Stopfmaschine leisten konnte, war das ein Feiertag für die ganze Familie. Und was sich dann alles in der kundigen Hand des Vaters zu Besen und Bürsten wandelte: Er fertigte mit der ihm eigenen Geduld und Akribie Kleider- und Schuhbürsten, Kopf- und Fußbodenbürsten und brachte sie auf die Märkte, in den größeren Städtchen war er als Fachmann anerkannt und seine Bürsten und Besen geschätzt. Die Arbeit des Vaters war außerordentlich zeitaufwändig und vielfältig, der Tag begann mit dem ersten Hahnenschrei und endete, sobald das Licht in der Werkstatt nicht mehr hinlangte, um die feinen Borstenhaare zu erkennen.

Manchen Sonntag verbrachte der kleine Ferdinand mit dem Vater auf den Jahrmärkten und freute sich mit ihm, wenn der Umsatz stimmte. »Aus dir könnte auch ein guter Bürstenbinder werden, Bub«, sagte der Vater, »aber du gehst auf die Bürgerschule, suchst dir dann eine feine Arbeit in einem Kontor, damit du keinen so krummen Buckel kriegst wie dein Vater«, lachte er. Die Mutter nahm ihn dann eine Zeitlang auf den Schoß, es mussten ja die anderen Kinder auch noch auf ihre Rechnung kommen, und ließ ihn reden, reden, bis er einschlief. Die Mama herzte und liebkoste ihre Kinder, damit sie ja viel Zuwendung erfahren würden und keines sollte zu kurz kommen. Die Lene, die Cousine, die nach dem Tod ihrer Eltern bei den Polschitz'schen lebte, acht Jahre älter war sie als der Ferdl, nahm zeitlebens gewisse Mutterpflichten vor allem ihm und der Barbara gegenüber wahr und er besuchte die erste Klasse in Prachatitz, als sie nach einem Gewitter nass wurde, eine Woche im Bett lag und dann schnell verstorben ist. Sie liegt in Nebahovy auf dem kleinen Friedhof, der eine Sammelstätte vieler solcher Engel wäre, wie die Großmutter immer sagte.

Die Bozena lief ihm nach, da hatte sie noch im Mädchenkittel gesteckt. Er hatte dann die Bürgerschule hinter sich gebracht, war bei mannshohen Schneewächten im Winter, bei Sturm und Hagel im Frühjahr und Herbst und in den heißen Sommermonaten, wo am frühen Morgen schon die böhmische Sonne vom Himmel brannte, nach Prachatitz ins Kontor zum Onkel Karl gegangen. Er wäre ein pflichtbewusster, stiller und immer fleißiger Bub, stand in seinen Jahreszeugnissen und der Vater sagte, wenn der Ferdinand die Zeugnisse ablieferte: »Bist ein Guter, des hast von der Mutter«, und die Mutter lachte und strich dem arbeitsamen Vater über den Scheitel.

Als er dann die schöne Tante Roserl näher kennen gelernt hatte, verfiel er ihr mit Haut und Haar, noch bevor er entdeckte, dass ihn ja die Bozena ganz und gar um den Verstand bringen würde. Die Frau Baronin von nebenan konnte er nicht einschätzen, da war er zu jung und lebensunerfahren.

In Prag, wo ihn der Onkel hingeschickt hatte, lernte er sich mit den Unwägbarkeiten des großstädtischen Handels und Wandels vertraut zu machen. Noch bevor er Prag wieder verlassen musste, wo der Onkel Karl schon seit Jahren eine Dependance eingerichtet hatte, nicht weit weg vom Karlsplatz, in der Jecna, wo man abbog in die Stepanska, wo der Petrus Ballawaschl, ein Grazer, eine Melange den Leuten darbot, wie es nur in einem österreichischen Beisl möglich war, durchlebte der eine besondere Episode.

»In dem Grätzl da bin i dahoam«, sagte der Petrus dem Ferdinand Polschitz, der auf Empfehlung des Onkels, des Herrn Magister Borwitz, schon das zweite Mal hier beim Ballawaschl logierte, »dös ist mei Hoamat, alle kemman sie zu mir, de Österreicher und die Böhmischen.« Damit wären seiner Ansicht nach die deutschen Böhmen und die tschechischen Böhmen gleichermaßen gemeint »und der Mendel auf der anderen Straßenseite ist meine größte Kundschaft«, lachte er. Der Mendel, das war der jüdische Uhrmacher, der einen Haufen Freunde und Verwandte, Brüder in New York hatte und in Boston und in San Francisco.

Da traf nun der Ferdinand unverhofft, aber »es ist einem alles geschickt«, wie der Onkel Karl Borwitz zu sagen pflegte, eine Dame aus Budweis, die auf Geschäftsreise wäre, wie sie sagte und die ihm gleich bekannt vorkam, er konnte sich auf sein Gedächtnis verlassen. Das war also die Katinka Trabes aus Budweis, aus der Budovkova 14, die man der Unehrenhaftigkeit geziehen und sie vor Gericht gezerrt hatte.

Sie wäre mit einem Schmuckkoffer unterwegs, sagte die Katinka beiläufig am Kaffeetisch, sie wohne hier beim Herrn Ballawaschl, »einem Freund aus alter Zeit.« Das wäre noch nicht so lange, so an die zwei Jahre, eher zufällig wäre sie herein geschneit, meinte der Petrus, als das Gespräch dann am Abend auf die Katinka kam. »Sie is a fleißige Person, scho' a zeitlang im Schmuckgeschäft, geht beim Mendel ein und aus, hat auch droben in Reichenberg zu tun und bis hinunter nach Karlsbad und Marienbad ihre Kundschaft.«

Ihm sollte das recht sein, dachte der Ferdinand Polschitz, der Onkel würde sich freuen, wenn es der verblichenen Freundin gut ginge. Ob er mit ihr ins Theater gehen würde, fragte die Katinka ihn am dritten Tag beim Abendessen.

»Außerdem bin ich ja ihre Zimmernachbarin und Sie sind so allein Herr Polschitz.« Da schwante ihm etwas, aber er war naiv und unerfahren und der Petrus meinte, die Frau Katinka bräuchte halt ein bisserl Abwechslung, das wäre verständlich und er, der Ferdinand, wäre jung und könnt' was lernen von ihr. Der Ferdinand Polschitz aber dachte an seine Bozena. Zum Frühstück am letzten Tag konnte man sich nicht aus dem Weg gehen. »Wo ist er denn her, der junge Herr«, fragte sie, schon auf Abschied eingestellt und war dann schon etwas daneben, als er ihr kundtat, dass er ein Prachatitzer sei.

Einen ehrenwerten Herrn habe sie da gekannt, aus Prachatitz, sagte sie, ein Herr Magister, Stadtrat, ein besonderer Herr wäre das, der Herr Borwitz, die Frau sei ihm so mir nix dir nix weggerafft worden. »Ich bin sein Adlatus«, meinte der Ferdinand Polschitz und der Herr Karl Borwitz sei sein Onkel und schön wäre es, dass sie ihn kenne. Der Onkel kenne ja auch viele Leut von Brünn bis Wien und von Passau an der Donau drüben im Bayerischen bis ins Sächsische hinauf, sagte er, »ich reise für ihn durch das Land und wickle seine Geschäfte hier in Prag ab.«

Sie behielt die Fassung und bat, den Herrn Magister zu grüßen, vielleicht hätte er eine Erinnerung an sie. Dann war sie auf und davon. Am Samstag verließ Ferdinand Polschitz, um eine Erfahrung reicher, in den frühen Morgenstunden das goldene Prag, von dem er wiederum viel zu wenig gesehen hatte und fuhr heim zu seiner Bozena. »Jetzt wird geheiratet«, sagte er, als er sie nach der Rückkehr in die Arme nahm, despektierlich.

32.

»Mir is es öfter amol so andrisch zmuat, ganz wia wenn i net da waret«, verfiel der Herr Magister Borwitz in die gewohnte dörfliche Mundart, so wie sie als Kinder mit den Eltern geredet hatten. Wenn ihn seine Schwester besuchte, was sie seit dem Tod der Roserl öfter tat, um ihm aufzuhelfen, den Bruder zu trösten, wie sie meinte, ging es ihm besser.

»Bist scho da, und wiast da bist, a Strotzada bist alleweil no und gsund bist a, schlagst net aus der Art, host no a langes Leben vor dir, Karle. San se alle alt worn, unsere Vorfahrn, die Harfntante ist neinzig gwordn und die Eltern alle zwoa über de achtzig naus, tua di net ab.«

»As Roserl möcht mi gar holn, so is mir, i tram ewig von ihr, bin a Schlechter.«

»Wos du sagst. Des bildest dir grad ei, Karle, die holt di net, di is bei dir und richtet di auf, wirst sehn.«

»Dem Bub, dem Ferdinand, werd i alles vermachn, glei nächste Woche geh i zum Notar Pfender rüber. Der Ferdinand wird euch alle dann schon mitkemma lassn. Da Ferdl scho.«

33.

Der böhmische Herr Ferdinand, der Ferdinand Polschitz und seine Bozena haben geheiratet. Die Eltern und die Geschwister und die Verwandten weitum kamen und der Herr Magister hat die Räte der Stadt und den Herrn Bürgermeister eingeladen. Der Neugraf von und zu Raschkotz hatte es sich nicht nehmen lassen, dem Herrn Magister die Ehre zu geben und er rechnete es sich zur Ehre an, wie er sagte, dem Herrn Polschitz, dem Neffen seines geachteten Kollegen und geschätzten Freundes Magister Borwitz und seiner Angetrauten zu gratulieren und eine kleine Rede zu halten.

Er wäre nun in die Zweite Kurie des Böhmischen Landtags gewählt, sagte der Graf, als Repräsentant der Stadt. Sie kämen im Palais derer von Thun-Hohenstein zusammen, er wäre als Jurist auch gleich in den Verfassungsausschuss gewählt worden, die Dezemberverfassung bedürfte in einigen Artikeln der Renovation, wie er sagte, der Modifizierung, der Neufassung eben. Über die Immunität der Parlamentarier parlierte er, dass er schon seinen ersten Antrag vor der Kammer vertreten habe, um den freien Zugang aller Staatsbürger zu allen öffentlichen Ämtern wäre es ihm gegangen. »Ich verstehe mich nicht als Repräsentant meines Standes, des Adels vornehmlich, sondern ich bin ein Prachatitzer, Delegierter der Stadt, vor allem der jungen Menschen unserer Heimat und heute ist ein großer Tag«, er fand zurück zum Anlass des Tages, »wo ein junger, angesehener Kaufmann sich in den Hafen der Ehe hinein begibt, eine Familie gründen will und als Bürgermeister der Stadt und Vertreter des Landtags ist es mir eine Ehre, diese wenigen Worte sprechen zu dürfen.«

Der Graf war schon ein guter Mann, aus echtem Prachatitzer Schrot und Korn und er erhoffte sich in der weiteren Rede honorige Freigiebigkeit und den bewährten Edelmut des Herrn Magister – und wer vermochte schon in die Zukunft sehen – die offene Hand eines uneigennützigen Bürgers, wie des künftigen Borwitz'schen Erben, Ferdinand Polschitz. Da hat er aber ins Fettnäpfchen getreten, der Herr Graf, denn von einem Erben war noch nie die Rede gewesen und der Karl Borschwitz machte doch einen überaus gesunden Eindruck, aber die Leute hatten was zu reden.

»Er hat auch eine Freundin in Prag, der Herr von und zu Raschkotz«, grinste der Josef Bolech, der Herr Ballawaschl habe ihm das gesteckt, erst gestern, »ganz beiläufig eben.« Der Josef war erst am Vortag wieder aus Prag gekommen, hatte im Auftrag vom Ferdinand Polschitz noch in der Prager Dependance mit einigen Handwerkern für einen passablen Glanz gesorgt. »Die alte Hüttn bräucht irgendwann auch neue Böden und ein schönes Bad und so einen neumodischen Abort im Haus, das ließe sich alles machen, ohne weiteres, mach ich selber, Ferdl, gleich nächste Woche, wenn du willst.«

Der Ferdinand hatte aber an diesem Tag, es war ja sein Hochzeitstag, mit seiner Bozena ganz andere Gedanken. Nach der kirchlichen Trauung gab es zunächst ein fröhliches Schützenfest, die Böller am Ringplatz brachten fast die Fensterscheiben der Häuser zum Zerbrechen. Das Mittagessen zog sich bis in den Nachmittag hinein und danach gab es viel Kuchen und als es nach dem Abendessen zunächst ein wenig ruhig wurde, weil sie alle müde waren, kam die große Stunde des begnadeten Erzählers Josef Bolech.

»Also auf der Rückfahrt von Prag kam ich gestern zur Mittagsstunde in Wachowice an, da wohnt der Vetter meiner Mutter, der Wenzel Bela und der ist nicht nur der Tischler am Ort und für neue Fenster und Tische und Türen, sondern auch für die Särge zuständig und hebt mit seinem Gesellen auch die Gräber aus.« Allmählich wurde es still und der Josef bekam eine große Zuhörerschaft.

»Na und seit Urgroßvaters Zeiten gehört zum Tischler im Dorf auch die Mesnerei in der Dorfkirche. Da ist der

84

Wenzel Bela für die Blumen maßgebend vor dem Altar und zum reibungslosen Ablauf des Gottesdienstes trägt er bei. Er bringt das Evangelienbuch und das Rauchfassl und er zeigt den jungen Pfarrern schon auch, wo es langgeht in Wachowice. Der neue Pfarrer brachte seinerzeit, da war der Wenzel Bela noch etliche Jahre jünger, eine schöne, resche Köchin mit und im Pfarrhof waren sie glücklich und freuten sich des Lebens, bis dann das Mäderl kam und keiner sagen konnte, wer im Dorf der Vater dafür sei und der Herr Pfarrer konnte es nicht gewesen sein, weil der ja zölibatär lebte.«

Die Zuhörerinnen und die Zuhörer nickten, das war alles nach zu vollziehen, aber wer könnte der Vater sein? Der Josef steigerte die erwartungsvolle Spannung.

»Der Kindsvater kann nur der Mesner sein«, sagte der Bürgermeister Leo Bárta, »weil der Wenzel mit dem Herrn Pfarrer und der Frau Barbora doch immer einig war und im Gartenzaun vom Pfarrhof zum Mesnerhaus ein Gartentürl ist und der Wenzel immer für die zwei da war, auch dann, wenn der Herr Pfarrer einmal eine Leich' hatte drüben in Usinec oder in Karlowice und mit der Pfarreskutschn hinübergefahren ist.«

Die Leute hielten den Atem an, der Bolech redete weiter.

»Die Frau Barbora aber schwieg zu allem, was da im Dorf getratscht wurde, es würde sich alles schon zum Guten wenden.« Die Zuhörer nickten und waren gespannt auf die Fortsetzung dieser Geschichte. »Der Tischler aber war's nicht, er hätte eine Frau, sagte er, des müsste ein anderer gewesen sein und man solle doch abwarten, wie denn das Kinderl ausschaut.«

Der Bolech zog die Leute in seinen Bann, wenn einer so erzählen kann, hört man ihm gerne zu. Ein paar jungen

Männer lachten und schäkerten mit den errötenden jungen Frauen. Ihrer Meinung nach wär es es entweder der Bürgermeister selber oder der Pfarrer gewesen, wenn er einmal nicht zölibatär gewesen wäre. Aber der Pfarrer hätte erst am Sonntag mit Donnerstimme von einem Gottesgericht gesprochen, sagte der Josef Bolech, »und da wird sich schon bald zeigen, wer der Übeltäter ist«, endete er seine Standpauke.

Die Spannung im Hochzeitssaal wurde nahezu unerträglich, die Lösung lag in der Luft. Das Drama ging seinem Ende entgegen.

»Der Bürgermeister aber machte sich auf die Wallfahrt nach Příbram«, setzte der Josef Bolech seine Geschichte fort und der Ferdinand kniff seine geliebte Bozena in den Arm. »Und er hatte so viel zu danken«, sagte der Leo Barta im Dorf, und der Bürgermeister wäre die letzten Jahre immer wieder hinaufgestiegen zum Svatá Hora, dem heiligen Berg der Böhmen und jedes Mal hätte er ein größeres Kreuz getragen, das ihm der Tischler Wenzel Bela auch heuer wieder gemacht hätte und schwer wäre es dieses Mal wieder, sehr schwer und der Bürgermeister ging hinauf nach Strakonice und nach Pisek und Mirovice und nach einer Woche langte er in Lešetice an. Da nächtigte er und trug sein Kreuz am nächsten Morgen hinauf zum Heiligen Berg. Da er noch recht müde war von der tagelangen Pilgerschaft, stellte er das schwere Kreuz, das der Wenzel Bela mit massiven eisernen Ecken versehen hatte, dass es länger hält und auch was fürs Hinschauen hergibt, an eine Mauer und er setzte sich seitlich daneben und das schwere Kreuz rutschte weg von der Mauer und schlug ihm den Schädel ein, von hinten ist es ihm auf den Kopf gefallen und gleich wäre er tot gewesen, der Bürgermeister.

Die Leute haben es alle gewusst, das Gottesgericht hatte es bewiesen, der Bürgermeister war der Vater und jetzt ist er tot. Alle atmeten auf und redeten durcheinander, bis der Josef Bolech sich erhob: »No, is' es net aus, Leut, es hat se dann recht bald zoagt, wer da wirkliche Vata war. Zwoa Jahr drauf hot sich beim kloan Madl de bucklate Nosn vom Vater ausgwachsn und sei ganz Gschau a dazua hot sie ghabt und da is er auf und davon, der Herr Pfarrer und wo er hin is – mit der Köchin und dem Kind, dös woaß koa Sau.«

»Eine schönere Gschichte für deine Hochzeit hast du dir net wünschn kenna, Ferdinand, de kannst no in dreißig Jahr verzähln.« Der Magister Borwitz war es zufrieden und der Ferdinand dankte seinen Gästen und dann hatte er das Leben mit der Bozena endlich vor sich.

34.

Die Lenka Hejda hatte es im Leben auch nicht gut getroffen. Den Filip Hejda hatte sie auf einem Markt getroffen, oben in Netolice, wo die Rinderzüchter aus Zliv, aus Lhenice, auch aus Vodňany jedes Jahr im Juni ihre schönsten Rinder und die kräftigsten Stiere zur Schau stellten. »Aus böhmischem Weizen wird böhmisches Rindfleisch«, den Satz hatte sie zum ersten Mal in Netolice gehört. Ein junger, muskelbepackter Bursche hatte das große Wort geführt, hatte an einem Baum gelehnt, einer mächtigen Eiche, die den jungen Bauern und den Mädchen Schatten gespendet hatte. Aus Vimperk wäre sie, sie lachte diesen Naturburschen an, und er wäre ein Metzger aus Kaplice, nicht weit weg von Krumau, und er hätte viel vor, wolle ins Ausland, nach Wien oder ins Amerika, da gäb es Rinderherden, so groß wie ganz České Budějovice. Sie lachte und sie würde nicht nach Amerika wollen, auch nicht nach Wien. »Mir gefällt es daheim am besten«, lachte sie und ihr Lachen hat ihn umgeworfen und dann haben sie übers Jahr geheiratet. Es war eine Freude mit ihm zu leben. Dann hat sein Metzger auf Metzgersart das Leben verloren, ein junger Stier hat ihm das Lebenslicht ausgedrückt und der Filip ist arbeitslos geworden. Die jungen Leute sind nach Nebahovy gezogen, dort war ein schönes Holzhaus leer gestanden und der Filip ging in den Wald zur Arbeit. Dann sagte er ihr, nachdem die winterliche Arbeit im Wald zu Ende gegangen war, dass er hier nichts verdiene, das Leben an ihm vorbei ginge und er wär sich überhaupt zu schade für einen Waldarbeiter, wär er doch gelernter Metzger und er ginge nach Linz oder nach Wien, vielleicht auch nach Graz. »Geh mit mir Lenka, wir fangen ein neues Leben an.«

»In die Stadt zieh ich nicht, ich bin ein Gewächs vom Land, in der Stadt müsst ich grad sterben«, erwiderte die Lenka.

35.

Die Lenka stand nun im Kontor beim Herrn Ferdinand Polschitz und fragte ihn, ob er sie noch kenne. Die Lenka hatte keine Kinder bekommen, der Filip, ihr Mann, mit dem sie lange schon verheiratet war, arbeitete in Wien in einer Fleischhauerei, und die Lenka hat den Kindern im Dorf allerlei süße Kostbarkeiten zugesteckt. Ihre *Haślerka*, feine Hustenbonbons, waren weit bekannt und sie verkaufte sie jeden Samstag am Markt in Prachatitz und immer wieder hatte sie ihm, dem Ferdinand, heute jung verheiratet und tagsaus, tagein frohgemut, die eine oder andere Handvoll ihrer in feines Papier gewickelten Köstlichkeiten zugesteckt. Er hatte den feinen Melissenduft in Erinnerung und als sie so vor ihm stand, dachte er unwillkürlich zu allererst an ihre feinen Hašlerka. »Lenka, du bist mir vertraut wie wenige und du kommst zu mir?«

Dann schilderte sie ihm ihr Elend, schluchzte es heraus und sie wüsste, dass er, der Ferdinand, dieses Wien kenne oder vielleicht der Herr Magister und was sie tun sollte. Den Brief einer Emma Moroder in Simmering schob sie ihm über den Kanzleitisch, er sollte ihn, bittschön, lesen, meinte sie. Ein Kummer wär es, eine Schand' auch im Dorf und sie wisse nicht mehr weiter, könnte sich ja einen Strick nehmen, dann wär's vorbei, das Elend.

Im Brief schrieb die Emma Moroder, dass der Filip nun endgültig bei ihr wohne, sie hätte das Hintenrum satt und sei für klare Verhältnisse. Er würde jetzt der ihre sein und er käme nimmer heim.

»Der Filip traut sich nicht, mir das zu schreiben, oder sie hat den Brief hinter seinem Rücken geschrieben, ich könnt' den ganzen Tag nur weinen, Geld hab ich auch keines und jetzt muss ich verhungern.«

Der böhmische Herr Ferdinand fand, dass er hier überfordert wäre und er wusste keinen Rat, versprach ihr aber, mit dem Herrn Magister zu reden, und er käme am Samstagabend nach Nebahovy. Die Leute von Nebahovy haben mit der Lenka gelitten und alle rechneten nun damit, dass der Herr Magister oder der Ferdinand, der Bub aus dem Dorf, der nun in den Augen der Dörfler ein Wichtiger war, helfen würden.

Der Herr Magister selber hatte die Zügel in der Hand und fuhr am Samstagabend in seiner Kutsche ins Dorf und hielt seine Rösser vor dem hölzernen Haus der Lenka. Dann fragte er sie, ob sie noch die guten Zuckerln machen würde, die mit Melisse und Anis, und ob sie ein paar andere Arten auch kenne, ob sie gar nach Krumau runter ziehen könnte. In seinem Geschäft in der Stadt hätte er obenauf ein Zimmer, das könnte man schon herrichten, da könnte sie gut drin leben, und im Kaufhaus dürfte sie ihre Zuckerln verkaufen. »Das ganze Jahr über gibt es in Krumau viele Gäste, die Leute kommen von überall her, das sind alles Betuchte, gut situierte Leute, Damen aus der Stadt, aus Pilsen und aus Linz, auch Pragerinnen in Sommerfrische vor allem, die Erholung und Abwechslung suchen, da spielt das Fünferl keine Rolle.«

»Ja«, sagte die Lenka, »für den Hals und einfach so zum Schmaus, so als Leckerei, da hab ich schon ein paar Rezepte.«

Sie soll sich's gut überlegen, sie käm halt nicht mehr nach Nebahovy, wär dann eine Städterin, das wär zu bedenken. »S'is ja nicht as Amerika«, lachte der Herr Magister und der Ferdinand Polschitz meinte: »Da wärst halt ganz unabhängig und tatsächlich eine Geschäftsfrau, weil die Zuckerl laufen auf deine Regie und was in fünf Jahren ist, weiß man ja nicht.« Der böhmische Herr Ferdinand war tatsächlich schon reifer geworden und lebenserfahrener als noch vor der Zeit in Prag.

»Diese Wiener Emma hat ja jetzt einen böhmischen G'schamsterer, meinen Wenzel und ich geh in die Stadt und wenn alle Strick reiß'n, dann geh ich ins Amerika. Aufhänga tua ich mi wegen dem Herrn Baron net.«

Im Dorf waren sie eines Abends beieinander gesessen und haben der Lenka Hejda den Abschied leichter gemacht und der Ferdinand Polschitz war auch dabei und er erzählte von Krumau, das eine Perle wäre und die Angestellten im Geschäft wären anständige Leute, mit denen könnt' sie gut auskommen. Da stand nun das Haus der Lenka leer und würd verrotten. Mit wie viel Liebe haben sie es seinerzeit her gerichtet, sie und der untreue Wenzel, alles blitzte und blinkte und das Leben könnte nicht schöner sein, fand die junge Lenka.

36.

In der Klosterstraße in der Linzer Altstadt, unweit vom Alten Dom und nur bedächtige zehn Gehminunten runter zur Oberen Donauläde logierte nun seit einem guten Jahr immer am ersten Samstag vor dem folgenden Sonntag im neuen Quartal ein seriöser Herr bei der Frau Antes, die ein kleines Speiselokal ihr eigen nannte und drei schöne Zimmer zu vermieten hatte. Ein paar Heller verlangte sie für ein Frühstück, eine Krone für Kost und Logis für zwei Tage. Selten genug verirrte sich hierher ein auswärtiger Kaufmann oder ein Exporteur aus Italien oder aus dem Bayerischen oder gar ein Geheimer Diplomat, der von Prag aus die südliche Route nach Rom nahm oder hinüber ins Französische, ins sagenhafte Paris, wo das feine Leben der Haute-Volée pulsierte.

»Ein Franzos is er, der Herr, oder eine Korse«, sagte die Frau Antes zu ihrem Mann, der aber meinte, der Fremde sei eher ein Geheimer, Umtriebe gäb es ja genug in dieser unruhigen Zeit, oder eben ein Diplomat in Auswärtigen Diensten.

»Geh zum Baldur Anacker, der red' doch in Italienisch und in Französisch, da werdn wir bald mehr wissen und dem Herrn wär es sicher recht, würd er a bisserl a Ansprach haben.«

Der Baldur Annacker war schon weit herum gekommen, das wussten sie in der Klosterstraßn und drüben in Uhrfahr hatte er eine Schwester, die, eine entsprungene Klosterfrau, jetzt im Import/Export ihres Mannes das Kontor führte, fleißig wär sie und man könnt' ihr nichts nachsagen, sagten die Leute.

Die Annackers kamen väterlicherseits aus Wien und die Mutter war eine aus Zagbreb gewesen, wo sie der Vater von einer seiner Dienstreisen mitgebracht hatte, ein resches, vertitables und gescheites Mädel von einem Herrn Obristen der Serbischen Armee, eine geborne Obrenović, aus der Verwandtschaft des Herrn Präsidenten persönlich.

Der Baldur verneigte sich dezent vor dem fremden Herrn, stellte sich vor und fragte, ob es gestattet sei. »Bitte«, sagte der Fremde, »es wäre mir eine Ehre«, dann lachte er und meinte, »Ihre Sprache ist fremd per me, sconosciuto«, ob er, der Herr Annacker, etwa des Italienisches mächtig wäre. »Parlo un po' italiano«, lachte der freundliche Baldur, »non molto, anzi poco.« Dann redeten, radebrechten die beiden Herren, der Disput war seriös, auch gediegen fröhlich, abtastend höflich, bis der Herr Baldur nachfragte, ob der Herr Fanoni gar französisch sprechen würde. »Oui, il est préférable«, lachte Paolo Fanoni und sie verstanden sich prächtig und verbrachten einen geselligen Vormittag und der Baldur breitete seine Familiengeschichte aus und der Herr Fanoni die seine, dass seine Mutter die schönste Frau im Aosta gewesen sei und noch in ihren alten Tagen die Verehrer zu Hauf sich die Türklinke in die Hand gegeben hätten.

Der böhmische Herr Ferdinand gesellte sich zu dem Duo auf recht unfreiwillige Art, weniger aus eigenem Dazutun, war er doch seit Tagen in Uhrfahr drüben auf der anderen Seite der Donau in geschäftlichen Verhandlungen mit dem Herrn Winezek von *Winizek Import/Export,* Baldurs Schwager. »Ich hab da anen Fremden kennenglernt, Ferdinand, den muaß ich dir vorstelln, ane Persönlichkeit, aus dem Aostatal, aber in jungen, in Studienjahren, war ein Römer geworden, Paolo heißt er. Treffn wir uns morgen in der Früh gegen neun Uhr in der Klostergassn bei der Frau Antes, a klanes Bufett legt sie dir immer auf.« Ferdinand erinnerte sich später nur an wenige Gespräche, die ihm so viel gegeben hatten, wie diese zwanglose Unterredung mit diesem Herrn Fanoni und den beiden österreichischen Bekannten.

37.

Der Herr Ferdinand Polschitz hatte die betriebliche Verwaltung modernisiert und das gesamte Unternehmen auf die Doppelte Buchführung umgestellt. Die Finanzverwaltung hatte den Herr Magister schon mehrfach gebeten, sich mit dem Hollerith-Lochkartensystem zu befassen, das brächte eminenten Nutzen und eine außerordentliche Vereinfachung der jährlichen Steuerklärung und deren Koppelung mit der Erstellung des Jahresabschlusses berge nur Vorteile. Schließlich wurde der Herr Magister tätig und hatte der Budweiser Finanzhauptverwaltung einen eloquenten Steuerfachmann abgeworben, dessen Wurzeln in Prachatitz gründeten und der gerne wieder in die Heimat verzogen wäre. »Ein Fuchs ist er, der Waldemar Vorndran, auf den können wir uns verlassen«, sagte der Herr Magister zufrieden und der Ferdinand war's auch.

Der Herr Feldwebel der Reserve Ferdinand Polschitz wurde zur Wehrübung einberufen und sollte sich im schönen Prag zur dritten Wehrertüchtigung einfinden, stünde doch der Erste Leutnant an, den müsse er sich aber erst verdienen. Nachdem der Herr Oberst ihm seinerzeit in der zweiten Übung schon den Feldwebel auf die Schulterklappen geheftet hatte, dürfte er künftig gar mit einer Übernahme in den Stab rechnen, waren doch seine kaufmännischen und organisatorischen Kompetenzen für die Regimentsverwaltung unzweifelhaft dienlich und der Rang des Oberleutnants als Regimentsadjutant wäre doch zwangsläufig, meinte der Herr Oberst damals.

»Das mach ich nur zur Abwechslung«, lachte er seine Bozena an, »und bald sind wir drei Polschitz, da wirst schon Unterhaltung genug haben, wenn ich einmal für vier Wochen nach Prag ziehe und in der dortigen Dependance kann ich zudem ganz beiläufig nach dem Rechten sehen.« Die Bozena war zufrieden, hatte sie doch mit dem Ferdinand das Lebensglück gefunden. Sie freute sich aufs Kind und hatte die Mama Polschitz zeitweilig im Haus, wenn es auf dem Hof am Libin weniger zu tun gab.

Der Herr Magister Karl Borwitz aber war einsam, sein Roserl fehlte ihm. Vor ein paar Tagen hatte er sich nachts lange mit ihr unterhalten, sie meinte er solle sich auf die

Hinterfüß' stellen und sich nicht hängen lassen, as Leb'n wär noch nicht zu Ende. Dann spannte er seine Kutsche ein, ließ die beiden Rappen laufen, die Straße von Prachatitz nach Krumau ließ das zu, seit der Herr Graf von und zu Raschkotz seinen Einfluss auch bei der Straßenmeisterei in Budweis drüben deutlich gemacht hatte. Da fuhr er nach Volary hinunter, war doch auf dieser Strecke die Straße erneuert, vor allem verbreitert worden. Das Automobil, die Neuerwerbung, wie er sein schönes Gefährt nannte, ließ er im Stall, sollte doch der Ferdinand damit zurecht kommen. »Über Volary dauert es etwas länger, dafür fahr' ich bei der Tante Marie in Oberplan vorbei, dort werd ich nächtigen und steuere dann morgen nach Krumau hinüber. Ich werd', wenn's meine Gesundheit erlaubt, den Rückweg über Budweis nehmen, das dehnt sich, aber dort sollt' ich mich wieder einmal sehn lassen.«

So hatte der Herr Vorndran genug Zeit, um im Prachatitzer Kontor heimisch zu werden, und der Herr Magister verfügte allmählich über mehr Zeit, sodass er sich seiner Leidenschaft für die Jagd hingeben konnte, war er doch in den verflossenen Jahren dem Jagdverband »abhanden gekommen«, wie der Herr Graf von und zu Raschkotz oft maliziös meinte. »Wo er recht hat, da hat er recht«, sinnierte der Herr Magister, als er dem Ferdinand, seinem Neffen, die Prokura übertrug.

Schon bei der Ankunft in Prag hatte ihn der Herr Oberst in den Stab abkommandiert: »Bleibens bei mir im Stab, Herr Polschitz und räumens amol kräftig auf, am Geld soll's nicht fehln, und lernens meinem Personal dös moderne kaufmännische Handwerk. Die militärische Verwaltung kann von der Wirtschaft so manches lernen, dös sagt mein Schwager oft genug, er ist ein Direktor bei der Eisenverhütung drunt in Linz, wissens.«

Der Herr Oberst Valentin Losauer war übrigens ein Reichenberger, seine Schwester hatte den Baron von Trebsch-Wenzelsdorf angehimmelt, als der in jungen Jahren im Reichenberger Familienbetrieb volontierte, folgte ihm ins Österreichische, gebar sechs Kinder, eins kräftiger als das andere und alle standen schon mitten im Leben. »Ins Böhmische, runter nach Krumau, muss ich auch wieder amol, da ist es nicht weit zu meiner Schwester«, sagte er.

An den lauen Sommerabenden flanierte der Herr Feldwebel der Reserve und Leutnant in spe Ferdinand Polschitz mit den Regimentskameraden durchs schöne Prag, sie querten die Karlsbrücke, schauten in die Nikolauskirche hinein, drüben auf der Kleinseite und an den freien Samstagen kreuzte er beim Petrus Ballawaschl auf, hinten in der Stepanska, in der Altstadt. Da war das Geschrei groß, schallte über die Stepanska und der Mendel von gegenüber, der Verwandte in aller Welt hatte, rückte an und sie verspeisten die typische Ballawaschl-Melange, nachdem der Petrus ihnen zuvor seine speziellen und unüberbietbaren Powidl Pofesen kredenzt hatte und die waren wieder so wunderschön goldgelb gebacken mit an' bisserl Staubzucker mit Zimt vermischt obenauf.

»Und wannst wiederkommst, böhmischer Ferdinand, ich wüll sagn Herr Leutnant in spe, dann servier ich dir anen Kaiserschmarrn, der schreibt sich »Sie«, da hätt' unser Kaiser Franz Joseph seine helle Freud dran.«

»Hör auf, Petrus, lass es guat sei«, stöhnte der Ferdinand Polschitz, »ich werd noch desertier'n und dann stellst mich an als deinen Gehilfen und ich vergess mein liabs Prachatitz und hol meine Bozena nach in dein Beisl und wir machn uns a schönes Prager Leben.« Er habe ja so recht, lachte der Ballawaschl, »wannst arbeitest und di net nur bedienen lasst.«

38.

Die Borwitz Marie, die Großtante des Magisters Karl Borwitz, hatte sich und lange ist es her, ins Herz des kleinen Karli eingebrannt. Zwei Jahre lebte sie seinerzeit im Borwitzer Anwesen, war doch ihr junger Mann auf tragische Weise aus dieser Welt berufen worden. »Der is nicht gsund, Marie, der lebt nicht lang«, hatte der Vater gesagt, aber die Marie und der Gustl kannten nur ihre Liebe. Die Heirat stand vor der Tür und in Oberplan hatte sie ein kleines Häusl erwerben wollen und dann war er eines Morgens, drei Tage wären es noch bis zur Hochzeit gewesen, still und tot in seinem Bett gelegen, sein junges Herz hatte einfach aufgehört zu schlagen.

Sie war still geworden und trug den Kummer um ihren verlorenen Gustl zeitlebens in ihrem Herzen. »Den oder keinen«, hatte sie sich geschworen, geheiratet hat sie nach dem Tod ihres Gustl nicht mehr, hat geschneidert und sich durchs Leben gebracht. »Wenns so sein soll«, sagte sie das eine und das andere Mal, hatte die Borwitz'sche Kinderschar zwei Jahre mit behütet und war dann nach Oberplan gezogen, half der Mutter ihres geliebten Gustl, pflegte sie in ihren kranken Jahren und blieb im Häusl wohnen. »Fahrn wir zur Tante Marie«, sagte die Mama wieder einmal, dann war die lange Reise ein Abenteuer und die Tante Marie herzte die Kinder drei lange Wochen.

Nun wollte der Magister Karl wieder bei der Tante Marie vorbeischauen. Zu reden hätten sie viel, meinte er, sie wär wohl einsam. Die Tante Marie, vor drei Jahren hatte er sie zum letzten Mal gesehen, empfing ihn in einem Hochgefühl. »Dass der Bua wieder einmal reinschaut, dös is mei größte Freid«, lachte sie und schloss den Herrn Magister, der bald Karl von Borwitz heißen würde, in die Arme. »Einsam bin ich nicht, ich geh unter die Leut und in Oberplan gibt es viele alte Leute«, meinte sie, »ich bin die Jüngste mit meinen achzig Jahren.« Das Häusl ghört ihr, klärte sie ihn auf, aber sie wird es einer Verwandten von Gustl vermachen, die käme immer wieder vorbei und würd nach dem Rechten schauen. »Wer net viel hat, der braucht net viel aufräumen«, sagte die Tante, aber zu schwer könne sie nicht mehr arbeiten und mit der Schneiderei sei es lange schon vorbei. »Die Augen, Bua, die Augen werdn immer schwächer, wie durch einen Schleier schau ich in die Welt.« Er solle von sich erzählen, dann hätte sie was zum Sinnieren, wenn er wieder in der großen Welt wäre.

Die zwei Abendstunden verbrachten sie im Dämmerlicht, so wie es früher daheim gewesen war, als die Tante Marie bei ihnen den Tod ihres Gustl verwinden musste, nur stand er, der Karl, jetzt mitten im Leben und sie würde warten, bis es so weit sei. »Abschied ist angesagt, Bua«, lachte sie.

Dass er immer noch arg an dem Roserl hängen würde, erzählte er ihr. Auch habe er seltsame Anwandlungen, als müsse er schnell noch bei seinen Lieben vorbeischauen. »Könnt' sein, Tante Marie, dass mi as Roserl bald braucht.«

Er habe Fehler gemacht, aber das Geschäft laufe gut. Den Ferdinand von seiner Schwester habe er als Adjutanten bei sich, der wär ein echter Polschitz/Borwitz, akkurat wie der

Vater, emsig wie die Mama und der Bub würde arbeiten, als gehörte ihm dös Ganze schon, erzählte er und dass er, der Karl Borwitz, bald ein Herr *von* Borwitz würde, bemerkte er beiläufig. »Jessas, Bua«, staunte die Tante Marie, »dös hab ich mir schon lang denkt, dass aus dir nu was wird.«

»Du bist die Erste, die das erfährt«, fügte er an »und behalt es bei dir, erst muss des öffentlich werden, es könnt' ja sein, dass es gar nichts wird mit dem kloana Adelsprädikat, denn oft kommt alles ganz anders und der Herr Tod lasst sich nicht in die Karten schaun, aber schön wär's schon.«

Der nächste Morgen sah ihn schon recht früh auf dem Weg nach Budweis. Er hätte sich mehr um die Tante kümmern sollen, nur an sich und das Geschäft habe er gedacht, aber die Jahre vergehen und jedes muss sein eigenes Leben leben, das wüsste die Tante auch.

39.

Auf dem Schreibtisch des Herrn Magister Karl Borwitz stand ein mächtiger Blumenstrauß, ein Buschen Dahlien, rote und gelbe, wie sie ihm schon als Bub gefallen hatten, blausamtene Schwertlilien und fünf strahlend gelbe Sonnenblumen dazu. Das weißgelbe Kuvert fiel auf, es leuchtete aus dem Bukett, fiel ihm in die Augen. Als er das prägnante Siegel des Kaiserlichen Hofes erblickte, nahm er das Kuvert in beide Hände. »Laßt mich allein, dös braucht's etzat, allein muaß ich sein die nächste halbe Stund'.«

»Seine Kaiserliche Hoheit erhebt den Herrn Magister und Fabrikant, Karl Borwitz, Stadtrat zu Prachatitz in den Adelsstand. Die ehrenhafte Nobilitierung des Herrn von

Borwitz wird in Dankbarkeit und großer Anerkennung für seine Verdienste für das Vaterland ausgesprochen.«

»Es muss ein Glaserl Roter sein«, beruhigte sich Herr von Borwitz, »dös halt sonst mei Herz net aus.« Dann bat er den Neffen Ferdinand Polschitz mit seiner Bozena sowie das Gesinde in das Foyer seines nunmehr herrschaftlichen Anwesens, las die gewichtigen Zeilen vor, bewegt und mit einer gewissen Ergriffenheit. »Ich bin der gleiche wie bisher«, stellte er fest, »es macht sich gut, dieses *von*, aber der Mensch ist davon nicht abhängig. Dir, liebe Bozena, danke ich für die Blumen – du hast geahnt, welche Nachricht mich da erreicht hat.«

Bis zum Abend wussten die Bürger von Prachatitz, dass sie einen weiteren Adeligen in ihren Reihen ehren konnten, er hatte eine Reihe Neider mehr dazu bekommen, aber der große Teil der Bewohner des südböhmischen Städtchens anerkannte neidlos die große Ehrung, die einem der Ihren von Seiner Kaiserlichen Hoheit zuteil geworden war.

Der verehrte Graf von und zu Raschkotz steckte in Prag und würde sich freuen, hatte doch der Graf seine Finger im Spiel gehabt und auch das ahnten die Prachatitzer. Der Stadtrat gratulierte dem Herrn Magister von Borwitz, der Zweite Bürgermeister schickte die Prachatitzer Blaskapelle vor das Haus des Herrn Magister von Borwitz und erhob das Glas auf den nunmehr adeligen Mitbürger. »Leb'n sollst, hoch, dreimal hoch, mein lieber Herr von Borwitz und vergiss auch weiterhin dein Prachatitz nicht.«

»Die Jahre verfliag'n wia da Wind«, sagte die Bozena, als sie ihren kleinen Karl in der Prachatitzer Schule anmeldete. »A Braver is er«, sagte der Schuldirektor Karl Schittlinger, »und an gleichen Vornamen ham wir zwoa a, gell, Karli«, und das hat dem kleinen Karl Wenzel Polschitz einen mächtigen Aufwind gegeben. In der ersten Klasse hatte er dann neben dem Schüttlinger Franzi gesessen, der auch ein Braver war, wenigstens in der Schule.

»Recht hast, Bozena«, sagte der Onkel Karl, der sich schon lange damit abgefunden hatte, als Adeliger zu Grabe getragen zu werden, »Recht hast, die Jahr' vergengan wia da Wind.«

So hatten sie sich alle mit ihrem Leben angefreundet, auch abgefunden. Die Jungen packten das Leben am Schopf, die alten dachten immer öfter daran, dass sie auch von einem Augenblick auf den anderen den Löffel abgeben könnten.

40.

In Wien, wieder daheim, hatte die Anna Anzengruber ihre alte Mama gepflegt, bis die Mama das Zeitliche gesegnet hatte und man musste es der Anna hoch anrechnen, dass sie viel Zeit bei der Mutter verbrachte. Die alte Anzengruberin hatte sich hinten und vorn nimmer ausgekannt, trieb sich an der Donau rum und fand den Weg nicht mehr zurück in die Pfandlbrunngasse, in ihr Mödlinger Grätzl.

Die Anna hatte schließlich einen Viehhandlerer erhört, einen alten Soldaten, der es bei der kaiserlich-königlichen Landwehr zum Oberstabswachtmeister gebracht hatte. Ein feiner Vorgesetzer war er gewesen, der Sulzerer, und wohl gelitten bei seinen Soldaten, hatte sich beim Wein ein Bein gebrochen und war dann ehrenhaft vom Dienst entpflichtet worden. Dann kaufte und verkaufte er Pferde und Bullen, auch gewöhnliches Rindvieh, wie er sagte und wurde dabei wohlhabend. Auch an ihm hatte die Anna ihre Pflegekunst auszuprobieren und wurde dann über Nacht Frau Sulzerer. »Dös mit uns zwoa kann nur wos werdn, wann i deine Frau werd, hörst«, sagte sie ihm, gescheiter geworden, und er bestellte das Aufgebot. Im bunten Waffenrock, in seiner leuchtend-blauen Montur des ehemaligen Oberstabswachtmeisters stand er mit seiner Anna vor dem Altar. Sie sagte artig, dass sie ihm treu sein wolle, bis dass der Tod sie scheiden würde und er war davon auch überzeugt, dass die Anna ihm nicht von der Seite weichen würde.

Der Herr Jakob Anzengruber war zwischenzeitlich zum Hochwürdigsten Herrn Domvikar avanciert und hatte die Seligsprechungen ad acta gelegt. Jung war er halt noch und die Zuständigkeit für die bischöflichen Finanzen und die Pastoral gehörte jetzt zu seinen Pflichten. Der Herr Generalvikar wie auch seine Excellenz hielten große Stücke auf den kultivierten, recht agilen Herrn Domvikar, der es sich nicht nehmen ließ, ab und an in unnachahmlicher und zurückhaltend vornehmer Art dem Herrn Bischof für seine wegweisende Predigt vom letzten Sonntag zu danken. Das hat der ihm auch nicht vergessen. »Die Finanzen, lieber Freund«, sagte er zu dem devoten Herrn Jakob Anzengruber, »die Finanzen sind in einer Diözese das wichtigste, ohne Geld keine Nächstenliebe.«

Bei der Beerdigung der lieben Großmama konnte er aus dienstlichen Gründen nicht zugegen sein und die Hochzeit der Mama, mit der er sich ausgesöhnt hatte, versäumte er, hielt die Mama in gebührender Entfernung und den Kontakt auf kleinster Sparflamme.

Bei Krumau residierte nun auf ihrem Gut die Baronin von Wesowitz, die von der Anna Anzengruber despektierlich die Bauernchaiselongue genannt worden war. Sie war nunmehr jenseits von gut und böse, wie es schien. Aber sie hatte beim Kuddelfleckessen den Assessor Heribert von Reischitz kennen gelernt. Der ledige Assessor war beim Krumauer Bauamt für Hoch- und Tiefbau, für die Straßen, die Kanalisation und die Wegenetze zuständig, exorbitant begabt und recht begütert, ein halbes Dutzend Jahre jünger als die fesche Frau Baronin, aus der Wachau stammend, ein devoter Freiherr aus Wachauer Uradel. Man könnte das Kuddelfleckessen wiederholen, sagte sie und lud ihn zu sich aufs Gut und es ließ sich gut an und die Krumauer redeten schon bald, dass der Freiherr von Reischitz und die Baronin von Wesowitz eine Liason hätten.

Gut getroffen hatte es auch das ehemalige Gschpusi vom Herrn Magister, die Katinka Trabes. Sie hatte in Karlsbad einen vornehmen Kunden bedient, einen Sachsen aus Dresden, Maschinen, Eisen und Stahl en gros. Er suchte ein Collier oder eine andere Schmucksache und sie war ihm behilflich. Er käme Jahr für Jahr nach Karlsbad, würde auch andere Bäder gerne besuchen, Marienbad, auch in Teplitz lasse sich's gut sein, aber dieses Karlsbad habe es ihm angetan. Er wäre hilflos und wisse nicht, womit er seiner lieben Mutter eine Freude machen könne. Da fiel ihr ein Stein von Herzen und sie suchte für die verehrte Mutter ein Geschmeide.

Er logierte im Pupp, dinierte mit der Katinka ausgiebig und sie brillierte über die Karlsbader Historie, über den Herrn von Goethe zuvörderst, der ja auch aus Sachsen gekommen war, sie redete mit bemerkenswertem Wissen, nahezu mit Vertrautheit über den Fürst Metternich und seine geheime Konferenz hier und dass man im Herbst leider vor Hochwasser nicht sicher sei. Sie flanierten die Tepl entlang, fuhren ein schönes Stück in der neuen Eisenbahn und mit der Kutsche zurück in die Stadt. Das alles war wiederum für ihn ganz neu, ein besonderes Erlebnis und er bewunderte diese charmante Frau. Er gestand ihr, dass er noch keine wie sie getroffen habe, zurückhaltend und so voller Charme und sie sei die schönste, die er kenne. Er würde seiner Mutter viel zu erzählen haben und lud die Katinka nach Dresden ein.

41.

»Mama, wiast du dich wieder zammgricht host, dös geht doch net. Aufprotzt hast dich wia ane Kellnerin in an Beisl, herst, deck dir doch dös Tuach drüber, bist gar so offenherzig«, er schaute der Mama unverhohlen ins mächtige Dekolleté, »heit hab ich as Gschau mit dir da im Lokal und morgen hab ich an Ärger im Ordinariat, der se gwaschn hot.«

»A dös is oba a Schmäh. Mei Bua, Sulzerer« wandte sie sich an ihrem Gemahl, »mei Bua, dös eigne Fleisch und Bluat rotzt se aus über seine Mama. Ane solchene sollt i sei. Ja, hörst, Bua, wer bist denn du, dass du so mit deiner Mama redst, die dir as Lebn gschenkt hot? Wenn i net wär, na wärst du heit koa Domvikare, vastehst, Buale?«

»Schaugst aus wia a Faschingsgroppfm, Mama, is doch wahr, wia a Blunzn, sag i.«

»Bist du a so a Bumpf worn, redst du so mit mir, Bua, i scham mi für di, a Herr Domvikare, i sog es no amol. Da geh i ja gleich und setze mi stracks in die Bahn und fahr nach Wien hoam, wo i mein Fried hob und woana muss i, woana, so viel. Alle wissens, dass du a Funzn dahoam host, dös sag i dir, a so a Susanne, dös. Hörst, mir genga etzat, Sulzerer, steh auf, i hoits net aus.«

Das Streitgespräch zwischen der Anna Anzengruber und

ihrem Herrn Sohn, der mittlerweile ein gestandener Herr im bischöflichen Ordinariat geworden war, eskalierte.

»Geh, Mama, so ist dös doch net gmeint, aber die Leut, Mama, die Leut redn doch, sie zreißn sich die Mäuler, de Leut san schlecht und dann haben wir dös Gscherr.«

Die Leute hatten mittlerweile mitbekommen, dass die Gäste am Tisch Nummer sieben mit ansteigender Lautstärke aneinander geraten waren und stellten die Gespräche ein, in der Hoffnung, das eine oder andere Wort des Zanks mitzubekommen.

»Mam', etzat bleib sitzn, wir werdn ja schon von de Leut beobachtet.«

»Na, Bua, i geh, dös halt i net aus.« Dann erhob sich die Anna Anzengruber, griff sich mit der Linken ihre lederne Tasche, die rechte Hand schob sie dem Sulzerer unter die linke Achsel, zerrte den schwergewichtigen Ehemann aus seinem gepolsterten Stuhl hoch, verließ das Lokal, ohne den Jakob noch eines weiteren Blickes zu würdigen und trat bei zugigem Wetter den Weg zum Hotel an.

»Jessas, Mam', geh sei gscheit«, der junge Geistliche rannte hinter der Mama her, »wart, jetzt hör doch, es ist alles nicht so gemeint, wia gsagt. Wir können doch in Frieden miteinander redn, in so an Beisl ham de Wänd Ohren und was da sagst, is im nächsten Augenblick as Gred in der Stadt.« Aber die Anna Anzengruber würdigte diesem Schnösel von einem Sohn, diesem undankbaren Menschen keines Blickes, geschweige denn eines verzeihenden Wortes.

Sie soll se net grämen, versuchte der Sulzerer seine neu Angetraute zu beruhigen, dös renkt se scho wieder ein, wann die Donau noch mehrere Wasser obi gflossn san.

»Offenherzig nennt er mich«, keuchte sie, »ich wär

offenherzig«, sie weinte. »Der Saubua, so a Aufpudler, offenherzig, an dem Herzen hot er sich sei Mili gholt, verhungern hätt' i eahm lassen sollen. Dass i so an Baambrunza aufziag, hätt' i net glaubt. Was war i für a Rindviech, recht gschiegt mir. Er ist freilich a Hochstudierter, mei Jakob, aber er gibt se ois an Zwetschgenröster, mei Bua, auf den i soviel gebn hob.« Sie hatte sich nun ausgeschüttet, nannte den Saubua auch den »Jakob« und auch wieder »mei Bua« und das ließ für die Zukunft hoffen.

In diesem Moment hatte die Anna Anzengruber das Kapitel Jakob Anzengruber, Sohn des Rittmeisters Jakob von Wesowitz, Frucht einer leidenschaftlichen Stunde in jungen Jahren, abgeschlossen. Wollte sie doch nur den Sulzerer ihrem Jakob bekannt machen. Sie würde nie mehr einen Fuß auf das Straßenpflaster in diesem verwünschten Sankt Pölten setzen. Das schwor sie bei allen Heiligen und tausend Teufel müssten sie reiten, sollte sie ihren heiligen Eid brechen.

42.

Just am gleichen Tag, als die Anna Anzengruber ihr Dilemma mit ihrem Bua erlebte, setzte Ferdinand Polschitz seinen Fuß in die Tür der Sankt Pöltener Spar-und Darlehenskasse. Direktor Johann Freiherr von Jakobi lud den Borwitz'schen Repräsentanten aus Prachatitz zum Mittagessen in den Schwarzen Bär, ein alter, rustikaler Hof mit erlesener Küche, nach Wilhelmsburg. »Machen wir einen kleinen Ausflug, a klane Stund auf guter Straßn, lieber Herr Polschitz. Zeit ham Sie doch genug mitgebracht, die Zahlen laufen uns auch nicht davon, a wenig a Abwechslung tut uns in diesen ekelhaften, hektischen Zeiten recht gut. Ich hab den Herrn Ederer angewiesen, uns bis morgen die Unterlagen, die wir brauchen, zurecht zu legen.«

In Prachatitz standen die Kirchenbesucher am Sonntag nach dem Gottesdienst zusammen und erörterten die Situation des Herrn Magister von Borwitz: »Den Herrn Magister soll es ganz schön zammgrissn hab'n, habt ihr dös ghört?«, fragte die Kirschbaum Lena. »Es is a guata Mo«, sagte die Kullerin und bekreuzigte sich, »hot immer wos für die armen Leut übrig.«

»A Kerze sollt man für den Herr Magister anzünd'n«, ergänzte die Mesnerin.

Bei den Männern, die schon ihre Pfeifen auf der Kirchentreppe aus den Jackentaschen hervor geholt hatten und sie nun genüßlich schmauchten, tat sich der Stoderer Sepp hervor: »Ja mei, sterbn muaß a jeder, ob arm oder reich« und der Holzky Peter ergänzte: »Da oane steigt nackert in de Gruabn, der andere im Brockat, es is wia es is, an Löffl muass a jeda abgebn, da host recht, Stoderer.« Der Herr Magister lag seit einer Woche an einer Lungenentzündung laborierend in seinem Bett, hatte drei Tage geschwitzt und fabulierte im Fieber, aber jetzt ging es ihm etwas besser, das Fieber war gefallen, aber er stand noch nicht wieder auf den Füßen. »Bring mir a Seidl temperiertes Bier, Wally«, sagte er zum Stubenmädel, »na wird's wieder.«

Aber die Packerln würde er heuer nicht austragen können, warteten doch wie jedes Jahr am ersten Adventsonntag ein paar arme Schlucker, dass der Herr Borwitz vorbeischauen würde. Die Finkin hatte ihren Keller neben der Hoderer Fanny in der Hornystraßn, die ebenso wartete. Der Schoretz Josef, der schon lange im gleichen Haus in seiner Mansarde unterhalb vom Dachfirst dahinsiechte, wartete auf das Packerl vom Borwitz. »Im Winter is es da heroben zum Verreckn kalt und im Sommer komm ich wegen der Hitz bald um«, sagte er, »aber es derfat nimmer zlang hin sein.«

Der Seybold Wastl, der mit der Heimlitzer Traudi im Nachbarhaus zusammenlebte, stand dann auch schon am frühen Vormittag am Fenster und drüben in der Klosterstraß' freute sich der Karl Slanzky, dass der Herr Borwitz des Joahrpackerl bringen möcht. Lebkuchen waren drinnen und a schönes Stück Gräuchertes und ein Leib Brot, a süaßer Schoklad und ein paar Äpfel und trocknete Birn, ein Packerl Rauchtabak und ein Flascherl Zwetschgenschnaps, und was er halt sonst noch dazugepackt hatte. Heuer würde der junge Herr Ferdinand, der böhmische Herr Ferdinand, wie manche ihn noch ehrenvoll nannten, von Tür zu Tür gehen, einen gesegneten Advent wünschen und eine gute Gesundheit für jedes von ihnen, die sie schon recht weit am Rand standen, erhoffen und Gottes Segen dazu und man würd ein bisserl plauschen und lachen und kaschpern und dann würd er wieder weitergehen, zurück in seinen Kontor. Aber der Herr Ferdinand Polschitz war noch in Sankt Pölten und wusste nichts von der Erkrankung des Oheim.

43.

Der Herr Magister saß grad am Mittagstisch, als das Automobil mit dem Ferdinand am Steuer in den Hof einfuhr. »Da Bua is wieder da, schee, dass eahm nichts passiert is, schick eahm rauf, Wally, soll er gleich mit essen.«

Der Ferdinand Polschitz nahm zuerst seine Bozena und den kleinen Karl in die Arme und freute sich, den Onkel wieder bei passabler Gesundheit zu finden, er wäre überrascht, hätt' ihm doch bei seiner, Ferdinands Abfahrt ins Österreichische, nichts gefehlt. »Es dauert, Bua, im Alter dauert alles länger, hab i net denkt und meine Augn stimman a nimma, ois lasst nach.«

Der Ferdinand erzählte von den Geschäften in Sankt Pölten und in Linz, dass sich alles gut anlässt, dass die Teilhabe an der Privatbahn von Prachatitz runter nach Linz Fortschritte mache und das Geschäft schon bald unter Dach und Fach wäre, erzählte vom Herrn Freiherrn von Jakobi, dass sich die Zusammenarbeit mit der Spar- und Darlehenskasse gut anlasse. Er hätte bei einem Ausflug mit dem Herrn Direktor von Jakobi in einem Wirtshaus, a guate Stund außerhalb von Pölten, einen Herrn Domvikar Anzengruber gesehen mit seiner Köchin, einer gewissen Frau Susanne, nur von weitem zwar, aber der Freiherr habe da so manches Amüsante erzählt.

»Die Welt ist klein, Ferdinand. Das ist der geistliche Sohn von der Anna Anzengruber, die drüben bei den Wesowitz'schen aufgewartet hat, den hat sie vom Rittmeister als Andenken an die schöne Jugendzeit mitbekommen, aber sonst hat er ihr wohl nichts hinterlassen. Es ist auch hundsföttisch, a wengerl a Gemeinheit gewesen vom Herrn Rittmeister, sie so auszunutzen, aber wer woaß, ob er für den Bua net was auf die Seitn glegt hat.« Der Ferdinand erfuhr so manches Neue, überlegte und beredet das eine und das andere mit dem Onkel und hatte nur die Bozena und den Karli im Kopf.

»Solltest heuer die Packerln austragn, Ferdinand, de Leut warten wohl und grüaß sie alle von mir und aufs Jahr lass ich mirs net nemma, da kimm ich wieder selber, bin ich eahna schuldig.«

44.

Die jüngere Schwester vom Ferdinand, die Berta, sein Liebling, ein spätes Kind, wie die Mama immer sagte, der er jeden Wunsch von den Augen abgelesen, die er umsorgt und beschützt hatte, die schon lange auf einen guten Mann wartete, lag wie der Herr Magister Borwitz, der Onkel Karl, mit einem gehörigen Fieber in ihrem Bett und hustete und der Doktor sagte zu den besorgten Eltern oben am Hof vorm Libin, es wäre ernst mit dem Mädel. Das Krankheitsbild hätte sich verschlechtert und er wisse nicht, ob er da noch viel machen könne, und dass jetzt alles in Gottes Hand liege. Dann warteten sie und beteten und hofften, dass die Berta, die sie alle so im Herzen trugen, doch wieder aufstehen würde.

Nachts habe sie ein Singen gehört, sagte sie dann an einem Morgen, nachdem sie durchgeschwitzt und schwach aufgewacht war und im Bett gelegen hatte wie ein Schulmäderl, um einen Schluck Wasser gebeten hatte. Schmal und mit einem kleinen, blassen G'sichterl lag sie da im Kissen. »A Singa, Mama und a Spieln war des heit Nacht und Vogerln san umadume gflogn und ham ihre Liedala pfiffn und de Sunna hot gschiena und so richtig warm war's gwesn wia im Frühjahr.«

Die Mama weinte in der Küche und konnte sich nimmer fassen und der Vater hatte den Kopf in die Arme gelegt, versuchte den Gram, der ihm das Herz abdrückte, auszuhalten und er meinte, das müssten's jetzt nehma wia's kommt. Zum Mittagläuten standen sie dann alle schon vor dem Sterbebett ihrer guten, lieben Berta, der Wenzel und die Maria Polschitz und die ältere Tochter, die Burgi, die auf einen Bauernhof geheiratet hatte und der Ferdinand, der mit der Bozena in der Kutsche aus Prachatitz zum Libin heraufgefahren war, gleich wie er ghört hat, dass es so schlimm um das Schwesterl stünde.

Dann ist das Lichterl erlöscht und die liebe Berta würd jetzt schon im Himmel sein, sagte der Pfarrer, der mit dem Ferdinand in der Kutsche gekommen war und die Sakramente gebracht hatte und sie alle dürften sicher sein, dass a so a Engerl, wie die liebe Berta, jetzt ihre schützende Hand über sie alle hier auf Erden halten würd. Das Elend aber war groß und die Trauer hat sie alle fast erdrückt und der Ferdinand konnte keine guten Gedanken mehr fassen.

Am Samstag drauf ist er dann mit seinen Packerln zu den Armen gegangen.

45.

»Nimmst halt die Bozena mit und an Bua«, meinte der Herr Magister, »wennst zum Packerl austragn gehst.« Dann zog der Ferdinand Polschitz eine Woche später als in den vergangenen Jahren am Samstagnachmittag vorm zweiten Adventsonntag über den Hauptplatz, deckte die Packerl im Handwagen mit einer Decke ab, aber die Leut wussten, dass er in die Hornistraßn oder in die Klosterstraßn fahren würd, weil die Leute schon warteten.

Der kleine Karl hing an der Hand der Mama Bozena und die Finkin herzte den Bub, dass ihm angst und bange wurde und er zum Weinen anfing. Die Finkin war eine Schneiderin im fernen Pilsen gewesen, hatte in späten Jahren den

Fink Ernst geheiratet, der nichts gehabt, es zu nichts gebracht hatte und hätte sie nicht gebügelt und den feinen Herrschaften in Prachatitz, wohin sie gezogen waren, die Stube geputzt und die Knöpfe an die Jacken und Mäntel angenäht, dann wären sie lange schon verhungert und ins Prachatitzer Armengrab übergesiedelt. Bei einem Raufhändel hatte ihm ein Knecht den Bierkrug über den Kopf geschlagen, so stark, dass die Scherben drinnen stecken blieben und dann hat der Fink noch eine Zeitlang gejammert und war dann eines Tages tot im Bett gelegen. Dann musste sie aus den zwei Zimmern ausziehen, die sie am End' der Krumauer Straße bewohnt hatten und der emsige Handlerer Sporer, der mit Erdäpfel und Gemüs' seine Häuser, eins ums andere, kaufte, hat ihr in der Hornistraßn den Keller in seinem Haus angeboten. Licht hätte sie wenig, sagte die Finkin, aber warm wär's da herinnen, weil ihr der Sporer, der ja ein guter Mann war und auch schon gestorben, die Wände seinerzeit mit Brettern zugenagelt hätt', aber er hätt' zwischen die Mauer und die Fichtenbretter Sägespän' hinein gestopft und da wär's nun pudelwarm und sie würd den Keller nimmer hergeben, nur über ihre Leich'. Das alles erzählte sie dem jungen Polschitz und der Ferdinand sagte zu seiner Bozena, nachdem sie von der Finkin bedankt und lang und breit verabschiedet worden waren: »Dös langat für heit scho, a so a Kreiz, aber mir gehn jetzt gleich no zu der Hoderer Fanny, die hat ihren Keller gleich nebenan.«

Die Hoderer Fanny hatte geschlafen und sie haben die Türklinke heruntergedrückt und nach ihr geschaut. Die Türangel war rostig, quietschte und der kleine Karl deutete mit großen Augen auf die zwei Türangeln und die Hoderer

Fanny wachte auf. »Gehts eina«, sagte sie, »I hob scho gwart, a dös wird a Fest.«

Sie freue sich jedes Jahr auf dös Packerl vom Herrn von Borwitz, sagte sie und: »Dös macht er scho seit, etz passts auf, seit so fuchzehn, achtzehn Jahr.« Sie hätt' an dem Packerl bis in die Fastenzeit hinein, aber sie würd ja eh wenig essen, an altes Leit bräucht ja nimmer so viel. »Trinka tu i scho, weil sonst kriagt da Mensch Faltn im Gsicht«, und sie lachte, dass es im Keller schallte. Die Hoderer Fanny hatte in den Anfangsjahren beim Borwitz die Wäsche gwaschn, wie sie sagte und das wusste der Ferdinand noch nicht. Dann war es ihr zu viel geworden, mit dem rechten Arm hätt' sie alleweil as Gscherr. Aber der Herr Magister schickt ja noch dazua jeden Samstagvormittag dös Fleisch, für uns alle, meinte sie und a kloane Salami dazu, »dös reicht für die ganze Wochn.«

Der Magister Karl Borwitz hatte vor Jahren schon seinen ältesten Angestellten im Geschäft beauftragt, Woche für Woche die Fanny und die anderen in der Kloster- und der Hornistraß' ein bisserl mitkommen zu lassen und der alte Graumann trug das Pfund Fleisch und eine Portion Kraut um neune in der Früh, regelmäßig jeden Samstag, in die Kellerwohnung runter und hinauf zum Slanzky und zum Seybold und seiner Traudi.

»Der Herr Magister ist ein Heiliger«, sagte die Hoderer Fanny, »a so, wia der Herr Bischof von Budweis, oba ohne einen Talar.« Da lernten der Ferdinand und seine Bozena, dass sie unter recht glücklichen Umständen ihr Leben verbrachten und sie hatten einen gehörigen Respekt vor dem Onkel Karl.

»Solche Leut muss man bewundern«, sagte die Bozena,

drückte das Handerl ihres lieben Karli, »uns druckts net, aber die armen Menschen is es a Hilf«, fügte sie hinzu.

Der Onkel war zufrieden, waren doch die Besuche, die der Ferdinand mit seiner Bozena bei den alten Leuten gemacht hatte, auch eine Lebenshilfe für die zwei Jungen und wenigstens die Umstände, unter denen viele zu leben hatten, muss man sehen, meinte er, kann man sich doch dann erst ein Bild machen, »und dann blickt man noch net dahinter, jeder hat nämlich ein sehr besonderes Schicksal, is dem einen eben dies, dem anderen jenes zugefallen, gschickt wordn.«

»Wenn man bloß an seinen eigenen Geldbeutel denkt, nur nach Besitz und Anerkennung strebt«, sagte der Ferdinand Polschitz zu seiner Bozena, »wenn man die anderen net mitkommen lässt, dös könnt' man, glaub ich, net verantworten.«

Er hatte noch die Tage in Sankt Pölten im Gedächtnis, den Wohlstand des Freiherrn, dessen Weltläufigkeit auch, die beiläufigen Berichte über den Herrn Domvikar Anzengruber. »Alles Nebensächlichkeiten«, sagte er sich, »des wird meine Zukunft nicht.«

Er müsst aber bald nach Krumau hinunterfahren, sagte der Ferdinand. Die Lenka Hejda in Krumau hatte für die adventlichen und die weihnachtlichen Tage ein ganzes Potpourri an zuckrigen Naschereien geschaffen und der Herr Magister Borwitz hatte sie beglückwünscht zu ihren phantasievollen Kreationen. »Da werd oans besser sein, als des andere«, lachte er, nachdem er sich an dem farbigen Zuckerwerk ausgiebig gütlich getan hatte.

46.

Der Herr Sanitätsrat Dr. Guido Brunelli war ein Linzer Urgewächs. Von den Welschen möchten seine Vorfahren väterlicherseits abstammen, sinnierte er, wenn die Red auf seinen italienischen Namen kam. In der Steinernen Mühl hätt' man im achtzehnten Jahrhundert Gold gefunden, ein eher jämmerliches Geschäft, aber die jungen Burschen zwischen Udine und dem südlich gelegenen Padua reisten ins nördliche Eldorado, waren sie doch alle der venezianischen Vorherrschaft entronnen und den Österreichern zugeschlagen worden. Eine Müllerstochter hatte den ersten Vorfahren dann von seiner Plackerei in der Mühl erlöst und ihn zum Bauern, zum contadini gemacht.

Brunellis Vorfahren hatten immer wieder Länderein zugeheiratet, eine immens ertragreiche Heiratspolitik betrieben und dem gegenwärtigen Namensträger Dr. Guido Brunelli waren noch drei Brüder, zwei Schwestern und hunderte Cousins beigesellt. Sie hatten sich übers Mühlviertel hinaus verheiratet, waren bis Prag und nach Bayern gewandert und selbst in Udine praktizierte wieder ein Berufskollege gleichen Namens.

Dem Guido Brunelli war die Frau davongelaufen. »Ich lieb sie heute noch, die Alma, glaub ich, sie war mein Leben. Auf einen Grazer Weinbauern ist sie reingefallen. Ich hab ihn in Linz behandelt, den Herrn Önologen, drei Wochen lang. Er hatte während eines Ausfluges mit seiner beruflichen Entourage, einem geschäftigen Zirkel von Winzerkollegen, mit dem Magen zu tun bekommen, wie er mir sagte. Die Freunde aus dem Grazer Land vermaßen das Mühlviertel bis herein ins Krumauer Land und er war sich, lag im Hotelbett. Es waren einfache Blähungen, die ihn quälten, er hatte dem saueren Wein der Donauwinzer über die Maßen zugesprochen, dem Linzer Essen war er zudem nicht gewachsen, wer kann sich schon in zwei Tagen an einen würzigen Linzer Leberkas gewöhnen, der hatte ihn aufgebläht. Unmäßiges Essen und bacchantisches Trinken, Saufen, schaden dem Menschen. Aber er hat abgenommen, viel unnötiges Gewicht verloren und die Alma hatte ihm immer wieder meine Medizin ins Hotel gebracht und nach drei Wochen sagte sie mir, sie würde jetzt nach Graz ziehen zum Elmar, so hieß der verehrliche Patient aus der schönen Steiermark, ein Kind der Berge, aber auf dem Kalk und dem Grazer Schiefer wächst guter Wein und jetzt ist sie eine Winzerin.«

Ferdinand Polschitz spielte mit dem Dr. Brunelli immer wieder eine Partie Schach, ausgemacht war der späte Donnerstagnachmittag und wenn der Onkel Karl verhindert war, sprang er als Spielgefährte in die Presche. Guido Brunelli war ein scharfer Intellekt, redete gerne, mochte den jungen Ferdinand sehr und anvertraute ihm seine Vita bereits beim zweiten Spiel an.

Der Prachatitzer Bürgermeister und Abgeordnete von und zu Raschkotz hatte eine alte Tante in Linz, der hatte das Kreuz recht heimtückisch zugesetzt. An einem der Behandlungstage durch den Dr. Brunelli, der in der Wiener Straße ordinierte, konnte er sich vom therapeutischen Erfolg der Brunellischen Anwendungen mit eigenen Augen überzeugen. In Prachatitz daheim war der Dr. Sonntag verstorben und der Bürgermeister war mit der Ärztekammer schon im Gespräch. »Kommens nach Prachatitz, Herr Dr. Brunelli, eine schöne Stadt, und wir suchen einen tüchtigen Arzt. Der verstorbene Doktor Sonntag hat einen sehr annehmbaren Patientenstamm, da müssten Sie nicht verhungern. Die hundert Kilometer von Prachatitz nach Linz kriegen Sie an einem Vormittag mit dem Automobil auf die Reihe und wenn die Eisenbahn fährt, geht es noch schneller.« Im Frühjahr darauf war die Angelegenheit spruchreif und zu Ostern bereits in die Wege geleitet, das ist jetzt schon ein paar Jahre her.

»Der Onkel meint auch, dass er allmählich dahinsiechen würd, er hätt' das im Gespür und dass er eines Tages so von einem Tag auf den anderen vom Schnitter Tod, wie er immer sagt, heimgesucht würde.« Dass er sich mit aller Gewalt gegen den Gevatter stemmen würd, hatte der Onkel immer wieder anklingen lassen, erst gestern Mittag. Da habe der Ferdinand dem Onkel gesagt, er solle nicht ständig vom Tod reden, schon wegen der Bozena und wegen dem kleinen Karl, der kommt sowieso im unrechten Augenblick, grad dann wenn man ihn nicht erwarte.

»Der Onkel bräucht ein gutes ärztliches Zureden, lieber Guido«, sagte der Ferdinand Polschitz dem Freund.

»Na, ich werd mir den Karl einmal vornehmen, der ist noch lange nicht so weit, friss nicht, säuft nicht, da lebt er lange. Eine Tante von ihm, erzählte er mir vor einiger Zeit, wäre weit über neunzig Jahre alt geworden und das bei guter Gesundheit und das Mundwerk wäre ihr gegangen, wie einer jungen Schnepfn.«

»Der Onkel hat den Tod vom Roserl bis heut nicht verkraftet.«

»Ich kannte da eine junge Bäuerin«, erwiderte der Dr. Brunelli, »die strotzte nur so vor Gesundheit, sie hatte strahlend gesunde Zähne, auch ein Indiz für ein langes Leben und ihre Eltern waren noch keinen Tag aus dem Stall weg geblieben. Ihre fünf Kinder standen eines strammer als das andere auf dem Boden. Sie konnte sich nicht erinnern, jemals krank im Bett gelegen zu haben. Sie hatte mit Dreck und Mist zu tun und wenn andere sich die Hand aufgerissen hatten, dann entzündete sich die Wunde und wir hatten ein Problem, nicht so die Emma. Dann war sie am Sonntag wie immer in der Kirche und aus der Kniebank starrte ein kleiner Holzspieß, der drang ihr in die Haut. Tags darauf war das Bein geschwollen, ein roter Streifen zog sich zur Leiste und als sie mich hinzuzogen, war die Entzündung schon recht fort geschritten. Nach drei Tagen begann sie einzuschlafen, verlor die Besinnung und war kurz darauf tot. So schnell kann es gehen.«

»Der eine leidet an der Auszehrung und braucht viele Jahre«, meinte der junge Ferdinand, »der andere fällt vom Stuhl und ist augenblicklich tot. Meine Tante Kalinka, ein paar Jahre älter als der Onkel Karl, eine Anverwandte aus Budweis, war zur Sommerfrische bei uns in Nebahovy, sie half beim Holub, in dessen Haus jetzt der Jan Kosárek wohnt, bei der Heumahd. Auf dem Heimweg fiel der Heuwagen um und begrub die Tante, tot war sie, hat sicher nicht lange leiden müssen, wahrscheinlich ist sie erstickt. Und droben in Witiegitz hat eine Bäuerin auf dem Feld der Blitz erschlagen, ein schönes Feldkreuz erinnert daran.«

»Jetzt spieln wir zwei unsere Partie zu Ende, schau, dass du nicht zu hoch verlierst, und den Onkel Karl nehm ich mir bei Gelegenheit vor.«

Die Bozena hatte den Dr. Brunelli noch zum Abendessen geladen. Am späten Abend, der Tag war wieder sehr abwechslungsreif gewesen, meinte Ferdinand: »Der Doktor Brunelli fragte mich heut nach einer Dame, die er im

Herbst hier im Hause gesehen hätte, eine grazile, eine besondere soll es gewesen sein, sagte er und an schwarzes Haar und so eine moderne Frisur könne er sich noch gut erinnern. Ich erzählte ihm von der Lenka Hejda, die Zuckerln bäckt drunten in Krumau und er meinte ganz ungeniert, davon würde er gerne mal was probieren und wenn ich mit dem Automobil nach Süden fahren würde, nach Linz eben oder Sankt Pölten, dann könnte er mich gerne begleiten und dann wegen der Zuckerln einfach mal nachschauen, so ganz unverbindlich.«

Draußen war es kalt geworden und er würde morgen am Nachmittag noch seine übrigen Packerln austragen müssen, die Leut würden schon warten.

Im Geschäft im Parterre hatte er noch zu tun, er hatte versäumt, die Kasse zu leeren und den Tagesumsatz zu buchen. Die neue Buchhandlung ließ sich gut an, die Prachatitzer waren ein belesenes Volk, Jung und Alt kauften Literatur aus aller Welt, und die junge Dame, die er angestellt hatte, beriet die Kunden sachverständig. Sie machte ihre Sache gut, meinte er, eine Brünnerin wär sie, die Dank ihres fortschrittlichen Vaters studieren durfte und in den Semesterferien hier aushalf, und seine Annonce in der Brünner Zeitung treffe genau auf sie zu und sie sei dankbar für die Ferienarbeit. »Die kann dir net in die Augn schaun.« Die Bozena hatte, wie sie sagte, ein untrügliches Gefühl, dass die Branka Klasnova da net einapasst.

Im Herbst noch hatten sie das Borwitz'sche und das Polschitz'sche Gebäude neu gestrichen, ein feiner beiger Ton beim Geschäft vom Onkel Karl und das eigene Anwesen in eben diesem Beige, nur eine Nuance kräftiger. »Es lässt sich alles gut an, was haben wir für ein Glück, Ferdinand«, sagte der Onkel seinerzeit.

47.

Der Buchhandel im Geschäft ließ sich gut an und die ersten Wochen versprachen eine höchst einträgliche Möglichkeit, den Buchhandel in Prachatitz als weiteres geschäftliches Standbein zu etablieren. Die Branka leitete den Verkauf der Bücher sehr zuverlässig, hatte die Bestellungen der Kundschaft bei den Verlagen gut im Griff und er überließ ihr die Gesamtabrechnung und auch die Führung der Einnahmen und Ausgaben im Journal. So lag die sachliche und geordnete Aufzeichnung aller Geschäftsvorgänge in einer Hand und eine lückenlose und geordnete Buchführung war gewährleistet, so schien es.

Die Formulare in den Abrechnungsblöcken waren nicht nummeriert. Das fiel ihm auf, als er am Sonntagabend den Verkauf der abgelaufenen Woche eher beiläufig kontrollierte. Die fehlende Numerierung war sein Fehler bei der Bestellung der Abrechnungsblöcke in der örtlichen Druckerei, dieser Fehler hätte ihm spätestens bei der Abholung der Blöcke auffallen müssen.

Die Rechnungen für die Käufer wurden von der Verkäuferin im Durchschreibeverfahren mit der Anschrift des Kunden versehen, mit dem Datum der Buchausgabe sowie der Unterschrift des Käufers bzw. des Abholers des Buches. Dem Kunden wurde ein weißer Rechnungsbeleg für seinen Einkauf ausgehändigt, darunter lagen der rosa Beleg, der ebenfalls herausgetrennt und in den Schub neben der Kasse gelegt wurde. Der grüne Beleg verblieb fest im Abrechnungsblock. Polschitz wurde von einer schlimmen Ahnung erfasst. Er nahm eine Lupe zu Hand und begutachtete gründlich den Rechnungsblock und er musste betroffen festellen, dass mehrfach grüne Belege sehr sorgsam und mit großer Könnerschaft aus dem Falz getrennt waren, kleinste Papierfusel bewiesen jedoch die Manipulation.

Bozena war entsetzt: »Mein Bauchgefühl hat mich nicht getäuscht, das ist ein Luder, da musst zur Polizei.«

Der Prachatitzer Polizeileutnant rief in Brünn an, forschte in Pilsen nach, eruierte in Budweis, Karlsbad und Olmütz. Am Donnerstag der darauffolgenden Woche stand kurz nach Feierabend, die Kirchenuhr hatte schon sechsmal geschlagen, die Polizei im Laden. »Darf ich Sie mit Frau Klasnova ansprechen?«, wandte der Polizeichef sich an die Branka, »oder lieber mit Frau Jana Hašek, Frau Ludmilla Hegerova oder wie auch immer.«

Die Branka redete kein Wort, nahm ein letztes Buch vom Tisch und schob es in ein Regal, versperrte die grüne, blecherne Kasse mit einem kurzen Schlüssel, legte ihn auf den Tisch und sagte, an Ferdinand Polschitz gewandt: »Es hat nicht sollen sein.« Sie hatte weder protestiert, noch geleugnet, aber diese Antwort hatte er nicht erwartet. »Man wird sich sehen, na zunächst so zwei, drei Monate in Haft hier in Prachatitz oder wo immer auch der Prozess stattfindet, und dann kommt was Längeres auf Sie zu, Frau Klasnova. Kommens, machn wir uns auf den Weg.«

48.

In der derzeitigen geistigen Verfassung fiel es ihm schwer, die übrigen Packerln noch auszutragen, aber die Bozena hielt ihn aufrecht. Der Slanzky Karl aus der Klosterstraßn lag schon länger bei den Ordensfrauen im Spital drüben. Da möchte die Bozena nachschauen, sagte sie und dann würde er, der Ferdinand, am Nachmittag zum Seybold und zu seiner Traudi gehen und zum Schoretz in die Mansarde raufsteigen. Was eine Mansarde ist, fragte der kleine Karli, und der Vater sagte ihm, dass es da steil raufginge unters Dach. Da möchte er lieber daheimbleiben bei der Mama, sagte der Ferdinand, und die Bozena sagte, sie schicke ihn mit dem Kutscher mit dem großen Schlitten rauf auf den Libin zu der Großmutter und zum Großvater, und morgen, am Sonntagmittag, würden sie ihn wieder abholen, und der Karli freute sich schon auf die Schlittenfahrt.

Der Schoretz Sepp war froh ums Packerl, aber er wär heut sakrisch müd und Weihnachten möchte er schon noch dapackn und er würd es ja sehn, wie es weitergeht, und ins Armengrab möcht er net nei und dann hat er sich aufgesetzt und das Flascherl mit dem Likör geköpft.

Die Heimlitzer Traudi war eine stille Frau und hat den Rauch vom Wastl schon sehr lange ausgehalten. »Der ziagt scho auße vom Fenster«, sagte er, weil sie über den ewigen Rauch lamentierte. »Aber kalt is es, wannst du dös Fenster aufmachst, da wachelt der Wind eina und da kannt i glei dafriern«, erwiderte sie und legte sich auch in ihr Bett. »Es wird alleweil schlechter mit ihr«, sagte der Wastl zum Ferdinand und der nickte mit dem Kopf. »As Essen langt scho, da Rauch langt a, aber des Kreiz und de Knia und da Bauch, ois tut weh und jeden Tag gibt's wos Neis da herin«, er deutete auf die Brust und er lachte und drehte auch dem Likör das Kragerl um.

49.

Die Mama und der Papa waren über den schnellen Tod ihrer Berta nicht hinweg gekommen. »So wos tragst dein Lebn lang da drin«, sagte sie, »wennst a Kind verlierst«, und legte die Hand aufs Herz, »und der Papa kann a scho nimmer hinlanga, weils eahm as Herz abdruckt.« Sie sollte net weinen, die Großmama, sagte der kleine Karli, weil ihm das gar net gfalln würd und er dann auch weinen müsste.

Der Ferdinand erzählte von seinen Besuchen bei den betagten Leuten in der Hornistraßn und in der Klosterstraßn, und die Mama sagte, dass die Heimlitzer Traudi droben in Husinetz auf einem Bauernhof gearbeitet hätt', dass sie ein Kind vom Bauern gekriegt hätt' und dass der kloane Bua gstorbn wär, »und dann hat sie der Bauer rausgschmissn.« Aber wia er ein paar Jahr drauf gstorben ist, hot sie eahm gwaschn und hätt' noch viele Leut hergrichtet für die Beerdigung und man hätt' ihr viel zu verdanken.

»Die Arbeit auf dem Hof wird uns zu viel und wir bräuchten einen Knecht, der hinlangen kann, as Berterl fehlt halt auch da, hat sie doch gmolken und die Hühner und die Gänse über ghabt und für alles hat man sie brauchen können, mei Mäderl«, und dann hat sie wieder gweint und die zwei Polschitz haben dann den kleinen Karli an der Hand genommen und sind mit dem Schlitten heimgefahren, und draußen war es beißend kalt, aber die Sonne hat noch deutlich hingelangt. »Heut Nachmittag geh ich zum Rantscheln«, hat der kleine Karli gesagt.

50.

Der Ewald Pokorny leitete die Filiale in Wien. Der ehemals Wesowitz'sche Spirituosenhandel war in den vergangenen Jahren erweitert worden, seit der Magister von Borwitz das Sagen hatte. Der Ewald Pokorny kannte jeden Zwetschgenbaum im Böhmischen und roch die Marillen hinter Wien draußen schon auf hundert Kilometer, wie er sagte. »In der Wachau könntest bad'n in de Marill'n«, sagte er beim Empfang dem Ferdinand Polschitz: »Der Herr Rittmeister Wesowitz hot sich auf de ›Gelbe Wachauer‹ und auf die ›Klosterneuburger Süße‹ festgelegt, das könnt' ma ändern, wann der Herr Polschitz dös möchte«, sagte er bei dem erbetenen Besuch aus Prachatitz. »Der Freiherr von Stucki, der den Marillenhandel in die Finger hot und dös seit Menschengedenk'n, möchte die Preise diktieren, da müsst' man net mitziagn, der Paulinus von Mautern is' a edlerer Mann, auch im Umgang ein zuvorkommender Herr.«

Da müsste er die nächsten Tage erst die Bücher durchforsten, sagte der Ferdinand Polschitz, damit er einen Überblick bekäme über die geschäftlichen Obliegenheiten und der Herr Buchhalter Porschmann solle sich auch in die Abendzeit hinein bereithalten, das könnte ihm ja wieder ausgeglichen werden im Zeitkontingent. »Geben's ihm einen Tag mehr Urlaub, dann ist das gut verrechnet.«

Der Freddy Porschmann, seit sechs, sieben Jahren der erste Buchhalter bei den »Borwitz'schen Spirituosen«, soll ein tüchtiger, wenngleich etwas schwieriger Charakter sein, wie der Pokorny meinte. Der Porschmann war dann am nächsten Morgen krank geschrieben, wohl für ein paar Tage, wie die Frau Porschmann leise dem Herrn Pokorny flüsterte. Das brachte den Arbeitsplan von Ferdinand Polschitz mächtig durcheinander. »Dass der grad jetzt seine Krankheit nimmt, muaß man beanstanden«, erklärte der Pokorny, »ein Ärgernis ist des, er nimmt seine zusätzlichen Tage immer im Hochsommer, das weiß a jeder im Haus, er hängt sie an den Urlaub und ich kann ihm nichts beweisen. Der Doktor Schubert, sein Hausarzt, lebt ja von seinen Patienten und wenn der Porschmann ihm aus dem Geschäft geht, ist das ein Verlust, denn der Porschmann hat acht Köpf' zu ernähren und de bringt er a zum Doktor Schubert und der schreibt ihn krank.«

Ursprünglich wollte Ferdinand anlässlich seines Arbeitsbesuches auch die Stadt näher kennen lernen, damit würde es nun nichts werden. Er telefonierte mit dem Onkel Karl in Prachatitz, die Verbindung war sehr gut, die neue Telefonleitung von Wien über Linz hinauf nach Pilsen leistete Wunderbares, dieser technische Fortschritt erschien ihm unbegreiflich. In solche Technik wird man investieren müssen, überlegte er. Er erklärte dem Herrn Magister in Prachatitz die missliche Situation vor Ort hier im Geschäft in Wien und dass er die Bücher nun selber und alleine von vorn bis hinten durchforsten müsse. »Aber das werd' ich jetzt recht akribisch machen«, lachte er und machte sich danach umgehend an die Arbeit.

Der Ferdinand Polschitz hatte sein Geschäft beim Onkel erlernt, hatte sich alle die Jahre regelmäßig und ausgiebig mit den Steuerbehörden von Prachatitz herumgeschlagen, hatte in seinem k. u. k. Regiment in Prag innerhalb von vier Wochen eine neue Hollerith'sche Buchführung eingeführt, die Unteroffiziere angelernt und nur Lob und Dank geerntet.

Fehlbuchungen und Mainipulationen würden ihm ins Auge fallen, er musste sich jedoch erst mit den Fachtermini der Spirituosenbranche vertrauter machen, hatte er sich doch in den vergangenen Jahren vornehmlich auf den Herrn Pokorny verlassen. Nach zwei Tagen durfte er feststellen, dass sie zwar nicht vor dem Bankrott standen hier in Wien, jedoch waren ihm mehrfach kontinuierlich betriebene Ungereimtheiten und diffuse Buchungen aufgefallen und immer wieder war der Name des Freiherrn von Stucki involviert. Er konnte jedoch bis dato bewusste und konkrete Unregelmäßigkeiten nicht aufzeigen oder gar nachweisen, fehlte ihm doch der nötige Überblick über die Geschäfte der Wiener Dependance.

Tags darauf saß er nach einem morgendlichen Telefonat mit Magister Borwitz in der Wiener Finanzbehörde einem Herrn Magister Sochrotzky gegenüber, Spezialist für Lebensmittelstrafrecht in der Behörde und schildete ihm die etwas verquere und undurchsichtige Situation im Geschäft. Er verwies auch auf einige für ihn noch undurchschaubare Querverbindungen zu bestimmten Personen und Repräsentanten einiger Anbaugebiete und erbat in den nächsten Wochen eine unangesagte behördliche Buchprüfung, er selber würde nach Prachatitz zurückkehren. »Wissen's Herr Polschitz, wir hab'n zu wenig Beamte, hinten und vorn reicht das Geld nicht in der Finanzbehörde, fast ein Widerspruch, nicht wahr, wenn wir in unserem Haus schon kein Geld haben. Da fällt dann bei bestimmten Leuten die Buchprüfung über einen langen Zeitraum aus, der Herr Rittmeister Wesowitz war da doch ein integrer Geschäftsmann, gleiches gilt für den Nachfolger, Herrn von Borwitz, da stellt man schon einmal die Prüfung um ein paar Jahre zurück. Ich werd' mir auch die Akte des Herrn Porschmann bringen lassen, wer weiß, wo der schon und wie lange in anderen Betrieben gearbeitet hat, vielleicht finden wir uns bisher nicht bekannte Zusammenhänge. Ich halte Sie auf dem Laufenden und rufe je nach Sachlage bei Ihnen in Prachatitz an.«

51.

Am Samstag hatte er seine Packerln mit der Bozena zu den Bedürftigen getragen. Der Dienstag drauf war für das Borwitz'sche Unternehmen ein Schicksalstag. Der Onkel kam ins Kontor, fühlte sich gar nicht wohl, wie er sagte, aber es würde im Laufe des Vormittags wieder werden mit ihm. »Ich brauch' immer ein paar Stunden, bis der Motor anspringt, abends könnt' ich dann arbeiten.«

Das Telefon läutete, Ferdinand hob den Hörer ab und der Herr Magister Sochrotzky von der Finanzaufsichtsbehörde in Wien teilte ihm mit, dass seine Buchprüfer umfassende, höchst geschickt durchgeführte Manipulationen in der Rechnungsführung des Unternehmens während der letzten Jahre ausgespürt hätten. Der Herr Porschmann sitze bereits seit heut früh in Haft und es wäre von Vorteil, würde Herr Polschitz anwesend sein.

Eine Viertelstunde danach teilte ihm der Herr Pokorny den gleichen Sachverhalt mit. Man wär außer sich und er habe die Frau Porschmann verständigt. »Den Porschmann haben die Polizisten vom Schreibtisch weg verhaftet. Wir warten auf Sie, lieber Herr Polschitz.«

Ferdinand Polschitz verließ noch mit dem nächsten Zug Prachatitz und würde nach einer Nacht in Linz tags darauf nach Wien weiterreisen.

»Bozena, halt durch, das kriegen wir schon auf die Reihe, der Onkel ist für euch da.«

Pokorny empfing ihn am Hauptbahnhof und war entsetzt. »Das hält mein Herz nicht mehr lang aus, Herr Polschitz, ich krach' zsamm. Die Frau vom Freddy Porschmann meinte heut früh wörtlich, da saß sie mir in meinen Kontor gegenüber und weinte: »Der Freddy hängt sich auf, ich weiß das. Schon letzte Woche hat er gsagt, dass er sich bald einen Strick nehmen würd und dann bin i allan mit dene vielen Kinder, i pack's alle zsamm und dann gengan mir in die Donau.«

»Die arme Frau ist jetzt das heulende Elend in Person und weil as' Unglück gleich immer deutlich zuschlägt – der Bimmerl, unser Hausmeister, is' an aner Wurst dastickt, gestern Abend beim Essen hat er druckt und druckt und dann war es aus mit ihm.«

52.

»Da war ein durchwachsenes Jahr«, sagte der Karl von Borwitz, Magister und Stadtrat, erfolgreicher Unternehmer zu seinem Freund, dem Graf von und zu Raschkotz, der wiederum sein Bürgermeisteramt in Prachatitz mit Freude, jedoch die Angelegenheiten im Böhmischen Landtag mit immer größerem Widerwillen wahrnahm. »Ich sag dir, wie es ist, da droben in Prag: Du bereitest dich vor, nimmst deine parlamentarische Arbeit ernst, studierst wochenlang vorher Gesetze und Anträge und Eingaben, du rackerst dich in den Ausschüssen ab, debattierest und palaverst im Plenum, stehst am Rednerpult und da lümmeln dann zwei Dutzend polternde, schnupfende, Schnurrbart zwirbelnde, lachende

Tölpel vor dir in ihren Stühlen, schlagen mit den Händen auf die feisten Schenkel und ihren groben Fäusten auf die Bank und grölen. Die haben eine feine Kultur.«

Der Graf war mit den parlamentarischen Manieren in Prag unzufrieden. »Aber ich glaube, ich werde alt und könnte nochmals von vorne anfangen, mein Geld würde ich anders investieren, Ferdinand, vor allem nicht in Prag, ganz sicher immer weniger in Brünn oder anderen tschechischen Städten oder gar irgendwo auf dem Land. Ich würde nach Wien gehen, vor allem im Deutschen Reich mein Geld und – was ganz wichtig wird – in Amerika anlegen. Ich würde, hätte ich mehr Kapital, in Kanada Wälder und in Argentinien die halbe Pampas kaufen und, weil es dort schon passabel rechtsstaatlich zugeht, würde ich in den Vereinigten Staaten Grund kaufen, in die dortigen Eisenbahngesellschaften einsteigen und in die Viehzucht meine Dollars stecken, das Land wächst und wächst. Da ist Zukunft drinnen für unsere Kinder, unser Land schläft auf einer wunderbaren, kulturellen, weichen, alten und morbiden Decke einen Dornröschenschlaf und die Probleme der Nationalitäten werden von Jahr zu Jahr größer und irgendwann platzt das Ganze.«

Entfernte Verwandte aus Bischofteinitz waren vor etlichen Jahrzehnten schon und auch in der Gegenwart in die Staaten ausgewandert, erzählte Karl von Borwitz. Der Zupferclan hätte es durch Fleiß und Geschick, auch durch eine Portion Glück zu Wohlstand gebracht, einer von ihnen säße gar in Washington im Kapitol. »Ich werd' deine Anregungen beherzigen, muss mit dem Ferdinand, meinem Neffen einmal darüber reden.«

Er redete mit dem Graf Raschkotz über das Dilemma in der Niederlassung in Wien, dass seine hiesige Buchhändlerin, die Branka Klasnova, im halben Königreich ihre Betrugsmasche durchgezogen hätte, ein halbes Jahr hier, ein halbes Jahr dort, dann wäre sie über Nacht verschwunden und jetzt sitzt sie, ergänzte der Karl Borwitz, bei Wasser und Brot. »Zwei Jahre ist sie in Olmütz drüben inhaftiert. Wenn sie rauskommt, rennt sie auf der Straß', dann ist sie erst recht in Verlegenheit.« Der Graf meinte, dass die Welt zum Dorf werde und Zukünft hätte man nur, wenn man sie auch ergreift und Heimat wäre da, wo es einem gefällt und irgendwann gäbe es im Böhmischen noch einen gewaltigen Ärger.

Dem Ferdinand erzählte der Magister beim Abendessen von den Überzeugungen des Graf Raschkotz: »Überleg' dir solche Gedanken, der Graf ist nicht auf der Brennsupp'n daher geschwommen, der hat einen Überblick über das Ganze, Ferdinand. Einmal Böhmen heißt nicht immer Böhmen. Die Welt steckt in einem rasanten Wandel, was heut modern scheint, gehört morgen zum alten Eisen, bedenk nur die Entwicklung der Eisenbahn, nach Volary und nach Vodnany geht's jetzt schon. Das Telefon oder das Automobil hätten Zukunft, sagt der Graf. Schau ins deutsche Ruhrgebiet rüber, da tut sich was, Ferdinand. Ich bin zu alt, Bua.«

»Du und alt, du hast mehr Energie als ich und du wirst dich doch nicht aufs Altenteil verlegen wollen, Onkel Karl. Dein Leben ist doch noch nicht zu Ende. Wenn ich mit sechzig so eine Schneid' hab wie du, wird sich meine Bozena freun.«

Der böhmische Ferdinand wurde allmählich ein reifer Mann, seine Mutter sagte das zu ihrem Wenzel. »Kein Mann der lauten Töne ist er, unser Ferdinand, eher still, hat ihn der

Tod vom Bertl doch arg mitgenommen, zurückhaltend ist er worden im Reden, urteilt nicht schnell.«

Der Ferdinand war einer geworden, der es verstand hinzuhören, die Meinung anderer zu bedenken und gelten zu lassen und wenn einer für seine Sicht mutig einstand, hatte er Respekt. Der Lehrer Martin Curtius, der, ein paar Jahre älter als der Ferdinand, in Prachatitz an der Bürgerschule unterrichtete, war so ein Mensch. Über die »Heimat« hatte der Herr Curtius geredet vor dem Prachatitzer Heimatverein. »Heimat besitzt man nicht, man muss sie sich erarbeiten«, sagte er und Ferdinand dachte an den Onkel, der meinte, anderswo gäb es auch ein Leben, in Argentinien oder in den Vereinigten Staaten von Amerika. Dieser Curtius verhedderte sich nicht in den alltäglichen Geschichten und Umständen seiner schulischen Arbeit, er nahm sich viel Freiheit, mit den Prachatitzern zu debattieren, stand über den Streitfällen, die seine Arbeit mit sich brachte und stand fest mit den Beinen auf dem Boden.

Der Onkel Magister meinte, der Herr Curtius wäre einer für den Betrieb, aber er wäre auch ein leidenschaftlicher Lehrer und dieser Mensch erinnere ihn an seine jungen Jahre und der Curtius könnte Ferdinands Bruder sein, »wie aus einem Stein geschliffen seid ihr zwei.«

Als Mensch müsse man immer in Bewegung bleiben und im Alter würde man immer zerbrechlicher, dagegen könne man sich nur bedingt wehren, sagte der Magister, als sie abends bei einem Glas Wein den abgelaufenen Tag beredeten. »Er hat schon recht, der Curtius«, fügte er an, »du kannst in Prag leben oder in Wien, in Prachatitz oder in New York, aber du brauchst eine Heimat, wo du dich niederlässt und heimisch bist. Aber offen musst bleiben, für andere und für anderes und dazu lernen muss man, erst dann wächst man als Mensch.«

Der Ferdinand erinnerte sich an seinen geschätzten Lehrer in der Volksschule, den Herrn Stubenrauch, der manchmal deutlich über die Bande hergefallen ist und sich die dauernden Ruhestörer und Klassenrabauken an die Brust genommen hatte und der Vater daheim hatte gesagt: »Hörst, Ferdinand, wenn der Lehrer mit dir schimpft, na will er dir was sagen, lern da drauß.«

»Jeder reibt sich zuerst an den Eltern und Lehrern und das ist gut so, man muss halt das Maß lernen und a bisserl a Leidenschaft darf der Mensch schon haben, sonst wird er langweilig und des, Bua, is a Gift.« Der Ferdinand bedachte oft genug die Worte seines Vaters.

Diese Geschichte mit der Branka hatte ihn tiefer getroffen als der Wiener Vorfall. Die Branka hatte so bewusst und rücksichtslos ihre verwerflichen Vorhaben ausgeführt, eiskalt und überlegt, dass es ihn schauderte und dabei hatte sie kein Gefühl, gar eine Leidenschaft gezeigt.

53.

Zwischen dem Dr. Brunelli und dem Magister von Borwitz bestand sozusagen eine Wahlverwandtschaft. »Wenn du nach Krumau fährst, Karl, nimmst mich mit, irgendwas bohrt da in mir, verstehst?«

Der Karl hatte sein Roserl verloren, hatte ein Techtelmechtel mit der Katinka Trabes, das war Unrecht, aber sie, das Roserl, hatte ihn da mit durchgetragen. Sie hatte gelitten an seiner Seite und hatte geweint, ihn vielleicht auch verwünscht und sie war in seinen Augen eine Heilige, keine auf die ein ganzes Volk schaut. Keine besondere religöse Leistung hat sie vollbracht, nur durchgehalten hat sie, mit ihm, dem Ehebrecher, an seiner Seite. Die Prachatitzer schätzten ihn trotzdem und er wusste nicht warum. »Risse durchziehen jedes Leben«, hat der Pfarrer gemeint und ihm in der Beichte Trost und Vergebung zugesprochen. »De Liab kann man eine Zeitlang verliern, aber irgendwo muaß man sie aufbewahrt hab'n, wia a Sackerl Erdäpfel für die Not.« Der alte Großpapa hat das oft genug gesagt. »Bist halt Träumer, Bua«, hat der Großpap' auch noch gesagt, wenn der Karli im Winkel gesessen ist und still zum Fenster hinausgeschaut hat, »lass dir as Träumen net nehmen.«

Er versprach dem Guido Brunelli, ihn mit zu nehmen hinunter nach Krumau zur Zuckerbäckerin Lenka Hejda.

54.

Ferdinand Polschitz logierte wieder beim Ballawaschl in der Stepanska, hatte da nicht weit zur Dependance zu gehen, war nahe genug auch am Karlsplatz, wo es ihn schon allein wegen dem großen Karl, dem Namenspatron des Onkels hinzug. Aber auch der Wenzelsplatz war gut zu erreichen, das U Pinkasu auch, wo man neben einem guten Bier, einem unübertrefflich würzigen Pilsner Urquell zumal, auch eine ansehnliche Portion Schweinernes mit zwei Knödl und einem feinen Krautsalat bestellen konnte.

Der Petrus Ballawaschl erzählte von seinem Halbbruder, dem Adrian, »eine verkrachte Existenz ist er«, sagte er. Der Adrian habe vor der Tür seines Beisl in der Stepanska gestanden, das dem Herrn Ballawaschl das Überleben sicherte. »Wia a Geist« sei der von der Seite an ihn herangetreten, er wollte grad den Schlüssel im Türschloss umdrehen. Er suche eine Unterkunft, »für Vorübergehend«, wie er dem lieben Bruder versicherte.

In Wien, erzählte er dem Petrus, nachdem der ihn ins Lokal gelassen hatte, war einfach keine Bleibe mehr für ihn, er suche Beständigkeit, »habe denen da hinten in der Slowakei, in Prešov, a paar Jahr' den Dappl g'mocht, hörst«, den Dreck habe er ausgeräumt »in so ana Hüttn«, bei einem Herrn Ökonom, der das ganze Jahr nicht daheim war und dem seine Frau recht anschmiegsam gewesen wäre. Da habe ihn der Ökonom bedrängt, das Weite zu suchen. Die Hunde hätte er ihm nachgejagt »und ich war ganz unschuldig«, schilderte der Adrian Ballawaschl dem Bruder in Prag die Umstände. Dann hätte er einen vielversprechenden Platz in einem Wirtshaus in Zupcany gehabt. »Aber wer bin i denn, dass ich metzgern tät' und putzen und a de dreckate Wäsch' von de Leit' waschn tät', für so was hab i kane Ausbildung, des geht a über mane Ehr.«

»Dös soll i dir glaub'n?«, fragte der Petrus, weil er doch den Bruder kannte. »Geh böhmakl net, Bruada.«

»Jesses, glaubst mir net, a so was, da eig'ne Bruada.«

So ging er also von der Slowakei zurück in die Heimat, erzählte er weiter, nach Wien und hat dort wieder in einer Gaststube gearbeitet, salopp und leger wär's g'wes'n drüb'n in Schwechat, bis auch dort mehr misslang als er verkraften konnte. Alles hätt' eben seine Grenzen, fügte er an und fragte, ob der Petrus eine Arbeit für ihn hätt'.

Der Petrus war deutlich erregt und auch ungehalten. Da war nun der Bruder bei ihm, nutzte sein Beisl als billige Absteige, drückte sich tagsüber in Prag irgendwo herum, bettle ihn um den einen oder den anderen Groschen an, und es wär zum Narrischwerdn.

»Da ist guter Rat teuer«, meinte Ferdinand Polschitz, »der reißt dir den Arm aus, wenn du ihm die Hand reichst.«

»Gute sechs Wochen ist dös jetzt her und er bringt nichts auf die Füß.«

»Setz ihm das Messer auf die Brust, sag ihm, er muss sich ein Zimmer in der Stadt suchen und eine Arbeit.«

»Der kommt nach seinem Vater, er stammt vom zweiten Mann der Mutter, einem Hallodri, den sie eines Tages mit heimgebracht hat, da war ich schon zwölf Jahr alt und den Adrian hat sie schon im Bauch gehabt. Mein Vater starb an irgendeiner Krankheit, keiner weiß, was es war. Jetzt ist die Mutter auch schon tot und der Adrian treibt sich in der Welt herum, den schick ich ins Amerika.«

55.

Am Sonntagvormittag ging der Ferdinand auf den Kleinseitener Ring hinüber und wollte wie immer, wenn er in Prag weilte, in die Nikolauskirche, um den Sonntagsgottesdienst mit zu feiern. Sehr erbaulich ging es im schönen Gotteshaus zu und vorne am Altar schwenkten die Ministranten und der Herr Pfarrer fleißig die Weihrauchfässchen und der Kirchenchor sang mächtige lateinische Lieder, die dem Ferdinand sehr zu Herzen gingen und er dachte an seine Bozena und den kleinen Karli und daran, dass es daheim bald wieder so weit wäre und dann säßen sie zur viert am Tisch.

Der Herr Pfarrer Ronsky, ein bauchiger Mann mit schütterem Haar, der seiner Aussprache nach aus dem Egerischen kam, predigte anstatt des Herrn Prälat Holub, der krank war, wie der Herr Pfarrer Ronsky erklärte und es würde schon dauern, bis der wieder auf den Beinen wäre, sagte er und die Leute wussten, dass es den Herr Prält Holub arg erwischt hatte. Vor Wochen schon fiel er während der Frühmesse mit der Brust auf den Altar und riss die Altardecke mit hinunter und den Kelch und die Hostienschale und das schöne, weiße Korporale hatte er noch in der Hand. Die frommen, alten Frauen schrieen und der Mesner zog den alten Herrn Prälat in die Sakristei. Ein Schlag hatte ihn angerührt und so was dauert eben, wenn's überhaupt wieder wird.

Der Herr Pfarrer Ronsky predigte ausgiebig über das Himmelreich und verglich es mit einem festlichen Hochzeitsmahl. Dort würden dann alle herrlichen Speißen und Getränke, vor allem erlesene Weine kredenzt und die der Einladung des Gastgebers gefolgt sind, könnten sich eine wunderbare Zeit machen. »Der Wein dieses Paradieses ist allen versprochen, aber wer die Einladung ausschlägt, der bekommt nicht das Geringste vom Tisch des Hochzeitspaares.« Die Tore zum festlich geschmückten Saal stünden weit offen, aber den Einlass müsse man sich schon redlich verdienen, geschenkt bekäme man ja auf Erden auch nichts und das ginge am besten, wenn man den Bedürftigen unter die Arme greift, wenn man die Kranken pflegt und Alten ehrt und nicht ehrenrührig über die lieben Nachbarn spricht. Maßvoll solle man sein im Essen und Trinken und nicht gegehren seines Nächsten Weib und Magd oder Knecht oder Esel oder was er sonst noch besitze. Der Ferdinand dachte an die Heimlitzer Traudi, die in ihren besseren Zeiten die Verstorbenen so akkurat gewaschen hatte und an die Hoderer Fanny, die trotz ihrer Beschwerden immer gut aufgelegt war und die alte Finkin, und an den Schoretz Josef, dem es an der Luft fehlte, der sich so über das Flascherl Likör gefreut hatte.

Der Ferdinand nahm sich vor, sich den Himmel und die ewige Teilnahme an den himmlischen Festlichkeiten zu verdienen und wenn der Festsaal einmal voll wird, wollte er dabei sein, mit der Bozena und den Kindern, mit Mam' und Pap' und der Bertl, die schon warten würde oben am Tor zum Paradies und das Roserl würde er auch wieder treffen. Der Ferdinand war müde geworden von der langen Predigt und der weihrauchgeschwängerten Luft, er rieb sich die Augen und der Herr Pfarrer stimmte dann noch das Asperges Me an: »Asperges me, Domine, hyssopo, et mundabor: lavabis me, et super nivem dealbabor. Miserere mei, Deus, secundum magnam misericordiam tuam« und die Leute sangen ein ganz schönes dreistimmiges Amen da drauf und dann gab er der Christengemeinde von Sankt Nikolaus noch seinen großen Segen mit und der Ferdinand trat nach dem feierlichen Gottesdienst wieder ins Freie und die Sonne blendete ihn und aus den Häusern der Straßen zogen die Bratendüfte und der Ferdinand ging zum Holíček zum Mittagessen, der in der Josefska sein Wirtshaus hatte.

Heute war seinen tschechischer Tag, er war sich der Schönheit der Sprache seiner Bozena bewusst, die ihn zeitlebens begleitet hatte, in der ihn seine Liebe zu Bozena reden ließ, er dachte und sprach das Tschechische wie seine deutsche Muttersprache. »Gott soll gepriesen werden, sein Nam' gebenedeit, im Himmel und auf Erden, jetzt und in Ewigkeit«, sangen sie auch daheim in der Prachatitzer Kirche und seine Bozena wäre glücklich gewesen, wäre sie heute an seiner Seite gesessen und hätt' geweint, weil der Michael Haydn so ein schönes Gloria komponiert hatte, das einem durchs Herz fuhr: »Bůh buď chválen, jeho jméno budiž velebeno, jako v nebi tak i na zemi, nyní i na věky.«

Der Jan Holíček war ein studierter Advokat, ein Prager Urkorn, wie er sich selber nannte, hatte ehedem in Pilsen gearbeitet, dem Herrn Magister Blaha von Pilsen, der mit Schuhen und ledernem Zeug handelte, der seine Finger überall drinnen hatte, seine Geschäfte rechtskundig abgesichert. Dann suchte er als Anwalt, da war er schon in mittleren Jahren, nach neuen Herausforderungen. Advokat für die gut Betuchten wär was, meinte er und machte sich selbstständig, drüben direkt am Wenzelsplatz, wo er einen Ausblick hatte auf das Leben und Treiben am Václav Namesty, hinüber auf die andere Seite, wo die schönen, modernen Hotels standen und bis runter zum Graben konnte er schauen, wo die Herren Dichter im Cafe saßen und den Leuten was ins Stammbuch schreiben würden.

Da war der Onkel Vaclav auf der Kleinseite drüben krank geworden und das schöne Wirtshaus, mit dem ihn so viele Kindheitserinnerungen verbanden, war verwaist. Der Advokat Holíček hängte seine ganze Jurisprudenz an den Nagel, wurde ein Wirt, seine Kundschaft fragte ihn manches Mal um seinen geschätzten Rat. Den gab er kostenlos, »aber sicher bin ich nicht, gerichtstauglich ist mein Rat nicht, merk dir das«, pflegte er den Leuten mitzugeben.

56.

»Er ist ein Hasardeur, mein Herr Bruada, a Stritzl eben, wia mir so in Wien sagn, könnt' a Marodeur sein, der Adrian, ana aus dem Dreißigjährigen Krieg, aner aus dem Gefolge des Herrn Wallenstein sozusagen. Er raubt net, zünd' a kana

Häuser an, aber die Weiber lasst er net in Ruah. Lieber tut er gar nichts, als dass er sich anen Finger dreckig macht. Er ist endlos auf der Flucht vor irgendeinem heißblütigen Ehemann, es is ane Schand', Ferdinand, was soll ich denn tun mit so anem Verwandten?«

Der Ferdinand war rechtschaffen müde, hätte sich gern ins Bett im Obergemach gelegt, ein wenig noch von der Bozena geträumt und dann hätte er geschlafen, morgen war ein heißer Tag zu erwarten, in der Prager Niederlassung in der Václavská lag einiges im Argen. »Ich habe in der Václavská einiges schleifen lassen«, das hatte der Magister Karl von Borwitz dem Ferdinand Polschitz mit auf den Weg in die Hauptstadt gegeben, »bei denen musst jetzt unangemeldet auftauchen, sitzt doch die Hälfte der Belegschaft im Wirtshaus, wie mir der Ballawaschl bei der letzten Visite gesagt hatte oder kommt um elf Uhr am Morgen erst zur Arbeit.« Der Hirdina wäre zwar ein braver Mann, aber er habe Gicht, wäre oft griesgrämig und habe schlechte Nerven und kann mit den jungen Leuten nicht Tacheles reden. »Die brauchen allesamt von Zeit zu Zeit einen Prinzipal, der deutlich redet«, sagte der Onkel Magister und das solle er dem Hirdina schon sagen. »Schließlich sind die Leute bei mir in Arbeit und ich zahl' nicht schlecht und wem es nicht passt, der kann ja eine andere Arbeit suchen«, ärgerte er sich, was er selten tat.

»Es ist doch überall die gleiche Moral, wo ich auch bin, in Wien, in Krumau oder hier in Prag, ich bin immer der böse Herr Oberaufseher, der die Umstände nicht kennt, unter denen man zu arbeiten hätte.« Ferdinand hörte dem Balawaschl nur nebenbei zu, war nicht bei der Sache, hätte dem Freund auch keinen guten Rat geben können, jeder hat eben so seine Probleme.

Der Petrus Ballawaschl hatte dem Ferdinand, der am späten Abend erst vom Holíček von der Kleinseite drüben heimgekommen war, noch eine schmackhafte heiße Brennsuppe hingestellt. Da schmeckte das Sauerkraut und der Kümmel raus und die angebratenen Speckwürfel und er dachte wieder an seine Bozena, die würd die Kapustnica auch so gut machen, dass man satt würde mit einem Weckerl dazu.

»Der Mendel hat mir gesagt«, hub Ballawaschl an, »dass bei euch in der Václavská der Haussegen schief hängt und das ist sicher schlecht fürs Geschäft.« Der Ferdinand wurde mit einem Mal hellhörig: »Red', was ist los, was weiß denn der Mendel?«

»Na, der Hirdina hat seinen Schwiegersohn beschäftigt, das darf ja sein, wenn er ordnungsgemäß gemeldet ist. Aber dieser Herr Vojtěch Horák ist ein Tachinierer, ein Faulpelz eben, aner der dir a Faschiertes für ane feine Lende verkauft, dem darfst net trau'n, der ziagt an jed'n übern Tisch, wia der Mendel sagt und der kennt de Leit' allesamt.«

Der Magister Borwitz hatte da in der Václavská einen großen Laden aufgekauft, Glas, Porzellan, Teppiche, eine Qualität eben und genug Leute gäb es, meinte er, Wohlhabende, die daran eine Freude hätten und Reisende aus aller Welt kämen vorbei und die Lage wäre gut. Der Ferdinand nahm sich vor, die Bücher deutlich zu observieren und er ließe nichts durchgehen, das nahm er sich vor.

Morgen wäre der dreizehnte im Monat, überlegte der Ferdinand und musste lachen. Die alte Finkin hatte gesagt, sie wäre am dreizehnten Dezember geboren und ihr Vater auch, das wären schlechte Vorzeichen gewesen, ihr ganzes

Leben wäre durch diesen Dreizehnten verschlampert worden. Der Ferdinand hoffte, dass dieses Vorzeichen, dem die Finkin so viel Bedeutung beigemessen hatte, dem Herrn Horák zum Verhängnis würde.

»Mit deiner Kapustnica kannst in jedem großen Hotel einen Preis abräumen und morgen Mittag bin ich wieder bei dir, vielleicht treffe ich auch den Herrn Adrian.« Der Ballawaschl konnte gutes Zureden brauchen, drückten ihn doch die Sorgen um den Bruder, eine Frau fehlte ihm und fürs Geschäft wär's auch gut und wenn sich nicht bald was ändern würd, »dann möcht' ich auswandern«, sagte er, »ins Amerika und der Mendel bringt mich schon hinüber.«

Das beabsichtigte Telefongespräch am nächsten Morgen kam nicht zustande. Er wollte mit dem Onkel die Information, die Petrus Ballawaschl ihm gesteckt hatte, vorab diskutieren. Die Telefonistin in Budweis versuchte sein Gespräch nach Prachatitz durch zu stöpseln, blieb aber in Budweis hängen und meinte, er sollte es in einer Stunde wieder probieren, am Montagmorgen wäre der Andrang landesweit sehr groß und die Leitungen würden brennen und sie könne sich nicht zerreißen.

Dann stand er etwas unvermittelt in der Niederlassung in der Václavská, ein Angestellter fragte ihn, ob er was brauche. »Ich schau mich um«, sagte der Herr Polschitz und ging von Regal zu Regal. Da standen die ausgesuchtesten Porzellane, Speiseservice, Kaffeegedecke von erlesener Qualität und daneben hochklassige Glasvasen, eingefärbte Glasschalen, Weingläser, daneben kunstvoll geschliffenen Karaffen, hunderterlei Glaskunst aus dem Böhmischen und er war zufrieden.

»Ich bitte den Herrn Hirdina zu holen«, sagte er einer aufmerksamen jungen Frau.

Ob was nicht in Ordnung wäre und er könnte das auch ihr sagen. »Gehen Sie nur und holen Sie den Herr Hirdina, ich warte schon.« Die Dame machte ein Mäulchen, was er als Unsicherheit deutete. »Der Herr Hirdina ist noch nicht da, er sollte jeden Augenblick eintreffen.«

»Na, dann warte ich, bis er kommt, der Herr Hirdina, heute ist Montag, da kommt er vielleicht etwas später«, sagte der Ferdinand Polschitz und setzte seinen Rundgang durch den Laden fort.

Dann trat ein älterer Herr in den Laden, die Dame eilte auf ihn zu und dieser grauhaarige, devote Mann stellte sich dem Ferdinand Polschitz vor und fragte nach seinem Begehren. Das wäre gleich erklärt, sagte der Ferdinand Polschitz und der Herr Hirdina zuckte mit keiner Wimper und lud den Ferdinand Polöschitz in sein Kontor und dann wurde es zwölf. »Gehen wir gemeinsam zum Essen, Herr Hirdina«, und Ferdinand fragte ihn, ob neben den aufgeführten Angestellten noch jemand im Hause zu tun hätte und der Herr Hirdina verneinte das. Wie es denn mit dem Herrn Schwiegersohn das Benehmen habe, der sei als Angestellter nicht aufgeführt, aber scheinbar für die Dependance, wie er gehört habe, auch tätig. Hirdina nestelte an seinem Rock und machte sich fertig, den Herrn Polschitz aus Prachatitz zu begleiten. »Ich werde mir ein paar Tage Zeit nehmen und den Warenbestand mit Ihnen gemeinsam durchsehen«, sagte der Ferdinand Polschitz beim Mittagessen und der Herr Hirdina war dann nicht mehr recht bei der Sache.

»Der verkauft drüben am Graben, gleich am Pulverturm Glas und Porzellan, das hat er vom Hirdina«, hatte der Mendel dem Ferdinand Polschitz erzählt »und da verkauft er es sündteuer. Da verdient nicht nur der Vojtěch Horák dran.«

Er ließ den Hirdina nach dem Mittagessen allein ins Kontor zurück gehen und machte sich auf den Weg in die großartige, faszinierende Geschäftsstraße am Graben und da stand ein modernes Kaufhaus neben dem anderen, attraktive Restaurants und moderne Hotels reihten sich aneinander.

Tatsächlich hatte der Horák, wenn er es denn war, eine recht beträchtliche Auswahl an Porzellan und Glas recht geschickt auf einem Verkaufstisch drapiert, gleich neben dem Palais Prichowsky. Ferdinand Polschitz begutachtete die Artikel mit prüfendem Blick. Da stand das gute Moserglas neben Gläsern, Karaffen, Schalen aus der Heide-Manufaktur, beides die bevorzugten Markenobjekte aus der Niederlassung in der Stepanska und er fragte den zuvorkommenden Mann, in welcher Preislage sich denn diese wunderschönen Gläster bewegten und woher er denn diese ausgesuchte Vielfalt beziehe. »Das bekommen Sie anderswo nicht billiger, im Gegenteil, Sie werden gewaltig drauflegen.«

»Ich werde mich im Laufe des Nachmittags wieder sehen lassen«, vertröstete er den Horák, nahm eine Kutsche, bog in die Ferdinandova třída ein, fuhr die Moldau entlang, von der eine leichte kühlende Brise in die Stadt herüber wehte und war in zwanzig Minuten in der Václavská. Er konfrontiere Hirdina mit den Gegebenheiten am Mustek. »Gleich neben dem Palais Prichowsky bietet er unsere Ware an, Herr Hirdina, da sind Sie mir eine Erklärung schuldig, das wird den Rechtsweg gehen.« Der Hirdina lamentierte und klagte, der schreckliche Bursche wäre auch nur deshalb sein Schwiegersohn geworden, weil seine Tochter ihm verfallen wäre und alle wären sie daheim unglücklich und könnten die Nikola nicht verstehen und jetzt hätt'n sie es, jetzt wär er, der Hirdina, bald strafrechtlich angeklagt und das sei sein Ende. »Ein langes Leben habe ich mit Anstand gelebt und jetzt stehe ich im Dreck, durch so einen Menschen. Da nimmt man am besten einen Strick, aber das ist noch zu teuer, die Moldau ist billiger.«

Polschitz telefonierte mit dem Onkel Karl und das Gespräch bestätigte ihn in seiner Meinung, dass man dergleichen Vorfälle nicht unter den Tisch fallen lassen dürfe.

Das Ganze entwickelte sich zu einer unerfreulichen Angelegenheit und Ferdinand Polschitz musste noch länger in Prag verweilen, sorgte im Geschäft für klare Verhältnisse, dankte dem Mendel, der das Unternehmen vor großer Unbill bewahrt hätte und der Petrus Ballawaschl sagte: »Überall gibt es Lumpen, den Adrian Ballawaschl und den Vojtěch Horák sollte man zusammen sperren und hoffentlich lassen sie den Horák länger bei Wasser und Brot im Kerker schmoren. Na ja, im Pankrác drüben in Nusle werden sie gut auf ihn aufpassen, das ist recht neu, ein schönes Haus für die Herren Verbrecher und da hat er wenigstens eine warme Heizung und beten kann er in der Kirche und wenn er krank wird, verlustiert er sich im Gefängnishospital. Was für ein sorgenfreies Leben.«

57.

Den Major Steiner hatte Ferdinand Polschitz in der Regimentskaserne in Prag getroffen. Eine dienstliche Versetzung nach Brünn könnte dauern, sagte er. Der Major war auf dem Weg zu einer dienstlichen Besprechung. Sie würden sich vor dem U Fleků treffen, so gegen sieben Uhr am Abend, verständigten sie sich. »Die Stammwürze haut dich um, seit gescheit und brems dich und lass dir einen gehörigen Schweinsbraten bringen, das wär eine passende Unterlage.« Dann war der Major im Gebäude verschwunden.

Das Wetter war die letzten Wochen schon nicht mehr abgekühlt, im Prager Kessel dampfte es bis in die ersten Nachtstunden hinein und im Biergarten herrschten laue Temperaturen. »Ich war erst vor einer Woche hier im U Flekŭ gesessen, mit dem Major der Reserve Kaspar Heitmann aus Troppau, einem ehrenwerten Gymnasiallehrer, sportlich, kultiviert, bis gegen elf Uhr war er noch ansprechbar. Wir mussten den Herrn Major danach mit der Kutsche in die Kaserne verfrachten, er ist uns jedoch noch auf der Fahrt weggetreten. Dann war er zwei Tage schwer krank. Der Arzt schüttelte nur den Kopf: »So einer soll nicht ins U Flekŭ, wenn er das Dunkle nicht verträgt. Armer Kerl, wird ihm eine Lehre sein, der soll sein Kracherl im Gymnasium weiter trinken.«

Ferdinand Polschitz und der Herr Steiner, frisch gekürt zum k.u.k Major, plauschten schon zwei Stunden im kühlen Biergarten unter den Kastanien im U Flekŭ, hatten einen ausgezeichneten Schweinebauch intus und der Ferdinand war beim zweiten Krug dieses süffigen dunklen Lagerbieres angekommen. Es mussten zwei rumänische Studenten gewesen sein, die plötzlich, schnell wie der Blitz, aufgesprungen waren. Der junge Mann mit langer schwarzen Mähne war auf ihren Tisch gesprungen, die junge Frau hatte eine Geige ans Kinn gezogen. Wie ein Wirbelwind fegte der Student im Tanze über den hölzernen Tisch, jauchzte, sang und klatschte in die Hände, die er über den Kopf warf, während er sich ohne Unterlass in seinen schwarzen Lederstiefeln auf dem

Tisch drehte. Die junge, schwarz gelockte Geigerin steckte in braunen Stiefeln, einem bunten Rock und einer prächtigen roten Bluse und schmiss den Bogen über die Seiten und stachelte mit ihrer heißen Musik den feurigen Kavalier auf dem Tisch zu immer neuen tänzerischen Kaskaden an. Die Biergartenbesucher schauten zunächst begeistert zu, klatschten dann in die Hände, erhoben sich von ihren Stühlen und sangen, schmetterten ihr »Hei« und »Jei« und »Ano« und spornten die beiden jungen Leuten immer wieder zu neuen Liedern und Tänzen an. »Krásná« und »úžasný« und »znovu prosím«, die Begeisterung kannte keine Grenzen. Ferdinand lud die beiden ein, am Tisch Platz zu nehmen. Die beiden setzten sich mit Heißhunger und mächtigen Durst dazu. Sie kämen aus Sibiu, aus Hermannstadt in Siebenbürgen, würden in Prag studieren und hier im U Fleků hätten sie ein gemeinsames Zimmer gefunden, seien lang schon verheiratet, »ein Jahr« lachte Irina und sie würden nun für den Wirt und seine Gäste Abend für Abend tanzen und musizieren.

»Sollten Sie nach Prachatitz wollen, schreiben Sie mir«, lachte Ferdinand und notierte seine Adresse. »Hermannstädter sind uns jeden Tag willkommen.«

Major Steiner meinte: »Ich werde dich auch besuchen, bald habe ich viel Zeit und ich suche mir erst eine Arbeit, vielleicht hier in Prag.« Der Major stand vor dem definitiven Ende seiner Karriere, war ein Achtzehnender und auf der Suche nach neuem Ufern.

Tags darauf versuchte er den Onkel Karl in Prachatitz mit dem Telefon zu erreichen, das gelang nach mehreren Stunden und der Onkel Karl meinte: »Wenn er als Geschäftsführer bei uns anfangen will, verdient er in dieser herausgehobenen Position in der Prager Dependance mehr als er jemals

als Major beim Herrn Kaiser verdient hat.« Beizeiten fügen sich also die Umstände zusammen und, vorausgesetzt, der Major Steiner könnte sich die Nachfolge für den Hirdina vorstellen, würde der Chefposten in Prag neu besetzt und der Major wäre wieder im Geschäft.«

»Das U Fleků hat was für sich, da muss ich bei meinen Besuchen wieder absteigen«, sagte sich der Ferdinand. Prag wurde ihm allmählich langweilig, die Buchprüfung mit den tschechischen Prüfern wurde von der Staatsanwaltschaft bestellt und er hatte sich den Jan Holíček beiseite genommen. »Soweit ich das beurteilen kann, wird man den Horák einsperren, ich weiß nicht, ob er Vorstrafen auf dem Kerbholz hat und den alten Hirdina wird man glimpflich davonkommen lassen, es wäre wohl eine Notlage gewesen, in der er sich befunden hat. Das wird jetzt auf den Richter ankommen, ist es ein milder, bekommt er vielleicht eine Bewährungsstrafe, na wir werden sehen.«

58.

Die Bozena war viel allein und der Ferdinand in der weiten Welt. »Das sollte anders werden, Ferdinand, wir sind verheiratet und auch nicht.« Der Lehrer Martin Curtius hatte sich in die Bozena, die so oft und so lange allein war, verliebt und er hatte ihr das gesagt, nachdem sie beide sich nach der Kirche getroffen hatten, konnte er nicht mehr anders. Dass er jetzt erst recht nach Südamerika auswandern müsste, weil sie eine verheiratete Frau wäre und die Bozena ist mächtig erschrocken. Das hätte sie nicht geahnt und ob sie ihn irgendwie verlockt hätte und das wäre nicht ihre Absicht gewesen. »Seit ich dich zum ersten Mal gesehen habe, ist es um mich geschehen«, sagte er ihr, »und alles brennt in mir und ich schlaf nimmer, denk nur an dich, könnt' dir Gedichte schreiben wie ein Schulbub, alles ist aus und schön bist, wunderschön.«

Es wäre nicht verboten, einen anderen Menschen zu lieben, sagte sie ihm und wollte ihn trösten, weil er so unglücklich war, aber sie wär halt eine verheiratete Frau und Kinder hätte sie auch und er sei ihr schon auch sympathisch, er sei ein guter Mensch, aber es ginge halt nicht.

»Das weiß ich, aber ich bin und bleib unglücklich, du wärst die Einzige, die ich mir als meine Frau vorstellen könnte.«

Dann kam der Ferdinand Polschitz zu seiner Frau heim, die ein Geheimnis mit sich herumtrug, und das war alles gar nicht so einfach. »Jetzt haben wir bald ordentliche Verhältnisse«, sagte er ihr beim Abendessen, »in Prag könnte der Herr Steiner einsteigen und in Wien hat der Herr Magister Sochrotzky einen Neffen, der könnte auch die Geschäftsleitung in der Leopoldstadt übernehmen, in Brünn passt es, auch in Krumau und Linz, das ist nicht weit weg. Pilsen ist ein Lichtblick, da muss ich aber in zwei Wochen doch noch hinfahren, gut, dass ich ein Automobil hab, und in Budweis können wir uns auf den Konrad Bloch verlassen, der macht es noch ein paar Jahre.«

»Der Onkel Karl wird immer müder, er kann dir kaum noch eine Arbeit ab nehmen, vielleicht brauchst einen Direktor, der für dich arbeitet, der dich unterstützt, so wie du den Onkel unterstützt hast«, das musste sie endlich anbringen und heute war die Zeit dafür günstig.

»Ich seh das auch so, aufarbeiten will ich mich nicht.«

59.

Der zweite Spross der Polschitz kam pünktlich wie erhofft. Die Eltern nannten ihn Andreas, so habe der Uropa von Ferdinand geheißen, aber das war schon vor langen Jahren, außerdem wäre der Andreas ein Bruder des Petrus gewesen und auf den haben die Polschitz schon immer viel gehalten und noch dazu habe man den Apostel Andreas recht grausam ums Leben gebracht, er wäre ein Martyrer, seine Tapferkeit wäre unübertroffen. »Wenn man ein Kind tauft, sollte man schon darüber nachdenken, nach wem man es tauft.« Die Bozena hätte den Neubürger gerne Johannes getauft, aber sie wurde überstimmt. Selbst der eigene Papa sagte, einen Andreas sollten wir schon auch in der Verwandtschaft haben. Die Taufe wurde schon einen Tag nach der Geburt gefeiert und die Mama lag noch im Kindbett. Der Briefträger brachte ihr einen Brief mit einer riesigen Briefmarke aus Buenos Aires, wie sie auf dem Stempel mühsam entziffern konnte.

»Jesus«, sagte sie, »das auch noch«, sie sagte es in ihrer tschechischen Muttersprache, weil sie da ihre tiefsten Gefühle ausdrückte, Nöte und Probleme bedachte und ihre Familie von Herzen liebte, »heilige Maria, der Martin schreibt aus Buenos Aires.«

Die Wally vom Onkel Karl brachte ihr den Brieföffner, den der Ferdinand einmal aus Wien mitgebracht hatte.

Martin erzählte von der Überfahrt auf einem großen Dampfschiff, dass das Wasser auf dem Meer schon unergründlich und schauerlich war, dass es ihm gut ginge und er die ganze Zeit an die Heimat denke und all die lieben Menschen, von denen er sich ja verabschiedet hätte, die er vielleicht nie mehr wiedersehen würde und das wäre schon ganz arg für ihn. Heimweh verspüre er derzeit noch nicht, die Umstände der Reise, die vielen Eindrücke nähmen in ganz gefangen.

Die Bozena hatte alle Gedanken wegen ihres lieben Andreas, den der Herr Pfarrer gerade eben taufte, vergessen und war ganz weit weg in der heißen Papas von Argentinien, den Sümpfen und bei den wilden Tieren und den vielen Schlangen, denen der Martin Curtius nun ausgesetzt war und sie hoffte und betete, dass er die langwieirge und gefährliche Reise überstehen würde.

»Ich schreibe aus Buenos Aires und muss mich ganz auf das verlassen, was die Reiseführer uns unterbreiten. Es wird sicher noch geraume Zeit in Anspruch nehmen, bis die Weiterreise beginnen kann. Morgen mache ich mich auf den Weg zu den Priestern im Bischöflichen Ordinariat, dort befrage ich mich nach dem besten Wege nach Paraquay. Die haben einen kundigen Jesuitenpater, der den Einwanderern mit Rat und Tat zur Seite steht und auf einen Priester wird man sich ja verlassen können. Der Onkel lebt zweihundert Kilometer nördlich einer Stadt namens Encarnación und das scheint nahe der argentinischen Grenze zu liegen.

»Aber was heißt in diesem Land nahe, dachte die Bozena, »da ist doch alles so weit auseinander«, und sie ängstigte sich um den Martin, der sein Herz bei ihr gelassen hatte.

Das Wetter wäre in Encarnación sehr angenehm, schreibt er und das Land solle sehr fruchtbar sein. »Ich bin so richtig aufgedreht und schon gespannt, was mich auf dem Hof des Onkels erwartet. Ich kenne weder die Wasserläufe, die auf der langen bevorstehenden Reise mit Booten zurückzulegen sind, noch die Wege, schon gar nicht kann ich die

Entfernungen oder die benötigte Zeit einschätzen, die wir brauchen. Ich verlasse mich nun auf das gute Geschick, auf Gottes Geleit und werde vielleicht im kommenden Jahr wieder einen Brief an euch schicken.«

Der Ferdinand sagte, dass er vor diesem Mann größten Respekt habe und er hoffe, ihm sein Leben gelingt in der neuen Heimat.

60.

Die Umstände in Prag schienen sich zum Schlechten zu wenden, die Prager Staatsanwaltschaft schickte eine Einladung zu einem Zeugengespräch nach Prachatitz, Ferdinand habe der Einladung nachzukommen, auf seine Aussage könne leider nicht verzichtet werden und der Advokat Holíček, den er anrief, meinte, dass das ein normales Prozedere wäre und dass wir froh sein müssten, dass die Prager Justiz einen einigermaßen normalen Standard hätte.

Tags darauf fuhr er mit seinem Automobil über Pilsen nach Prag hinauf, nächtigte beim Ballawaschl und wollte am folgenden Tag, nach einem kurzen Abstecher in der Václavská, bei der Staatsanwaltschaft vorstellig werden.

»Es ist schon ein Kreuz«, sagte er sich auf dem Weg ins Präsidium, »in Prachatitz betrügt uns diese nichtsnutzige Studentin, in Wien der Porschmann und in Prag habe ich es wieder mit einem Verbrecher zu tun, die Welt ist einfach schlecht.«

Der Ballawaschl Petrus, den er nach der ersten Unterredung mit der Staatsanwaltschaft wieder aufsuchte, machte einen aufgeräumten Eindruck. »Jetzt, glaube ich, wird mein Herr Bruder, der Adrian, wieder normal. Na ja, alt genug wäre er ja. Souverän sei er jetzt, schreibt er mir vor ein paar Tagen aus Troppau. Jetzt sei er nicht mehr der Amboß, auf den sie alle dreinschlagen könnten, jetzt sei er der Hammer und er habe eine Freundin, mit der er alles bereden könne. Die Nela sei eine ganz Feine und schön dazu und ein tschechisches Bauernmädel. Sie hätte einen festen Stand am Marktplatz, eine echte Standlfrau wär sie, betreibe ihr eigenes Geschäft, eine Selbstständige, nicht abhängig also. Sie sei zuverlässig, koche bravourös und brächte gutes Geld ins Haus. Sie schiebe jeden Tag ihren Karren mit Gemüse und Obst von der Pfarrergaßn an der Husstraße, wo sie eine Wohnung hätten, herüber auf den Marktplatz und abends, da wird es schon finster, kehrt sie zurück. Da hole ich sie auch das eine oder andere Mal vom Markt ab«, schreibt er, das Abendessen koche er, das sei sein spezielles Metier und streiten würden sie nicht. »Scheinbar passen die zusammen wie die Faust aufs Aug. Ich hoff, dass er sich arrangiert, der Mephisto.«

Das wäre ja recht und gut und ihm zu gönnen, meinte der Ferdinand Polschitz, hatte den Kopf voller eigener Sorgen und der Petrus legte ihm einen kräftigen überbackenen Topfenpalatschinken auf den Teller, an dem er genug hatte. Hungrig musste er beim Petrus im Beisl in der Stepanska nicht ins Bett gehen.

Er hätte auch ein Mädel im Visier, meinte der Petrus, aber er möchte ihm davon bei Gelegenheit mehr erzählen, herzig sei sie und sie hätt' ihn schon gehörig durcheinander gebracht.

Holíček, sein Freund auf der Kleinseite, sagte ihm, und in seinem Wirtshaus trafen sich die einfachen Prager wie die Juristen, die er noch aus alten Zeiten kannte, die

Staatsanwälte auch und die Advokaten, wenn es etwas zu feiern gab, dass der Adrian Ballawaschl, den er ja nur vom Hörensagen kenne, die Stadt anscheinend recht fluchtartig verlassen habe. Man habe keine Beweise gegen ihn, es läge nichts Gerichtsverwertbares gegen ihn vor, aber er wäre den Geheimen schon aufgefallen. Drüben am Graben hätten sich einige dieser desolaten Figuren herum getrieben, einen gewissen Zdeněk Bílek und eine stadtbekannte Dame, die Anika Penkova, habe man arrestiert und da sei von der Penkova der Name Ballawaschl Adrian eingebracht worden und das wäre ja ein doch etwas ausgefallener Name für Prager Verhältnisse. »Es kann sein, dass er sich getrennt hat von dem Pack, das der Polizei in Prag oft genug mehr Rätsel aufgibt, als die lösen können. Die Gauner sind vernetzt bis ins Polnische rein und Troppau liegt an der polnischen Grenze, das sollte einem zu Denken geben. Man muss Zeit ins Land gehen lassen, man wird sehen.«

61.

Magister Karl von Borwitz verlebte angespannte Tage. Der Doktor sagte ihm, dass er doch etwas füllig geworden sei, er solle eine ausgiebige Sommerfrische machen, viel in den Bergen spazieren gehen, er könne sich etwas zumuten und dann bekäme er auch wieder genug Luft zum Atmen.

Der Magister hing am Leben und das Roserl war ihm in den letzten Jahren nicht mehr so häufig im Traum erschienen, er besuchte sie am Friedhof und beauftragte die Wally, regelmäßig die Blumen auszutauschen, wenn sie die Köpfe hängen ließen. »Wenn ich einmal nimmer sein sollte, Wally, richten's das Grab schön her, dass man sich nicht schämen muss.«

Der Ferdinand fuhr den Onkel mit dem Automobil nach Železná Ruda, da hatte der Graf von und zu Raschkotz eine Hütte, eine Viertelstunde vom Markt entfernt, mit einem Ehepaar, dass nach dem rechten schauen würde. Er bräuchte nicht den Lärm, den die Sommerfrischler mitbringen, er wollte seine Ruhe. »Ich komme, wenn Sie mich brauchen, gerne koche ich was Gutes und wenn Sie meinen Mann zum Wandern einladen, der begleitet Sie gerne.« Die Frau Marie Kolářová würde sich schon um ihn kümmern, wie sie sagte, die Šumava habe noch jedem geholfen, »die Ruhe und die gute Luft heilen Leib und Seele.«

»Bis Prachatitz brauche ich keine drei Stunden«, sagte der Ferdinand beim Abschied.

»Mir ist auf der Seele leichter, weil wir beim Notar waren. Das sagst auch der Bozena und der Mama, man weiß nie, wie es weiter geht.«

Am letzten Freitag vor der Abreise nach Železná Ruda hatten sie beim Notar die Teilhaberurkunde ausgefertigt und der Ferdinand würde beim Ableben des Magister von Borschitz auch dessen Teil erhalten. Das ging dem Ferdinand auf der Heimfahrt durch den Kopf und er brach nicht in Jubel aus und die Bozena hatte ihn die folgenden Tage noch nie so nachdenklich gesehen.

62.

Der Onkel Karl hatte vor seiner Abreise verboten, ihm geschäftliche Dinge zu unterbreiten, »höchstens was ganz Schönes.« Ferdinand meinte, dass Steiners Bereitschaft, den

Laden in Prag zu führen, zu den aufbauenden Nachrichten gehörten und er schrieb dem Onkel einen Brief und meinte, dass das zweifellos ein positiver Bescheid wäre und jetzt könne der Onkel Karl da droben in den böhmischen Bergen durchatmen.

Magister von Borwitz war ein recht angesehener, wenn nicht bedeutender Zeitgenosse im südlichen Böhmerwald und der Bürgermeister von Eisenstein hatte läuten hören, dass der Prachatitzer Magister sich in Graf Raschkotz' Häuschen aufhielt und er fuhr aufs Geradewohl die halbe Stunde mit dem Kutscherl hinauf. Es wär halt ein Elend, sagte von Borwitz, dass keiner dicht halten könne, nichts desto trotz freue er sich auf eine schöne Unterhaltung. Der Herr Bürgermeister gehörte noch zu einer recht unverdorbenen Politikergeneration, hatte jedoch noch keine vierzig Jahr' auf dem Buckel und er war einer, der überzeugen wollte, was auch recht selten vorkam. Die Sommerfrischler müssten angezogen werden wie von einem Magnet, meinte der honorige junge Gemeindepolitiker und es müsste investiert werden. Da wär ein Schigebiet auszuweisen, aber der Gemeinde fehlt das Geld. Man könnte das Seine verdienen, aber einen langen Atem müsse man haben, jedes neue Geschäft bräucht halt so eine zwei- bis dreijährige Anlaufzeit, »dann könnt' es in der Kistn rappeln«, definierte er seine Überlegungen.

Der Magister erlebte erholsame Tage, wanderte viel mit dem Bruder der Frau Kolářová, einem Waldarbeiter, der seine guten Jahre dem Baron Kotz von Dobrz, einem alteingesessenen Adelsgeschlecht, die besten Jahre seines Lebens, geschenkt hatte und auf einen guten Herrn getroffen war, wie er sagte. »Ein Mensch wenn einer ist, dann genügt das schon und der Herr Baron ist halt ein Mensch, ein besonderer.« Er hätte seinen Bub, den Wladimir, als Förster eingestellt und so würden die Bande zwischen den beiden Familien weiterhin halten, jeder eben auf seinem Platz und es müsse ja nicht jeder ein Baron sein oder ein Graf, Hauptsache er ist ein Mensch.« Der Wenzel Halada, brachte die Angelegenheit auf den Punkt und der Herr Magister hatte wieder was dazu gelernt.

63.

Dieser Mensch, der ihr gegenüber saß, stand mit allen Regeln der Etikette auf Kriegsfuß. Schmatzend schob er das Essen in den Mund, wischte sich die fettigen Lippen mit der linken Hand, ließ die Serviette auf ihrem angestammten Platz liegen, rülpste, nachdem er das Bier nicht getrunken, sondern sich hinter die Gurgel gegossen hatte. »Was für ein Tölpel«, sagte sie sich, »das ist ein Wilder, ein Kannibale aus den böhmischen Bergen.«

Dann war dieser unkultivierte Anblick endlich passé und die Frau von Wesowitz neigte sich wieder dem rechts von ihr sitzenden Baron von Berglau zu, ein freundlicher, galanter Mensch war das, der höchst amüsant über seine Reisen nach Ungarn und Galizien oder seine Jahre im Ulanenregiment seiner Hoheit Erzherzog Carl reden konnte. Der Baron lachte und sein Esprit, sein intellektueller Geist bezauberten seine Zuhörerinnen und Zuhörer. »Das ist ein interessanter Mensch, erfreulich, dass so eine Kultur bei jungen Leuten heutzutage noch anzutreffen ist«, sagte der Prälat Hanfstengel zur Baronin. Den Herrn Prälat hat der Graf von und zu Raschkotz extra eingefahren.

Da stand der Ungehobelte neben ihr, hatte ein Glas Roten in der rechten Hand, grinste, musterte sie unverhohlen von der Fußspitze bis zum schwarzen Haar. »Ein unverschämter Mensch«, dachte sie.

»A Rass' hab'n Sie schon, liebe Baronin, sieht man viel zu selten und a Kultur eben. Wo sind Sie daheim, ich würd Sie besuchen.« Die Baronin, die am langen Tischende den böhmischen Herrn Ferdinand entdeckt hatte und auf den Prachatitzer Bekannten zusteuern wollte, hielt inne. Sollte sie diesem Bär eine Frechheit hinfahren oder sollte sie ihn links liegen lassen? »Sie können sicher keine Kutsche selber lenken, brauchen einen Chauffeur, der die Herrin kutschiert.« Die Baronin wunderte sich, dass sie auf den ungeschliffenen Bauernfünfer nicht hitziger einging. Der hatte so was an sich, so was Unziemliches, nicht Übliches, Unkonventionelles. »Der Berglau is doch ein Idiot, an echter Braddler, der lügt wia a Bürstenbinder. Der bringt as letzte Geld vom Herrn Vater durch, falls überhaupt noch was übrig ist. Der Herr Vater war Obrist bei der Intanterie in Iglau und hat den Herrn Sohn höchstderselbst zum Leutnant hochgeschaufelt, der Bursche hat kein Pferd geritten und kann ein Repetiergewehr nicht von einer Haubitz'n unterscheiden.«

Sie müsse den Herrn Polschitz suchen, der wär doch grad noch da gewesen, tröstete sie ihn und meinte, man könnte später noch ins Gespräch kommen. »Der ist leicht verwirrt«, sagte sie sich und eine Unruhe erfasste sie.

Ja, und die Freude über diese Überraschung war auf beiden Seiten und der Herr Polschitz meinte, sie solle doch morgen bei ihnen einmal vorbeischauen, das bekannte, ihr ehemaliges Heim, wiedersehen. Wie es dem Herrn von

Borwitz ginge, fragte sie, der wäre ja nun auch schon lange geadelt und sie hätte sich seinerzeit, als sie die Nachricht gehört hatte, sehr gefreut und wie es der jungen Familie ginge. »Ich hab mich ganz der Landwirtschaft verschrieben«, lachte sie und der liebe Rittmeister Jakob wär sicher sehr zufrieden mit ihr.

Graf Polschitz hatte zu seinem sechzigsten Geburtstag die Honoratioren der Stadt eingeladen, ein paar Bekannte, Bankmenschen und Kaufleute, ein paar Politiker, etliche Angehörige aus dem Adelsstand. Der Polschitz ging artig durch die Reihen, stellte sich vor, sagte danke und bitteschön und dass er sich freue, den Herrn, die Dame kennen zu lernen und dann war er rechtzeitig aus dem Haus, noch bevor die Herren und die Damen zu viel lachten und sich gegenseitig auf die Schenkel klopften. »Du lernst nie aus«, sagte er zu seiner Bozena, »sei froh, dass du nicht dabei warst, Kinder sind immer ein Grund abzusagen.«

»Wenn der Onkel Karl da gewesen wäre, hättest daheim bleiben dürfen oder auch nicht.« Sie kannte ihren Ferdinand, dem hätte das Fell gebrannt, wäre der Onkel ohne ihn zu diesem Empfang gegangen.

Der Onkel Karl hatte einer Vorladung der Prager Staatsanwaltschaft nachzukommen, er wäre jetzt gefordert, ganz persönlich und der Holíček hatte schon bei Ferdinands Abreise gesagt, dass der Magister von Borwitz ebenso mit einer Vorladung rechnen müsse und er solle sich darauf einstellen. Der Magister von Borwitz hatte seine herbstliche Frischezufuhr in Železná Ruda erfolgreich hinter sich gebracht, hatte etliche Kilogramm Lebendgewicht in der einsamen Hütte gelassen, passte wieder ohne Umstände in seine guten Hosen, fühlte sich rundum neu und war zu neuen Taten bereit. »Ich bleib in Prag, bis der Prozess beginnt oder wenigstens zwei oder drei Wochen, die sollen mich kennen lernen«, grantelte er, dann setzte er sich in sein Automobil und machte sich auf die Reise.

Auch die Frau von Wesowitz machte sich am Tag nach diesem Empfang bei Graf Raschkotz wieder auf den Weg in ihr Heim bei Krumau. »Precht ist mein Name«, sagte der Ungehobelte vom Vortag, er stand vor dem Hotel, das die Baronin sich gerade anschickte zu verlassen. »O je, er«, sagte sie, »was wollns denn von mir.«

»Ganz einfach, Frau Baronin, ich möcht sie gerne kennen lernen und ich fahr so in drei, vier Tagen nach Linz hinunter und da könnt' ich bei Ihnen vorbeischauen.«

Sie wusste immer noch nicht, was sie von diesem Menschen halten sollte, kannte jetzt zwar seinen Namen, konnte ihn gesellschaftlich nicht einordnen. Aber aufdringlich war er schon, sagte sie sich.

»Ich leite die Darlehensbank in Linz und wenn Sie Ihr Geld gut und überlegt anlegen wollen, wenden Sie sich nur an mich, immer zu Diensten, Frau Baronin.«

Das war eine ganz andere Person, wie dieses gestrige Raubein.

»Ich weiß gar nicht, ob ich daheim bin, hab viel zu tun.«

»Eben eine Bäuerin, wenngleich von Adel«, der Klotz von einem Mann lachte. »Ich versuche es einmal und sollten Sie nicht aufzufinden sein, frage ich mich durch nach Ihnen.«

Dieser Mann, der sich Precht nannte, drängte sich da in ihr Leben, hätte sie überrumpelt, dieser ungehobelte Linzer, ärgerte sie sich.

Johannes Precht drang tatsächlich in das Leben der Baronin von Wesowitz ein, sie gewährte ihm über die Zeit erdenkliche Freiheiten. Der Herr Bankdirektor legte ihr Geld an, in Linz und in Wien, kaufte Papiere für sie, amerikanische vor allem und deutsche und verteilte ihr Geld geschickt »und wie sich's gehört«, sagte er, »das Geld darf jetzt für dich arbeiten, meine liebste Jarmilla.«

»Ein selbstloser Mensch, der Johannes«, sagte sie, »den hat mir der Jakob geschickt.«

64.

Ferdinand begleitete den Onkel Karl von Borwitz nach Linz, wollte selber ins Bayerische hinüber, das immer die Domäne des Onkels gewesen war. Nun wollte er sich vorstellen in Tölz und in Rosenheim. Es war die Baronin, die sich, wie sie angemerkt hatte, auf die Landwirtschaft ausgerichtet hatte, die ihm diese neue Überlegung einpflanzte: »Da drüben, bei den Bayrischen müssen's investieren, dürft' sich rentieren.« Er wollte das Terrain sondieren, drüben in diesem landwirtschaftlichen oberbayerischen Musterland. Wollte man neu verdienen, dann böte sich der Agrarsektor an.

Den komplexen Sachverhalt wollten sie einem Agenten übergeben, der sich auskennt in der Landwirtschaft, der was vom Feldbau wie von der Milchwirtschaft versteht, einen Studierten bräuchte es, einen Agrarökonomen wohl und er hätte da einen Bekannten, ehrlich und gediegen. Mit anderen Leuten würden sie in der Bankbranche nicht zusammenarbeiten, aber man könne für niemand die Hand ins Feuer legen, meinte Johannes Precht.

Die Filiale in Krumau war in guten Händen, die Regie lief unter Ferdinands Händen wie in den Niederlassungen in Budweis und in Brünn. Linz und Wien standen seit einigen Monaten unter der Leitung von Magister Peter Sochrotzky und mit Major a. D. Steiner hatte er für Prag einen jovialen und kompetenten Geschäftsführer gefunden. Der Telegraf und das Telefon bildeten das Rückgrat für die aufblühenden Geschäfte von Boritz, Polschitz & Cie. Fachkundige Angestellte in den Filialen, zwei hochkarätige Juristen, dazu die Agenten in Rosenheim komplettierten die Riege fachkundiger Mitarbeiter. Karl von Borwitz und Ferdinand Polschitz standen im Zenit ihres Erfolges und konnten sich im Wesentlichen auf das Personal verlassen.

65.

»Der Baron von Berglau ist auf Brautschau. Der wird auch dir bald seine Aufwartung machen, Jarmilla. Er ist schon ein Charmeur, geb ich zu, aber auch ein adeliger Hallodri mit Titel, aber schwachen Finanzen. So ein Adelsprädikat verfehlt seine Wirkung nicht, besonders bei geldigen Witwen, die eine adelige Anrede brauchen. Sein Herr Papa hat sich lange schon verspekuliert und zur Sicherheit den Bub ins Militär gebracht, Oberleutnant ist er drüben in Brünn, da hat er ein Auskommen fürs Leben und beim Erzherzog Carl-Regiment, auf das er angespielt hat, war er nur drei Monate zum Lernen abkommandiert.«

»Brauchst keine Angst um mich haben, mir steht der Fünfziger bald ins Gesicht geschrieben und der Berglau ist deutlich jünger, außerdem bin ich schon eine Witwe mit adeliger Anrede«, lachte sie.

»Im Krumau geht er derzeit beim Serwatz ein und aus, der hat noch eine Kleine, so fünfundzwanzig und der Papa handelt mit Holz und Rindvieh, die brächt' was mit in den Ehebund.«

»Der Borwitz und der böhmische Herr Ferdinand werden bei mir logieren, das ist eine Freud', gute Leute aus alter Zeit in Prachatitz, sie möchtn nächste Woche vorbeischauen«, sagte die Baronin.

»Übrigens, das Interieur lasse ich erneuern«, fügte sie hinzu, »hab seit der Übernahme mich nur ums Gut gekümmert, da ist alles andere hintan gstellt worden, es wird Zeit zur Renovierung, sonst verfällt die Klitschn.«

»Na hörst, ane Klitschn, wie du es sagst, ist das nicht, a Logis der Sonderklasse ist es eher, da braucht es, wenn überhaupt, ein paar neue Möbel, vielleicht.«

»Ich brauch' einen Frisiertisch, einen Salontisch, einen eichernen hätt' ich mir vorgestellt und der steinerne Boden ist eiskalt, s'is a g'schliffener Granit. Stell dir dös vor, da g'frierst dir ja die Füß' ab, holst dir eine Krankheit um die andere, da möchte ich ein Parkett legen lassen und ein paar schöne Teppiche drauf, was meinst?«

»Gehn wir zum Kollerer nach Linz, der berät dich, kommt vorbei, schaut sich alles an und schmiert dich net aus, es is a Freund von mir.«

»An Sekretär bräucht ich auch, dort rechts vor dem Treppenaufgang, mit einer schrägen Klappe, eine Nouveau Vitrine dazu, aus dem neuen Holz, dem Mahagoni aus Südamerika.«

»Wenn dein Geld reicht, kannst dir ja auch noch die Treppe erneuern lassen, die bräucht es am allerersten, meinst nicht auch?«

»Das gefällt mir an dir, dass du einen Blick hast fürs Wesentliche, bist ein Guter, in dir hätt' ich mich beinahe arg getäuscht«, lachte sie »und den Kollerer rufen wir gleich an. Der Karl Borwitz hat da weniger einen Blick für solche Dinge, der sieht nicht, ob etwas alt oder neu ist, bei den Borwitz'schen ist alles braun und schwarz, sind halt Männer.«

»Ich mag dös Lebn und lang lebn möchte ich, weißt. Johannes, ich leb gern, den Graf Raschkotz haben sie auch aufs Abstellgleis gschickt. Im Frühjahr geht so mancher seinen letzten Weg und wie die Sonn den Schnee wegschmilzt, holt sich der Tod Krethi und Plethi. Aber ich richt mir mein Haus noch neu ein und du legst mir mein Geld, dös mir der liebe Rittmeister von Wesowitz hinterlassen hat, schön an.«

»Recht hast, leb, Madl und scher di net ums Gred von de Leut, de Leut san alle blöd.«

»Wie gibt es das? A so a Raubein wie du, hat a solches großes Herz.«

»Du moanst, warum ich als Bankdirektor a so a Büffel bin? De Bank ghört meiner Familie, dös is der erste Grund und na kommt dazua, dass ich da anzige Bua im Haus war, ich konnt gar net anders. Mein Professor in Wien hat gmeint, ich sei eher doch wohl ein Flegel und im Kriag hättn sie so an wia mich guat brauchn kenna, i wär a Kämpfer. Aber, sagte er, Sie san unabhängig vom Herrn Papa und ham selber a Hirn unter der Schädeldecke.«

»Jetzt rufst du für mich den Kollerer in Linz an und machst eahm Dampf.«

66.

Der Abstecher der beiden Prachatitzer bei der Jarmilla von Wesowitz war alles in allem sehr vergnüglich, man tauschte sich aus, sie erinnerte sich gerne an alte Zeiten in Prachatitz, auf die Anna Anzengruber kam man zu sprechen. Sie trauere noch immer um das liebe Roserl und um die liebe Bertl, die so früh verstorben seien, erwähnte sie beiläufig, aber so war ihr ums Herz.

»Die Frau Anzengruber war so eine besondere Einlassung im Leben meines verstorbenen Mannes, aber man muss über viel im Leben der Menschen hinweg sehen. Aber alles hat seine Grenzen, seine Zeit auch und jedes von uns sein Problem und keinen gibt es, der ungeschoren davonkommt und das Leben ist eben kein Honigschlecken.« Jarmilla philosophierte sehr kurzweilig, arg belanglos zumeist und ohne wesentliche Bedeutung und am Abend schworen sie sich trotzdem, ein Wiedersehen nicht mehr so lange hinauszuzögern.

»Den böhmischen Herrn Ferdinand hat sie dich genannt, ein Ehrentitel, nachdem der andere Ferdinand ein Blindgänger war, aber auch Frauen können sich täuschen.« Jarmilla war aufgeräumt und beschwingt und die Lebenslust schnellte nur so aus ihr hervor. Von Johannes Precht erzählte sie, dass er ein Bankdirektor sei, etwas rau und gewöhnungsbedürfig, aber wenn man ihn verstünde, sei er eine Seele von einem Mensch.

Wie sich der Spirituosenhandel in Wien denn so anlasse, wollte sie wissen und sie gehe ganz in der Landwirtschaft auf, das sei ja ihr eigentliches Herkommen, wenngleich der Papa eher sparen musste.

Sie sei immer aufgeschlossener geworden, sagte sie und sie sei jetzt in den bestimmten Jahren der Frau, das wäre nicht einfach, müsse man sich doch auch zusammenreißen, dürfte sich den Unbilden, die einfach in der Natur lägen, nicht hingeben. Aber der Johannes helfe ihr darüber mit seiner ganzen Persönlichkeit hinweg, da bräucht man einfach Verständnis als Frau, noch dazu als Geschäftsfrau, die ja Verantwortung trage. »Man darf nie klein beigeben«, sagte sie.

Der Magister Karl von Borwitz erzählte freimütig, wie einige Charaktere die Firma schädigen wollten, wie der Ferdinand, sein Nachfolger im Geschäft diese Despektierlichkeiten, diese widerlichen Aktionen aufgedeckt und der Strafverfolgungsbehörde übergeben hätte. »Wien ist wieder geordnet, es ist schade, dass die Distanzen so groß sind, aber wir haben dort einen tüchtigen Geschäftsführer wie in Prag, wo wir uns vergrößern werden. Die Stadt ist Weltstadt, da kommen Gäste aus aller Herren Länder, da muss man auch auf dem Kunstmarkt etwas bieten, Qualität kommt heutzutage an.«

»Da tauche ich so schnell nicht mehr auf«, sagte der Ferdinand Polschitz, nachdem sie sich verabschiedet hatten, »nett ist sie, die Baronin Jarmilla, aber gar nicht auf meiner Linie.«

»Zier dich nicht, Ferdinand, die ist gewachsen, früher war sie ein ungebildetes Weib, die ist gereift, nachdem sie die Anzengruberin abgestreift hatte und es sind viele Jahre seitdem ins Land gegangen. Jedes von uns braucht seine Zeit, um zu reifen und die Umstände formen den Menschen auch. Wie recht er doch hatte, der Herr Magister von Borwitz. Was er denn in Prag noch vorhätte, fragte ihn der Ferdinand. »Ah, vergiss, war bloß a Gschwaf.«

67.

Der Graf von Raschkotz hatte seinen ansehnlichen Posten im Böhmischen Landtag an den Nagel gehängt und ins

Bürgermeisteramt ging er am Stecken. Er wäre jetzt an die siebzig und da sollte man, auch wenn man sich recht gesund fühle, ein Ende machen, sagte er im Stadtrat und er möchte seinen Abschied andenken, bei der nächsten Wahl in zwei Jahren sollte ein Nachfolger parat sein. Er verfiel in den folgenden Monaten zusehends, kam mit dem Reden nicht mehr mit und in Prachatitz musste er nach dem Heimweg fragen, wenn er einmal allein in der Kirche war. Seine Frau schickte ihm, sobald er das Haus verließ, in sicherem Abstand einen Bediensteten hinterher.

Eines Tages hat der Graf Raschkotz seine zwei Schimmel eingespannt und ist auf den Libin gefahren. Die Maria Polschitz hat ihm nachmittags ein Stück fettes Wammerl vom Mittag kalt auf die Platte gelegt und ein festes Stück frisches Brot hat ihm auch geschmeckt. Er hat über Gott und die Welt geredet, wie einer, der alles im Griff hat.

»Er hat einiges durcheinander gebracht, der Graf«, sagte der Wenzel vom Libin, der ein vortrefflicher Bauer geworden war und die Bürstenbinderei so nebenher ausübte. »Lang wird des nimmer dauern«, sagte die Maria. In der Nacht mussten nämlich die Prachatitzer Polizisten und ein paar Freiwillige nach dem Bürgermeister suchen, am Morgen haben sie ihn dann in einem Waldstück beim Kobylí Hora gefunden. Er habe eben fest geschlafen und er würde schon selber heimfahren, meinte er. Er hätt' sich wohl verspätet, fragte er den Polizeichef.

»Der Papa muss jetzt Hilfe und Beistand von uns erfahren. Es ist halt ein Elend, wenn ihr so weit weg seid und die Eltern im Alter allein sind«, schrieb Helene von Raschkotz an ihre zwei Kinder, die schon vor Jahren, eine nach Marienbad, die andere nach Graz geheiratet hatten. Vor allem in

Zeiten von Kummer und Krankheit bräucht man einander. »Sollte eines von uns krank werden, so kümmern wir uns umeinander«, hatte der Graf immer zu seiner Frau gesagt, die Kinder sollen ihr Leben leben.«

Raschkotz hatte das Spital in Prachatitz ausgebaut und ein paar Ordensfrauen in die Stadt geholt. »Es gehört zu unserer Zivilation«, hatte die Schwester Oberin bei der Begrüßung im Rathaus gesagt, »dass man Hilfe gewährt und das gehöre zu unserem christlichen Auftrag.«

»Diese zivilisatorische Deckn ist halt recht schütter«, antwortete der Bürgermeister und deswegen sei er sehr dankbar, dass der Orden die drei Schwestern nach Prachatitz gesandt hat und es lief dann gut mit den Schwestern. Sie brachten alle ihnen mögliche Hilfe, besuchten die Kranken, viele begleiteten sie bis zum Sterben.

Jetzt war der Raschkotz selber bedürftig und die Schwestern kümmerten sich um ihn. Er blieb im Haus und im Garten und wunderte sich einmal mehr, wenn der Alfred Hasslinger, sein Pferdeknecht, immer um ihn herumtänzelte. »Dich kenne ich auch«, sagte er, »Du bist der Trompeter vom Blasorchester, ich komm nur nicht auf deinen Namen.«

68.

Der Doktor Brunelli war aus dem Häuschen, diese Lenka hatte ihn wieder erkannt. Am zweiten Tag in Krumau lud er sie zum Abendessen ein, der Herr von Borwitz und der Polschitz Ferdinand machten derweil der Jarmilla von Wesowitz ihre Aufwartung. Sie würde sicher besser kochen, als alle diese Köche in den Gasthäusern hier am Ort, sagte er und Lenka meinte, wenn er einmal mehr Zeit hätte, würd sie das gerne beweisen, vielleicht würde er ihre Mahlzeiten vertragen. Krumau mit seinen verwinkelten Gässchen und frisch gestrichenen Häusern lud zum Promenieren ein, die Moldau leuchtete blau, sprudelte, quirrelig wie ein junges Mädchen, durchs Städtchen, hinaus in die Waldungen der Sumava, der Raunenden. »Man müsste mehr Zeit haben, ich will noch ein paar Tage nach Linz hinunter, auch ins Mühlviertel zu meinen Geschwistern, wir haben uns lange schon nicht mehr gesehen und am Rückweg würd ich gerne noch einmal bei dir klopfen und um ein warmes Abendessen bitten.«

»Das könnten wir uns für den Samstagabend vornehmen und, falls das Telefon von Linz nach Krumau funktioniert, könnte man die Köchin verständigen?« Sie lachte ihn an und der Dr. Brunelli hob in einen besonderen Himmel ab.

Er freute sich schon auf die Wiederkehr am Samstag, müsste er doch am Sonntagnachmittag wieder nach Prachatitz fahren, seine Patienten würden nicht gerne warten, nur weil er Liebeshändel zu regeln hätte.

Die Lenka steckte ihm eine Handvoll von ihrem Zuckerzeug zu. »Die Papierln sind wertvoll, heb sie auf, alles was süß ist, muss man liebevoll behandeln.«

Der Herr Magister von Borwitz hatte sich nach dem Besuch bei der Jarmilla im Krumauer Geschäft angekündigt, zusammen mit dem Ferdinand, seinem Neffen, wollte er wieder einmal nach dem Rechten schauen.

69.

Mächtige Nebelfelder drückten von den Hochlagen des böhmischen Waldes die weitläufigen Abhänge des Vorlandes ins Moldauland hinunter. Erst spät am Vormittag lichteten sich die Hochnebel und die Sonne zeigte sich kurz um die Mittagszeit, um dann ermattet von dannen zu ziehen. Die ausgedehnten Hochmoore hatten viel Wasser gespeichert, würden es nach und nach wieder abgeben, es hatte den Sommer über ausgiebig geregnet. Mit Riesenschritten zog der Herbst ins Land, niemand wäre überrascht, wenn die ersten Schneegestöber urplötzlich übers Land zögen. Nasskalte Wetter und beißende, kalte Luft trieb die Bauern auf den höheren Lagen beizeiten in die Stuben, die Tage wurden kürzer und die Dochte der Petroleumlampen verbreiteten ihr warmes, mildes Licht. Nun waren noch die herbstlichen Regenfälle zu erwarten, bevor das Land unter meterhohem Schnee, unter Frost und Eis in einen tiefen Schlaf fallen würde. Die Waldarbeiter machten sich die Sommerwochen in großer Abgeschiedenheit an den Baumschlag in den urwaldähnlichen Waldlandschaften, die harte Winterarbeit stand bevor. Aber bald im darauffolgenden Frühjahr würden wieder erste Triebe von Buchen, Eichen, Fichten und Tannen keimen. Die Köhler waren von früh bis spät beschäftigt, mit dem Aufbau ihrer hölzernen Bauten befasst, bald würden die Hölzer glimmen und ihre Konturen und Festigkeit bekommen.

Je weiter man in die Hochebenen hinunterstieg, desto reichhaltiger wuchsen die Streuobstwiesen. Die Heumahd war wieder vorbei, die weiten Stoppelfelder zeugten von der

Ernte, die Kartoffeläcker reckten noch die braune Krume, die Bauern hatten die gröbste Arbeit des Jahres geschafft.

Im Stall am Polschitzer Hof am Libin schepperten die Milcheimer, die Maria war schon bei der Arbeit, der Wenzel wollte eine Milchsuppe kochen, wenn die Stallarbeit verrichtet war. Er hatte dazu noch den Rest des köstlichen Zwiebelkuchens vom Vortag auf den Tisch gelegt und würde jetzt mit dem Knecht, dem alten Weingart, die Kühe auf die Wiesen treiben.

Bald wären die Tiere aufs Sommerheu angewiesen, die Stadel waren randvoll bis oben hin. Gegen acht Uhr war die tägliche Fahrt nach Prachatitz angesagt, zwölf zinnerne Eimer würde Maria jeden Tag in die Molkerei bringen. »Wenn es die Zeit zulässt, klopf ich bei der Bozena, der Ferdinand steckt ja noch in Krumau.«

Der Stadel stand auf festem, steinernen Fundament, im Innern waren zwei Klüfte gebrochen und bedurften der Erneuerung, noch bevor die Lagerhitze im Heu zunahm. Die Vorbesitzer hatten den Stadel weg vom Hof gebaut, aber zu nahe an den Bach. Der Weingart meinte, dass der November viel Wasser bringe, das hätte er im Sommer schon gespürt und man sollte vorsorgen und das Bachbett endlich ein paar Meter verlegen, er habe das dem Vorbesitzer schon oft genug gesagt.

Mitte September, am Ludmillastag, hätte es geschüttet wie aus Kübeln, erinnerte sich der Weingart »und da beherrscht sich der Herbst auch nicht, da sammelt sich wochenlang überall im Land, auf den Hängen, im Wald, das Wasser und dann stürzt es auf einmal in die Dörfer runter und reißt alles mit, da darfst nicht dazwischen kommen.«

Der Weingart verspätete sich heute und der Wenzel war

ungehalten. »Der Severin wird alt«, sagte er zu seiner Maria, als sie das Fuhrwerk einspannte, »der schläft schon während der Arbeit ein.«

Die Maria lenkte das Gespann mit den Milcheimern nach Prachatitz zur Molkerei. »Ich trink einen Schluck Kaffee bei der Bozena.«

Der Severin Weingart kam nicht zum morgendlichen Viehaustrieb, er kam überhaupt nicht mehr zur Arbeit. Er lag, der Wenzel suchte ihn schließlich in seiner Kammer, auf dem Holzboden, da dürfte er am Abend vorher schon zusammen gebrochen sein. Der Wenzel Polschitz bettete den Gefährten auf sein Bett, steckte ihm das Kreuz von seinem Rosenkranz zwischen die gefalteten Hände und wartete, bis die Maria wieder aus Prachatitz kam.

»Jessas, Maria«, sagte die Bäuerin, »der Severin macht es so ganz alloa, wia er glebt hat, der guate Mann, er war so ein Braver.«

Der Wenzel erinnerte sich an die Meinung vom Severin, der das Regenwasser im Herbst ankündigte. »Auch wenn nichts dran ist«, sagte er zur Maria auf der Heimfahrt von der Beerdigung, »Ich werd morgen den Bach neu ausrichten.«

70.

Die Heimlitzer Traudi lag am ersten Sonntag im Januar auch tot im Bett. »So a Glück«, hat der Wastl gesagt, »so a Glück.«

Als die Bestatter vom Prachatitzer Friedhof die liebe Verstorbene über die Treppe hinuntertrugen, rutschte der Friedhofwärter auf der glatten, gebohnerten Stiege aus, schlitterte bis hinunter auf den steinernen Treppenabsatz im Parterre und die Traudi nahm den gleichen Weg. »Sakradi, Sakradi, des derfat net passiern, as nächste Mal passts besser auf.« Sie haben die Traudi dann in den fichtenen Sarg gelegt, der draußen auf der Straße gestanden hat, haben den Deckel draufgeschraubt und die Traudi mit der Pferdekutsche ins Leichenhaus gefahren. Das war das erste Mal, dass die Traudi mit einem Kutscherl gefahren ist und es würde ihr sicher gefallen haben, wenn sie es erlebt hätte.

Der Polschitz Ferdinand war auf der Aussegnung zugegen und bei der Beerdigung stand der Magister von Borwitz in der ersten Reihe und der Pfarrer lobte die liebe christliche Schwester über den grünen Klee, was sie auch verdient hatte. Sie wäre eine große Beterin gewesen und sie hätte keinem etwas zu Leide getan, hätte die Verstorbenen gewaschen, als sie noch bei Gesundheit war, dem Seybold Wastl hätte sie das Leben erleichtert und hätte, solange die Füße mitgemacht hätten, der Finkin beigestanden.

Die Finkin ist dann im Frühjahr hinter der Heimlitzer Traudi hergegangen. Sie hatte das schwerere Los zu tragen. Die Schmerzen im Bauch waren in den letzten Monaten unerträglich und sie hatte schon in aller Früh geächzt und gestöhnt und war allein im Keller. Das Essen hatte ihr die Klosterschwester gebracht, die hat die alte Finkin gewaschen und hat sie sauber gemacht und die Finkin hat das alles ergeben ertragen. Dann war sie den Tag über allein und die Bozena ist jeden Mittag mit dem Essen gekommen, hat ihr den Schweiß von der Stirn gewischt und hat das Essen wieder mit genommen, weil die Finkin nimmer schlucken konnte. Der Doktor Brunelli hat ihr ein paar braune Tropfen in den Mund geträufelt, da wurde sie stiller und schlief ein. Sie hatte dann das Trinken aufgehört und schlief die letzten Tage, bis sie starb.

»Unsere Schwester hat den schweren Kampf gekämpft und nun ist sie in Gottes Hand.« Der Pfarrer hatte diesen Winter viel zu tun und die Prachatitzer sagten, dass es so schlimm noch nicht gewesen wäre und keiner konnte sich erinnern, dass in einem Januar gleich ein Dutzend der braven Prachatitzer in die Ewigkeit abberufen worden wären.

Magister von Borwitz legte sich in diesen kalten Wintermonaten gerne neben den steinernen Kamin, schob Scheit um Scheit in die Schüre und dachte über das Leben und den Tod nach und über seine Fehler, die ihm der Herrgott verzeihen möge und er dachte an die Katinka Trabes, die jetzt in Dresden in Maschinen, Eisen und Stahl en gros tätig war. Er müsse sich der Sünden fürchten, sagte ihm der Herr Pfarrer in Budweis seinerzeit in der Beichte und solle das unrechte Verhältnis beenden. Der Pfarrer könne ihn kreuzweis, dachte der Borwitz Karl und er war damals noch nicht so weit und hat das Verhältnis noch ordentlich ausgedehnt und hat seinem Roserl das Herz gebrochen. Jetzt war er alt geworden, steckte zwar noch voller Saft und Kraft, aber wenn einer schon über sechzig ist, solle er in sich gehen und reuig mit der ganzen Faust sein mea culpa an die Brust schlagen.

»Ferdinand, mach meine Fehler nicht, ich war ein Haderlump und bin jetzt reuig, aber ich kann nichts vergessen machen.«

Der Ferdinand sagte der Bozena, dass der Onkel nicht gut beinander sei und dass er von der Katinka Trabes gesprochen habe und dass das Verhältnis mit der Katinka im Himmel aufgezeichnet sei und dass er auf einen gerechten und barmherzigen Richter hofft. »Mit dem Onkel stimmt was nicht«, sagte er, »der gfallt mir nicht.«

71.

»Schick er mir den Herrn Generalvikar«, sagte der Herr Bischof, der ein liebenswürdiger Mann war, ein höchst honoriger Hüter der Gläubigen seiner Bistumskirche, ein echter Diener Christi und frommer Sachwalter, zu seinem Sekretarius, dem grauhaarigen, immer devoten und zuverlässigen Herolder, der dem Herrn Vorgänger seiner Exzellenz schon gedient hatte. »Sehr wohl, Exzellenz, werd gleich rüberlaufen.«

Der Generalvikar Grubeck, ein geistreicher und jovialer Herr, der in seinem undankbaren Amt schon manchen Strauß ausgefochten hatte, mit einigen renitenten Pfarrern zuvörderst, auch mit aufmüpfigen Leuten aus dem Volk Gottes zumal, saß am Schreibtisch und brütete wieder über einer wenig angenehmen Sachlage und die Aufforderung seiner Exzellenz kam ihm grad recht. A bisserl a Abwechslung, a Plausch mit dem Herrn Bischof, a Kaffeetscherl vielleicht, würden ihn auf andere Gedanken bringen. »Wos is, Herolder, wos hot der Herr Bischof, is eahm wos über de Leber glaufn?«

»Na, i woaß vo nix, siehst eahm ja nix o, der Exzellenz«, antwortete der Sekretarius, »na, dann a gute Unterhaltung, mein Lieber.«

»Hat er gut gschlafn«, fragte der Herr Bischof seinen Generalvikar. »Es war wieder zu wenig, Exzellenz, es geht einem in der Nacht so viel durch den Kopf. Der Höllriegl streitet mit seinem Bürgermeister, sind sich Feinde bis aufs

Messer die zwei Holzköpf. Der Sturz Rudi hat wieder einmal zugeschlagen im Unterricht, der lernt es auch nimmer, bis ihm halt einmal ein Vater eine Lattn über seinen platterten Bimmerl ziagt, würd eahm net schaden.«

»Na, und was treibt das Ordinariat? Der Herr Offizial hat es gar noch immer in der Blase, das kommt vom vielen Fischen, da sitzt er aufn kalten Boden an der stillen Donau und dann wundert er sich, dass alles brennt. Was macht der eigentlich mit den vielen Fischen, er ist eine Petrusnatur? Verkauft er den Fang oder verschenkt er seine Fische an die armen Leut, an Waller hätt' ich auch gerne auf dem Tisch«, lachte seine Exzellenz. Der Herr Bischof war ein lockerer Mensch und für jeden Scherz aufgelegt.

»Was ich Sie fragen möcht, Herr Generalvikar, was treibt denn der Anzengruber so?«

»Na, der steckt derzeit in Passau drüben, hat ein Gespräch mit dem Herrn Kollegen von jenseits der Grenze.«

»So, mit dem Koller von der Passauer Pastoral, das ist ein recht Gwürfelter, ein sehr moderner, wie man sagt, sehr zum Leidwesen seiner Exzellenz in Passau, dem Herrn Mitbruder im bischöflichen Amt. Na, hörst, mit dem Koller, einem Revoluzzer sozusagen, redet der Anzengruber, na so was.«

»Wird nichts Neues bringen. Wir wissen, wo es lang geht, die Pastoral stimmt in der Diözese, keine Beschwerden, der neue Lehrplan reicht hinten und vorn. Die Finanzen und die Pastoral sind nicht so das seine, man sollte den Herrn Jakob von der Finanzgeschichte entpflichten. Er ist eben auch so a kleiner Donaurevoluzzer, a wengerl a blaues Blut in den Adern, der Jakob, harmlos eher, der kann keiner Fliegn was zu Leide tun. Er ist noch etwas arg jung und halt unerfahren, ist aus Pölten nicht rauskommen.«

»Sein Herr Papa war von Adel, wie Sie recht bemerkt haben, ein Baron von Wesowitz, Militär, Rittmeister, mit einer Liaison in Wien, eine Mödlingerin is sie und aus Mödling stammt auch der Domkapitular Peschultitz raus, unser Heiner vom Schulreferat. Da schauns, Herr Generalvikar, was ich alles weiß. Übrigens war der Rittmeister von Wesowitz ein entfernter Verwandter seiner Eminenz in Wien, ein recht entferntes Geschwisterkind sozusagen und da wären noch etliche bischöfliche Ahnen im Ungarischen drüben, ja die Monarchie halt uns alle zamm.«

»Sie haben eine Not, Exzellenz?« Der Herr Generalvikar wusste, dass ihn der Herr Bischof nicht ohne Grund zu sich gebeten hatte.

»Lassen Sie sich was einfallen, Herr Generalvikar, der Herr Anzengruber geht mir auf den Geist, der redet ohne Unterlass, fällt mir mit seiner Gescheitheit ins Wort, wo gibt es denn so was? Ist er so ein Gescheiter, ist er das? Schicken Sie ihn nach Rom, dann ist er mir aus den Augen.«

Der Generalvikar staunte. Von einem Augenblick auf den anderen vergaß der Herr Bischof seine Contenance. »Er soll studieren, er hat im Studium eine Facharbeit geschrieben über die Päpste im neunzehnten Jahrhundert, recht gescheit. Sagen Sie ihm, wir hätten noch was vor mit ihm, später halt, später, wenn er wieder da ist. Bereiten Sie ihn vor, dann red ich mit ihm, er ist noch jung und seine Hausfrau muss er halt daheim lassen, er wohnt im Campo Santo Teutonico in der Sagrestia. Das mit der Hausfrau hat sich herumgesprochen, das geht nicht. Schickn Sie den Bub zu den Vatikanischen.«

Der Generalvikar war nicht überrascht, dass der Herr Bischof schon alles vorab durchdachte. »So gehört es sich«, sagte sich der Herr Generalvikar.

»Der alte Sobretzky von der Kirchengeschichte an der Fakultät drüben geht in fünf oder sechs Jahren. Da wird der Herr Domvikar in Rom Kirchengeschichte studieren und beim Professor Avirer in der Gregoriana promovieren, ich hab dem schon geschrieben. Er hat ja auch so was Jesuitisches, unser Herr Anzengruber, da passt er gut dazu und der Avirer ist ein Schelm, der hat noch einen jeden zum Menschen gemacht.«

Der Generalvikar nickte, er würde den Jakob beiseite nehmen und ihn dann zum Herrn Bischof schicken. Was in fünf Jahren wirklich ist, das weiß man ja heute noch nicht, dachte er sich.

»Weil wir grad bei den Personalien sind, Herr Generalvikar. Da liegt doch das Päpstliche Rundschreiben irgendwo herum, wo der gute Leo seinerzeit über so viele, recht passable Dinge sich ausgelassen hat, hab drinnen geblättert. Wissens schon, dös Rerum Novarum meine ich, wo er über die sogenannten Menschenrechte und die arbeitende Klasse schreibt und über die von uns allen ja gut geheißenen Grundrechte. Da steh ich dahinter, Herr Generalvikar, liegt mir am Herzen, dös Ganze. Hat doch der Herr Vorgänger darüber schon ausgiebig räsoniert, ich war seinerzeit noch am Lehrstuhl für Kirchenrecht, wissens schon, in Graz hinten. Bin schon auch der Meinung, dass wir uns ständig auf dem Laufenden halten sollten, dass wir net von gestern uns gerieren. War immer Brauch, dass wir im März unser soziales Markenzeichen aufpolieren und der Pechtholzer in Linz ist doch ein Studienkamerad von Ihnen, Herr Generalvikar. Sagn Sie dem Herrn Professor, dass ich mich freun würd, wenn er über die Neuen Verhältnisse redet, über die der Heilige Vater, Gott hab ihn selig, so detailliert recherchiert hat. Es wär ja auch eine Unterstützung für seine Majestät, ein offener Mann ist er doch, der Herr Kaiser Franz-Josef. Regiert schon lang, der Gute. Man muss im Gespräch bleiben, tut sich jeden Tag Neues, schon bemerkenswert dieser Wandel. Na, was sag ich, redens mit dem Pechtholzer. Jetzt trinken wir aber a Kaffetscherl, was?« Seine Exzellenz war zufrieden. »Und«, fügte er in aller Dringlichkeit hinzu, »lad er mich beizeiten zur Jahresversammlung der Marianischen ein, bin ich gern dabei, vergess er das nicht.«

»Werd dran denken, Exzellenz, ist am 3. Dezember geplant, der Herr Weihbischof wird zelebrieren und eine andächtige Predigt halten, wenn Sie jedoch selber wollen …?«

»Der soll es nur machen, der Herr Weihbischof, gehört zu seinen Pflichten, will ihm nichts weg nehmen. Noch was, Herr Generalvikar. Wenn der Anzengruber in Rom ist, hätte ich gerne den Salm Peter für die Pastoral und den Hutter Benedikt, der jetzt noch im Dom rumstelzt, geben wir die Finanzen. Die Susanne, dem Anzengruber seine resche Haushälterin, muss halt ein paar Jahre zurück zum Herrn Papa, vielleicht heiratet sie, wenn ihr das zu lange dauert mit ihrem Römer. Ihr Herr Papa, der Froschleder in Michelbach, ist ein sehr passabler, gewiefter Mostbaron, ein spendabler Herr, mit ihm wollen wir es uns ja nicht verscherzen. Da hat sie daheim beim Papa sicher zu tun und wird nicht in Trauer verfallen, das möchten wir ja nicht.«

72.

Ihre wöchentlichen Arbeitsgespräche verlegten sie auf den frühen Montagnachmittag, wenn der Onkel seinen Mittagsschlaf hinter sich gebracht hatte. Am Morgen bräuchte er auch mehr Zeit für sich, meinte er zum Ferdinand gewandt, »und dir, Bub, macht es ja nichts aus, lebst ja im Haus.«

»Wir sind recht breit aufgestellt, Onkel«, sagte der Ferdinand, »dieses bayerische Interesse in Tölz und Rosenheim wird uns jedoch über kurz oder lang zuviel Zeit, zu viel Geld kosten. Ich hab die Bilanzen angeschaut, akribisch, Onkel Karl, auch wenn noch keine rote Zahl in den Büchern steht, die paar tausend Mark, die der bayerische Agent schließlich noch ins Haus bringt, stehen nicht für unseren übermäßigen Einsatz. Ich bin das halbe Jahr unterwegs, fühl mich überlastet, find keine Ruh' und mehr als ein Dutzend Leute leben als Angestellte von unserem Geld, das ist ja auch recht, aber ich sehe meine Familie nimmer, zudem soll ich eine Ersatzübung machen droben in Prag, das taugt mir gar nicht.«

Der Onkel rieb sich den Bart und schaute dem Bub, wie er ihn noch immer nannte, lange ins Gesicht.

»Was mir an dir gfallt, Ferdinand, ist deine Ehrlichkeit. Wir müssten also noch einen Prokuristen anstellen, der unterschriftsberechtigt wäre. Der sitzt dann in Prachatitz, er fällt für uns Entscheidungen und du bist weiter auf Achse in Wien und Prag, in Linz und Pilsen. Das kann es nicht sein, da geb ich dir Recht, wir müssen neu denken. Mach deine Vorschläge, Ferdinand, aber überlege es gut, viel hängt davon ab, besonders für deine Familie.«

Die Bozena war glücklich. »Ich brauch dich öfter daheim, Ferdinand, jetzt erwarten wir unser viertes Kind und du kennst keines von ihnen gut genug, kommst nicht zum Spielen mit ihnen. Du handelst in der weiten Welt, das Leben vergeht und du setzt deine Kraft und dein ganzes schönes Leben nur fürs Geschäft ein. Deine Eltern lamentieren auch, sie sind zu alt, um noch jeden Tag die schwere Bauersarbeit zu machen, möchten gar nach Nebahovy zurück in den Austrag, dann müsste der Hof verkauft werden oder verpachtet.«

»Da sollte man an den Josef denken, den Josef Bolech. Übers Jahr sind wir gescheiter, aber ich red mit der Mutter und dem Vater und dann mit dem Onkel Karl, der Bolech Josef würd schon wollen. Aber es tut sich gar was anderes auf, die Zeiten ändern sich schnell. Wer weiß, was morgen ist.«

»Dominus vobiscum«, sagte der Herr Pfarrer am Sonntag in der Prachatitzer Jakobskirche, in der der Ferdinand Polschitz getauft wurde und zur Ersten Heiligen Kommunion ging und der Herr Geistliche Rat schloss den Gottesdienst mit seinem liturgischen Wunsch: »Ite missa est!« »Deo gratias«, antwortete die Gemeinde und der Ferdinand dankte seinem Herrgott auch für sich und seine Familie und hoffte, dass der Onkel über kurz oder lang das bayerische Geschäft einstellen und ganz genau auch nach Brünn oder Budweis schauen würde. Letzteres würde man an einen anderen Platz in der Stadt aufstellen oder das Geschäft abgeben müssen.

Der Onkel hatte die Firma in diesen zwanzig Jahren breit aufgestellt, aber in Brünn und Budweis konnte er mit der dortigen Konkurrenz nur dann mithalten, wenn er sich noch deutlich vergrößerte und die Zeiten waren andere geworden. »Die politische Lage rät zur Vorsicht, es muss genau überlegt sein, wenn man in kritischen Zeiten expandieren will. Böhmen ist nicht das Deutsche Reich und über kurz oder lang wird diese österreichisch-ungarisch-tschechische Gemengelage platzen wie eine Seifenblase, dann brauch ich kein Hellseher sein, was dann los ist, da haut es dir die Fetzen nur so um das Gesicht.«

Der Onkel meinte, er würde das alles nicht mehr so gut überblicken, er fühle sich zudem langsam alt werden und wäre einfach müde und wozu er gestern eine Stunde benötigt hatte, dazu bräuchte er jetzt einen halben Tag. »Nicht dass es mir geht wie dem Raschkotz, der sitzt jetzt auch hinten im Garten, immer noch, und sinniert vor sich hin«, grübelte er. »Hör dich um, Ferdinand, wenn du wieder nach Prag fährst oder in Wien bist, da hört man das Gras wachsen.«

Die Zeitungen schrieben an diesem Tag, dass auf dem Balkan bald der Teufel los wäre und dass es in Sarajevo zuerst krachen würde, dass der seinerzeitige Okkupationsfeldzug und die Annexion von 1878 eigentlich eine Schand gewesen wären und dass die Österreicher endlich die Hand von Bosnien-Herzegowina nehmen sollten. Das würde nur der Befriedung dienen. Ein neues Zeitalter würde anbrechen und das neue Jahrhundert würde ungewohntes Denken erfordern und der Balkan ginge den Kaiser gar nichts an.

Der Magister von Borwitz konnte das nur unterstreichen und sagte zum Ferdinand, dass der Kaiser diese Zeitung wohl verbieten würde und wenn's kracht, dann wär der Teufel los, aber nicht nur in der Monarchie, »da kracht es im ganzen christlichen Abendland. Herrschaftseitn.«

»Heilige Maria, steh uns bei«, sagte die Bozena, als Ferdinand ihr die politischen Ansichten des Onkel Karl hinterbrachte.

73.

Der Johannes Precht, seines Zeichen wohl bestallter Bankier aus Linz war ein unkomlizierter und ehrsamer Zeitgenosse. »Von Krumau nach Linz rüber ist es ein knapper halber Tag zu fahren.« Sie wollte nicht heiraten, hatte sich Jarmilla den Titel der Baronin durch lange Jahre an der Seite des Rittmeisters doch redlich verdient und möchte jetzt nicht wegen einer Heirat drauf verzichten. »Ich bin abhängig, verstehst, auf dem Gut muss ich die Woche über verfügbar sein, die Buchführung mach ich selber, würd sonst einen Angestellten brauchen. Der kostet mich ein immenses Geld, das muaß net sein, Johannes.«

Sie verständigten sich darauf, einander zu besuchen. So ließe sich's auch leben, »und ich komme immer wieder einmal in die Stadt, auch wenn's nur Linz ist«, lachte sie ihn an. Dass ihr noch einmal so ein Glück zustoßen würd, hätte die Jarmilla nicht geglaubt. Die Mutter hatte ihr immer gesagt, dass die Hoffnung zuletzt stirbt und das hat sich bewahrheitet. Der Johannes schien ein Juwel zu sein und wenn sie zwei einmal in den Ruhestand treten würden, dann ließe sich darüber reden, ob man den Lebensabend auf dem Land bei ihr oder in Linz verbrächte. Sie wollte ja sowieso reisen. »Nach Rom möchte ich und nach Paris oder gar ins ferne Amerika, da gibt es jetzt schnelle Dampfschiffe, habe ich gelesen.«

Der junge Baron von Berglau hatte seinen Besuch bei der Jarmilla auf ihrem Gutshof telefonisch angemeldet. Ob es genehm wäre, fragte er. »Genehm, wenn ich dieses gespreizte Vokabular schon höre, so genehm ist es nicht.« Er wäre in der Nähe, hätte ein paar Geschäfte zu machen, Krumau, oben in Budweis und auch heimwärts dann in Brünn, da konnte er nicht widerstehen, ihr seine Aufwartung zu machen.

Für den Berglau war die Jarmilla eine sogenannte Eventualität, er würde sich vortasten, als würde man unbekanntes Gelände, eine Terra incognita sozusagen, erkunden wollen. Das hatte er auf der Offiziersschule gelernt: »Die Erkundung, meine Herren, die systematische Erkundung ist das A und O kluger Kriegsführung. Das Terrain sondieren, den Feind auskundschaften, seine Schwächen, auch seine Stärken und dann zupacken, den Rückzug abschneiden, erbarmungslos zuschlagen. Der Feind darf unsere Absichten nicht ahnen, Überraschung ist die beste Angriffsstrategie.« Der Major Strudelky war schon eine Nummer gewesen. »A Hund is er scho, da Strudelky«, sagte damals der Oberleutnant von Prodenz, als sie in Iglau eine feuchtfröhliche Nacht beendeten, die dann für den Prodenz in einem Weiher endete. »Ersoffen ist er, der Prodenz und auch noch im Rausch«, sagte der Strudelky nach der Beerdigung vor den Kameraden, »dös is a koa Ruhmesblatt für die Familie.«

Er würde diese Baronin umgarnen, ein Bauernmädel war sie gewesen, danach eine Maîtresse von einem abgehalfterten Herrn Rittmeister, welch eine Karrier. »A so a Glück hat der Mensch nur amol im Leben«, konstatierte er, »und dieses unverdiente Bonheur hat sie am Schopf gefasst, Respekt die Dame, alle Achtung, muaß ma erst nachmachn.«

Einen Kaffee hatte sie ihm bringen lassen, ein schönes Geschöpf bediente, was er beifällig zur Kenntnis nahm. »Ich hab ein gutes Personal, Baron, die kochen und backen wie beim Pollinger in Krumau drunten. Die Babette, meine Köchin, war als Mädel beim k. u. k. Hofzuckerbäcker Demel in Wien angestellt, bis sie geheiratet hat und ist doch der

Mann, ein Elend eben, so schnell gestorben. Sybille, holns die Babette für einen Moment herein, wandte sie sich an das junge Ding. Beim Demel war ich mit dem Jakob, meinem verstorbenen Mann selig, jede Woche, wenn es der Dienst meines Mannes erlaubt hat.« Der von Berglau schien beeindruckt.

Die Babette kam aus der Backstubn, wie sie sagte. »So, beim Demel warn Sie angestellt, avec bonheur, hätt' ich Sie gsehn, da hab ich sicher was versäumt«, schwadronierte der Baron von Berglau und die Babette verdrückte sich.

»Den Apfelrahmstrudel mit an Puderzucker und a weng Sahne drüber, kriegen Sie bei mir so wie beim Demel am Kohlmarkt«, lobte die Baronin das Kunstwerk ihrer Babette. »Es war ja nicht weit von unserem Domizil, übrigens das Stammhaus der Vorfahren meines Mannes, alter Wiener Adel, hinüber zum Demel.« Sie rieb ihm diese Feinheiten kräftig unter die Nase und der Berglau verstand. Das war ein Gefecht mit feinem Florett, nicht mit dem Degen, er verstand das Spiel der Madam.

»Meine Mutter stammt aus der Kinskydynastie, alter Prager Hochadel«, warf er ein. »Meinen Vater hatte die Mama in Iglau kennengelernt. Der Herr Papa war beim Bataillonskommandeur eingeladen, im Kreise der Regimentsoffiziere versteht sich und die Töchter des Hauses haben die Herren Offiziere unterhalten. Es war wohl Liebe auf den ersten Blick, übers Jahr haben meine Eltern dann geheiratet. Der Schwiegervater meines Vaters ging als General in den Ruhestand, starb aber bald, nachdem er seinen Verzicht auf das Kommando erklärt hatte. Die Großmutter ging retour nach Prag.«

»Eine interessante Verwandtschaft, muss schon sagen.

Mein Vater war ein böhmischer Bauer, alter Bauernadel mit einem Haufen Kinder, die er kaum durchbrachte.«

»Die Mama sagte immer, der Bub, also ich, hat so etwas Archaisches an sich. Das mag er vom Vorfahren noch in sich haben, war doch ein Kinsky damals 1618 mit am Hradschin und hat die zwei Habsburger zum Fenster mit hinausgeschmissen. Kolossal, so eine Aktion, sag ich nur, kolossal auch die Interpretation der Frau Mama, aber es sei dem verehrten Ahnen im Nachhinein verziehen. Der Smiřický, der Lobkowitz und ein paar andere, Heißsporne eben, haben diesen Handstreich ja auch delektiert, aber, sie haben, na ja, die Weltgschicht mitgeschrieben.«

Die Baronin nickte beifällig: »Aber alle fangen irgendwann einmal klein an, sicher auch die Kinskys damals. Ihrem Vater geht's nicht gut, hab ich gehört?«

Beim Herrn von Berglau klingelten alle Glocken. Dieses Weib hatte über ihn Informationen eingezogen, da nutzten weder Witz noch Charme, auch kein noch so gefälliges Bonmot. »Ihm geht es nicht gut, ein pensionierter Obrist und die Mama ist erkrankt, Herz, es ist schon ein Lamento. Aber Bescheidenheit, Sparsamkeit hat unsere Familie von jeher ausgezeichnet. Meine Zukunft ist beim Militär, der Hauptmann steht an, vermutlich auch eine Versetzung, mehr ins Mährische, wo man Spezialisten braucht, oder ins Egerland zum Landwehr Infanterie Regiment Nr.6 nach Plan hinauf, wo ein entfernter Verwandter das Sagen hat. Ich bin flexibel, wir haben enorm schlagkräftige Friedensgarnisonen, Brünn würd mich auch reizen.«

Er meinte, mit seinen Äußerungen bei der Baronin gscheit in den Dreck gelangt zu haben, die Baronin war auch zu nett, aber das Geld stinkt nicht und sie hat genug davon und versucht hat er es, aber er wollte sie nicht weiterhin inkommodieren. So fuhr er zurück nach Krumau. Im Ernstfall würde er als Hauptmann abgehen und sich dem Rindergeschäft und dem Holzhandel des Schwiegervaters Serwatz verschreiben, die Doris schaute recht ordentlich aus, ihr seltsames, kindisches Lachen regte ihn auf, er würd es ihr abgewöhnen müssen. Man muss eben schauen, wo man bleibt, sagte er sich, würde nun ernsthaft einen Ehebund mit dem Töchterlein vom Rinderbaron Serwatz in Krumau in Erwägung ziehen und er dachte mit Respekt an die Baronin von Wesowitz.

74.

Magister von Borwitz hatte den verehrten Freund Rudolf von und zu Raschkotz und seine liebe Frau Amalie zum Abendessen eingeladen. Derzeit würd es möglich sein, man kann gut mit ihm reden, sagte die Amalie, als Bozena die Einladung überbrachte. »Dann wieder fühlt er sich in die Vergangenheit zurück versetzt und sieht mich fragend an. Wer ich denn sei, fragt er mich.«

»Es gibt a bisserl a Wildschwein, Rudolf, so was passt grad in die Zeit, das junge Borstenviecherl hat der Schwager, der Wenzel, geschossn. Er hält was auf seine Prachatitzer Verwandtschaft, da gibt's amal an Fasan und dann wieder bringt er eine Ente oder ein Rehschlegerl ins Haus, je nachdem. Jetzt ist die Wildsau an der Reih.«

»Ja, die Jagd, bin noch öfter unterwegs«, sagte der Graf, gestikulierte mit dem rechten Arm und legte auf den Magister an. Der Magister lachte und prostete dem Freund zu: »Es ist ein zartes und schmackhaftes Fleisch, Rudolf, gar nicht zäh, wie so oft bei älteren Tieren, auch nicht trocken faserig, lass dir's schmecken.«

»Ich hatte gestern Besuch«, sagte der Graf, »höchst interessant, es war der Trompeter von der Stadtkapelle, die bei unseren Festzügen so gehörig aufspielen, eine Freud', der Mann, hab ihm aufwarten lassen. Hab ihm auch schon ehedem beim Regiment zugehört.«

Die Gattin, seine Amalie, war eine vernünftige, geistvolle Frau, die dieses verflossene Jahr gelernt hatte, dass man vom Rang und Namen nicht abbeißen kann und hatte sich bei der doch um Jahre jüngeren Bozena ausgeweint und sich den Kummer von der Seele geredet. »Wenn einer eine schwere Krankheit hat, die über kurz oder lang zum Tode führt, so muss man das als von Gott gegeben annehmen. Aber wenn einer seinen Geist verliert, das ist schon hart und so abgebrüht, dass einen das kalt lässt, wenn der eigene Mann, der so im Leben gestanden ist, seine Gedanken verliert, so abgestumpft ist keiner.«

Der Graf erzählte nun, als würde er im Böhmischen Landtag am Rednerpult stehen, als habe er die trägen Leute im Plenarssal zu überzeugen: »Meine letzte Sitzung im Landtag zu Prag werd ich nicht vergessen. Der Kaiser persönlich stand an der Tür. Ach, der Graf Raschkotz, sagte er zu mir, ist einer der zuverlässigsten in der ganzen schönen Monarchie. Der hält mir den Ärger, den Streit zwischen den Tschechen und den Österreichern und den Böhmen vom Leib. Der Raschkotz bringt alles wieder ins Lot. Als würd ich diesen Leuten was wollen, sagte der Kaiser. Es hat mir einfach beliebt, meine Hand auch auf dieses Böhmen zu legen, wie meine Vorfahren, Gott hab sie selig.«

Die Gräfin schnitt ihm geduldig das Fleisch dieser

Polschitz'schen Wildsau aus dem Libiner Wald in kleine Stücke. »Geh, Rudolf, lang zu, der Teller muss leer werden, das beste Stückchen hat dir der Ferdinand auf den Teller servieren lassen«, sagte der Magister von Borwitz.

»Wo nimmt sie nur diesen Gleichmut her, so geduldig und liebevoll, wie sie mit ihrem Mann umgeht«, dachte Bozena.

Der Graf setzte seine Rede fort: »Raschkotz, sagte der Kaiser, Raschkotz, es war einer aus Ihrem Geblüt, der seinerzeit schon dem Metternich die Hand geführt hat und der Metternich hielt das monarchische Prinzip hoch in Ehren. Das Gottesgnadentum, Raschkotz, sagte seine Majestät zu mir, darf man nicht verwerfen und ob ich heute noch dazu stehe, fragte er mich vor dem versammelten Plenum. Das fragte mich seine Majestat, unser Kaiser.«

Rudolf von Raschkotz griff sich mit Vehemenz das Glas, das der Ferdinand Polschitz sorgsam mit blauem Portugieser gefüllt hatte. »Unser Kaiser, er lebe hoch, hoch, hoch.«

Die Stunden vergingen wie im Flug und dann setzte Graf von und zu Raschkotz wieder zu einer Rede an und die Amalie sagte zu ihm, um ihn abzulenken: »Wir sollten aufbrechen, wir sollten heimgehen, die Kinder warten vielleicht schon auf dich.«

Das brachte den Rudolf auf andere Gedanken. »Meine Emma, die zweite meiner lieben Töchter, hat nach Boskovice geheiratet, einen Steinwurf vor Olmütz liegt das. Einen Wolf von Steyrisch hat sie geheiratet, Freiherr von Steyrisch, Maschinenbau, liefert was das Herz begehrt, sozusagen. Gute Partie, guter Mann, was sagst du Amalie?«

Die Tage des Graf von und zu Raschkotz waren ausgefüllt. Am Morgen begleitet ihn sein Kutscher durch die Stadt und der langjährige Bürgermeister grüßte die Leute, blieb stehen, um mit dem einen oder anderen zu reden, erkannte keinen, schwadronierte, liebenswert. Seinen Kutscher fragte er, ob er der neue Bürgermeister sei, er habe selber das Amt lange Jahre ausgefüllt. Dann trafen sie pünktlich zur Mittagszeit zum Essen ein und die Amalie nahm ihn in die Arme und führte ihn zu Tisch. Rudolf Raschkotz freute sich auf jedes Essen, als wäre jede Speise die erste und letzte, die er zu sich nehmen durfte. Nach dem Essen dankte er seiner Amalie für das Diner und begab sich zur Ruhe.

Am Nachmittag stand er eine Zeitlang vor dem Schachbrett, überlegte, rieb sich abwägend den Bart, schob eine Figur übers Brett, nickte und setzte sich neben seine Amalie an die Kaffeetafel und hätte sie ihn nicht dezent und verständnisvoll zurück gehalten, hätte der Graf das Kuchenblech abgeräumt. Dann erhob er sich, dankte seiner Amalie abermals für Kaffee und Kuchen und gesellte sich zu seinem im Garten schon wartenden Kutscher, den er je nach Disposition für den Stadttrompeter, den Bürgermeister oder auch den geschätzten Schwiegersohn, der in Boskovice einem einträglichen Handel nachging, hielt. Er holte die Schaufel aus dem hölzernen Schuppen, der im Garten neben der Laube stand und begann den Garten umzugraben. »Es ist eine Heidenarbeit, das Land zu kultivieren«, sagte er und prüfte je nach Jahreszeit den Stand der Blüte, redete mit dem Kutscher über das Wetter, palaverte mit ihm über die weltpolitischen Zustände, fragte ihn, was die Musik mache. »Sie kenne ich gut, Sie spielen in der Stadtkapelle«, sagte er das eine und das andere Mal, klopfte dem Kutscher auf die Schulter und er freute sich über den Besuch.

Raschkotz war ein gesunder Mann, hatte Jahrzehnte der

Jagd gefrönt, war dem Waidwerk immer mit Leidenschaft und Verstand zugetan. »Zu den Kindern können wir nicht mehr fahren, das wäre zu weit und anstrengend für meinen Mann.« Sie war sehr jung gewesen, zu jung, sagte der Vater, als sie den Raschkotz geheiratet hatte. »Von der Liebe kann man nicht davonlaufen«, antwortete die Amalie ihrem besorgten Vater und gebar recht schnell zwei Kinder, hatte mit dem Rudolf einen liebevollen, verständnisvollen Mann und führte mit ihm ein glückliches Leben. »Bis dass der Tod euch scheidet«, sagte der Pfarrer, und so stand sie zu ihm auch in seinen alten, kranken Tagen.

75.

Die Überfahrt nach Hamburg ließ sich gut an. Wasser war sie gewohnt, viel Wasser, das Hausbad, wie sie drüben sagten, der Lake Michigan, lag vor der Tür. Marlene Zupfer hatte schon mit der Winterpost Karl Borwitz angeschrieben. Es wäre an der Zeit, dass eine Amerikanerin sich wieder in der Heimat der Väter, der Mütter, sehen ließe. Ganz Milwaukee lasse grüßen und die nach Amerika Eingewanderten hätten sich gut eingelebt. Sie erzählte vom Vater, der im Repräsentantenhaus seit Jahren Politik mache, sich irgendwann wohl aufs Altenteil zurückzöge, und, wenn es die Gesundheit weiterhin zulasse, wieder einmal nach Bischofteinitz, sicher auch nach Prachatitz kommen möchte. Er ist gesund, wie der Fisch im Wasser, ein echter Zupfer aus Böhmen, unverwüstlich, ein etwas eigensinniger Kopf, aber lieb, schrieb sie. Sie würde sich freuen, wenn sie von Bischofteinitz einen Abstecher nach Prachatitz machen dürfe.

Marlene hatte die Fahrt mit der Bahn von Milwaukee

nach New York gemeistert, voller Power die Unbilden der tagelangen Fahrt auf sich genommen. In Brooklyn war sie auf den Steamer gestiegen, ein heißer Ofen, wie sie nach Hause telefonierte, bevor sie sich auf den Dampfer begab. Den ersten heftigen Regenguss musste sie dann in Hamburg überstehen. Ein paar Schauer, die sie auf dem Schiff von Deck trieben, waren schnell vorüber gezogen.

Nahe dem schönen Mirschigkau nördlich von Bischofteinitz hatten die Zupfer einen großen Bauernhof. »Dieser Hof erinnert mich an das Anwesen meiner Verwandten, die einen Holzhandel, einen Timber Trade, wie es bei uns in Wisconsin heißt, auf die Beine gestellt hatte«, sagte Marlene bei der Begrüßung in Bischofteinitz, »nachdem sie Mitte der fünfziger Jahre mit einem Segler an der amerikanischen Ostküste gelandet waren und dann die mühselige Reise in einem Planwagen nach Milwaukee auf sich genommen hatten.«

Dann dauerte es seine Zeit, bis sich die Marlene in Prachatitz meldete. Milde, späte Frühlingstage waren wieder ins Land gezogen, der Sommer kündigte sich bereits an. »Wir fahren nach Bischofteinitz, den Kontakat mit den Verwandten wollten wir schon lange Zeit auffrischen und holen dich ab«, freute sich Ferdinand.

Ferdinand Polschitz Großmutter mütterlicherseites war eine Zupfer, ein Familienclan, der über die Grenzen hinaus ins Bayerische reichte, einige Ableger in Prag und Olmütz und anderen böhmischen Städten hatte. »Gut, dass es auch in Prachatitz Telefone gibt«, sagte Bozena, die sich schon auf die entfernte Verwandte freute und auf alles, was sie aus der weiten Welt an Eindrücken mitbringen würde.

76.

Die Polschitzkinder waren eins ums andere in die Welt getreten. Nach dem Erstgeborenen, den Karli, kamen sie Jahr für Jahr und der zweite, der Andreas, war ganz der Bozena aus dem Gesicht geschnitten. Auch die Marie und der Thomas standen fest auf den eigenen Beinen, meldeten ihre Ansprüche lautstark und nachhaltig an und die Bozena sagte zu ihrem Ferdinand: »Es fehlt uns gar nichts, die Kinder sind gesund, am Geld mangelt es auch nicht, aber mir wächst das alles über den Kopf.«

Dann brachte die Wally ihr Geschwisterkind bei den Polschitz unter und sie entlastete die Bozena in Haus und Garten und war auch allmählich für die Kinder eine liebevolle Ansprechpartnerin geworden.

In Prachatitz hatte es sich herum gesprochen, dass Borwitz/Polschitz einen kaufmännischen Leiter suchten und unter den Aspiranten stach der Leonard Horowitz hervor. Wie der Magister von Borwitz waren auch die Horowitz Miteigner der Prachatitzer Textilfabriken und der Schulleiter der Prachatitzer Bürgerschule sagte dem Polschitz: »Wenn er will, dann reißt er alles, wenn er will und das muss er dir beweisen, aber nachdem er schon bald heiraten wird, dürfte die Vernunft auch gwachsen sein.«

»Wennst net auf die Uhr schaust und wenn du gern arbeitest«, sagte der Ferdinand beim Vorstellungsgespräch zum jungen Horowitz, »nehm ich dich. Dann kannst heiraten, verdienst ein Geld, kommst in die Welt und bist wer und Englisch kannst wohl auch recht passabel, das wird dann schon passen.« Das Vorstellungsgespräch fand am Samstag um neun Uhr im Polschitz'schen Kontor statt.

Um zehn Uhr schlug der eiserne Schwängel in der Glocke an die Haustür und dann trat die Marlene Zupfer in sein Leben. Das war also die Cousine aus Amerika. Damit hatten die Polschitz nicht gerechnet, wollten sie doch nach Bischofteinitz mit dem Auto fahren, um die Marlene abzuholen.

Der Postbote brachte eine halbe Stunde später einen Brief aus Paraquay von Martin Curtius und die Bozena wurde vor Aufregung ganz rot im Gesicht.

Nach dem Mittagessen ließ die Glocke sich abermals vernehmen und der Feuerwehrhauptmann Bosse von Prachatitz berichtete dem Ferdinand Polschitz, dass sie den Seybold Wastl, der seit drei Tagen abgängig war, nun gefunden hätten. Er hätte sich aufgehängt. »Er ist halt mit dem Leben nicht mehr zurecht gekommen«, meinte der Bosse Hans.

Der Magister von Borwitz klagte dann nach dem Nachmittagskaffee mit einem Mal über starke Schmerzen in der Brust, über Atemnot und meinte, dass es wohl dahin ginge. Der herbei gerufene Doktor Brunelle meinte, er solle an die frische Luft und beim Essen dürfte er sich schon einschränken und er schaute mit hoch gezogenen Augenbrauen auf den deutlichen Zuwachs an Leibesfülle und dann würde es schon wieder. Aber es könne auch einen Jungen plötzlich treffen, setzte er hinzu.

»Heut reicht es aber«, sagte die Bozena, »so viel auf einmal.«

77.

Weil sie die Mama in Budweis drüben im Krankenhaus erst recht hergerichtet hätten, wäre sie dran gestorben, sagte die

Bozena. Die Mutter hatte schon lange über diese immer unsäglicher werdenden Schmerzen im Bauch geklagt und als sie es schließlich nicht mehr ausgehalten hatte, war sie einverstanden, dass man ihr in Budweis den Bauch aufgeschnitten hat. »Wie es wird, ist es recht, haltet nur zusammen«, sagte sie zu ihrem Martin. Der Bursik hatte mit ihrer Hilfe den Hof vergrößert, hatte Felder dazu gekauft und sie mit Fleiß und viel Mühe bewirtschaftet. Wenn sie Zeit erübrigen konnte, fuhr sie mit der Kutsche hinein nach Prachatitz, um der Bozena auszuhelfen. »Solltest dir eine Frau holen, die dir deine viele Wäsche bügelt«, sagte sie immer wieder zur Tochter, »sieben Leute zu versorgen ist keine Kleinigkeit.«

Die kleine Maria hing an der Nebahovy-Babička wie an der Libiner Großmama. Für jede der geliebten Großmütter war sie der Augenstern, Buben rannten ja zu Hauf herum auf dem Bursikhof, den der Vater dem Ältesten übergeben hatte und in Prachatitz lebten ihre Brüder, der Karl, der Andreas und der Thomas gerne unter dem Diktat ihrer kleinen Maria.

Der Nebahovy-Babička hatte sie vom Onkel Karl erzählt. »Weißt du, Babičk, der Onkel Karl möcht a Ganserer sein«, hat er gesagt. »Wie das?«, fragte die Bursik- Babička, als die Bozena die kleine Maria für einen Tag nach Nebahovy kutschiert hatte. »Weil der hatschn kann, der Ganserer, und fliegen und schwimmen auch noch.«

»Na, das ist schon ein ganz ein Lustiger, der Onkel Karl«, warf der Großvater ein, der auch mit auf dem Kanapee saß, »so hab ich das noch gar nicht gsehn.«

»Er ist schon ein Gscheiter«, hat die Großmutter gelacht, »aber da wird ihm der Schnabel sauber bleiben. Das mit der Fliegerei soll er ruhig weiter dem Ganserer überlassen.«

Nun war die Mama verstorben und es hat der Bozena das Herz zerrissen. Auf dem Bursik-Hof ging auch nicht alles glatt, die eingeheiratete junge Frau war auch eher eine Madam und las zu gern Romane und die Arbeit musste warten. »Die war zu jung«, sagte der alte Bursik zur Bozena, »eine Achtzehnjährige taugt noch nicht für einen Bauernhof, schon gar nicht, wenn sie von der Bauernarbeit keinen Dunst hat, die hat doch noch keinen Verstand.«

»Sie wird es noch lernen«, dachte Bozena und tröstete den Vater.

Ihre anderen Brüder hatten sich in Luft aufgelöst, sagte die Mama immer wieder, wenn sie auf einen Brief wartete, »schreibfaul sind die drei.«

Der Jan war nach Amerika hinüber, der Emil lebte in Pilsen und der Thomas hatte in einen Hof geheiratet, oben bei Vodňany, wo es nach Bavorov hinübergeht.

Der Jan hatte vor ein paar Jahren aus Los Angeles geschrieben, hatte den langen Weg mit der Eisenbahn durch das ganze Land gewagt und hatte sich einer jungen Plantagenbäuerin verschrieben, deren Mann früh verstorben war. Jetzt zog er mit ihr deren Kinder auf. Von einem schrecklichen Erdbeben hatte er seinerzeit geschrieben, das San Francisco heimgesucht hatte. Da hätte er zunächst auch gelebt und wäre auch geblieben, wenn er auf dem Markt nicht diese Frau kennen gelernt hätte, die aus Los Angeles angereist war, um ihre Mutter aus der fernen Großstadt mit nach Hause, wie sie sagte, zu nehmen. Alt wär die Mama und sie bräucht jetzt jemand um sich. Der Jan war dann gleich mitgefahren, hatte auf der Plantage gearbeitet und die junge Wittib tatkräftig unterstützt. »Wenn einer deiner Buben auswandert, liebe Bozena, dann soll er zu seinem Onkel

Jan nach Los Angeles kommen, da gibt es genug Arbeit und ich helfe ihm weiter.« Nun musste Bozena ihm die traurige Nachricht vom Tod der Mutter mitteilen.

Der Emil lebte in Pilsen im Haus der Schwester seiner nun verstorbenen Mutter. »Wenn du einmal heiratest, Bub, zieh ich nach oben unters Dach«, lachte die Tante und sie richtete ihm die Wäsche, kochte und vertrat Mutterstelle bis dann der Emil auch eine schöne, blonde, sommersprossige Jana brachte, die vierte aus dem Reigen der Mädchen des Schullehrers Bucovecer in der Pilsener Vorstadt, wo es nur fünf Minuten nach Doubravka hinüber war. Bald war er ein geschätzter Elektromeister und nachdem er bei Škoda gelernt und fleißig gearbeitet hatte, hatte er seine Meisterprüfung gemacht und leitete eine Werkstatt im Stahlwerk.

78.

Der Magister von Borwitz schaute, an den Fenstersims gelehnt, in dieses bizarre, klare Licht auf den Ringplatz hinunter und dieses Licht spiegelte sich in den Putzenscheiben der Fenster von Doktor Brunellis Haus wie in den langen, gotisch anmutenden Fenstern der Jakobskirche. Immer wieder beobachtete er die Schwalben, diese rasanten Flugkünstler, die drüben am *Roten Kreuz* zielstrebig in den unter die Dachbalken gekitteten Nestern verschwanden, die Mäuler der kreischenden Brut mit Würmern und Larven voll stopften und wieder blitzschnell ins Irgendwo entwichen, um bald aufs Neue mit gefülltem Schnabel willkommen geheißen zu werden.

»Die Maria ist ganz begeistert von dir, du bist für sie der Größte«, lachte der Ferdinand Polschitz den Onkel an. Der

Magister Karl von Borwitz drehte sich vom Fenster weg. »Alles alte Leut auf der Straßn, schau runter«, bemerkte er und deutete auf den Ringplatz hinunter, »da könntest dich ja fürchtn, alt zu werden und a jeder hat sein Kreuz aufm Buckel. Schau hin, Ferdinand, schau hin, siehst den alten Wojzek, unter jeder Achsel hat er eine Krückn, Jessas, na«, lachte er.

Ferdinand Polschitz lachte: »A Ganserer möchtest sein, hat die Maria gesagt.« Der Onkel prustete vor Lachen: »Ja, meine Maria, das ist mein Herz.« Ferdinand freute sich, den Onkel wieder bei so guter Laune anzutreffen, und der Magister war am glücklichsten, wenn die »Bagage«, so nannte er die Polschitz'sche Rasselbande, um ihn herumtobte. Aber die Bagage war nun auch schon größtenteils den Kinderschuhen entwachsen, in die Jahre gekommen sozusagen und diese Jahre waren wie im Flug vergangen.

»Lass deine Leut im Verkauf und in der Produktion mitkommen, denen fehlt es oft am Nötigsten, schau besonders bei der Weihnachtsgratifikation, dass es a bisserl mehr ist und dir tut es nicht weh im Beutel. An die kleinen Leut müsst ihr immer denken, hat der Großvater selig alleweil gsagt.«

Ferdinand nickte und schwieg, der Onkel war in den letzten Monaten immer nachdenklicher und stiller geworden. »As Roserl wird mir des schon net nachtragn«, sagte er, dachte an seine abenteuerlichen jungen Jahre, als er in Budweis der Katinka Trabes nicht nur den Hof gemacht hatte. Er zog ein paar alte, schon recht vergilbte Fotografien aus einem Schub. »Ja, as Roserl«, raunte er in seinen grauen Bart.

»Einen traurigen Spruch nach dem anderen lasst er los,

der Onkel, als wenn es ihm pressiern würd, dass er no was losbringt.«

»Er ist anders geworden, brütet so vor sich hin, red nimmer viel, nur wenn die Maria um ihn herum springt, geht es ihm gut.«

»Mit meiner Mutter hab ich darüber geredet. Sie meint, der Onkel würde es nimmer lang machen. Vor ein paar Tagen ist er mit dem Weihrauchkessel durch seine Zimmer geschritten, wie der Pfarrer selber. Was er denn da mache, fragte ich ihn.«

»Bua, des gehört sich von Zeit zu Zeit, nicht bloß am Dreikönigstag. Räucher dein Haus aus, es kann nicht oft genug sein, hat meine Mutter immer gesagt. A weng a Weihrauch und a Handvoll Salbei dazwischen, a paar Kräuter dazu, recht trocken müssen die sein und ins offene Feuer damit, das bringt eine Ruh und gute Gedanken in die Köpf und die Seel türmt auf«, sagte er Onkel Karl.

»Er nahm mich dann mit in seine Alchimistenküche, da strotzt es den Winter über von hunderterlei Kräutern und in den drei hölzernen Regalen lagern Kiefern- und Fichtenäste und aus den Weckgläsern auf der Fensterseite schauen eingelegte Steinpilze und Birklinge. In einem offenen Schrank hat er mehrere Flaschen mit Arnikatinktur angesetzt, daneben steht die Engelwurz und vom Gebälk hängt der gute Salbei reihenweise.«

»Der Arnika hilft gegen das Rheumatische, sagte der Papa immer«, meinte die Bozena, »und für die Kinder nehme ich den Spitzwegerich als Hustenlöser. Der Doktor Brunelli meint, da gäb es nichts Besseres. Seit die Marlene da ist, interessiert der Onkel Karl sich für indianische Heilkunst, die hat ihm einen Floh ins Ohr gesetzt. Er hat sich den Bücherkatalog vom Laden mit nach oben genommen und schon einige Kräuterbücher in die engere Wahl gezogen.«

»Vielleicht macht er dem Brunelli Konkurrenz«, lachte der Ferdinand und zog seine Bozena an sich. »Seinen hohen Geburtstag feiern wir groß, da kommt er auf andere Gedanken.«

79.

Der Feierlichkeiten anlässlich des fünfundsechzigsten Geburtstages des verehrlichen Magisters von Borwitz lagen eine Woche zurück. Im Gasthaus *Zum Roten Kreuz* am Ringplatz hatte sich neben den Verwandten und Freunden alles getroffen, was Rang und Namen hatte in der Prachatitzer Gesellschaft und die Baronin Wesowitz aus dem Krumauer Land mit ihrem Bankdirektor war auch geladen.

Ferdinand Polschitz begrüßte die verehrten Gäste und dankte, dass sie nun dem Herrn Magister, dem verehrten Onkel Karl, einem alten Prachatitzer, die Ehre geben würden. Zwei Redner hoben ihr Glas auf den Jubilar, der für Prachatitz Großes geleistet habe und seine soziale Ader und seine Menschlichkeit wurden hervorgehoben. »Wenn nichts von dir bleibt, als dass du ein guter Mensch, ein wertvoller Zeitgenosse warst, dann reicht es«, lachte der Schulrektor Bernd Brandl, der für die örtlichen Vereine das Wort ergriff und der Bürgermeister, der den Graf Raschkotz seinerzeit im Amt abgelöst hatte, bestätigte den Vorredner ausführlich und hob des Magisters verbindliche Art im Rat der Stadt hervor: »Wenn es einmal krachte, da war es der Herr Magister von Borwitz, der wieder Frieden hineinbrachte in den Stall«, fügte er hinzu, und dass man auf solche Leute nicht verzichten könne und dass sein Abschied vor einem Jahr eine große Lücke gerissen hätte.

Der Magister dankte kurz und freundlich und meinte, dass es ihm gefalle, jetzt schon gelobt zu werden und nicht erst am offenen Grab. Der Wirt *Zum Roten Kreuz* hatte dann zwischendurch die feiernde Gemeinschaft grad zum Neunuhrläuten zum Gebet gerufen und alle sind sie aufgestanden, »weil sich das so gehört«, hat er gesagt und weil die Böhmerwaldler fromme Leut wären.

Der Ferdinand Polschitz sagte nach dem festlichen Abend auf dem Heimweg vom *Roten Kreuz* zu seiner Bozena, dass er das so nicht könne wie der Onkel Karl, das ganze Öffentliche und dass er lieber im Hintergrund stünde und die Bozena meinte, dass er grad so, wie er ist, richtig ist. Da drückte der Ferdinand seine Bozena und hätt' das Himmelreich für sie verkauft.

80.

Der Jiří Kratochvil war viele Jahre Lenka's dienstbarer Geist und als sie nach Krumau verzogen war, wurde seine Einsamkeit in Nebahovy groß. An einem der folgenden herbstlichen Tage, man konnte den Winter erahnen, blieb er im Wald. Die Holzhauerei ging dem Ende zu, die Bäume waren mühselig mit den Pferden ins Tal gebracht, die Lichtungen müssten das Jahr darauf aufgeforstet werden.

Eine Stunde Weges war es hinauf in den Polschitzer Wald, vorbei am Hochmoor, da musste man seine Schritte wägen. Hinter dem Moor, angeschmiegt an alte Fichtenbestände, die Schutz gegen Wind und Wetter, vor allem den zu erwartenden Schnee boten, stand die alte Forsthütte, die er sich nun einrichtete.

Die Glocken von der Jakobskirche läuteten, wie spitze Pfeile brachen ein paar wenige gelbrote Sonnenstrahlen durch den grauen Himmel. Er stieg die Hügel bergan über den Libin hinaus, stapfte über den verwitterten Boden und war glücklich an diesem wunderschönen spätherbstlichen Nachmittag.

Er erinnerte sich, den vergangenen Winter hier gestanden zu haben, weit unten hatte er diesen Pferdeschlitten gesehen, von zwei Braunen gezogen, unterhalb der Hügelkette war der Schlitten ins Tal hinuntergefahren, unhörbar, als würde er auf einer unsichtbaren Spur seinen Weg suchen. Dann war der Schlitten hinter dem Wäldchen, das dem Libiner Hof vorgelagert ist, verschwunden. Kinder waren da plötzlich aufgetaucht, es werden die vier Polschitzer gewesen sein, der Wald hatte sie entlassen, sie tollten, lautlos, mit der Mutter Bozena den Hügel hinauf und hinunter, bewarfen sich mit Schneebällen, rollten dicke Schneekugeln den Hügel hinab, dann waren plötzlich, der Wind hatte gedreht, leise, fröhliche Kinderstimmen zu hören gewesen.

Mit den Leuten wollte der Jiří Kratochvil nicht mehr zu viel zu tun haben, er war nicht menschenscheu, aber das Alter forderte Ruhe. Lieber allein, sagte er sich, als einsam. Er nahm den mageren Bestand an Büchern mit, eine uralte Bibel, ein altes Lesebuch und einen ganzen Karton alter Kalender, die schon die Mutter Jahr für Jahr gesammelt und aufbewahrt hatte.

»Kannst alleweil bei uns klopfen, wenn du was brauchst«, sagte der Polschitz Wenzel, der ihm die Hütte angetragen hatte. Ortsfremde würden die Hütte, eher ein Unterschlupf für müde Forstarbeiter, kaum entdecken, dem Jiří wurde sie nun zur Heimat. Dem struppigen »Fleck«, wie er seinen Hüterhund nannte, hatte er einen geräumigen Verschlag gebaut, dass er ihn im Blick hatte und der Wind nicht hineinblasen konnte. Der bedächtige Fleck wartete ohne Unterlass auf ein Wort seines Herrn und ließ ihn nicht aus den Augen. Die Hütte stand versteckt nahe mächtigen alten Baumbeständen und vor die dicke, fichtene Bohlentür hatte er sich einen meterlangen, mannshohen, giebelförmigen Zugang aus dicken Fichtenstämmen gezimmert, sodass auch bei meterhohem Schnee der Zugang gewährleistet war.

Eine geräucherte Schweinehälfte hing im hinteren Raum und trocknete an der Luft, dazu bündelweis Kräuter, vor allem mehrere Büschel Salbei und Kamille und eine Kiste voller Honiggläser hatte in einem festen Schrank neben einem Sack Zwiebeln und einigen Krautköpfen Platz gefunden. Die Polschitz würden ihn mit Brot versorgen. Das Wasser nahm er sich vom geschmolzenen Schnee, hinter der Hütte und versteckt unter mächtigen Fichtenästen hatte er klobige Holzscheite gestapelt, er würde damit durch den Winter kommen.

»Ich schau nach dir«, sagte der Wenzel, »und jeden Samstag bist bei uns, holst dir deine Wegzehrung für die Woche und wenn du ein heißes Bad brauchst, steigst in den hölzernen Bottich.«

»Die Tür zu der Hüttn ist tritt- und schusssicher«, lachte der Wenzel, als er den Jiří wieder allein ließ. »Jedem sein Plaisierchen«, sagte er daheim zu seiner Maria, »manchmal möcht ich mit ihm tauschen, der Jiří braucht kaum was zum Leben, nur das Allernötigste.«

Bis zu den Weihnachtstagen erschien der Jiří jeden Samstag gegen die Mittagszeit bei den Polschitz, da hatten sie ihm am Polschitzer Hof schon das heiße Bad eingelassen. Er setzte sich mit an den Mittagstisch und verließ das Haus am späten Nachmittag, dass er vor der Dunkelheit wieder in seiner Hütte wäre. »Die Heilige Nacht komme ich nach Prachatitz runter«, sagte er am Samstag vor dem vierten Adventsonntag. »Kannst mit uns essen und danach schlafst in der Kammer oben«, der Wenzel wollte dem Freund das Alleinsein erleichtern.

»Dominus vobiscum«, sagte der Herr Pfarrer am Ende der feierlichen Christmette und alle Leute antworteten mit ihrem »et cum spiritu tuo« und hofften, dass es in den Feiertagen ohne Streit abgehen würde und dass ein bisserl was vom Weihnachtssegen bei ihnen hängen bliebe.

81.

Die weihnachtlichen Tagen waren schnell vorbei und der Alltag kehrte ein auf dem Polschitzer Hof am Libin wie in der Hütte beim Jiří im Wald. Und so ging es ins Frühjahr hinaus und der Wenzel sagte dem Forstmeister, dass es aus wär, er könnt' nimmer arbeiten und dürft in der Polschitzhüttn weiterleben, das würde ihm langen.

Er bekommt einmal in der Woche Besuch vom Marek Navratil, einem stadtbekannten Trinker, der mit der Bierflasche in der Hand oder einem kleinen Schnapskannisterl, ständig in das gleiche karierte Hemd gewickelt, durchs Leben strauchelt. Der Marek hebt die freie Hand zum Gruß, lächelt. »Bist a Guter«, sagte er zu jedem der Kinder, die ihm über den Weg liefen, ihn scheu betrachteten. Dem sollten sie nicht zu nahe kommen, dem Marek, »bei dem woaß ma nia«, sagten die Eltern.

In seiner Jugend war er ein wilder Trinker, bis er die Sterzik Anna kennen lernte und die meinte in ihrem missionarischen Eifer und zu ihrem Unglück, sie könne dem Marek Navratil aus diesem Loch heraushelfen. Ein freundlicher Mensch, kein lauter, eher hintersinnig versponnen war er zeitlebens geblieben, der Marek. Vom Vater halb tot geschlagen, der war ein bösartiger Menschenschinder, schwor er sich, so bald er nur könne, auf und davon zu gehen. »Überall ist es besser«, sagte die Mutter zu ihm. Der Alte hat die Kinder ruiniert, zuerst mit dem Gürtel zugeschlagen, dann mit allem, was ihm in die Hände kam.

Der Marek hat sich eines Nachts vom Hof geschlichen und die Waldarbeit beim Graf Raschkotz hat ihm das Leben wieder gegeben. So hat er zeitlebens Baum um Baum gesägt, entastet und von den Rinden befreit, die Stämme hinter die Rösser gespannt und ins Tal gebracht. Zuverlässig war er, aber dann, in seinen späten Jahren, das Annerl war schon lange tot und er lebte bei seiner verwitweten älteren Schwester, überkam es ihn wieder. »Du wirst no amal im Weiher liegen, dann ziehn sie dich raus und du kommst ins Armengrab«, sagte seine Schwester, wenn er gar nicht wegkam vom Schnaps und vom Bier. »Wann i mei Bier hab, is es zum Aushalten«, antwortete der Bruder. Er half ihr beim Geschirrspülen, hackte das Holz gewissenhaft in kurze Scheite und nahm ihr den einen oder anderen Botengang ab. Wenn er beim Polschitz vorbei kam, schaute er in die Schaufenster, staunte, was es so zu kaufen gab. Er bräuchte das wohl alles nicht, diese schönen Anzüge für die Männer, moderne Kleider für die Frauen und noch so allerlei, was ihm so unter die Augen kam.

»Wie geht's, Marek?«, fragte der Wenzel, und der Marek begutachtete mit prüfendem Blick die Hütte. »Schön wohnst, Wenzel, auf deine alten Tage.«

82.

Marlen Zupfers Tage in Prachatitz gingen dem Ende zu. Die vielen ungewohnten Eindrücke hatten sich ihr ins Gemüt geprägt. Sie hatte mit Wenzel Polschitz' Braunen die Gegend erkundet, verliebte sich in die sanften Anhöhen und die Bergwälder rund um den Polschitzer Hof am Libin. Als sie am späten Nachmittag unterhalb dieser Waldhütte vorbeiritt, zogen am Himmel schon recht düstere Wolkenberge auf, die bald ihre nassen Massen ausschütten würden. Sie lenkte den Braunen diesen schmalen Weg hinauf, der zur Hütte führte.

»Bei mir bekommst du Unterschlupf und den Braunen stellen wir in der Stallung ab.« Der Wenzel war dankbar für den unverhofften Besuch, die willkommene Abwechslung. Nur einen Augenblick später prasselten ganze Springfluten auf das Dach der Hütte nieder. Fleck legte sich an Marlenes Seite auf den Boden, hob die Ohren, schaute auf einen imaginären Punkt, der irgendwo außerhalb der Hütte liegen mochte. Dann war das Unwetter von einem auf den anderen Augenblick verschwunden und die Nachmittagssonne legte sich wieder auf Wald und Feld. »Erst grad ist der Marek davon, der möcht jetzt gscheit nass werden, aber er war net zum Aufhaltn.«

Dann erzählte sie ihm von Amerika, dieser Welt, in der

man nicht nach Stunden, eher nach Tagen die Entfernung misst, wo die Unwetter die Häuser durch die Luft wirbeln, wo man stundenlang reiten kann, ohne eine Menschensseele zu treffen, mit Bergen so hoch, wie dreimal der Arber oder der Lusen oben in den böhmischen Bergen. Da hatte der Wenzel in den kommenden Monaten viel zu denken und zu sinnieren. Zu alt wäre er, sagte er beim Abschied zur Marlene, um nach Amerika zu fahren, aber gereizt hätte es ihn, damals als er noch jung und kräftig war und wenn sie ihm einmal eine Karte schicken würde, mit einem Bild von diesem Amerika, da könnt' er sich was vorstellen und an der Wand drüben hätt' es dann einen Ehrenplatz.

Marlene zoig unwillkürlich den Vergleich zu ihrer wunderschönen amerikanischen Heimat. In New Hampshire, ganz nahe am Winnepesaukee in Wolfeboro, hatte sie mit den Eltern herbstliche Urlaubswochen verbracht, der Vater war aus Washington angereist und meinte, man könne doch einmal den Onkel Wilfred an der Ostküste besuchen. Hier oben, in New Hampshire, wo der Indian Summer die Laubwälder in leuchtend rote Farben getaucht hat, saß sie tagaus, tagein im Sattel und erkundete mit ihren Verwandten das Seenland. Die Stille, die sie seinerzeit erlebte, erinnerte sie an die Ruhe am Libin, der für sie ein neues, unbekanntes Erlebnis wurde, auch in Erinnerung, dass Vorfahren aus dieser böhmischen Heimat stammten und damals in den fünfziger und späteren Jahren in die Staaten ausgewandert waren.

Den Libiner Hof in Sichtweite stand der Braune plötzlich still, auf dem Weg lag ein Mensch. Sie stieg vom Pferd, beugte sich hinunter und der Marek Navratil sagte leise: »Da bist zur rechten Zeit gekommen, bist gar aus dem Samariterland.«

Der Wenzel Polschitz lud ihn mit einem Knecht auf den Wagen und führte den Verletzten behutsam nach Prachatitz und der Doktor Brunelli meinte: »Das wirst überstehen, Marek, aber der Fuß ist gebrochen, da wirst jetzt ein paar Wochen nicht flanieren können.«

Der Marek aber meinte, dass nicht jeder einen so schönen, noch dazu amerikanischen Schutzengel hat.

Marlene erzählte von diesem Marek beim Abendessen: »Die Polschitz sind gute Leut, sagte der Marek, als wir ihn mit dem Wagen vom Libin nach Prachatitz zum Doktor Brunelli fuhren. Solche gibt es weit und breit nicht.«

»Wenn die Leut gut über einen reden, tut das der geschundenen Seele gut«, lachte darauf der Ferdinand Polschitz.

Der Ferdinand hatte dem Marek Navratil vergangenes Frühjahr einen grauen Janker spendiert. Da hätten die Schneiderinnen die Knöpfe auf die falsche Seite genäht, lachte der Ferdinand, aber der wärmt genau so und ob er den Janker möchte.

Die Marlene Zupfer würde die Prachatitzer Verwandten nicht vergessen und dass sie schreiben würde, sobald sie wieder in Milwaukee daheim wäre, verstünde sich von selbst. »Wir bleiben in Verbindung über die Generationen hinaus«, sagte sie. Am nächsten Morgen, an einem dieser schönen herbstlichen Tage im September verabschiedete sich die Marlene Zupfer. Sie querten die weite, herbstliche, lichtdurchflutete Landschaft und fuhren gemeinsam im Borwitz'schen Automobil nach Bischofteinitz.

83

Für den einsamen Magister Karl von Borwitz war die Heim-
reise der lieben Marlene ein Verlust, das junge Geschöpf hatte ihn diese Wochen über so manche Niedergeschlagenheit
hinweg gebracht. Er erzählte ihr vom Herrn Stifter, den er
so schätze, auch vom ehrengeachteten Herr Dichter Rainer
Maria Rilke, dass der weiter denkt, als all die anderen aus
der schreibenden Zunft«, rühmte er ihn. Da stand der Onkel in der abgedunkelten großen Kammer, schaute auf den
Prachatitzer Hauptplatz hinunter und ließ seinen geliebten
Herrn Rilke sprechen: »Der Tod ist groß. Wir sind die Seinen lachenden Munds. Wenn wir uns mitten im Leben meinen, wagt er zu weinen mitten in uns.« Begnadet ist er, der
Herr Rilke, und noch so jung, aber schon ein Großer.

Das wär aber recht traurig, das Gedichterl vom Herrn
Rilke, und ob der Herr Dichter nicht was Fröhlicheres auch
geschrieben hätte, fragte sie ihn.

»Der Onkel redet sehr viel vom Sterben, dabei ist er so
voller Power, wie wir drüben in Amerika sagen«, erzählte sie
dann beim Mittagessen.

»Na ja, der Onkel wird schon wieder«, lachte der Ferdinand, »er denkt halt oft an die Tante Roserl, den schicken
wir nach Wien hinunter, da kommt er auf andere Gedanken.«

Mit ihrem Lachen und den tausend Geschichten aus dieser fernen Welt, die die Verwandten seit Jahrzehnten schon
mitgestalteten, brachte sie ihn auf ganz neue Gedanken.
Vielleicht habe ich, so sagte er sich oft genug, den falschen
Weg gewählt. »Ich blieb in dieser böhmischen Enge, während andere in die große, weite Welt hinausgefahren sind«,

grübelte er. Der Ferdinand hatte ihm aus der Buchhandlung ein neues, wunderbares Buch über dieses Amerika herüber gebracht, über die Eroberung des Kontinents, die Jahrhunderte des Aufbaus der amerikanischen Gesellschaft, der Urbarmachung, den Bau der Eisenbahn vom Atlantik zum Pazifischen Ozean hinüber ins berühmte Eldorado, die Konflikte mit den Indianern, ein Buch mit vielen farbigen Bildern von einer Landschaft, die ihresgleichen sucht. Nachdem die Marlene Prachatitz verlassen hatte, setzte er sich in jeder freien Minute mit einem Glas Wein in seinen bequemen Ohrensessel und blätterte in diesem prächtigen Folianten.

Karl Borwitz' Vater war sechzig Jahre alt geworden, ein Bauer, der mit beiden Beinen auf der Erde gestanden, mit seiner Frau seine Kinder groß gezogen, gearbeitet und gespart und ein rechtschaffenes Leben geführt hatte. Die Mutter hatte ihn um viele Jahre überlebt, war aber dann doch zu früh für die mittlerweile erwachsenen Kinder gestorben, Karl Borwitz würde sie mit ihrer unendlichen Liebe und Geduld nie aus der Erinnerung bringen. Jeden Tag noch dachte er an sie.

Die Brüder seines Vaters waren auch Bauern im Winterberger Gebiet, vier Gehstunden von Prachatitz. Der Onkel Adalbert rutschte im Winter bei der Abfuhr der Stämme unter einen mit schweren Fichtenstücken beladenen Schlitten und starb einen schnellen Tod. Da war er keine vierzig Jahre alt und der Onkel Josef heiratete seine Witwe, die ein halbes Dutzend Kinder aufzuziehen hatte. Noch vier Kinder entstammten dieser glücklichen Ehe, dann musste die Franziska auch den zweiten Mann zu Grabe tragen. Er war im späten Sommer bei einer Heumahd auf der Wiese zusammen gebrochen.

Nach dem Mittagessen gönnte der Magister Karl Borwitz sich seine obligatorische Ruhepause, wollte am Nachmittag nach Nebahovy hinüberfahren, nicht mit dem Automobil, der Knecht würde ihm den Schwarzen einspannen. Durch einen Schlitz in den vorgezogenen Vorhängen, stach dünn ein kleiner Sonnenstrahl, traf auf die Hände des Magisters.

Er hatte dieses geliebte Buch über Amerika auf den gestreckten Beinen geöffnet, beide Hände lagen auf den zwei Buchseiten, die eine farbige Zeichnung einer Moorlandschaft im nördlichen Wisconsin zeigten und er schien weit in die Zukunft zu blicken. Wally fragte an der Tür, ober sie noch ein bisserl Wein nachschenken dürfe.

84.

Wie ein Lauffeuer verbreitete sich die Nachricht vom schnellen Sterben des Herrn Magister Karl von Borwitz. Jeder kommt einmal dran, sagten die Leute von Prachatitz, aber dass der Karl jetzt dran war, das konnten sie so recht nicht glauben. Der Raschkotz, sagten sie, sitzt im Haus und hinten in der Gartenlaube und dämmert vor sich hin und der Karl Borwitz macht sich aus dem Staub und viele Leute gönnten ihm das Erreichte nicht. Die Neider glaubten urteilen zu können, zerrissen sich die Mäuler. Na, er hat schon das Seine getan, der Karl Borwitz, sagten die Wohlmeinenden. Geld habe er ja genug gehabt, aber er hat mit dem Geld auch was Anständiges bewirkt.

Vor Monaten hatte der Onkel gemeint: »Meine Beerdigung soll einfach sein aber schön, singts die Haydnmesse und ladets den Peter ein, den Prälat Koschmigg, Kränze derfts scho hinlegen, weil Blumen hätten meinem Roserl auch gefallen und der Pfarrer soll a weng an Weihrauch schwenkn lassn.«

Der Ferdinand Polschitz bestellte einen schönen Sarg für den letzten Weg des Onkels. Es solle aber ein einfacher sein, das hätte der Magister Karl von Borwitz immer gewünscht, gab er dem Sargtischler auf. Aber das fichtene Holz war an der rechten vorderen Stirnseite aufgesprungen und etwas fleckig zudem an den beiden unteren Längen, als es der Ferdinand anschaute und er ärgerte sich. Aber dem Onkel Karl wäre das gleich gewesen und die Bozena sagte: »Das hat keiner bemerkt, die meinten, das gehört sich so und wenn, dann ist es zur Schand vom Feilsick.«

Viele Redner hoben die rechtschaffene Persönlichkeit des Verstorbenen hervor, der Pfarrer verwies auf einen klugen Dichter: »Was einer ist, was einer war, beim Scheiden wird es offenbar«, und er hatte auch noch von den Talenten gesprochen, die der Herr jedem von uns gegeben hätte und der Herr Magister von Borwitz habe seine Talente nicht vergraben, sondern daraus ewas gemacht und da könne er als gutes Beispiel gelten. Der Bürgermeister hob auf die souveräne und auf den Frieden im Rat ausgerichtete Stadtpolitik des geschätzten Verblichenen ab. Peter Koschmigg, der Prälat, den der Herr Karl Borwitz lange schon als Freund geachtet hatte, brachte es auf den Punkt: Der Tod sei endgültig, keiner sei gegen ihn gefeit und der Herr Magister, sein guter Freund, wäre ein demütiger Mann gewesen, keiner mit einem Heiligenschein schon zu Lebzeiten, einer von echtem Schrot und Korn, ein guter Mensch also. »Der Mensch lebt und bestehet nur eine kleine Zeit, und alle Welt vergehet mit ihrer Herrlichkeit. Es ist nur Einer ewig und an allen Enden und wir in seinen Händen.«

Der böhmische Herr Ferdinand stand jeden Tag am Grab seines geliebten Onkels Karl, er hatte sein Leben geprägt.

85.

»Hast es schon ghört, Ferdinand?«, fragte ihn der Lehrer Anderl, sein alter Schulleiter an der Bürgerschule, »er ist wieder da, der Wolfschell. In der Point hinten, wo es nach Schernowitz geht, hat er des alte Häusl auf der nassen Wies, die er von seinem Vater geerbt hat, wieder hergerichtet. Na, des wird eine Freud werden, du warst ja noch jung, als er Prachatitz verließ.«

Der Ferdinand Polschitz zog nur die Augenbrauen etwas höher: »So, der Wolfschell, ich kann mich kaum an ihn erinnern, aber der Onkel hat mir vor geraumer Zeit von ihm erzählt, weiß nicht mehr, wie wir auf ihn gekommen sind.« Der Lehrer Anderl meinte noch, dass es nun vorbei wär mit dem Frieden in der Stadt, dass der Wolfschell jedem wohl was anhängt. »Ein rätselhafter Mensch, der schon auch fassungslos machte, weil er nie Anstalten traf, dass die Leut ihn mögen.«

Seinerzeit, das ist ein Menschenalter her, trieb sich ein besonderer Schlawiner in der Stadt herum, erzählte der alte Lehrer, niemand wusste, woher er kam, wie er hieß, wovon er lebte. Er hätte den Leuten nicht in die Augen geschaut, streunte in der Gegend herum. Er sei ein Strawanzer, ein Vagabund, vor dem man die Häuser absperren müsse, raunten die Leute, er schlief in den Heuhütten auf den gemähten Wiesen. Auf der Schernowitzer Point hatte der Wolfschell eine dürftige Hüttn, ein paar Felder und zwei, drei Kühe, ein Schwein dazu im Koben stehen. Seine Frau, eine tschechische Magd, die vor der Heirat auf einem der Bauernhöfe in der Umgebung ihr schmales Auskommen hatte, brachte schon ein kleines Mäderl mit und zog dann noch fünf Kinder vom Wolfschell auf und die Familie lebte anständig, aber mehr schlecht als recht dahin.

Die Heumahd musste der Wolfschell alleine bewerkstelligen und die Bäuerin hatte den Herumtreiber ins Haus gelassen, hatte ihn nicht nur abgefüttert und dann die nächsten Tage immer wieder eingelassen. Dann suchte der Nichtsnutz das Weite und niemand sah ihn je wieder. Im Frühjahr bekam die Wolfschellin einen Buben und der Wolfschell schlug sie beinahe aus dem Bett, als er den Bankert so liegen sah, einen mit geringeltem Haar, einen schwarzäugigen, schreienden Rotzer, der nur an die Milch der Mutter wollte und schon kurz nach der Geburt um sich schlug. Das behielt er bei und war weitum gefürchtet als scheinbar hinterhältiger Dreinhauer und boshafter Widerling. Wem er etwas auswischen konnte, dem hat er es gleich gescheit gegeben. Mit dem Vater war er zeitlebens über Kreuz, der Mutter wurde er zur bleibenden Schande und erinnerte sie zeitlebens an ihr Sünd', wie sie sagte. »De Sündn daad i mi fürchten, wenn i a anders Weiberts oschaugert«, hat der Wolfschellbauer der Seinen damals ins Gesicht geschrien, »aber du bist a so oane.«

Johann Baptist hat sie ihn getauft, weil eben zu diesem Heiligenfest der Bub gekommen ist und dass der Heilige auf ihn besonders aufschaut, hat sie gehofft, ist er doch ein Schandkind. Das hat der Schwarzlockige bald selber erkannt, dass er rausticht aus der Geschwisterschar, ein anderer ist, er nicht dazu gehört zur Wolfschellbrut.

Der Johann Baptist hatte aber recht viel Verstand im Kopf, beendete die Schule mit Bravour, studierte dieses und jenes, dann verloren die Prachatitzer ihn aus den Augen. Man erzählte noch, er sei in Prag, andere hätten ihn in Brünn gesehen, was Großes sei er geworden, drüben im Russischen oder im Zuchthaus hätte er geendet.

Am Tag nach dem Gespräch mit dem Lehrer Anderl liefen sie sich auf dem Ringplatz über den Weg. Untersetzt, eher klein, schwarz und silbrig gesträhnt das Haar, keinen Blick für die Menschen, leicht vornüber gebeugt, spürten seine Augen den Bürgersteig entlang.

»Bist der junge Polschitz, dich kenne ich noch, an deine Mutter erinnere ich mich gut, wir werden uns ja nun öfter sehen.« Er hatte dieses halb spöttische, aber scheinbar von großer Selbstgefälligkeit und Selbstsicherheit getragene, verzerrte Grienen im Gesicht. Dann ging er unvermittelt weiter, ohne auf eine Gegenrede des Ferdinand Polschitz zu achten. Immer wieder stand er vor dem Buchladen, schaute sich die Bücher im Fenster an, verzog die Mundwinkel und ging seines Weges. Er hatte einen renitenten Hund an der Leine, das Tier bellte, machte sich am Bürgersteig den Weg frei, zerrte den Wolfschell nach vorne.

Der Herr Anderl kam wieder ins Geschäft und fragte nach dem Ferdinand Polschitz. »Den ersten Ärger gibt es schon. Rückständigkeit hat er dem Bürgermeister vorgeworfen, der Wolfschell, das Kaff wäre außerhalb jeder Kultur, außer der Zeit, fern jeden Fortschritts, noch immer Gaslaternen und wo es denn so was gäbe, war seine Rede. Konkret hat er sich nicht ausgelassen.«

»A ganz was anders, Anderl«, warf der Ferdinand ein, wollte er doch dieses Gerede über diuesen Wolfschell nicht weiterführen. »Da Beckerl von der Hoid hat auslass'n, is vom Kanapee nimmer aufg'stand'n.« Der Anderl schaute, als hätte ihm jemand den Suppenteller vom Tisch weggezogen. »Wost niat sagst, da Beckerl Friedl hot an Löffl obgeb'n. S'is a no a junga Kerl g'wen, da Friedl. Oba so is es. In das Fruah stehst auf dei'm Misthaufa wie da Gigerl vom Landinger Xaver, krahst, zierst de, stolzierst umanander, moanst, du bist da Herr Kaiser persönlich, und am Abend druckt dir an anderer de Aug'n zu. Gschwind geht's, als wenn eahm was pressier'n dat, dem Herrn Feierabend persönlich.«

Dann kam er gleich wieder ohne Umstände auf den Wolfschell zurück. »Der Bürgermeister, so wird erzählt, rief ihn zur Ordnung und meinte, er könne dahin gehen, wo er hergekommen sei.«

»Sie hören von mir«, soll der Wolfschell laut geworden sein. Der Herr Anderl meinte, das sei erst der Anfang und er sei gespannt, wer denn der Nächste auf der Liste sei. »Dem Wolfschell geht es um Diffamierung und Selbstdarstellung, ein kranker Zeitgenosse«, sagte der Anderl, »vielleicht hat er seine unbekannte Herkunft noch nicht verwunden.«

86.

Ein Jahr würde schnell vergehen, sagte der Onkel Karl immer, »je älter man wird, desto schneller vergeht die Zeit.« Die alte Demolenzerin war abgängig, »auf und davon ist sie«, sagten die Nachbarn. Zwei Tage haben ein paar Männer von der Feuerwehr die Umgebung abgesucht, die Bachläufe, das kleine Hochmoor hinter Nebahovy dazu. Aber die alte Frau war nicht zu finden. »Sie hatte ihre Gedanken nicht mehr beieinander gehabt«, munkelten die Prachatitzer Weiber nach der Frühmesse, »die hat es hinter sich, fällt keinem zur Last, die hat ausgesorgt.«

Der Herbst kam dann ins Land und schüttete seine Farbenpracht über die Erde, die Wiesen und die Büsche an den Feldrainen färbten sich vielfarbig. Dann kam der Winter recht früh, schon gegen Ende Oktober brach eine grimmige Kälte herein und der erste Schnee deckte das Land mit einer weißen Decke zu. Still war es in der Stadt, aus den Schloten der Häuser zogen an kalten Tagen dünne Rauchfäden in den Himmel und wenn das Wetter umschlug, schoben sich die Rauchschwaden beißend durch die Gassen und Straßen.

Beim Federer hatte es gebrannt, am Sonntagvormittag war es, als die Leute in der Kirche saßen und ihrem Herrgott ihr Elend erzählten und als der Federer im *Roten Kreuz* schon sein drittes Bier trank. Es würden noch ihrer sieben, acht Krüge werden, dann würde er sich auf den Heimweg machen. So hatte er dann aus gebührendem Abstand zugeschaut, wie sein hölzernes Haus bis auf die steinernen Grundmauern abbrannte. »Es war a bloß a Graffl«, sagte er, wartete noch, bis sich der Rauch weiter gelegt hatte. »Es is net schad um de Hüttn, etzat ziag i in mei Waldheisl.«

Der Federer Girgl war zeitlebens einschichtig zurechtgekommen. Die Eltern hatten ihm ein recht ansehnliches Stück Wald überschrieben. Davon lebte er und von der zeitweiligen Knechtsarbeit beim Dirriglhof. Zum Löschen hatte es nicht viel gegeben und zwei, drei Feuerwehrleute passten auf, dass nicht ein Funke auf ein Nachbaranwesen überspringt, »da hätten sie dann erst eine Gaudi«, sagte der Kommandant. So hatten die Leute wieder was zum Reden.

Der Federer Girgl verblieb den Sonntag über im *Roten Kreuz*, kraulte seinem Hund den Nacken, strich ihm über den Kopf und dann machte er sich am frühen Abend auf den Weg zu seiner Waldhütte.

»Um den brauchst dich nicht abtun«, tröstete der Wirt seine Eva, die meinte, der Federer könnte da draußen erfrieren, »der überlebt uns alle, der hat des ewige Leben.«

Der Federer freute sich, dass er bald seine Hütte erreichen würde. Recht mühsam kämpfte er sich im tiefen Schnee Schritt um Schritt weiter, setzte langsam einen Fuß um den anderen in den tiefen Schnee und die Kälte brannte sich in sein Gesicht.

Die Tür der Hütte war nur angelehnt, der Hund winselte. Der Federer zog die Tür auf, trat in die Hütte, Dunkelheit umfing ihn, er tastete sich zum Tisch, der er an der kurzen Seite der Holzhütte unters Fenster geschoben war. Er zog die Schublade unter der Tischplatte hervor und griff nach der Kerze und den Zündhölzern. Sie lagen am gewohnten Platz. Er nahm die Kerze, schob sie in die Mitte des hölzernen Tisches und zündete den Docht an. Diese dicke, gelbe Kerze hatte die Mutter in ihrer guten Zeit von einer langen Marienwallfahrt aus Kladrau mit heim gebracht und der Girgl hielt sie in Ehren. Der Kerzenschein tauchte den spärlich eingerichteten Raum in ein mildes, warmes Licht.

Er nahm die Gestalt, die im Winkel unter dem hölzernes Kruzifix kauerte, nur langsam, schemenhaft wahr.

»Jessa, Jessas«, entfuhr es ihm, »des is ja die Demolenzerin.« Wer anders konnte es sonst sein. »Bin halt scho lang nimmer da gwesn, guate Frau, sonst hätt' i di scho früha gfunden.«

Im *Roten Kreuz* saßen noch drei, vier späte Gäste, als der Federer durch die Tür ins Warme trat.

»Hast es doch nicht ausgehalten, Girgl, geh hinter in den Stadl, da legst dich ins Heu, da ist es warm.«

Dann berichtete der Federer mit sparsamen Worten, dass die Demolenzerin in seiner Hütte liegen würde. »Zwoa Flascherl Zwetschgengeist hat sie trunka, de guate Frau, na wird sie nimmer aufgewacht sein. Es ist scho recht lang her und es ist guat, dass mei Haus obrennt is, sonst hättn wir die guate Seel erst im Frühjahr gfunden. Es ist nix, wos net a a guate Seitn hot«, sagte er. Dann schlenderte er, müde von dem langen, beschwerlichen Weg, in den Heustadl.

»Recht hat er, der Federer, es hat alles seine Bedeutung«, meinte der Wirt vom *Roten Kreuz*, »wie der Wollitzer Bene, selig, den haben die Forstleut auch erst gefunden, wia sie den Weg durch den Flanitzer Forst hinauf zum Brückerl über die Flanitz gebaut haben. Hättn se de Bruck'n net baut, na hängat der Bene no alleweil in dem Baum drin.«

»Jetzt will ich aber vorm Schlafengehen nichts mehr hören vom Sterben und lauter solche Geschichten«, sagte die Wirtin und schickte die letzten Gäste aus der Gastwirtschaft. Der Scherdel Sebastian liebte diese Frau, die er vor Jahren einem tschechischen Bauern abgehandelt hatte, wie er sagte, »für nichts und drei Gulden«, und dafür schenkte ihm die Eva Jahr für Jahr die Buben und Mädchen, eines schöner und gesünder als das andere, wie die Orgelpfeifen, bis sie ihrer zehn waren. Der Scherdel und seine Eva erweiterten das Haus in den hinteren Garten hinein, renovierten das Interieur im Lokal und die Prachatitzer wie die Fremden, Kaufleute vor allem, die ihre Geschäfte in Prachatitz machten, schätzten die böhmische Küche der Eva.

87.

Am Stammtisch im *Roten Kreuz* saßen jeden Mittwoch-
abend die städtischen Honorationen, vor allem der Herr
Bürgermeister von Raschkotz, der Herr Magister von Borwitz, der Lehrer Anderl und der behäbige Hannes Leibitzer,
der außerhalb der Stadt einen prächtigen Vierseithof bewirtschaftete, als geizig verschrieen war, aber sehr sparsam lebte
und eben seine »Sach zusammenhielt«.

Dann starben der Graf und der Herr Magister weg und
Ferdinand Polschitz, der böhmische Ferdinand und Doktor
Brunelli saßen mit am Tisch. Von der Textilfabrik ließ sich
ab und zu der agile Direktor Federweiß sehen, ein umgänglicher, weit gereister Mann, der schon Amerika gesehen hatte
und vor zwei Jahren von Marienbad nach Prachatitz wegen
der Direktorenstelle verzogen war. »Die Mädel vom Direktor Federweiß gehen weg wie die warmen Semmeln«, hatte
es in Prachatitz geheißen, war doch eine der Federweiß'schen
Töchter schöner als die andere und sie waren der Stolz des
Vaters.

Aber auch bei den Federweiß hatte das Unglück schon
Station gemacht. Es wäre wohl ein verdorbenes Stück Fleisch
oder eine Wurst gewesen, eigentlich nicht mehr genießbar,
das die Selma, die Kleinste gegessen hatte, meinte der Doktor Brunelli, den sie zugezogen hatten. Drei Tagen hatte sie
gebraucht, die kleine Selma und nichts hat mehr geholfen
und die Mutter trug unendlich schwer daran und der Vater
vergrub sich in die Arbeit und auch in diesem Fall heilte die
Zeit die Wunden nicht.

88

Während der Woche ging der Federer Girgl fleißig seiner
Arbeit nach. Nur am Sonntag gönnte er sich seinen wöchentlichen Rausch, schlief dann bis in den Montagvormit-
tag hinüber. »Am Montag fang ich erst nach dem Mittagessen mit der Arbeit an, sonst kannst die ganze Woch mit
mir rechnen bis in die Nacht rein«, sagte er zum Dirrigl und
dem war es recht so. Am Samstagfrüh saß er schon um sieben neben den Prachatitzer Frauen wegen der Mess' in der
Kirchenbank. »Des langt dem Herrgott gwiß, am Sonntagvormittag braucht mich der Scherdel Wastl im *Roten Kreuz*.
Erst richt ich eahm die Bierfaßln auf den Tresen, dann hol
ich der Eva des Fleisch aus dem Eiskeller und schäl und reib
ihr die Erdäpfel für Mittag und so um elfe rum, da trink ich
mei Krügerl Bier«, und die Kirchweiber lachten und so hat
eben jeder seine Ordnung.

Beim Polschitz hatte auch alles recht offenkundig seine
Ordnung und es wär ein Glücksfall, dass es bei ihnen so gut
ginge, meinte die Bozena und es könnte auch anders sein
und man müsste es halt nehmen, wie es kommt.

»Ich möchte heut entweder zum Wenzelgroßvater aufn
Libin oder zum Martingroßvater nach Nebahovy«, sagte die
Marie, »ich hab einen Wunsch frei von meinem Geburtstag
noch.«

»Des war wieder eine ereignisreiche Woche«, sagte die
Bozena und überblickte ihre Kinderschar. »Erst brennt dem
Federer sein Haus nieder«, der Thomas hob die Hand, »und
dann find er, der Federer, die Demolenzerin in seiner Hüttn,
ganz zsamm trocknet war sie, wia a Hutzelbirn', hat der Feu-
erwehrkommandant gsagt.«

»Ei, greislich, des kann ich nimmer hörn«, sagte die Marie.

»Dem Ortinger Schmied hat der Scheck vom Dirrigl mit oan Schlag die Schulter ausgrenkt«, trug der Andreas bei, schaute dabei nicht vom Essen auf, »des is die Straf für die Sünd vom Waldemar.«

»Was du für einen Unsinn redest«, tadelte der Ferdinand Polschitz seinen Filius.

»Weils wahr ist, der Waldemar hat dem Herrn Pfarrer in der Sakristei gestern vor der Frühmess' mit der Kerzn die neue, weiße Albe angesengt und gestunken hat des scho gleich gscheit und der Herr Pfarrer hat dann gesagt, er, der Waldemar, solle nur warten, auf diese Sünde würde bald die Strafe folgen.«

»So ein Unfug«, polterte der Hausherr, »und was war dann mit der Albe?«

»Den Brand hat der Mesner gelöscht, er hat eahm des ganze Weihwasser drüber gschütt und noch während der ganzen Frühmesse hat der Herr Pfarrer massig gestunken.«

So nahm das ernste Tischgespräch der Polschitz-Bagage doch noch ein heiteres Ende.

89.

Die Prachatitzer kauften die ersten Glühbirnen, die der Powidl Martin in seinen Elektrizifizierungsladen anbot und von Brünn herüber, über Budweis, liefen die elektrischen Leitungen zwischen hölzernen, schlanken Masten gespannt entlang der Straße, die immer wieder neu geschottert worden war und dem rasanten und Jahr für Jahr zunehmenden Automobilverkehr gerecht werden wollte. Rauchende Schlote in den zwei Fabrikationsanlagen in der Stadt zeugten vom Fortschritt. Nicht nur im Kaiserreich, auch im deutschen Nachbarland änderte sich alles. »Veränderung ist angesagt, bald sind wir modern und der Fortschritt lässt sich nicht aufhalten«, sagte der Ferdinand Polschitz am Mittagstisch, »aber wenn man die Zeitungen genau liest, dann brodelt es in der Monarchie von Reichenberg bis hinunter an die slowenische Grenze und an den Rändern gärt es, das wird von Jahr zu Jahr kritischer und niemand weiß, wie das noch enden wird«, und er holte den Gestellungsbefehl seiner alten Prager Kaserne aus der Jackentasche. »Die brauchen mich für vier Wochen zur Wehrersatzübung, vielleicht erfahre ich dort Neues, vielleicht aber auch nur Gerüchte.« Er reichte seiner Bozena die Dienstanordnung des Regimentes. »Ihr kommt schon zurecht ohne mich, im Büro geht alles seine Wege, aber bald werden wir zu bedenken haben, ob wir den Wiener Spirituosenhandel und die ungarischen Weinberge nicht doch abstoßen und uns auf das Wesentliche konzentrieren, ich möchte mich nicht verzetteln. Die Kinder werden groß, stehen schon mit einem Bein mitten im Leben, vielleicht geht einer der Buben nach Amerika«, scherzte er.

»Ich geb dir recht«, meinte Bozena, »die Zeiten vom Onkel Karl sind vorbei, heutzutage muss man vorausschauend denken, die Prager Dependance wäre einmal was für den Thomas.«

»Ich denke diese letzten Jahre im Geschäftlichen nur ans Überleben. Sollten wir uns nicht auf den Import verlegen und Beiläufigkeiten abstoßen? In allen Lebensbereichen sind Änderungen angesagt, Technik und Wissenschaft reißen uns alle mit hinein in einen nicht mehr aufzuhalten-den industriellen Wandel, wer da nicht dran bleibt, ist bald weg vom Fenster, kleine Klitschen halten sich nur in wirtschaftlichen Nischen und der technische Durchbruch wird gerade unsere böhmische Heimat verändern. Die Tschechen und die Deutschen werden zusammenhalten müssen und irgendwann war der Kaiser einmal der Kaiser, denn auch in der Politik ändern sich die Zeiten und die Umstände.«

»Ist der Kaiser Franz-Josef ein großer Kaiser, Mama?«, fragte der Thomas.

Die Bozena schaute zum Ferdinand. »Ist er das?«, fragte sie. »Nun, er hielt den Laden sechzig Jahre zusammen«, antwortete der Ferdinand, »ein Menschenleben ist das. Ein Omnipräsenter ist er, der Herr Kaiser, regiert länger, als die meisten leben dürfen.«

»Was ist denn das wieder, ein Omnipräsenter«, fragte der Thomas nach. »Der ist überall und zu allen Zeiten bei uns«, lachte der Herr Vater.

»Das ist so was wie der liebe Gott«, sagte der Erstgeborene, der Karl und grinste unverschämt.

»Er ist wie seine Donaumonarchie, also allumfassend, daneben gibt es nichts mehr«, sagte darauf hin die Bozena, die einen tschechischen Stammbaum ihr eigen nannte, »gar nichts mehr.«

Es entspann sich ein reges Gespräch über die Politik im Kleinen wie im Großen, über Prachatitz und das böhmische Land, über Prag und Wien und über die Auswanderer, die Nordamerika urbar machen würden und das seit Jahrhunderten. und die Kinder hörten zu wie die Luchse. »Ich geh nach Amerika, Vater«, sagte der Andreas, »das habe ich schon mit der Marlene ausgemacht«, und er löffelte stoisch seine Suppe.

»Du bist wie der Großvater auf dem Libin, der red nicht

viel, aber man weiß Bescheid. Na, wart nur, wie sich alles entwickelt, bist erst dreizehn und was morgen ist, kann man heut noch nicht wissen.«

»Und ich möchte studieren«, warf die Maria ein, »eine Lehrerin möcht ich werden.«

»Ich will einmal ein Doktor werden«, warf der stille Thomas plötzlich ein, »so einer wie der Onkel Brunelli, da kann man den Leuten helfen, kann ihnen die Füße einfatschen und was für den Kopfweh geben.«

»Jetzt ist alles klar«, sagte der Ferdinand Polschitz. »Der Karl nimmt also das Geschäft hier in Prachatitz und Budweis, in Prag und Krumau, der Thomas studiert auf Doktor, das Mariele wird eine Lehrerin und der Andreas geht nach Milwaukee, dann haben wir ja alle gut untergebracht.«

»Der Vater und ich«, lachte die Bozena, »wir gehen auf den Libin rauf und werden wieder Bauersleut.« Sie legte ihrem Ferdinand die Hand auf den Arm. »Aber erst möchte ich noch nach Rom, das wär mein größter Wunsch, ihr vier Racker könnt schon auf euch selber aufpassen, drei oder vier Wochen und verhungern werdet ihr schon nicht, die Wally sorgt für euch.« Der Ferdinand bekam große Augen und die Kinder wollten auch mit nach Rom. »Daraus wird nichts«, lachte Ferdinand Polschitz, »ihr dürft in die Schule gehen und die Mama und ich fahren nach Rom.«

»Na, es wird gar ganz anders«, meinte der Erfahrene unter ihnen, der Karl.

90.

In der Woche, als der Waldi dem Pfarrer seine weiße Albe angesengt hatte und der Herr Prälat dem Ortinger Bub angekündigt hatte, dass der Sünde die Strafe auf den Fuß folgen würde, hatte es auch im Pfarrhof recht arg gestunken. Der Herr Kaplan Jan Jankov, Abkömmling des Bedřich Jankov aus Nebahovy, der erst ein Jahr im Pfarrhaus seine Lehrzeit absolvierte und schon fünf Jahre in Soběslav gelernt hatte, war ins Gerede gekommen.

Er könne ja nicht hinter seinen Kaplänen wie der Ganshüter her sein und die Herren Kapläne sollten auf sich aufpassen und einen gesitteten Lebenswandel führen, sagte der Herr Prälat und in Soběslav hätte es in dieser Beziehung auch schon Stunk gegeben und er, der Herr Kaplan Jankov solle aufpassen, dass man ihn nicht ganz an die Grenze versetzt, da hätte er dann den Dreck im Schachterl.

Am Ortsende von Prachatitz, da wo der Wolfschell seine Wohnung genommen hatte, lag diesem Anwesen gegenüber der kleine Hof vom Kremser, der ein ehrenwerter Zeitgnosse war und als Hausmeister im Gymnasium in hohem Ansehen stand. Der Volkmar Kremser hatte zwei Töchter und die jüngste, eine Schulkameradin des Jan Jankov, der seinerzeit in Prachatitz die Volksschule besucht hatte.

»Na, sie wird mir einmal den Haushalt führen, eine Cousine habe ich nicht, eine Schwester schon gar nicht, da bleibt mir nur die Lucie und mit der habe ich geplaudert, ob sie denn bereit wäre und so manches andere und sie hat zugesagt, mehr war da nicht.«

Der Kaplan Koiserer, der schon mehrere Jahre in Prachatitz gelernt hatte und den Herrn Prälat als gerechten Chef kennen gelernt hatte, meinte zum Jan: »Wenn du dem eine Lüg aufbindest, schickt er dich in den finstersten Wald und da bleibst, bist schwarz wirst.«

Der Jan schüttete der Wally, die beim Polschitz den

Haushalt führte, das Herz aus und er meinte, dass sie ihm die Allerliebste wäre, die Lucie, und »von mir aus soll der Herr Prälat mich doch in den Böhmischen Wald reinschicken, dann gehe ich einfach mit der Lucie ins Amerika«, und die Wally war unglücklich und die Rita daheim am Hof in Nebahovy weinte und sagte, er würde die Familie ins Unglück und in die Schande stürzen. Aber er hätte der Lucie immer nur bei der Imkerei geholfen, sagte der Jan und wäre er einmal Pfarrer, da müsse er sich auch in der Imkerei auskennen. »In jedem Dorf hat der Pfarrer eine Ökonomie«, und da müsse man beschlagen sein, sonst könnt' man leicht am Huntertuch nagen.

Dann überfielen ihn wieder auch düstere Gedanken. »Hätte ich damals nicht ständig nach der Mama geschrien, hätte mir die Herta nicht den Sauger in den Mund stecken müssen und sie wär nicht im Brunnenschacht ertrunken. Alles meine Schuld.« Die Lucie sagte ihm, dass er spinne und er hätte doch im Priesterseminar logisch denken gelernt und danach solle er sein Leben ausrichten und er solle einfach warten, bis sich alles ergebe. Das Warten fiel ihm aber allzu schwer. Die Lucie ist dann von einem Tag auf den anderen daheim ausgezogen. Sie wäre bei einem Onkel nahe Krumau, der dort ein ehrbarer Schreiner wäre und dort würde sie den Haushalt für den Witwer führen. Aber sie hatten sich geschworen, wenn er seine erste Pfarrerstelle bekäme, würde sie bei ihm den Haushalt in die Hand nehmen. Der Herr Prälat ist dann das Jahr darauf gestorben. Auf seinem Sterbebildchen konnte man lesen, dass er »der Auferstehung harrt«.

Der neue Herr Pfarrer hat dann im Pfarrhaus und der Pfarrei vor allem aufgeräumt, wie er kundtat, hat dem Mesner beigebracht, wie und wo man welche Gewänder richtig hinlege und die Ministranten hat er neu eingekleidet und ihnen richtiges Latein beigebracht und dem Chorregenten hat er gesagt, was er singen und spielen soll und dass alles Bisherige der Revision bedürfe. Innerhalb eines Jahres hatte er zudem seine beiden Kapläne in andere Pfarreien geschickt. Der Kaplan Koiserer durfte sich in einem Dorf bei Budweis, in Včelná, wo sich die Moldau vorbei schlängelt, versuchen und den Jan Jankov schickte der Herr Generalvikar auf Anraten des neuen Stadtpfarrers in eine traute Böhmerwaldgemeinde, dass der ein guter Pfarrer sein könnte. Dort verstand er sich nicht nur auf die Imkerei, zudem hatte er vier Kühe im Stall und erfreulicherweise gesellte sich ihm eine Lucie zu, die ihm dann den Haushalt richtete und er brauchte nicht ins Amerika verziehen.

Manchmal nimmt eben alles so eine geschickte Wendung. »Gut«, sagte er zur Lucie, »dass der Herr Prälat so schnell gestorben ist, hoffentlich muss er nicht zu lange auf die Auferstehung warten«, und Herr Pfarrer Jan Jankov dankte ihr, seiner Lucie, dass er zunehme, weil sie ihn so gut bekoche. »Ich war ja bloß´ein Strich in der Landschaft, dein Schweinsbraten, Lucerl, hat keine Konkurrenz weit und breit.«

91.

Der Wolfschell irrlichterte durch die Gassen von Prachatitz, hatte keinen Gruß für die Leute, man mied ihn. Er wär ein Unheimlicher, sagten die Leute, einer, der sich für was Besseres halte. Seine Frau kaufte ihr Fleisch und das Brot bei den hiesigen Kaufleuten, redete wenig, eher verschämt als eingebildet betrat sie die Läden, verließ die Geschäfte, ohne Gruß. Man traf den Wolfschell, wenn er über die Feldwege streifte, durch die Wälder, an den Rainen entlang, oben am Hochmoor, als suchte er Verlorenes.

Er stand am Rand des neu geschotterten Weges hinauf zum Libiner Hof, als Ferdinand Polschitz mit seinem Automobil des Weges kam. Wie er dasteht, der Wolfschell, schaut nur, rührt sich nicht von der Stelle, stiert etwas verkniffen unter seiner Nickelbrille hervor, scheint trotzdem mit seiner Existenz zufrieden, im Reinen zu sein. Er hustet, der Husten schüttelt ihn, er ist ein gealterter Bursch, wischt sich mit der Linken über die Stirn.

Ferdinand hatte wie fast jeden Sonntag Vater und Mutter auf dem Libin besucht, während Bozena mit den Kindern in Nebahovy ihren trauernden Vater tröstete, ihn mit ihrer Gesellschaft aufzuheitern versuchte. Der Martin Bursik verfiel immer mehr in seiner tiefen Trauer, so schien es Bozena und sie sorgte sich um ihn.

Der eingetrübte Himmel wurde heller, eine leichte Brise kam auf, die Sonne brach durch, legte sich mit wohltuender Wärme auf die Felder und die Wiesen, den Wald. Langsam empfand er eine Freude, wie seit dem schnellen Sterben der Mutter nicht mehr. »Ein stets Auf und Ab ist das Leben«, fand er, »jetzt geht es mir gut, an der nächsten Ecke kann schon das Unheil lauern.«

Aber da stand nur der Wolfschell und er hielt vor dem Alten und fragte ihn, ob er in die Stadt mitfahren wolle, im Automobil wäre genug Platz. Der Wolfschell schien überrascht, verzog den rechten Mundwinkel, deutete ein leichtes Lächeln an und schüttelte den Kopf. »Fahr weiter, Polschitz, ich geh zu Fuß hinunter in die Stadt, das tut mir gut.« Dass der stille Wanderer so viel reden würde, überraschte den Ferdinand Polschitz. Wie man sich täuschen kann.

Er fuhr weiter, sog den süßen Duft der Äpfel ein, die an den wilden Apfelbäumen hingen, die der Vorbesitzer des Libiner Hofes vor Jahren den langen Weg entlang schon gepflanzt hatte. Vor einem trockenen, kahlen Baum hielt er an, ein toter, so schien es, unter so vielen blühenden.

Die Bozena sah auf jedem blühenden Zweig einen Vogel sitzen, hörte seinem Triller zu, an jedem Rain entdeckte sie in der frühen Zeit des Jahres die kleinen, blauen Enziane, die Vergissmeinnichte und die gelben Krokusse, sie fand noch bis in den Oktober hinein im Wald den Birkenpilz und freute sich über das tausendfach unterschiedliche Grün im Garten, in den Bäumen, auf den Wiesen und der Duft, der über dieser kleinen Welt hing, machte sie glücklich. Sie hatte stets ein gutes Wort für ihre Kinder, herzte, liebkoste sie und jeder kleinste Tadel war in schönes Lob verpackt.

Er würde das Erdreich um den vertrockneten Apfelbaum lockern, nahm er sich vor, speckigen, fetten Mist abfüllen, stand der dürre Baum doch eingeengt zwischen zwei Felsbrocken, die das Regenwasser ableiteten und er könnte sich wieder erholen, er würde das Leben weiterhin ausprobieren dürfen.

Der Vater war für jeden Besuch dankbar und der Lehrer Anderl mag nicht recht behalten, dachte der Ferdinand, dass dem Wolfschell kein Lachen auskommt, vieles ist halt eingetrocknet. Der Wolfschell wird was suchen, hier in der Prachatitzer Welt, vielleicht fällt ihm was aus seinem früheren Leben ein, das ihn reicher macht. Wer weiß, warum er so verkniffen scheint.

Der Wolfschell hatte vor Tagen im Buchladen lang im

Korbstuhl gesessen und in den Katalogen über Amerika geblättert und ein Buch bestellt, einen Bildband über dieses große New York und nach Büchern über Petersburg und Warschau hatte er gefragt. In den Leuten täuscht man sich eben zumeist.

92.

»Wir könnten ins Bayerische nach Regensburg und dann über den Brennerpass, da fährt seit Jahren eine gute Eisenbahn über den Alpenkamm oder du möchtest nach Linz hinunter und über Graz nach Triest und mit dem Dampfschiff weiter nach Pescara und mit der Eisenbahn über Land hinüber nach Rom, ich habe mir die Strecke schon auf der Karte angesehen. Wir müssten mit einer Woche Reisezeit rechnen, dann stünden wir auf dem Petersplatz.«

Bozena war begeistert. »Da haben wir viel zu überlegen«, sagte sie, »aber auch die Fahrt über den Brenner hinunter nach Innsbruck, weiter über Verona und nach Florenz wäre sicher interessant. Das dürfte auch nicht länger dauern und ich müsst mich nicht vor dem Meer fürchten«, lachte sie. Der Ferdinand staunte, seine Bozena hatte den Buchladen durchforstet und legte ihm die neuesten Bücher über Italien und speziell über die Heilige Stadt auf den Tisch. »Lang zu, mein Ferdinand, Lesen bildet«, und sie entschwand lachend.

93.

Feierabend war angesagt. In der Stadt wurde es langsam still, die Leute gingen schon bedächtiger über den Ringplatz, das Pfingstfest sollte morgen gefeiert werden. Aus der Stadtpfarrkirche schimmerte noch Kerzenlicht durch die Fenster auf den Ringplatz. Ein Zweispänner hielt vor dem Polschitzhaus. Der Knecht vom Libiner Gut läutete die Glocke am Tor. Die Mutter, die Bäuerin läg krank im Bett, fiebrig wär sie und er, der Lenz, der dem Großknecht seit drei Jahren zur Hand ging, er solle den Doktor Brunelli zu einem Besuch angehen. »Sollst heut Abend noch vorbeischauen, lässt dir der Bauer ausrichten.«

Der Vater war recht durcheinander: »Sie liegt seit gestern im Fieber, zipft seit Tagen schon so dahin, konnte sich nimmer recht auf den Beinen halten.« Dem Vater stand der Kummer ins Gesicht geschrieben. »Tu dich nicht ab, Wenzel«, sagte die Mutter leise, mit matter stimme, und ihr rotes Gesicht hob sich beim matten Schein der Kerze leuchtend vom weißen Kissen ab. Ihre beiden Arme lagen entblößt auf der Bettdecke, »wir haben schon schwerere Zeiten geschafft, sorgt euch nicht.«

Der Wast, der alte Schäferhund, hatte mit einem Mal mit dem Bellen aufgehört, aus dem Stall drang verhaltenes Muhen der Kühe, die tagsüber auf der nahen Wiese weideten und ihren Weg zur rechten Zeit von selber in den Stall fanden. Die grau getigerte Katze sprang aufs Bett der kranken Bäuerin.

Der Doktor Brunelli meinte, der Wenzel solle seiner Maria kalte Umschläge um die Knöchel legen und er würd ihr für heut noch eine Tinktur geben, das andere müsse der Körper selber zu Wege bringen. »Sie ist eine gesunde Frau, es hat ihr zeitlebens nichts gefehlt, die wird es schon schaffen. Sobald der Appetit wieder kommt, geht es aufwärts. Da gibst ihr eine kräftige Fleischbrühe und morgen früh komme ich wieder vorbei.«

Die Barbara, ihre Tochter, auf einen stolzen Freibauernhof weit in den Wald hinein geheiratet, kam selten auf den Libiner Hof. Sie hatte von Kuschwarda aus, was die Tschechen Strážný nannten, zwei Stunden mit dem Gespann zu fahren, war deswegen ein seltener Gast auf dem Libin. Ihre sechs Kinder und der große Hof verlangten ihr das Letzte ab. Heute saß sie schon seit es finster geworden war, am Bett der Mutter. Sie würde die Nacht bei ihr bleiben.

Der Ferdinand begleitete den Doktor Brunelli zum Automobil. »Leicht wird es nicht, Ferdinand, das sag ich dir. In drei, vier Tagen wird sich's entschieden haben.«

Ferdinand war in großer Sorge um die Mutter. »Der Mama geht es nicht gut«, sagte er zu seiner Bozena, die ihn daheim erwartete.

Eine lange Woche brauchte die Marie, bis sie wieder Anteil am Geschehen im Haus nahm. Schon in aller Früh am Samstag wollte die Mutter sich in den breiten Korbsessel setzen, die Katze war von der nächtlichen Jagd zurück gekehrt und schnurrte schläfrig auf ihrem Schoß. »Bin ich dem Herrn Gevatter noch einmal über die Sens gesprungen«, lachte sie leise, verhalten und legte ihrer Barbara, die während der schweren Tage bei ihr ausgeharrt hatte, die Hand auf den Arm. Das Fieber hatte sie arg hergenommen, aber sie möchte in zwei, drei Wochen wieder im Stall stehen. »Dem Vater wird die Arbeit auf dem Hof zu viel, wir gehen aufs Altenteil, schickst deinen Rudolf von Kuschwarda rüber, Barbara, dem Ferdinand wird das recht sein, von seinen Buben wird keiner ein Bauer. Der Rudolf hat das Alter und zupacken wird er auch.«

Und dem Ferdinand sprach sie Mut zu: »Tu dich nicht ab um mich, alles wird recht, hab nur ein Gottvertrauen, eine

Zeitlang bin ich schon noch zu gebrauchen. Im Alter dauern die Krankheiten eben etwas länger, als wenn man vierzig ist und jeden Tag kommt was Neues hinzu.« Da war sie wieder müde und legte sich ins Bett.

Am Tag darauf, es war der Sonntag Trinitatis, wo die Prachatitzer und das ganze Umland das Fest der Allerheiligsten Dreifaltigkeit feierten, den Gottvater ehrten und seinen Sohn und den Heiligen Geist dazu, der vom Sohn ausgegangen ist, wie der Herr Pfarrer wieder feierlich anklingen lassen würde und der Kirchenchor würde inbrünstig singen und der Lehrer Kargermann würd sicher wieder das Benedictus singen. So ging auch dieser festliche Gottesdienst zu Ende und die Kinder stürmten aus dem Gotteshaus und vor der weit geöffneten Kirchentür wartete der Lenz auf den Polschitz Ferdinand und seine Bozena. »Sollst gleich auf den Libiner Hof fahren, deiner Mutter geht's gar net guat und der Doktor ist schon bei der Bäuerin.«

»Sie phantasiert, es wird sich bis morgen früh entscheiden, Wenzel«, sagte der Doktor, als er sich vom Stuhl, den er ans Bett der Maria gezogen hatte, wieder erhob. »Ich komme heute abend wieder und ihr solltet den Pfarrer holen. Ich kann nichts mehr für sie tun.«

Die Maria Polschitz ging leise aus dem Haus, grad als das Glöckerl um sechs Uhr Abends am Libiner Hof zum Gebet läutete. »Nicht jeder hat das Glück, an Trinitatis seine Seele dem Herrn zu übergeben«, meinte der Pfarrer und sie wäre jetzt gleich nebenan und das sollte den Wenzel und den Ferdinand und die Barbara in aller Trauer trösten.

»Jesus, Maria, so ein Kummer, a so a Kreiz, mei Maria geht so schnell von mir und lasst mi alloa zruck. Herrgott, hot denn des sei müassn, sag?«

Viele Prachatitzer begleiteten die Maria Polschitz auf ihrem letzten Weg. Der Dienstag nach Trinitatis war für eine Leich' grad richtig, es war nicht zu heiß und die Trauerversammlung musste nicht schwitzen. Ein leichter Wind zog vom Böhmischen Wald herüber und nach der Beerdigung waren sie alle ins Rote Kreuz geladen.

Die Nachbarn von Nebahovy waren da, der Josef Bolech, der Jiří Kratochvil, der Hufschmied Jan Tomanek, der auch schon krumm geworden war und der Václav Brožík, der mit dem linken Fuß lahmte, er hatte seine Frau dabei, die immer lachte, auch wenn es nicht passte.

Der Jan Kosárek, der immer flotte Sprüche klopfte, schlug dem Wenzel freundschaftlich auf die Schulter. Es sei schon arg, er solle sich aber nichts draus machen, das sei so vorher bestimmt und der Herrgott würd schon wissen, wie er es macht. Der schweigsame František Procházka schwieg, auch beim Leichenschmaus und ging dann wieder seines Weges nach Nebahovy und der geistreiche Bedřich Wiesner wartete, bis sie dem Wenzel alle kondoliert hatten und dann nahm er ihn in die Arme: »Mei Annerl hot es ja letztes Jahr erwischt, es war a langes Leiden, sei froh, dass es mit der Maria so schnell gangen ist.« Der Vojtěch Holub, mit dem er in Prachatitz die Schuljahre auf einer Bank verbracht hatte, lud den Wenzel ein nach Nebahovy: »Komm vorbei, wennst dich wieder tröst hast.«

Der Philipp Beisl, ein Onkel aus Schernowitz war auch da und von Laschitz die Verwandtschaft väterlicherseits und der Cousin Wladimir Born aus Sablat, was die Tschechen Záblatí heißen. Der Wladimir war ein Metzger und kaufte vom Libiner Hof immer das Vieh auf und aus Mitschowitz war eine alte, bucklige Tante, die das ewige Leben hatte, allein mit der Kutsche da, die Pauliner Herta, die Geige so schön gespielt hatte und heute noch wie eine Nachtigall singt. »Der Weg war mir nicht zu weit, a so a guats Moidl war sie, die Maria, ganz die Mama.«

Es war die dritte Beerdigung in der Verwandtschaft in den letzten zwei Jahren. Der Magister Bowitz war so schnell dahingeschieden und Bozenas Mutter war ihm bald darauf nach gegangen und der eine und die andere der Trauernden fragten sich, ob sie denn bald an der Reihe wären, hatte der Pfarrer doch wieder deutlich darauf verwiesen, dass sie alle Staub wären und sonst nichts und dass es ein heilsamer Brauch wäre, für den Nächsten aus unseren Mitte zu beten. Da lief so manchem eine Gänsehaut den Buckel runter.

94.

Bozena öffnete mit der Verkäuferin im Buchladen, auch einer Lenka, die Post, sortierte die Briefe, legte dem Ferdinand die geschäftlichen Briefe auf seinen Schreibtisch im Kontor. »Die Bildbände aus Wien für den Herrn Wolfschell von der Hölzel-Verlags-Gesellschaft sind eingetroffen, dazu die Atlanten für die Bürgerschule und fürs Gymnasium und drei große Pakete mit den Mathematikbüchern.«

»Nach dem Mittagessen schau ich beim Wolfschell vorbei.« Der Samstag war Arbeiten vorbehalten, die er die Woche über aufgeschoben hatte.

Der Wolfschell öffnete die Tür und die Überraschung stand ihm ins Gesicht geschrieben. »Der Polschitz persönlich«, lachte er, er lachte tatsächlich und bat den Ferdinand Polschitz ins Wohnzimmer.

Das Haus auf der Point lag am anderen Ende der Stadt

und nur selten in den vergangenen Jahren war er hier vorbeigefahren, nur wenn er nach Krumau oder Linz musste, führte ihn der Weg in die Richtung der Wolfschell'schen Point und von der Straße aus war das Haus nicht einzusehen.

Das Wohnzimmer war nicht sehr groß, aber die Möblierung hätte genau so auch in einem russischen oder polnischen Bürgerhaus stehen können. Beiden Wolfschell stand die Freude ins Gesicht geschrieben. Auf dem dunkelbraunen runden Tisch stand mittig ein silber glänzender Samowar. »Ein Geschenk der Schwiegereltern, er stand in deren Haus schon in der dritten Generation, ein Alterum sozusagen«, lachte der Wolfschell. Tatsächlich, er lachte und machte den Ferdinand Polschitz auf die Peterburger Tradition aufmerksam, wie er sagte. »Das machte gehörige Umstände, diese Möbel aus einer kleinen Ortschaft im Petersburger Umland bis nach Prachatitz transportieren zu lassen, aber das war es uns wert. Wir benötigten zwei volle Wochen, bis wir mit der Bahn und einem Fuhrwerk von Kirovsk, unterhalb des Ladogasees, nach Südböhmen kamen, eine Weltreise mit allen Umständlichkeiten, die dazu gehören.« Seine Frau, er nannte sie Saschenka, hob die Hand, ließ sie wieder in den Schoß fallen. »Mein Gott« lachte sie, »diese Reise werde ich mein Leben nicht vergessen.« Sie schien viel jünger zu sein, als es bei dem ersten Treffen seinerzeit im Buchladen den Anschein hatte. Sie hatte ihr blondes Haar nach hinten gekämmt und in dem Haarknoten steckte eine lange Haarnadel mit einem goldfarbenen Bernsteinknopf. »Nahe Nevdubstroy stammt sie, von einem Bauernhof, und bis Sankt Petersbrug bedarf es unsäglicher Geduld, da sitzt man einen vollen Tag im Sattel oder auf dem Bock«, erzählte Wolfschell. »Nachdem wir die Newa hinter uns gelassen hatten, ein Fährschiff hatte uns übergesetzt, begann eine dreitägige Schiffsreise bis Tallinn, dort stand ein Besuch im Haus meines bisherigen Prinzipals, des Grafen Valentin, an. Schließlich betraten wir in Stettin deutschen Boden und sind über Berlin und Dresden ins Böhmische hinein nach Karlsbad und über Pilsen nach Prachatitz. So eine Reise erfordert viel Ausdauer, wir haben sie gesund überstanden.« Er legte seiner Sascha die Hand auf den Arm.

Die Zeit verging wie im Flug und nach zwei Stunden, einer kräftigen Tasse gebrühtem Tee aus dem silbernen Samowar, wusste Ferdinand Polschitz mehr über die weite Welt, als er in den vierzig Jahren seines Lebens im braven Prachatitz gehört hatte, selbst der Onkel Karl dürfte gestaunt haben.

»Wenn einer das Prachatitzer Gymnasium mit einer vorzüglichen Matura abschließt«, erzählte der Wolfschell mit unnachahmlichem sprachlichem Geschick, »ist es ihm eher nicht vorgezeichnet, in New York als Stahlbetonmischer und Maurer zu arbeiten und dass ich einmal mit einer Hundertschaft von Norwegern und Italienern, Polen und Iren und wo immer sie auch hergekommen sind, Stahlmatten flechten würde, mitten in New York, mit einfachen Hilfsmitteln und vornehmlich mit der Kraft meiner Hände, das hätte ich nie vorausgeahnt.«

Wolfschell schilderte die Zustände in den Camps vor dem Tribune Building, das der berühmte Richard Morris Hunt hinter dem New Yorker Rathaus hingestellt hatte. »Wir schliefen in zwei Ebenen übereinander, sechzig Mann in einem Camp, die sanitären Anlagen waren schlicht, wir konnten uns waschen, unsere Notdurft nur gemeinschaftlich verrichten, auf einem Donnerbalken sitzend. Und wer nicht arbeiten wollte oder konnte, für den standen Schlangen neuer Bewerber an. Ich trug mit einem jungen Polen, Michal Borowski, ein Bauernbub, nahe Warschau aufgewachsen, der neunte einer Großfamilie, Tag für Tag und das über Monate hinweg, die schweren Stahlmatten bis hinauf in den zehnten Stock, wenn einmal ein Kran ausgefallen war und eines dieser Ungetüme war immer defekt. Selbstverständlich arbeiteten wir sozusagen rund um die Uhr, der Architekt war unter großem Termindruck, Zulieferer verspäteten sich, schlechtes Material wurde geliefert, schlampige Handlanger bauten Murks, Facharbeiter fielen aus, einmal stürzte ein Kran direkt ins Gebäude hinein.«

Diese Welt kannte der Ferdinand Polschitz nicht und er betrachtete diesen untersetzten, irgendwie verwegen wirkenden Alten mit neuen Augen. »Die letzten Jahre vor meiner Rückfahrt ins glorreiche Europa arbeitete ich beim Eisenbahnbrückenbau in Chicago, hantierte mit schweren Maschinen. Wir lavierten betonierte Eisenträger und montierten in Akkordarbeit unsere Brücken.«

Er erzählte von seinem Chef in New York, einem »harten Burschen«, wie er sagte, Holländer, drahtig, zupackend, einer der nicht lange Geschichten erzählte. »Ich fordere von jedem Zuverlässigkeit, Einsatzbereitschaft und Flexibilität«, sagte Willem Bruns, »jeder hat zu jeder Mittagsmahlzeit ein Steak auf dem Teller, groß wie der Schuh eines Indianers, am Morgen und Abend müsst ihr euch selbst versorgen und jeder kann damit rechnen, dass der Unternehmer solide Arbeitskleidung stellt und gute Unterwäsche für den Winter«, und wenn er redete, nicht laut, dann hielten die jungen Burschen ihre Mäuler und hörten zu. »Wer nicht arbeiten will, soll dorthin gehen, wo der Pfeffer wächst und wer fleißig ist, verdient ein gutes Geld. Wenn du krank bist, komm zu mir, ich weiß, ob du simulierst oder wirklich ein Problem hast. Verlass dich darauf, ich bin dein Doktor. Wenn wir unter Zeitdruck kommen, sind Überstunden hinzunehmen, dafür gibt es finanziellen Ausgleich.«

Warum er denn überhaupt ausgewandert wäre, fragte Ferdinand und der Alte lachte und seine lederne Haut spannte sich beim Lachen über die festen Backenknochen. »Nicht wegen der Liebe, aber jeden Tag in Prag im Gericht als Depp der Staatsanwaltschaft Akten schleppen, lange hinausgezögerte Prozesse mit beliebig, nicht an Gesetz und Ordnung orientierten Urteilen erleben zu müssen, besoffene Staatsanwälte an ihre Termine zu erinnern, den Kuhhandel zwischen Richter, Staatsanwalt und Rechtanwalt zu erfahren, das trieb mich zunächst auf die Karlsbrücke und Kleinseite hinüber als Fremdenführer.«

Ferdinand erzählte von der Prager Dependance, die der Onkel, Magister Borwitz aufgebaut hatte. Vom Unterschlupf drüben oberhalb der Moldau, berichtete der Wolfschell. »Dem alten Wallenstein konnte ich direkt in seine Kammer schauen.«

Im Bildband über New York, den der Ferdinand Polschitz gebracht hatte, zeigte Wolfschell ihm jene Plätze und Gebäude, die er in den fünf Jahren seines Aufenthaltes in der großen Metropole gesehen hatte. »Aber du bist da drüben auf eine recht enge kleine Heimat verwiesen, bist froh, wenn du jemand kennen lernst, die Entfernungen in der Stadt kann man nur mit der Kutsche oder auf dem Rücken eines Pferdes überbrücken. In den letzten zwei Jahrzehnten wurde jedoch der Straßenbahnbau immer konsequenter betrieben, eine aufstrebende Weltstadt, mein New York, jeden Tag neue Erfindungen und Errungenschaften. Ich habe immer noch gute Kontakte zu alten Bekannten.«

»Deine Mutter habe ich sehr geschätzt«, sagte der Wolfschell plötzlich, »sie lachte immer und beteiligte sich nie an den Neckereien und Gemeinheiten, die ich besonders in der Volksschule auszuhalten hatte, das werd ich ihr nicht vergessen und dass sie nun verstorben ist, macht mich traurig.«

Der Wolfschell überraschte den Ferdinand ein um das andere Mal und er wurde ihm in diesen zwei Stunden vertrauter, als er hatte annehmen dürfen. Er schien abgeklärt und mit sich im Reinen, lachte immer wieder seine Sascha an, die still und in sich gekehrt gegenüber saß und einfach zuhörte.

»Sascha lernt noch, sie ist der deutschen Sprache noch nicht ganz mächtig, deshalb schweigt sie lieber.«

95.

Immer wieder holte Bozena Martin Curtius' Briefe hervor. Jahr für Jahr hatte er zur Weihnachtszeit von sich hören lassen und zwischen den Zeilen vermochte sie herauslesen, dass er immer noch um seine verlorene Liebe Bozena trauerte. Er wäre allein, schrieb er, der Onkel, ohne Frau und kinderlos, wäre seit mehreren Jahren nicht mehr in der Lage zu arbeiten. Der Onkel hielt sich nur mühsam im Sattel, wenn er nach versprengten Rindern schaute und das wolle er nicht aufgeben, bis er aus dem Sattel falle, wie er sagte. »In Encarnación brütet die Hitze Tag für Tag von früh bis spät und die meiste Zeit des Jahres stecke ich irgendwo in der Pampas zwischen Sümpfen und Strauchwerk und suche nach abgängigen Rindern, führe verirrte Kälber der Mama zu und falle am Abend todmüde in die Hängematte.«

Martins Onkel war Eigner einer recht großen Hazienda mit einigen tausend Stück Vieh, dazu führte er eine respektable Pferdezucht und die Entfernungen, die sie oft zurück zu legen hatten, könne man nicht nach böhmischen Maßstäben messen. Nach Asuncion hinüber säße er eine Woche und länger, je nach Wetterbedingungen, im Sattel, zumeist aber auf dem Kutschbock. »Solange ich gesund bin, krieg ich das schon auf die Reihe, aber irgendwann wird der Körper müde, die Knochen und Sehnen schmerzen vom ständigen Reiten und die Beine werden allmählich krumm und ich hoffe nicht, dass sich auch noch das Rheumatische dazuschlägt. »Wenn man dann allein auf der Terrasse der Hazienda sitzt, sich die Nacht um die Ohren schlägt, am Morgen nur von seinen Hunden am Bett geweckt wird, kann man trübsinnig werden. Aber ich darf mich nicht beklagen, die Umstände sind mir mit meiner Auswanderung sogar entgegen gekommen. Geld habe ich so viel, dass ich es allein nie ausgeben könnte, der Paraguayische Guaraní ist nicht viel wert und wer sein Geld absichern will, legt es bei der Bank in Asunción in amerikanischen Dollars an oder kauft neues Grundvermögen. Unser Land ist heiß, jedoch wunderschön und in meiner Heimat, im Distrikt Itapúa, nahe einem herrlichen Waldgebiet, einer üppigen, wuchernden Wildnis, die sich weit erstreckt und zum Wandern mit dem Pferd oder zu Fuß einladen würde, haben wir eine Enklave, ein zweites Standbein sozusagen aufgebaut und dort widmen wir uns allein der Pferdezucht. Das ist ein weites, unermessliches Land, die Einheimischen nennen es den Oriente, die Ostregion also, und hier lebt der größte Teil der Bevölkerung. Ich lade euch herzlich ein und wenn einer eurer Buben auswandern will, dann soll er nach Encarnación kommen in den Distrikt Itapúa, dort darf er dann Pferde züchten. Die Stadt wurde von einem Jesuitenpater gegründet und die nächste Jesuitenmission liegt nahe an unserer Ranch.«

Bozena wurde allmählich heimisch in diesem Land, in dem der Martin Curtius die Hazienda seines Onkel weiterführte. »Das Land steigt auf der anderen Seite des Rio Paraquay langsam gen Westen an, allmählich auf 450 Meter am Fuß der Anden,« schrieb er weiter, »und der Gran Chaco im Westen ist sehr dünn besiedelt, da triffst du den nächsten Nachbarn erst nach einer mehrere Tage oder gar Wochen dauernden Reise. Ich war erst zweimal am Rio Paraquay, einem mächtigen, manchmal träge dahinfließenden, oft genug reißenden Fluss. Das Sumpfland am Río Paraguay drüben bei Asunción würde mir weniger zusagen, stamme ich doch aus dem hügeligen Böhmerwald. Ein Bekannter, auch ein Haciendero, siedelt im Süden, nahe am Rio Paraná und sein Anwesen ist von weiten Sumpf- und Überschwemmungsgebieten umgeben, aber es gefällt ihm und er würde sein Land gegen nichts auf der Welt tauschen. Mit den Schlangen komme ich gut zurecht, mittlerweile sind sie mir recht liebe Freunde geworden …« Haciendero, den ich in kennen lernte, lebt

96.

Die Anzengruber Anna wirbelte durch die Tür des Buchladens am Ringplatz. »Jessas, schnell, helfts, mein Gatte tuat seinen letzten Schnauferer, er liegt im Automobil, an Dok-

tor braucht er.« Die Anna war mit ihrem respektablen Viehhandlerer, dem Sulzerer, recht zufrieden geworden, hatte ihn
in seiner Villa in Mödling nach Strich und Faden verwöhnt,
bekocht und beglückt und er hat ihr beizeiten das Vermögen
verschrieben. »Bist die anzige, die an Interesse ghabt hat an
mir, dem alten Soldaten, vergess dir das nia net, Annerl«,
sagte er.

Die Wally rannte zum Ferdinand Polschitz in die Kanzlei
hinüber. Der Herr Polschitz wär auf den Libin zum Herrn
Vater gefahren, mit der Kutschn und das würd dauern, sagte
der Prokurist. Die Wally rannte zum Doktor Brunelli und
das Glück war dem Sulzerer hold. Der Doktor war in Win-
deseile am Ort des Geschehens, hielt dem Sulzerer das Ste-
thoskop an die Brust, schob ein Augenlid des Ermatteten
zurück und dann das andere. »Der wird schon wieder, Frau
Sulzerer«, sagte er freundlich, »Fahrns Ihren Mann gleich
ins Spital hinunter. In zwei Tagen ist der wieder auf die Füß,
dem fehlt sonst nichts.«

Die Anna Anzengruber, verheiratete Sulzerer, logierte im
Roten Kreuz und wartete, dass sich der böhmische Herr Ferdinand sehen lassen würde.

Beim Abendessen, eine Leberknödelsuppe hatte sie bestellt und ein Wild, wenn's möglich wäre, wenn's keine Umständ machen möcht, sagte sie der Eva, beim Abendessen
also kamen ihr so die unmöglichsten Gedanken. Sie würd
dem Sulzerer eine schöne Beerdigung machen, wann er da
in Prachatitz as Zeitliche segnen würde. Sollte sich kaner
daham im Wien die Gosch'n fransig reden. Das Leben einer
Witib wär sicher nicht einfach, kein Honigschlecken und
der Otmar Prausig, der platterte Kanzleirat, schon seit ein
paar Jahr'n pensioniert, am Amtsgericht für Vielerlei zustän-

dig gewesen, der ihr schon immer den Hof machte, kam ihr in den Sinn und an den Schnorrer Willi dachte sie auch. Der Willi war einer der emsigsten Verehrer gewesen, in guten Tagen noch, wo sie manchmal in gewisser Weise leichtfertig gewesen war, lange jedoch, bevor der Herr Rittmeister sie zu sich genommen hatte. »As dritte Mal ist der Willi verheiratet gwesen, so a Strawanzer, so a liaderlicher, dem bleibt aber der Schnabel sauber«, sinnierte sie, während sie die Preiselbeeren auf das Rehschenkerl placierte. »Des macht eahm koaner nach, drei Frauen überleben, als a Mann, des is dann scho a Meisterstück«, lachte sie.

Sie soll doch wieder nach ihm schauen, sagte der geschwächte Sulzerer, als sie ihm beim Abschied am Krankenbett die Hand abbusselte. »Es wird schon wieder, Sulzerer, du bist no net dran«, beruhigte sie ihn, »da muaß scho no viel Wasser die Donau runterlaufen. Bist ein ganz ein Gsunder, hat dir noch nichts gfehlt, warst bei der königlichen Landwehr, a Oberstäbler warst, waßt es noch?«

Der Sulzerer war dankbar, dass er eine so liebe Frau abbekommen hatte, auf seine alten Tage.

Der Ferdinand Polschitz machte der Anna Sulzerer, geborene Anzengruber tatsächlich noch seine Aufwartung. Ob er sich noch erinnere an sie, an die gute Zeit mit dem Herrn Rittmeister und wo denn die Frau Baronin abgestiegen sei. So, in Krumau sitzt sie am Gut. Na, des wird ihr passen und einen Freund habe sie sicher auch. Ihr Sohn, der Jakob, wo ein Domvikar im Sankt Pöltener Ordinariat gewesen war, würd jetzt in Rom tätig sein und Logis hätte er im Campo Santo Teutonico in der Sagrestia. Er hätt' eine Professur in Kirchenrecht, spreche ein perfektes Italienisch, dürfte wohl in Rom seine Tage verbringen, da sei der Weg nicht weit in den Vatikan, die suchten gscheite Leut.

Es war vor Mitternacht, als sie ihre Rede einstellte und den Ferdinand entließ. »Ich komme Sie morgen früh besuchen«, verkündete sie und reichte ihm ihre kräftige Hand.

»Mach dich auf was gefasst«, sagte er zur Bozena. Aber es wurde eine angenehme Stunde und die Anna Sulzerer zeigte sich von ihrer nettesten Art, erzählte von Wien und ihrem Bekanntenkreis, vermied auf die Baronin zu sprechen zu kommen, die sie einmal in größer Erregung die »Jarmillabaronin, die vulgäre Bauernchaiselongue« genannt hatte. Aber die Zeiten sind vergangen, wo sie sich hatte provozieren lassen, sagte sie zur Bozena, man würd eben ruhiger werden. Aber die Welt wär ungerecht und wenn jetzt der Sulzerer stürbe, das wär halt auch noch so ein Elend, das sie aufgeladen bekäme.

Der Arzt im Spital sagte ihr am Nachmittag, sie dürfe ihren Mann morgen früh abholen, aber es wäre gut, wenn er bald zur Ruhe käme und weite Reisen auf diesen Straßen seien ihm doch wohl weniger zuträglich. »Einen Besuch bei ihrem Wiener Arzt darf ich anraten, gnädige Frau.« Der Herr Chefarzt von Werdenfels im Spital dankte für das großzügige Honorar. »Der Herr Sulzerer ist zu fett, den trifft bald der Schlag«, sagte er zu seinem Oberarzt, als sie beim Mittagessen beisammen saßen. »Es is as Fressn und as Saufn, des die Leit frühzeitig über die Klinge springen lässt«, erwiderte der Oberarzt Schneider, der aus Marienbad stammte.

97.

Der Libiner Hofknecht hatte sie nach Krumau kutschiert, dort hatten sie die Eisenbahn bestiegen und waren über Linz ins Bayerische bis Rosenheim und weiter über den Brenner gefahren und die italienischen Temperaturen hauchten ihnen neues Leben ein. »Da könnt' ich auch leben«, sagte die Bozena, »wenn es schön warm ist, tut das Leib und Seele gut.«

Es sollte noch eine Weile hin sein, bis sie nach Rom kämen, vor dem Petersdom oder an der Fontana di Trevi, dem berühmtesten Brunnen in Rom stünden, die Spanische Treppe und das Kolosseum besichtigen würden und tatsächlich den Mut aufbrächten, dem Herrn Professor Jakob Anzengruber im Campo Santo Teutonico in der Sagrestia ihre Aufwartung machen würden. In der Via Anastasio, in einer netten Pension, bei einer gewissen Donna Veltroni, logierten sie.

»Der Herr Professore Anzengruber wohnt an der Piazza di Santa Chiara, in der Via di Santa Chiara 6. Mit Bestimmtheit kann ich nicht sagen, ob er oder Frau Susanne anzutreffen sind.« Der freundliche Padre im Campo Santo Teutonico sprach ein gediegenes Deutsch, verwies noch darauf, dass keine hundert Meter davon das Pantheon, eine uralte katholische Kirche, stehe und die müssten sie besuchen.

Als sie vor der Via di Santa Chiara 6 standen, suchten sie vergeblich nach einer Tür, einem Tor auch, wo sie Einlass finden würden. Sie müssten bei Via di Santa Chiara 8 eintreten, durch dieses weite Tor rechterhand, und er führte sie direkt vor den altertümlichen Einlass. Ein alter Herr, das weiße Haar gediegen gescheitelt, wies sie weiter. Ja, da lebe ein junger deutscher professore mit einer schönen signora, lächelte er fein, wissend, kultiviert.

Ein dunkler, breiter Gang führte sie urplötzlich in eine grelle Helle, einen lichten Garten, der von einem mächtigen, Schatten spendenden Häusergeviert eingerahmt war und eine breite steinerne Treppe brachte sie in das Obergeschoss. An einem schmiedeeisernen Türschild konnten sie den Namen des Gesuchten entziffern. Bozena zog ein dünnes Drahtseil, eine Glocke schepperte und sie warteten.

Dann öffnete sich die eine Hälfte dieser hohen, recht schmalen und schwarz lackierten Tür. »Per favore«, fragte die blonde Dame, die offenkundig durch den Anblick dieser beiden Menschen vor ihrer Tür sehr überrascht war. »Cosa posso fare per lei?«

»Grüß Gott, wir kommen aus Prachatitz in Böhmen und …«

»Mein Gott, zwei Menschen, die Deutsch sprechen, welch ein glücklicher Tag«, lachte die Dame. »Jakob«, rief sie in die dunkle Wohnung, »Jakob, stell dir vor, zwei böhmische Menschen wollen zu uns.«

Dieser Tag sollte spät zu Ende gehen und der Professor Anzengruber schien den Charme seines Vaters, des Rittmeisters Wesowitz, zu besitzen. Die Susanne verwöhnte die Polschitz mit allem, was ihre Küche hergab und dass sie die Mama kennen würden, meinte Jakob Anzengruber, wäre was ganz Besonderes und sie müssten sie grüßen, käme er doch nicht nach Wien und auch kaum zum Schreiben.

Zwei Tage verbrachten Ferdinand und Bozena mit den beiden Römern, lernten den mächtigen Petersdom kennen, die Engelsburg auch, gingen hinaus auf die Via Appia, wo der Legende nach der Heilige Paulus umgebracht worden sei, wie der Herr Anzengruber meinte. Beim Abschied erbat die Dame des Hauses eine kurze Visite beim Papa und der Mama, bei den Froschleders draußen bei Michelbach vorm Kyrnberger Wald, gleich bei Sankt Pölten. Die Froschleder würden sie am Bahnhof in Linz erwarten und gerne das Rosenkranzerl, das Susanne der Bozena zustecken würde und das sicher nicht schwer zu transporieren wäre, abnehmen. Sie würde die Eltern heute noch telefonisch in Kenntnis setzen.

»Schau«, sagte die Bozena, »was die Anzengruberin für einen netten Bub hat und ein Professor in Rom ist er auch noch geworden.«

»Dann braucht er wenigstens nicht im Sankt Pöltener Ordinariat zu versauern«, antwortete der Ferdinand, »das italienische Gelati ist schon was ganz Gutes. Das könnten wir auch in Krumau den Urlaubsgästen anbieten. Aber so ein Gschäfterl rentiert sich nur vom Mai bis zum September, dann schneit es bei uns.«

»Weil du gerad vom Schnee sprichst, Ferdinand. Ob der Andreas wirklich ins kalte Milwaukee will? Vielleicht ginge er auch gerne nach Südamerika, zum Beispiel nach Paraquay, da wär es schön warm, schreibt der Martin.«

»Na, du machst ja recht gewaltige gedankliche Sprünge: Vom Gelati nach Paraquay, da muss man erst drauf kommen.«

Die Bozena zeigte ihr bestrickendstes Lächeln: »Ich denke eben an die Zukunft meiner Kinder.«

»Unserer Kinder, meinst du.« Ferdinand freute sich schon wieder auf Prachatitz.

98.

»Ihr müsst doch zugeben«, warf der Direktor Federweiß in die angeregte Stammtischdebatte über den Wolfschell, »dass dieser Mann außergewöhnliche handwerkliche Fähigkeiten hat. Das Schnitzwerk an der Giebelseite seiner kleinen Scheuer bringt eine besondere Seite zum Klingen, dieser Mensch muss begabt sein.«

»Und er wäre eine Bereicherung für unseren Stammtisch, falls er denn überhaupt für dergleichen bürgerliche Feierabendgestaltung ein Faible hat«, lachte der Doktor Brunelli, der jeder Debatte einen spaßigen Klang abgewinnen konnte. Es könnt' ja sein, er würde uns als Spießbürger und Banausen, die wir ja auch sind, erkennen.«

»In dem Herrn Wolfschell steckt die Erfahrung eines weitgereisten Mannes«, schob der Ferdinand Polschitz ein, wusste jedoch nicht genau, wieweit er von der Unterredung mit Wolfschell erzählen durfte.

»Ich wurde auch aufs Glatteis geführt«, sagte der Lehrer Anderl, »nicht mit dem Bürgermeister hatte der Wolfschell eine Auseinandersetzung, sondern mit dem Geschäftsstellenleiter in der Stadtverwaltung. Es kam zu einer lebhaften Auseinandersetzung, weil der Wolfschell seine Augengläser zu Hause auf dem Tisch hatte liegen lassen. Der zweite Bürgermeister, der den Rathauschef an diesem Tag vertreten hatte, half ihm sogar aus und stellte ihm seine Okulare zur Verfügung. Wie der Doleschal sich dann so echauffieren und ein Gerede über den Wolfschell in Umlauf bringen konnte, ist mir ein Rätsel und dass ich das alles für bare Münze nahm, noch dazu mitgeredet habe, verzeih ich mir zeitlebens nicht.«

Der gelassene Hannes Leibitzer, der am Ende der Stadt seinen alten Vierseithof bewirtschaftete, dort wo die Straße hinunter nach Krumau führt, vorbei am Wolfschellanwesen, das seitlich verborgen hinter einigen Pappeln stand, griente und meinte dazu verschmitzt. »Dem Doleschal ghört sowieso eine aufs Maul ghaut, der motzt und schwätzt wie eine alte Kashandlerin, die sonst nichts zu tun hat.«

»Man sollte das doch alles möglichst klein halten, so ein Gred ufert dann aus und dann schwatzen plötzlich Hinz und Kunz mit.«

Der Federweiß wusste mehr als alle anderen. »Seine Schwester, mehrere Jahre älter, hatte seinerzeit, wie ich hörte, einen Blechschmied geheiratet, droben im Pilsener Raum.«

»In Stankau droben, nicht weit weg von Bischofteinitz, hat sie einen Spenglermeister geheiratet, die Lidwina, hab sie gut gekannt, ist etliche Jahr älter, eine stade, fleißige Person. Ob sie noch lebt, weiß ich nicht«, sagte der Leibitzer.

»Also in Budweis lebt ein älterer Textiler, der lieferte bis hinein ins Russische, Hosen, Jacken, Mäntel, was man so braucht, einfache, feste Stoffe, Kleidung fürs einfache Volk, das sich nicht allzu viel leisten kann. Der hat es wieder erfahren von einem Stallmeister vom Herrn Baron Prokischl, der wiederum einen Freund in der Diplomatie hatte und der hatte erzählt, dass der Wolfschell, er hat ja einen ausgefallenen Namen, viele Jahre in Amsterdam einem Adeligen beigestellt war, der den Zaren bei den Holländern vertreten hatte, vielleicht auch eher in der zweiten Reihe, aber immerhin. Das müsse ein ausnehmend scharfsinniger Mann gewesen sein, mehrsprachig, in den rechtlichen Observanzen zudem bewandert und er solle sich auch in Amerika

250

aufgehalten haben. Später wäre er dann mit dem Grafen ins Petersburgische gereist.« Der Federweiß hatte große Augen bekommen, während er sein Wissen preis gab.

Hier meinte nun Ferdinand Polschitz, dass er sich einbringen könnte und er erzählte knapp von seinem Gespräch mit dem Wolfschell, dass der mehrere Jahre in New York gelebt hatte und vom Maurer bis zum Eisendreher und Brückenbauer habe er alles gemacht, wäre sich für keine Arbeit zu schade gewesen und wäre schließlich für den Bauleiter in Chicago freigestellt worden. Keiner habe sich so mit den Russen und den Polen und den Tschechen ausgekannt und baldowert, wie der Wolfschell, das hätte ihm scheinbar der Prinzipal dort drüben bei den Indianern nicht vergessen. »Man könnte ihn ja einladen, mehr als absagen kann er ja nicht«, und er, Polschitz, würde das gerne auskundschaften und den Wolfschell einladen.

Da wär eine Abwechslung mit dem Wolfschell am Stammtisch, war die allgemeine Meinung, frisches Blut bräuchte man in dem Nest, einer der in der Welt herumgekommen sei, wäre nötig in diesem Kaff, redeten sie durcheinander und man wisse ja nicht, ob man nicht irgendwann einmal gar nach Russland auswandern müsse, lachten sie durcheinander und da hätte man im schönen Petersburg schon eine Adresse. Die Stimmung fuhr hoch und man schlug sich auf die Schultern, sprach heute ausnehmend zügig dem Obstler zu und das alles hatten sie dem Wolfschell zu verdanken, er wäre eben einer von ihnen, ein alter Prachatitzer, der wie der verlorene Sohn wieder in sein Vaterhaus zurückgekehrt sei.

Man redete dann noch vom guten Magister Borwitz, der so schnell verstorben wäre und vom Graf von und zu Raschkotz und seinem Elend und von den verstorbenen Verwandten und dass der ehemalige Lehrer, dieser Martin Curtius es zu was gebracht hätte, drüben bei den Südamerikanern und das wäre sowieso die Zukunft, das Auswandern, wisse man doch nicht, was die Herren in der Regierung oben in Prag und drüben in Wien noch alles austüfteln würden und dem Ferdinand Polschitz wünschten sie eine schöne Zeit in Prag, weil er doch, wie man hört, wieder vier Wochen ins Regiment müsse und denen beibringen müsse, wie man grade Buchstaben schreibt und sie lachten und dann war es Mitternacht und der Wirt vom *Roten Kreuz* verabschiedete die hoch wohl löblichen Herren.

»Heut waren sie aber ausgelassen, die Herren«, sagte die Eva, als der Sebastian Scherdel ins Ehebett stieg.

99.

Die Anna Anzengruber hatte ihren Sulzerer unter die Erde gebracht. Er war ihr diese paar Jahre ein guter Mann gewesen, treu und geduldig hatte er manche ihrer Allüren angehört, hatte ihr kein böses Wort gegeben und ihre Ausbrüche hingenommen, hatte sie schließlich notariell mit seinem recht erklecklichen Vermögen bedacht und sie hat sich revanchiert und ihm eine feierliche Beerdigung ausgerichtet. Der Walter Krachtel, ein begnadeter Tenor von der Oper, den sie zu Zeiten ihres Herrn Rittmeisters kennen gelernt und der ihr in jüngeren Jahren zunächst auch recht große, schöne Augen gemacht hatte, dann durch eine kurze aber doch intensive Möslinger Schule musste, sang das herzzerreißende Ave Verum vom Wolfgangerl Amadé Mozart und der Chor von Sankt Othmar stimmte die festliche Schubertmesse an. Die Schubertmesse hatte er nur zu gerne gesungen und der Sulzerer selber war auch ein recht anerkannter Sangesfreund da in Mödling gewesen.

Zum Abschluss des ergreifenden Requiems intonierte der Chor das gemeinsame Ave Maria von Charles Gounod, war die Anna Sulzerer, geb. Anzengruber, doch eine Verehrerin dieses Franzosen, wie sie dem Schnorrer Willi bei einem tete a tete in den zwei Trauertagen vor der Beerdigung anvertraute. »Der Krachtel Walter hat mich beraten, das werd ich ihm nicht vergessen, is eben ein Freund des Hauses.«

Was sie am meisten freute, waren die Worte des Herrn Prälat Stutnik, der nicht nur darauf verwies, das der Sulzerer ein großzügiger und gütiger Mensch war. Er bemerkte auch, dass der Sulzerer in seinen späten Lebensjahren das Geschenk einer so treusorgenden und lieben Frau an seiner Seite hatte, die ihm zuliebe darauf verzichtet hatte, ihrem in Rom lebenden geistlichen Sohn, der ein Rechtsprofessor an der Campo Santo Teutonico in der Sagrestia sei, das Haus zu führen und der sei, wie allgemein bekannt, zuvor schon lange Jahre dem Hochwürdigsten Herrn Bischof zu Sankt Pölten als jüngster Domvikar beigestanden. Die Anna war stolz auf ihren Sohn, der seit vielen Jahren das pflichtschuldige Weihnachtskärtchen nach Mödling adressiert und sonst keinen Kontakt gesucht hatte, »der Hundsbub, der elendige«, räsonierte sie auf dem Weg zum Leichenschmaus. Da hatte sie die Engsten eingeladen, »wo sie auch ein Ansehen, einen Leumund, hatte.« Es war dann auch eine honorige Stimmung und der Walter Krachtel ließ den Sulzerer hoch leben, was ihm, dem Verblichenen sicher eine Ehr gewesen wäre. As Fleisch, meinte sie, wär a wenig versalzen, aber es war alles üppig und sie war's zufrieden, als der Schnorrer

Willi ihr den Arm bot und sie heim brachte, es war ja recht spät am Abend geworden.

»De Lug, de asgschamte«, hatte die Verolczik Hanni die Anna genannt, mit der sie doch in der Schule gesessen hatte, als die Anzengruberin, verwitwete Sulzerer, wortlos nach der Beerdigung an ihr vorbeigegangen war. »Sie kennt mi net, aber auf der Beerdigung da war ich recht, war ja überschaubar, die Leich', so viele Leut waren auch net da gwesen.«

»Der Schnorrer Willi hat sie jeden Montagnachmittag hamgsucht«, trante die Hanni daheim im Wohnzimmer, während sie ihre schwarze Bluse in den hintersten Winkel warf, »wia der Sulzerer über Land war, wia er seine Rindviecher aufgekauft hatte, des waß a jede von uns und sie tuat, als war sie ane Gräfin. A so ane Schafblatterte, de frisst ja alleweil Erdäpfel mit Kas, schaug sie an.« Daheim bei ihrem Verolczik, den sie auch schon gute dreißig Jahre zu ertragen hatte, redete sie sich aus. »Is ja net so, dass man sich net kennen möcht, die Anzengruberin und ich und der Schnorrer hat jetzt seine Ordnung wieder. Ich könnt' mich echauffiern.«

Der Verolczik vernahm die Suade seiner Hanni, so kannte er sie und wenn sie sich wieder beruhigt hatte, wäre sie eine Seele von einem Mensch.

»Bist eahra grad neidig, Hannerl, wos?«

Das war ein Fehlgriff.

»I dera neidig? I dera? Na, i net, sie is ane Judith, ane Holofernes, ane ausgschamte, hat sich vom Herrn Rittmeister damals ja mehr versprochen, is ihr der Schnabel sauber bliebn und der Sulzerer war a bloß a Viechhandlerer.«

»Dir hot es a an nix gfehlt, Hannerl, hörst. Jeden Tag hot es bei uns a Fleisch gebn, wer kunnt se des aso leistn, sag.

254

Ja, i war a Schlachter, a einfacher Mann, aber ehrenwert und jeden Tag hot es a Fleisch gebn, ich sog es no amol, und heit no kriag i des Fleisch für an Heller, muaß mi net anstelln beim Schlachter im Gschäft, muaß net zum Abdecker, des woaßt.«

»Dass sie an ledigen Bankert vom Rittmeister hot, an Herrn Professor hot der bucklige Prälat gsagt, wos is des, z'Wien da hot er kane Anstellung gfunden, der hohe Herr.«

»Aber der Sohn kann doch nichts für die Sünd vo der Mama, er hot es doch zu was bracht.«

»Und unsane Kinder, hot es der Gerdi zu nix bracht? Er ist a Beamter, hat seinen warmen Platz auf der Post, braucht lang scho nimmer mit dem Radl de Post durch Mödling fahrn, er hot es a zu was bracht und as Fannerl, hot as Fannerl net den Birlinger Leo geheiratet, rechtschaffen san se alle zwoa. Ja, se müassn se abarbeiten in ihrem Laden, aber se hab'n alles, brauchst wost willst, vom Zündhölzl bis zu de goldenen Löffel, wann es sei müasst, ois kriagst beim Fannerl.«

»I moan a bloß, Hannerl. Schaug, dass du ruhiger werst.«

»An Marsch hams eahm a gspült und an Sarg hams vorantragn wia bei an Kaiser persönlich und ›Hab acht‹ hot es ghoaßn und dann hams gschossn, dreimal und da daschrickt ma bis ins Mark. Der Goiserer Wastl hot am offenen Grab auf der Trompetn gschpült, heit war er net bsuffa, der Hallodri. Der Sarg, mei Liaba, des war net bloß a fiachtane, de Madam hot eahm an oachanan bstellt.«

»Da liegt ma in oan wia im andern.«

»Ich red a bloß und dahoam derf i mi ausredn, es is mei Revier.« Jetzt hatte sie ihm ihr ganzes Wasser ausgeschüttet und bloß so obaglaufn sind ihr die Zachalan.

Der Willi Schnorrer, den die Hanni ins Gespräch brachte, war schon ein erfahrener Witwer und er hatte drei Frauen zur letzten Ruh begleitet. Das wärn schon auch rechte Umständ gwesn, sagte er zur Anna und bei der letztn, der Kathi, hätte er drei Tage nix gegessen. Sie wär scho a Prunkstück, hat er gelacht, wie die Anna ihn das erste Mal abwehren wollte. An einem Montagnachmittag war es, als er den Fuß zwischen Tür und Angel schob, waschelnass war er gewesen, hatte ihn doch der Regen erwischt. »Loß mi eine, Katzerl, vastehst, nur zum Redn, goa nix sonst, na hörst, bin tropfat nass, hol mir sonst den Tod«, und hat sich mit einem Sacktüchel die nasse Stirn und des Haar trocknet.

Es hatte sich herum geredet, dass sie ihrem Sulzerer die Hörner aufsetzt, die Anna, aber da dran is er nicht gestorben der Herr Feldwebel a. D. »Es war ihm bestimmt«, hat die Anna Anzengruber nach Prachatitz geschrieben und ein schönes Sterbebildchen beigefügt und der Ferdinand hat seine Bozena angeschaut. »Langsam wird sie philosophisch«, sagte er, »jetzt wird sie keinen mehr kriegen.«

»Aber sie hat ausgesorgt«, sagte die Bozena, »der Baron hatte sie seinerzeit auch nur ausgenutzt.« Die Polschitz konnten es nicht glauben, dass der Sulzerer doch noch so schnell hat gehen müssen »aus diesem Jammertal«, wie die Bozena aus Annas Brief vorgelesen hatte.

»Da saß sie bei uns beim Kaffee und der Sulzerer war noch guter Dinge, als sie heim nach Wien fuhren, er lachte, war in seine Anna geradezu verliebt und jetzt das.«

»Zweimal im Jahr geschäftlich nach Wien, ist schon eine Plage, mit dem Auto möchte ich das nicht machen, gut dass heutzutage überall die Eisenbahn hinfährt«, erwiderte der Ferdinand. »Da komme ich dann heim und fast zeitgleich

kriegt man die Todesnachricht vom Sulzerer ins Haus. Hätt'
ich ihn ja besuchen können oder wär ihm auf die Leich'
gegangen.«

Bozena erzählte ihrem Ferdinand von den Kindern, den
beiden Großvätern, die einer wie der andere ihr Altenteil
ableben. »Dein Vater ist besser in Schuss wie der meine, der
trinkt zu viel von dem Roten.«

»Das bringt ihn über die Runden, der fängt schon nicht
zum Trinken an auf seine alten Tage, sorg dich nicht.«

100.

Die Bozena war Mutter nunmehr schon heranwachsender
Kinder. Karl zeigte im Gymnasium großen Fleiß, wie auch
der Andreas und Thomas, der einmal ein Doktor werden
will, wie der Herr Doktor Brunelli und er liest heute schon
gescheite Bücher über den Körper der Menschen und kennt
alle Muskeln und Sehnen, alle Blutgefäße und Nervenbah-
nen, redet gescheit daher über das Gehirn, »wo alles zusam-
menfindet, weil das der Steuerungsapparat ist« und meint
das eine und das andere Mal, dass er nach Prag hinaufgeht
und dort in der Universität auf Doktor studiert.

Der Brief von Martin Curtius, »der Weihnachtsbrief
vom Onkel Martin«, wie die Marie siebengescheit daherre-
det, liegt noch verschlossen vor der Bozena und es zieht ihr
Jahr für Jahr das Herz zusammen, weil da doch seltsame Gedanken aufkommen, wo sie meint, die dürften nicht sein.
Aber der Pfarrer sagte ihr in der Beichte, dass das normal
wäre und sie müsste halt schauen, dass sie darüber hinweg
kommt und sie wäre nicht die Einzige, der es so geht.

Dann las sie zum Mittagessen den neuen Brief aus Paraquay von Martin vor, aus Encarnación, vom ehemaligen Schullehrer Martin Curtius, der ein Haciendero geworden war, der das Gut des Onkels führt und dann schaute sie den Andreas an. »Der Martin ist ein Abenteurer gewesen«, erzählte sie wie jedes Mal, wenn sie seine Briefe vorlas, »und in jungen Jahren hat er die Heimat so unverhofft verlassen und auf seinen Land kann man Prachatitz hundertmal draufstellen und das ist nicht alles, sein Besitz erstreckt sich so weit, dass man viele Tage reiten muss, um von einem Ende ans andere zu gelangen.«

»Die Mama schicken wir für ein paar Monate ins Paraquay«, sagte der Ferdinand Polschitz und der Andreas lachte, »und den Papa schicken wir derweil nach Milwaukee zu den Indianern.«

Der Frohsinn war in der Stube der Polschitz eingekehrt, oft genug gab es ja auch das übliche Lamento, Reibereien, denn vier Kinder wollen erst einmal aufgezogen werden. Die Bozena nahm sich den Brief, steckte ihn unter die Schürze und ging ins Wohnzimmer. »Ich muss ein bisserl träumen«, sagte sie, »lasst mir meine Ruh.«

101.

Herr Pfarrer Jan Jankov kam mit seiner Hausfrau Lucie fast zur gleichen Stunde am Tor des Polschitz-Hauses an wie die Baronin von Wesowitz. Der Herr Pfarrer Jan Jankov und seine Lucie tranken den Kaffee der Bozena und schütteten ihre Herzen aus. Und die Bozena war froh, dass sie sich seinerzeit in den Ferdinand verliebt hätte und nicht in einen Kaplan und sie schickte ihre Gedanken nach Paraquay.

Die Baronin sah den Zweispänner vor der Einfahrt des

Polschitz'schen Anwesens stehen und ärgerte sich, dass da schon einer vor ihr seine Aufwartung machen musste. Im Buchladen sagte ihr die Verkäuferin auf ihre Nachfrage, dass das der Herr Pfarrer Jan Jankov wäre, »mit seiner Mamsell«, feixte sie verschämt. »A, der a, der Herr Kaplan von Sankt Jakob«, dachte sich die Baronin, »die Herren Zölibatäre.« Dann sprach sie zunächst im *Roten Kreuz* vor und wollte das Zimmer mit der schönen Aussicht auf den Ringplatz, »aber net oberhalb der Küche, sonst habe ich den Bratengeruch im Schlafraum und des passt mir gar nicht.« Sie spähte hinüber zu den Polschitz'schen, aber die Kutsche des Pfarrers stand noch immer drüben vor dem Haus.

»Hast es scho ghört?«, fragte die Baronin die Bozena, als dann am frühen Nachmittag, die Jankovsche Pfarrerskutschn war weg, wie sie zufrieden feststellte, den Bimmel an der Glocke beim Polschitz'schen Geschäftshaus zog, die Bozena umarmte und sich zum Nachmittagskaffee einlud. »Die Demolenzerin hat der Anna, der Anna Anzengruber, selig, hätt' ich beinah gsagt, ihr Vermögen vermacht.«

Das Gerücht war der Bozena nicht unbekannt und der Kenntnisstand der Baronin von Wesowitz über die Vorkommnisse und Abläufe in ihrem ehemaligen Domizil waren einzigartig, hatte sie doch ihre Kontakte nach Prachatitz nicht abgebrochen, eher stillgelegt, wie sie meinte. Der Direktor Federweiß hatte über das Demolenz'sche Vermögen mit dem Polschitz unter dem Siegel der Verschwiegenheit gesprochen. Der Herr Notar hatte wohl über diese seltsame Erbmasse mit seiner Frau Gemahlin geredet, die eine gute Freundin der Federweiß'schen war. Es hätt' dem Notar, ein neu zugezogener Advokat aus Brünn, Kopf und Kragen kosten können und er schwor sich, nachdem seine Gattin ihre Ungehörigkeit gebeichtet hatte, die Hausherrin künftig grundsätzlich im Unklaren zu lassen. »Du bringst mich noch ins Zuchthaus«, fauchte er.

»Na, die Demolenzerin war schon immer arg verwirrt und wer weiß, wie die Anna es angestellt hatte.« Die Bozena wusste viel mehr, als sie zum Gespräch beitragen wollte, denn die Demolenzerin hatte dem Magister selig schon immer von der Großzügigkeit der Anna Anzengruber erzählt, von der herrschaftlichen Bissgurn auch, als die sich die Baronin immer aufs Neue zeigte und die Anna hätte ihr, der Demolenzerin, jedes Jahr »a Wäsch bracht und Röck und nicht die schlechtesten«, was auf die arme Seele der Demolenzerin ein Balsam war.

Mehr als zweihundert Gulden sollten es sein, die in der Erbmasse aufschienen und Verwandte hätte sie keine gehabt, erwähnte die Baronin. »Na, da wird sich die falsche Mödlinger Katz gfreun, so a Erbe und ohne a Dazuatun.«

Sie wolle noch zum neuen Herrn Prälat, der brauche auch den einen oder den anderen Gulden, sagte sie beim Abschied.

Dem Herrn Prälat steckte sie ihre Kenntnisse ebenso und der Herr Prälat fühlte sich persönlich düpiert, hätte er doch für alle auf tragische Weise in der Stadt Verstorbenen eine besondere Seelenmesse lesen lassen und das hätte er nämlich neu eingeführt, er hätte extra Weihrauch abgebrannt und wäre noch dazu durch den weiten Kirchenraum geschritten und hätte viel Weihwasser verspritzt. »Na, des wenn ich gewusst hätt', die Kirche braucht jeden Pfennig, besonders für die Armen«, fügte er an und dankte der Baronin für ihre großzügige Spende, die ihn mit der Treulosigkeit dieser Frau Demolenzerin etwas aussöhnte.

102.

»As Brückerl nach Nebahovy taugt nichts mehr«, sagte der Vater der Lucie, der Herr Hausmeister a. D. Kremser, »pass auf, fahr nicht zu schnell drüber, sonst liegst mit der ganzen Kutschn im Bach.«

Der Herr Pfarrer Jan Jankov, Abkömmling des Bedřich Jankov aus Nebahovy, der ein Kaplansjahr im Pfarrhaus von Prachatitz absolviert hatte und dem davor schon fünf Jahre in Soběslav die Flügel gestutzt wurden, fuhr dann mit seiner Kutsche und seiner Lucie zu schnell und arg ungestüm, wie es in seinem Alter oft genug passiert, übers Brückerl nach Nebahovy, um seine Schwester Rita und den Schwager Emil zu besuchen, nachdem ihm die Wally beim Polschitz gedeutet hatte, dass er sich davonmachen solle mit seiner Lucie, die eine Wachtel sei.

Das Ross brach sich beim Sturz in den Bach ein Bein und der Janik aus Nebahovy, der ein Dutzend Kinder gezeugt hatte, der herbei gelaufen war, schoß dem Pferdl eine Kugel ins Hirn und die Kutsche zogen die Leute aus Nebahovy in einer gemeinsamen Aktion aufs Trockene. Der Herr Pfarrer Jankov lamentierte sehr, weil ihm ein Knochen durch den Unterschenkel ragte und der Doktor im Hospital meinte, er würde das schon hinkriegen, es dürfte bloß kein Wundbrand dazu kommen, das wäre dann recht schlecht für ihn. Am Abend nach der Operation, der Jan hatte die Narkose, die ihm der Chefarzt auf einen Wattebausch geträufelt hatte, nicht vertragen, schrie er nach seiner Lucie und wenn es die Leute noch nicht gewusst hätten, dann wüssten sie jetzt um das Geheimnis des Jan Jankov, Pfarrer in einer Ansiedlung an der böhmischen Grenze, und seiner Lucie. Die hielt ihm, vom ganzen Unfallgeschehen am wenigsten belastet, die Hand und wischte den ohne Unterlass herausgespienen Mageninhalt ein um das andere Mal vom Boden auf.

Er hatte die Nacht überstanden und schickte seine Lucie nach Nebahovy zur Rita und dem Emil, die würden sich um seine Kleine schon kümmern. Der alte Kremser sagte zu seinem Töchterlein, dass es seit Menschengedenken bekannt sei, dass auf eine solche Sünde, wie die ihrige, das Unglück, die gerechte Strafe folgen würde und sie solle den Pfarrerwaschl sausen lassen, es gäbe noch andere Mannsbilder, die sie durchs Leben bringen würden. Aber das wäre erst der Anfang, das solle sie sich hinter die Ohren schreiben und sie solle in sich gehen und wenn erst das erste Kind da wäre vom Herrn Pfarrer, dann würde sie reumütig wieder heimkommen, aber die Mutter wäre verstorben und er könnte ihr nicht helfen. Die Lucie aber war uneinsichtig und sie blieb bei ihrem Jan und sie ließen sich nie mehr in Prachatitz sehen.

103.

An der Piazza di Santa Chiara, in der Via di Santa Chiara 6 in Rom hatte sich auch ein kleines Drama abgespielt. Die Susanne hatte dem Herrn Professor Anzengruber vermeldet, dass sie auf seltsame Weise zu einem Kind gekommen sei und jetzt sicher schon im vierten Monat wäre. Sie ist dann auf und davon, heim zum Papa nach Michelbach vorm Kyrnberger Wald. Ihr Herr Vater, der Gustl Froschleder, seines Zeichens Gutsbesitzer und Eigner mehrerer Häuser und Gutshöfe, hatte seiner zweiten Tochter, der Betty einen Hof zugeeignet, sollte sie einen anständigen Mann bringen, der

»aufs Zeug schaut, nicht säuft und rumhurt in der Weltge-schicht'.«

Den liebevollen Mann hatte die Betty dann beigebracht und die römische Susanne hatte nun im Hause dieser Schwester den Gustl junior in die Welt gesetzt und der Herr Professor Anzengruber hatte sich um sie gesorgt und war dann vom Herrn Bischof wieder heim geholt worden, weg vom Campo Santo Teutonico in der Sagrestia zu Rom und nach Jahren der Abwesenheit in Gnaden aufgenommen und wohlbestallt an der Theologisch-Philosophischen Fakultät in Pölten zu Diensten. Der Jakob nahm jeden Tag die Kut-schenfahrt vom Kyrnberger Wald hinein nach Pölten auf sich, war der Susanne nah und »dem Buberl, dem klanen«, auch.

Zu Mödling war also die Anna eine Großmutter gewor-den, sie war aber nach dem ersten Besuch in Michelbach dort nicht lange gelitten, weil sie doch nur die Mutter vom Kindsvater, dem zölibatären, war und die Susanne lieber mit der eigenen Mama korrespondierte. Im Bischöflichen Or-dinariat hatte es ein mächtiges Gelächter gegeben, als der Professor wieder in den heimischen Gefilden dem Herrn Bischof seinen Antrittsbesuch abzustatten hatte, auch viel Verständnis für den Professor Anzengruber, dem die heiße, italienische Luft scheinbar über die Maßen zugesetzt hatte.

Nur der neue Ordinariatsrat, der für die Selig-und Hei-ligsprechungen zuständig war, rief alle seine Heiligen an, damit ihm so was nicht passiere, hatte er doch auch eine Zugehfrau, die ein übers andere Mal schöner wurde und ihm das Herz schwer machte, aber er hielt durch.

Aber Kreuz tragen kann auch schön sein, sinnierte der Archivdirektor Clemens Servatius, der ein Hochstudierter war und über alle diese kirchengeschichtlichen Sündenfälle und die vielen Leichen im Keller der christ-katholischen Kirche informiert war. Er war schon Vater von zwei Kindern, die er gut kannte, liebte und die Mama auch liebevoll goutierte und alimentierte, aber den Kindern nur aus der Ferne nahe sein konnte. Sommer für Sommer verbrachten der Onkel Clemens mit seinen Dreien die Sommerfreizeit auf einer Hütte im Salzburgischen. Ansonsten aber herrschte Zucht und Ordnung im Bistum unter den Priestern, nur wenn dann einmal das bischöfliche Fegefeuer über den einen oder anderen hinweg gestrichen sei, meinte der Herr Generalvikar, müsse der Delinquent auf die eine oder andere Weise schon zu seiner Schwachheit stehen.

Archivdirektor Clemens Servatius war just ein Studienkollega des Jakob Anzengruber, der der Ableger des verstorbenen Herrn Rittmeister von Wesowitz genannt wurde. Clemens war seinerzeit zunächst nach Ostrau ins Mährische abgeordnet worden, um sich die ersten Sporen als Kaplan zu verdienen, war der Vater doch Regimentskommandeur bei den Kaiserlichen Husaren ebenda gewesen. Er solle sich ins Leben einführen, der Filius, sagte der Vater zum Herrn Erzbischof. Sein Clemens käme aus einer wohlsituierten Familie und mütterlicherseits wären sie alle Äbte und Bischöfe, drüben im Deutschen Reich, wie auch raufwärts und er meinte Ostrau, Oppau und Reichenberg, wo der Bruder der Mutter Erzdekan wär, und den der Herr Erzbischof ja gut kenne.

So war die Laufbahn des Herrn Servatius vorgezeichnet und dann kam die Gusti dazwischen und ihr zu Liebe verzichtete er aufs Bischofsamt, wo auch immer er gebraucht würde. Er könnt' Wallfahrtsdirektor werden, meinte der

Herr Erzbischof seinerzeit in Wien, da würde einiges frei. Der Prälat Powidl sei alt und würde immer gebrechlicher, den Grocz habe der Schlag gestreift, der zipfte auch nur noch so rum, da könne er wählen, er müsste nur seine fatalen Beziehungen geordnet haben. Aber ein halbes Jahr später kam der Wenzel zur Welt und der Herr geistliche Vater stand, Ehrensache bei den Servatius', natürlich dazu.

Übergeordnete Umstände machten es ihm unmöglich, sich den Angeboten des Herrn Erzbischof zu öffnen und er würde nach Pölten hinunterziehen, wo der Vater ein kleines Gut habe. Das Anwesen lag bei Pyhra, an der Aufeldstraßn, wo es nach Heuberg rüber geht und war gut mit der Kutsche zu erreichen. Da hatte die Gusti eine Zugehfrau fürs Grobe und die Kinder könnten zunächst an die Schule in Pyhra gehen und es wäre nicht weit hinein aufs Pöltener Gymnasium, vielleicht möchten die zwei Buben auch nach Klagenfurt auf die Höhere Schule, wo zudem die kinderlose Tante Phyllis mit ihrem Oberst lebte. Die war durch die dauernde Abwesenheit ihres militärischen Ehemannes sowieso angeknackt und könnt' durch die Kinder wieder Lebensmut schöpfen, war ihr doch eine Mutterschaft nicht gegönnt.

So besuchten die Servatiuskinder von Pyhra in den Kinderjahren den Anzengruberanhang in Michelbach vorm Kyrnberger Wald, dann klagten sich die beiden ledigen Mütter ihren Kummer mit der Erziehung, waren aber gefestigt in der Liebe zu ihren treuen Männern und die sommerlichen Tage vertrieben sich die beiden Familien in den ersten Jahren oft genug beim gemeinsamen Spiel im Salzburger Land oder in der Sommerfrische drunten bei Maribor, wo die Servatius auch ein beträchtliches Weingut besaßen.

»Herr Generalvikar«, sagte Seine Exzellenz bei einem Gesprächskaffee, »wissens, mia ham da einige gewöhnungsbedürftige und sehr gschlamperte Verhältnisse, sogar im engeren Umreis, das macht mich sehr verlegen. Ich bin, um es deutlich auszudrücken, a bißl bestürzt.«

»Tuns Eahna net ab, Exzellenz, das war scho immer so, das ist menschlich, es dürfte nur net überhand nehmen. Es ist, was offenkundig ist, das glaub ich in aller Bescheidenheit und in Kenntnis der Lage sagen zu können, auch nur die Spitze vom berühmten Eisberg.«

»Na, kommod ist des nicht, Herr Generalvikar, des is ja wie bei der Titanic, die da im Frühjahr mit einem Eisberg zusammen gestoßen ist und da sind ja eine Menge Leut mit unter gegangen und der Kapitän, was war mit dem Kapitän, ist der auch ins kühle Grab gestiegen auf der Titanic?«

»Der Kapitän, Exzellenz«, antwortete der Herr Generalvikar, »ist mit den Seinen in den Abgrund hinab und hat eine Frau und eine Tochter hinterlassen.«

»Jessas«, sagte seine Exzellenz, »das auch noch.«

104.

Was man denn heuer vom Christkindl erwarten könnte, fragte die Marie beiläufig und die Spannung war ihr anzumerken.

»Ganz sicher eine Griffelschachtel«, meinte der Andreas, der gerade ein Buch über Amerika in den Händen hielt.

»Oder ein paar neue Hausschuh, was halt Fräuleins so brauchen«, der Karl, der Erstgeborene, der immer Streit zu schlichten hatte, spürte das Unbehagen in Maries blauen Augen aufleuchten, gleich dürfte es zu einer heftigen Explosion kommen. »Vielleicht kommt von irgendwoher ein ganz besonderes Geschenk, gerade für unser Mäderl.«

Die Bozena warf ihrem Karl einen dankbaren Blick zu, der Abend könnte noch einmal gerettet sein.

»Wie meinst das, Karl, Bruderherz, red, ich bin sehr gespannt«, sagte die Marie mit großen Augen.

»Na, wart einfach noch ein paar Tage, sicher wirst begeistert sein und staunen.«

»Redest halt einen Unsinn, großer Bruder, was soll denn passieren?«

»Die Titanic ist auch untergegangen und keiner hat des erwartet«, warf der künftige Arzt Thomas ins Gespräch.«

»Uch, grauslich, ich geh zum Papa in den Kontor hinauf, einen schönen Abend.«

Am nächsten Tag gegen elf Uhr bestätigte sich die Vorahnung des großen Bruders. Der Briefträger drückte der Marie einen großen Umschlag in die Hand. »Die Amerikanerin hat gschrieben«, lachte er und die Marie stürmte zur Mama Bozena. »Der Karl ist ein Hellseher«, rief sie, »das hat der gestern schon gewusst. Dass es mich nur net zerreißt.«

105.

Heute gingen dem Ferdinand Polschitz viele Gedanken durch den Kopf. Er schaute durchs Fenster auf den Prachatitzer Stadtplatz, den die Administration recht ordentlich in Schuss hielt, entdeckte Bekannte, die geschäftig irgendeinem Ziel zustrebten. Ein schöner Sommertag war es, die Sonne strahlte in diesen späten Vormittagstunden auf das Kopfsteinplaster, fing sich in den langen Fenstern der Stadtpfarrkirche, schickte ihre warmen Strahlen in die verwinkelten Gassen der Altstadt.

Am Morgen hatte die Marie ihre Anwandlungen gehabt, sie war in den letzten Monaten recht reizbar, hitzig, und er dachte an die Selma vom Federweiß, die seinerzeit an einer schlechten Wurst gestorben war.

Der Philip Blauchitz ging ihm durch den Kopf, ein Stubenkamerad in den ersten Jahren in der Regimentskaserne in Prag. »Lang ist das her«, sinnierte er. Der Blauchitz war ein stiller Freund gewesen, höflich, galant, zurückhaltend, ein fescher Bursch, der dem Graf von Schaunstadt, der dem Vierten Bataillon vorstand, zu Diensten war, vor allem seine junge Frau beim Einkaufen begleiten musste. Über den Blauchitz hatte er seinerzeit eine erste Einladung erhalten in die Schaunstadt'sche Villa, ein schönes weiträumiges Haus mit einem weiten Garten unten an der Moldau. Er könnte am Abend im Haus aushelfen, in der Küche mit zulangen, die junge Gräfin suchte ein paar freundliche junge Leute aus der Kaserne, die ihr manchmal zur Hand gingen.

Die Gräfin Anna-Elisabeth von Schaunstadt war auch einer der vielen unglücklichen Offiziersfrauen, die mit ihren Herren Gemahlen in den Kasernen wohnten, die Männer selten zu Gesicht bekamen und manch eine musste den Angetrauten recht bald mit der Sekretärin teilen oder mit einer Wurstverkäuferin vom Graben oder einer Tandlerin aus der Prager Vorstadt. Die Anna-Elisabeth von Schaunstadt, geborene zu Wentz, stammte aus einem kleinen Schloss an der polnischen Grenze, eine hübsche Freiin ohne Gut und Geld, die Familie angewiesen auf das schlichte Salär des Vaters, der es zeitlebens nicht über den Major hinausbrachte. So war es für die Eltern ein gesellschaftlicher Aufstieg, eine Genugtuung zudem, dass der Graf Wuserl die schöne Anna-Elisabeth mitnahm. Sie war recht bald unglücklich, die Gräfin, weil er eine Affäre nach der anderen hatte, aber jede Liaison abstritt. Meistens waren es von seiner Seite aus einfache Kurzliebschaften, bis er schließlich sozusagen von einem Tag auf den anderen Herr seiner selbst wurde, notgedrungen sozusagen, weil ihm die Männlichkeit abhanden gekommen war.

Der Graf von Schaunstadt, der Wuserl, wie sie ihn nannten, ob seiner schmächtigen Figur, der alles hörte, alles sah, alles kommentierte und eine Stimme hatte, gewaltig und kraftvoll, die man ihm nicht zugetraut hätte. Der Wuserl hatte dann nach achtzehn Jahren seinen Dienst quittiert und war dem verstorbenen Vater nachgefolgt, hatte sich ins Private zurück gezogen, das väterliche Gut drunten an der March, im Mährischen, übernommen.

Ferdinand erinnerte sich an diesen ersten Abend im Schaunstadt'schen Domizil, weil der Wuserl stundenlang über die Missstände im Kaiserreich räsoniert hatte, die anwesenden Offiziere immer wieder zu Stellungnahmen aufforderte und schließlich gegen Mitternacht ein Hoch ausrief auf den Kaiser und dass die ehrwürdige und heilige Östereichisch-Ungarische Doppelmonarchie noch lange leben solle und alle hatten sie ihre Gläser gehoben, auf den Herrn Kaiser angestoßen und lagen sich in den Armen. Für ihn, den Ferdinand Polschitz, das Landei aus Prachatitz, waren dies sehr neue Erfahrungen.

Der Philip Blauchitz hatte dann eine recht verhängnisvolle Liebelei mit der doch um gute zehn Jahre älteren und unglücklichen Gräfin und die Anna-Elisabeth zog ihren ersten Buben mit recht ordentlichem Geschick und viel mütterlicher Liebe auf, sah er doch weniger dem Wuserl, als dem Philip ähnlich. Ob das Mäderl, das bald die Reihe ergänzte, vom Herrn Graf selber abstammte oder ob der Philip auch hier der Vater war, darüber wurden in der Kaserne Wetten abgeschlossen. Im Standort waren die Intimitäten der beiden bekannt, nur der Wuserl schien nichts mitbekommen zu haben.

Ferdinand dachte an diese konstanten, nervigen Amouren der Offiziere, die stillen Verhältnisse der Frauen der Offiziere und der Feldwebel, nicht nur der jungen, die oft genug das Tagesgespräch bei den Gemeinen waren, vornehmlich auch in der Offiziersmesse für Gesprächsstoff und Gelächter, auch die eine oder andere hämische Bemerkung sorgten.

Jahre später, der Ferdinand war lange schon respektierter Rittmeister der Reserve im Prager Regiment, hatte er die Bekanntschaft mit dem etwa gleichaltrigen Rittmeister Bindhals gemacht. Der nahm das Leben ebenfalls leicht und auch seine Affären, eine nach der anderen, durchlebte, durchlitt, wie er sagte, wenn sie denn überhaupt über die Vierteljahresfrist, die er sich für diese Liebschaften gesetzt hatte, hinausgingen. »Weißt, Ferdinand«, sagte er, wenn sie über die Karlsbrücke flanierten, ihre freien Stunden in den Prager Kneipen, den Schänken hinter dem Altstädter Ring absaßen, »man braucht eine Erfahrung, darf nicht bloß aus der Theorie heraus ins Eheleben hineinschliddern, des wär verantwortungslos.« Aber der Ferdinand sah das anders, für ihn zählte nur seine Bozena.

106

Der Ferdinand ging jeweils vormittags gegen neun Uhr
ins Regimentsfinanzkontor, das lag auf der gleichen Etage,
auf der die Entourage des Generalstabs residierte. Mittags
verzehrte er mit dem Bindhals in der Offiziersmesse seine
Mahlzeit und fand sich dann gegen drei Uhr bei eben diesem Offizierskollegen zum Nachmittagskaffee ein.

Er erinnerte sich an diese halben Stunden, wenn er im
Generalsvorzimmer mit dem Bindhals Nepomuk seinen
Kaffee trank, ein Butterhörnl reintauchte und hoffte, dass
diese vier Wochen im Regiment bald zu Ende gingen.

Die Strizi stürmte ins Kontor, sie habe eine Frage, eine
wichtige noch dazu. Sie solle ein bißerl warten, beschied er
ihr, er hätte nur kurz was durch zu denken, er wär gleich
für sie da und dann so lange sie wolle. Dann war er wieder
mit seinen Gedanken in Prag. Entgegen ihrer derzeitigen,
unsteten, oft stürmischen Stimmungsaufwallungen hatte sie
die Tür sanft ins Schloss gezogen.

Die Strizi, wie sie landauf, landab genannt wurde, die
Bellward Susanne, die dem Herrn General im Büro die Papiere sortierte und für die spitzen Bleistifte zuständig war,
hatte ihm, dem Ferdinand, schon rechte Augen hingedreht,
da blieb nichts zu wünschen übrig. Die Strizi stellte die Kaf-
feekanne auf dem Ecktisch im Zimmer vom Bindhals recht
umständlich ab, dass sie ihn ein bisserl von der Seite streifen
würde, wünschte ihm ein guten Appetit und er soll sich's
recht schmecken lassen und wenn er zum Beispiel noch ein
Hörnderl möcht, bräucht er nur zu rufen, sie wär im Vor-
zimmer. Und der Bindhals patschte ihr einen freundschaft-
lichen Schlag auf ihr Rückteil und sie entfloh, verhalten

geziert kreischend, wie ein Vogerl, das von der Katze aufgescheucht wird. »Was wird aus der Strizi geworden sein«, überlegte der Ferdinand.

Der Bindhals schwadronierte während einer dieser halben Stunde wieder einmal ohne Unterbrechung, tischte das ganze Wochengeschwätz aus der Kaserne auf, erzählte vom Andres oder vom Josef, immer waren es irgendwelche Eskapaden junger Offiziere, die ihre Liebesabenteuer im Kreis der Kameraden ausplauderten und die der Bindhals zum Besten gab. Er brachte die Rede, natürlich unter dem Siegel der Verschwiegenheit, auf den Herrn General von Prechtingen, der zur Zeit seine Gicht in Karlsbad auskuriere, von der Generalin vornehmlich redete er, »die der Alte vor acht Jahren im Anflug eines Jugendwahnes stante pede geheiratet hatte, drüben in Olmütz, wo er die Kürassiere im Griff hatte, noch Obrist gewesen war.« Die schöne Adelheid, die sicherlich in der Zwischenzeit, während er hier rede, mit dem Zettl, dem jungen Hauptmann von der Fünften, eine geheime Liaison auskoste oder droben in den Weinbergen flaniere, fügte er maliziös grinsend an. »Diese Affär' wird ihr noch den Hals kosten«, lachte er. Aber der General, alles in allem ein integrer Mann, wäre sicherlich droben in Karlsbad auch nicht koscher, war er doch von jeher nicht als Kostverächter bekannt.

Den Bindhals hatte er also in guter Erinnerung. Der war stets gut aufgelegt, zeigte sich den Annehmlichkeiten des Lebens aufgeschlossen, war aber eine treue Seele und er hatte, wie er so beiläufig mitteilte, daheim in Komotau, er stammte aus einem Bauernhof, eine beste Freundin, die auf ihn wartete, die er auch heiraten würde. Der Freund hatte ein paar Jahre, bis er es zum Hauptmann gebracht hatte, drüben in Leitmeritz gedient, erste Meriten verdient und war dann dem General von Prechtingen in der Prager Garnison zugewiesen worden.

Die Marie brauchte ihn mit einem fordernden Schrei wieder ins Tagesgeschäft. Er streichelte mit der Hand über ihren Kopf. Als Familie waren sie eins, gleichsam ein verschworenes Bündnis. »Bring der Mama ein paar Blumen«, sagte er zu seiner Marie. Es war der frühe Sommer, die Zeit der Krokusse, der langstieligen Tulpen, der Buschwindröschen. Er war müde geworden und nutzte zur Zeit jede Minute zum Ausruhen, er schlief kurz ein und träumte, so schien es, als habe er mit einem starken Engel gerungen und fragte Bozena, was sie von Träumen halte. »Du bist auch so ein Jakob«, lachte sie, »irgend ein Problem wälzt du gerade und du findest keinen Lösungsweg. Wart ab, es schickt sich alles«, fügte sie hinzu.

»Vielleicht habe ich mit unserer Marie gerungen, die hat zur Zeit so besondere Launen«, grübelte Ferdinand, »ich hab sie so lieb und möchte nur das Beste für sie.«

»Die wird grad eine Frau und da wühlt das eine oder andere Käferl in ihr, mir ging es auch so, den Andreas vom Bergmann sieht sie halt gern. Bei mir redet sie sich manchmal aus.«

107.

Nach der abendlichen Stadtratssitzung waren sie im *Roten Kreuz* eingekehrt. Auf dem Weg ins Lokal dankte ihm der Bürgermeister, weil er in den oft recht hitzigen Auseinandersetzungen im Stadtrat ein Brückenbauer wäre, wie er sagte, und es verstünde, die Streithähne zu bändigen.

Es wär wieder ein rechtes Spectaculum gewesen, heut in der Sitzung, meinte der Studiendirektor Soffiz, »mit dem Rusnok wird's noch was. Seine lauthals vorgebrachten Überlegungen haben doch andere lange schon vorgedacht. Er ist aber ein gradliniger Böhm, mit einem Faible für den Kaiser halt, auch in solchen wirren Zeiten, na was soll's, jeder darf nach seiner Fasson selig werden. Aus ihm redet ein heiliger Eifer.«

Ins Rote Kreuz war der Bernhard Rusnok nicht mitgegangen. Er vertrage derzeit weder Bier noch Wein, hatte er auf der Treppe vor dem Rathaus zum Polschitz Ferdinand gesagt und was soll er dann lange rumsitzen im Wirtshaus und den Leuten weiter mit seinen unzeitgemäßen politischen Ansichten die gute Laune verderben, außerdem sei seine Frau erkrankt und da falle ihm zudem ein, er müsse ja noch einen Bericht für die Zeitung ausformulieren, wird ihm schwer genug fallen.

»Ich weiß«, sagte er beim Abschied, »ich hab so altertümliche, so verhuzelte Ansichten, ich passe nicht mehr in die Zeit.« Der Rusnok schrieb auch den einen oder anderen Artikel für die Budweiser Zeitung, mehr heimatlichen Stoff bevorzugte er und manche Passagen hatten es trotzdem in sich, war er doch ein fulminanter Verfasser und er würde wohl in diesen neuen Zeiten Heimat etwas anders definieren müssen. Zu diesem Schluss wäre er ganz von selbst gekommen. Er redete etwas pathetisch, war aber ein echtes Original, irgendwie gemütlich, aber wenn es um den Kaiser, um seine geliebte böhmische Heimat und den lieben Gott ging, so ließ er auf diese drei nichts kommen. Seine Leitartikel waren aus besonderem Holz geschnitzt.

Nachdem sie dann den ersten Krug Bier im Nebenraum

vom *Roten Kreuz* geleert hatten und die Stimmung lockerer wurde, kam der Bürgermeister auf die neue Prager Politik zu sprechen und er meinte, sie stünden gerade alle in einem Umbruch, das ganze Land würde sich neu ausrichten müssen und das System erfahre ein ganz neues Konzept, aber man solle sich weiterhin in die Politik einmischen, sie sollten alle dabei bleiben, mehr als einen Kopf kürzer könnten sie einen ja nicht machen, die da oben, lachte er.

Der Federweiß sagte, dass es der Kaiser schon richten würde und auf der hohen Ebene bräucht es schon einen starken Mann, keine Dilettanten und gute Beamte müssten her, daran haperte es.

»Das Gebot der Stunde«, brachte der Wolfschell ein, der, auch wenn er dem Rat nicht angehörte, sich nach den Sitzungen dazu gesellte, »das Gebot der Stunde ist das Hineinreden in die Politik, debattieren muss man das Kleine wie das Große, in Amerika drüben nennen sie das Demokratie.« Sie würden es erleben, das Volk würde auch bei uns in Böhmen mitreden, bald sogar, man könne es erwarten.

»Bist a wenig a Republikaner«, frotzelte der Direktor Federweiß, drehte seinen Siegelring am linken Ringfinger, wandte seinen ergrauten Kopf zum Wolfschell. »Solche Gedanken, Wolfschell, passen in dein Amerika, diese Leute haben da drüben eine ganz lockere Kultur, sind andere Leut, Freisinnige halt. Wir sind aber in Böhmen und in Österreich mit unseren Monarchen bisher recht gut gfahrn und das republikanische Denken greift wie ein Gespenst um sich, ist ein Blendwerk, kommt eben aus der neuen Welt, wie man so sagt und da muss man bei uns hier einen akkuraten Schnitt machen, man darf nicht gemein werden mit solchen aufrührerischen Ideen.«

Der Wolfschell zuckte mit den Schultern, hob die Augenbrauen ganz leicht. »Wir werden sehn, mein Lieber, wir werden sehn. Der Kaiser ist nicht auf ewig. Eines bleibt gewiss, wir können keine Unversöhnlichkeit brauchen, zwischen den Kaiserlichen und den Republikanern, Zusammenhalt ist nötig, alles andere wär eine Tragik.«

Alles schien – wieder einmal – gesagt und ähnliche Debatten würden die Freunde in die Zukunft hinein begleiten. Der Ferdinand Polschitz hob sein Glas und die örtlichen Honoratioren taten es ihm gleich und dann brachte der Wirt die Speisenkarte und Frieden kehrte ein am Tisch. Ein saures Lüngerl hätte er noch, meinte der Scherdel Wastl, oder auch ein saftiges Karree, frisch, heut vom Ochsen, aus der Pfanne mit Bratkartoffeln.

108.

Die Strizi aus der Regimentskaserne seinerzeit in Prag ging dem Ferdinand Polschitz auch an diesem Abend nicht aus dem Kopf. Warum sie ihn gar so bedrängen, die Gedanken an die alte Zeit, fragte er sich. Sie wird einen Feldwebel geheiratet haben, die Strizi, oder gar einen Herrn Offizier, denn eines Tages war sie verschwunden, war nicht mehr anzutreffen, als er wiederum zu einer Reserveübung einberufen wurde. Oder vielleicht hatte sie einen Handlerer oder einen Bauern entflammt, überlegte er, sie stammte ja aus Říčany drüben, nahe der östlichen Prager Vorstadt und der Herr Vater hatte für die Küche in der Offiziersmesse das Kraut, die Kartoffeln und die Rüben geliefert und so manches andere Gewächs aus dem häuslichen Bauerngarten und der Herr Kommandeur war entgegenkommend und hatte die Strizi wohl dafür im Regiment untergebracht. Dem Herrn von Prechtingen hatte er das frische Gemüse ins Haus gebracht. Er hatte mit der Strizi und ein paar Kameraden einen heißen Sommernachmittag drunten an der Moldau verbracht und erinnerte sich an das Flirren des Sonnenlichtes über der Wasseroberfläche des gemächlich dahinrollenden Wassers und die Sonnenstrahlen hatten sich darinnen gespiegelt und waren wie Irrlichter über die Wasserfläche getanzt. Die Strizi hatte so einen Singsang in der Stimme wie die Frau vom Federweiß, erinnerte er sich. Dass der Federweiß gar so ein überzeugter Monarchist wäre, hätte er eigentlich nicht gedacht, aber so kann man sich in den Leuten täuschen, sagte sich der Ferdinand.

Der Federweiß hatte sich verändert. Das hagere, faltige Gesicht schien nicht zu ihm zu gehören, die hakige Nase schob sich auffallend scharf unter der Stirn hervor, er ging etwas gebeugt, war noch keine sechzig und machte insgesamt einen etwas ermatteten Eindruck. Die verantwortungsvolle Arbeit in der Direktion der Textilfabrik dürfte ihm mehr als er zuzugeben bereit war, zu schaffen machen. Er hatte diesen Abend in sehr bedeutungsvoller, hoher Tonlage gesprochen, seine doch im Wesentlichen harmlosen Aussagen wurden dadurch scheinbar unterstrichen.

Ferdinand Polschitz hatte keine tödliche Erkrankung, ab und an laborierte er an einer triefenden Nase, aber das auch nur im Übergang vom Herbst in den Winter hinein. Er hatte somit keinen Grund, an den Tod zu denken, damit wollte er warten. Seine Vorfahren mütterlicher- wie väterlicherseits hatten alle ein respektables Alter erreicht, standen zumeist in den hohen Siebzigern, auch Mitte der Achtziger, als gesundheitliche Probleme den Niedergang einleiteten und dann ging es immer recht schnell. Nur der Onkel Karl und seine Mutter waren doch in einem Alter verstorben, wo man es nicht unbedingt hätte erwarten können. Daran dachte er unvermitttelt, weil er wieder an den alten Lehrer Anderl denken musste. Ferdinand fühlte sich prächtig, war in einem Lebensalter, im besten Mannesalter, in dem er, wie er überzeugt war, noch Bäume ausreißen konnte.

»Wärst ein guter Nachfolger für mich im Bürgermeisteramt, Ferdinand«, riss ihn der Bürgermeister aus seinen Gedanken, sagte das zum wiederholten Male, als sie das Rote Kreuz verließen, »wärst ein vortrefflicher Nachfolger, hast einen Verstand und einen Überblick, hast da und dort eine Dependance, wirst schon jemand finden, der dir daheim die Arbeit etwas abnimmt, warst in Wien und in Prag, auch im Boarischen, bist weit gereist, kennst Gott und die Welt, überleg dir das. Für mich geht's dem Ende zu, das ist meine letzte Periode, dann geh' ich in den Ruhestand, es wird mir zuviel.«

Das Polschitz'sche Handelshaus, das Hauptgeschäft in Prachatitz, die Kaufhallen in den verschiedenen Städten, hatten einen guten Ruf, der Umsatz wuchs von Jahr zu Jahr, der Verkauf florierte und die eminente Nachfrage belebte das Geschäft. Ferdinand war zufrieden und voller Dank.

Da hatte der Ferdinand wieder was zum Denken und die Bozena meinte, heute Nacht würd er wieder mit einem Engel ringen. »Kommt Zeit, kommt Rat.«

Wenn's denn so ist, dachte der Ferdinand. »Morgen Abend werden der Bürgermeister und der Wolfschell bei uns vorbeischauen, Bozena.«

»Ich richt einen Endiviensalat mit feinen Brechbohnen und einen Löwenzahnhack her und wenn die Herren Politiker wollen, können sie einen geriebenen Hartkäse drüber streuen. Das schmeckt vorzüglich, so könnt ihr die Republikanerschmähung des Herrn Direktor Federweiß vergessen.«

109.

Die letzten Tage vor den weihnachtlichen Tagen im Gymnasium trödelten so dahin. Hausaufgaben müssten bis zum letzten Tag gemacht werden, sagte der Lateinlehrer Grzimek, der ihnen den Cicero nahe brachte und den Gallischen Krieg von Gajus Julius Cäsar zudem und die Lektüre, die er vor drei Wochen verteilt habe, wolle die Befähigung zur Texterschließung verfeinern, den typischen Wortschatz nahe bringen und ihnen eintrichtern und für eine Festigung der maßgebenden Grammatikkenntnisse sorgen. »Discite, discite«, sagte er, »auch wenn Weihnachten vor der Tür steht.«

Der Jaroslav Kalousek, dessen Vater bei der Gendarmerie seinen Dienst machte und der seit Jahren nach Budweis wollte, weil daher die Frau Kalousek stammt, die nun schon lange das Häusl des verstorbenen Vaters dort beziehen wollte, der Jaroslav also meinte, dass das alles ein rechter Schmarrn sei, dass sich Leute wie der Cäsar heutzutage nicht halten könnten und dass man das ganze Despotengschwerl von Wien und die »Herren von und zu« und was halt noch so dazugehöre, in die Mongolei schicken sollte. »Zum was Arbeiten«, setzte er hinzu.

In der Klasse war es still geworden, war doch der Kalousek nicht das erste Mal mit dermaßen impertinenten und unverfrorenen Äußerungen zur politischen Lage aufgefallen. »Des sagen Sie doch auch, Herr Oberstudienrat«, fügte der

Jaroslav Kalousek hinzu und schaute dem angesprochenen Lehrer unverwandt in die Augen.

»Ich hoffe, Ihnen künftig nicht zu begegnen, Kalousek. Wenn Leute wie Sie einmal vorn dran sind, dann Gnade uns Gott.«

Der Jaroslav Kalousek erhob sich vom Platz und deklamierte aus »Caesar – De Bello Gallico«: »Gallia est omnis divisa in partes tres, quarum unam incolunt Belgae, aliam Aquitani, tertiam qui ipsorum lingua Celtae, nostra Galli appellantur.« – »Gallien in seiner Gesamtheit ist in drei Teile geteilt«, übersetzte er für die Lateinbanausen, »von denen den einen die Belger bewohnen, den zweiten die Aquitanier und den dritten die, welche in ihrer eigenen Sprache Kelten, in unserer Gallier heißen.«

Was er damit sagen wollte, fragte ihn der Lateinlehrer. »Es ist kein Platz für drei Völker in dieser Monarchie, das kann nicht gut gehen, Tschechen und Deutsche und Ungarn in einem Land«, antwortete Kalousek kalt, nüchtern und präzise. »Hi omnes lingua, institutis, legibus inter se differunt. Gallos ab Aquitanis Garumna flumen, a Belgis Matrona et Sequana dividit.« Dann setzte er sich wieder. »Wie ich schon sagte: ›Diese alle sind nach Sprache, Einrichtungen und Gesetzen voneinander verschieden‹, steht schon bei Caesar – in De Bello Gallico zu lesen.«

»Wir beenden diese unerfreuliche nationalistische Hetzpropaganda, die der Herr Kalousek zum wiederholten Male von sich gibt«, ächzte der Oberstudienrat. »Wie gesagt, Ihnen möchte ich nicht über den Weg laufen müssen.«

Nach Unterrichtsende war ein Getuschel auf dem Gang, denn der Sakrileger, wie sie den Jan Kalousek im Gymnasium nannten, hatte wieder einmal kräftig überzogen. Der

Karl Polschitz, der die Ehre hatte, neben dem Jaroslov Kalousek zu sitzen, meinte: »Du langst einfach immer wieder daneben.«

»Polschitz kümmer dich um deinen Dreck, bald wird sich einiges ändern und dann schmeißn wir auch den frevlerischen Russen raus, den Wolfschell, er kann wieder nach Petersburg zum Herrn Zaren rübermachen.« Was sich in diesem jungen Menschen angestaut hatte, würde unweigerlich eines Tages explodieren.

»So solltest du nicht mit mir reden, bisher haben wir uns noch stets geeinigt und du solltest dich wieder beruhigen, Jaroslav. Dem Studienrat Grzimek machst es auch sehr schwer, der hat schon über vieles hinweg gesehen, was du so fabrizierst.«

»Deine Familie hat doch auch Kontakt mit diesem Petersburger Rädelsführer, der will uns nichts Gutes. Woher nimmt der sein Geld, was hat der gearbeitet, wo hat er sich aufgehalten, eine zwielichtige Gestalt ist das.«

»Vor dem brauchst keine Angst zu haben, der hat sein Geld auf reguläre Weise erworben, du solltest nicht urteilen, ohne über ihn mehr zu wissen, als was manche Falschredner meinen. Du hast einen brillanten Kopf, Jaroslav, kannst viel erreichen, bist aber manchmal so ungestüm. Mach erst deine Matura gscheit, dann wird sich zeigen, ob du eher ein Marat wirst oder ein Robespierre. Manchmal meine ich, dass du eher einen Robespierre abgeben möchtest, weil du die Leute zu ihrem Glück zwingen willst. Jeder soll doch denken und leben, wie er selber es verantworten kann. Aber wie ich die Böhmen kenne, schicken die keinen auf die Guillotine.«

»Ich brauche keinen Franzosen, um was zu ändern in diesem morbiden kaiserlichen Sumpf, wo einer von Gottes

Gnaden für die Volkskrankheit Unterwürfigkeit zuständig ist. Es bräucht bei uns wieder einen Jan Žižka, der würde für Klarheit sorgen.«

»Da wäre mir der Jan Hus lieber, der war für Klarheit, aber nicht für Krieg und Scheiterhaufen, wie dein Žižka und auf den Hus können die Prachatitzer stolz sein, er edelt heute noch die Prachatitzer Lateinschule.«

»Karl, mit dir streit ich nicht, du bist ja ein Harmloser, ein unverdorbenes Buberl. Aber es wird eine Zeit kommen und wir werdens erleben, dass die Tschechen in ihrer Heimat wieder die Herren sein werden und nicht einer der bärtigen alten Habsburger, die uns schon von jeher Unglück gebracht haben.«

»Es kommt nur darauf an, wie man sich vom Unglück befreit, auf französische Art kann das nur Elend bringen und was den Wolfschell angeht, das ist ein hoch anständiger Mensch.«

Der Jaroslav Kalousek deutete mit dem Zeigefinger an seine Stirn und meinte, der Karl solle sein gesegnetes Weihnachten feiern, er selber würde über Žižka lesen. »Das war ein Charakterkopf, solche brauchen wir wieder, wie ich schon sagte, Karl.«

»Hast was im Buchladen über den Žižka?«, fragte der Sakrileger, dem nichts heilig war und der unverblümt über Gott und die Welt lästerte. Nicht einmal in heiligen Zeiten sah man ihn in der Kirche, er hätte zu studieren und er wäre dem Christengott auf ewig dankbar, habe der doch für ein paar freie Tage gesorgt und da würde er sich gerne seinen politischen Studien hingeben.

»Es ist Ihnen nichts heilig, Kalousek«, redete ihm der Herr Studienrat Weinsiegl ins Gewissen, den der Herr Bischof aus Budweis nach Prachatitz gesandt hatte, um die dortigen Studiosi auf den rechten katholischen Weg zu bringen. Da könnten auch heutzutage noch gute Priester, gar wieder ein Bischof wie der Johannes Neumann herauswachsen, aus dem schönen Prachatitz, gab er ihm für diesen Sonderauftrag mit auf den Weg und der Weinsiegl war drei Wochen Feuer und Flamme, bis ihn der Alltag einholte und ihn Mores lehrte. Nach einem Jahr lag er vor dem Bischof auf den Knien und bat um seine Versetzung aus Prachatitz.

Es wäre schon immer nahe an der Gotteslästerung, Sakrileg heiße das, was er, der Kalousek von sich gebe, wussten die Jungen daheim zu erzählen und der Kalousekmutter wurde das Haar grau über das, was ihr die Freundinnen zutrugen, und das Herz wurde ihr schwer. Dann nannten sie den Jan in der Schule den Sakrileger.

»Für den Hus habe ich mich noch nie erwärmen können, das wär nicht mein Held, wär für mich nicht autoritativní, reitet ins Deutsche, der Brave, zu den Konstanzern und lässt sich von der Spezialtruppe deines Jesus, einer ignoranten Kardinalsmeute, auf dem Scheiterhaufen verbrennen.«

»Dein Žižka hat das nicht anders gehalten, der war auch eher krank im Geist, als ein normaler Mensch. Du kennst seine vita, das Massaker im Frühjahr 1421. Am Palmsonntag noch dazu, haben seine Truppen Chomutov eingenommen. Von Žižkas Leuten und auf seinen Befehl hin wurden von den weit über 2000 Einwohnern der Stadt alle bis auf ein paar Versprengte abgeschlachtet. Er hat im Namen gerade dieses von dir so geschmähten Jesus Christus alles nieder gemetzelt, was sich ihm in den Weg stellte.«

»Revolutionen erfordern Opfer«, grinste der Sakrileger.

»Die Völker begehren auf, irgendein Joch muss immer abgeschüttelt werden.«

»Vor dir könnt' man sich wirklich fürchten.« Der Karl ging seines Weges.

»Schau nach, ob du über ihn was in deinem Laden findest, ich komme am Nachmittag bei dir vorbei«, rief der Jaro, öffnete die Tür zur kleinen Taverne vom Mirko Hasek und bestellte sein Bier.

Karl Polschitz suchte das Gespräch mit dem Vater, schilderte ihm die unrühmlichen Aktivitäten des Jaroslav Kalousek, seine Auseinandersetzungen mit den Lehrern. »Der wird sich die Hörner noch abstoßen, lass ihn die Matura ablegen, dann geht er nach Prag an die Universität oder hinüber nach Brünn und lernt zum ersten Mal das Leben einer Großstadt kennen und er wird merken, dass es außer ihm und seinen Spinnereien andere Leute und andere Ansichten gibt.«

Beim Hasek konnte der Jaroslav seine Worte auch nicht zügeln, forderte den braven Mirko auf, nach Prag zu ziehen, da gäbe die Gastonomie noch was her und bald hätten sie andere Zeiten, auch hier in Prachatitz, aber da ist ja der Hund verreckt. »Was für eine Laus ist dir denn über die Leber gelaufen«, fragte der Mirko und er solle heimgehen zu seiner Mutter, die kümmere sich um ihn und überhaupt wolle er nichts von der Politik wissen, nur seine Ruh wolle er haben.

»Der Untergang der Titanic war ein böses Omen, ein Menetekel an der Wand – aber die Mächtigen haben das nicht gemerkt«, raunte der Jaroslav in den Mantelkragen und schob sich aus der Wirtsstube.

110.

Bohumil Kalousek hatte seine Margarete, Tochter des Lehrers Peter Bauer in Budweis beim Tanzen kennen gelernt, so wie sich's also auch gehört, denn wenn man sein Mädel nicht beim fröhlichen Schäkern und Tanzen kennen lernt, dann höchstens noch bei einer Beerdigung.

So hat der Bohumil, der den Rang des Wachtmeisters bei der k. u. k. Gendarmerie inne und seinen dreißigsten Geburtstag schon hinter sich gebracht hatte, die blutjunge Gretl an den Altar geführt und ihr hoch und heilig versprochen, dass er ihr treu ergeben sei. Das erste Kind war ein Greterl und starb noch in der ersten Woche und das zweite war ein Bub und brauchte auch nicht lange. Es plagte den neuen Erdenbürger ein schlimmer Husten, die kleine Zweizimmerwohnung in der Budweiser Vrbenská war ungeheizt und kalt und der Bohumil, nach dem Vater und dessen Vater genannt, ging zu den Engelchen und die Margarete und der Bohumil fragten sich, welche Sünde sie auf sich geladen hätten, weil der Herrgott sie so bitter straft.

Der Jaroslav, der den beiden verstorbenen Geschwistern nachfolgte, übertraf sie alle an Gesundheit, blühte auf wie ein Buchenschößling,

111.

»Ihr redet immer nur von eurem Stifter, dem Romantiker, dem Freigeist, dem heiligen Adalbert, den Großen. Aber wir Tschechen hatten auch große Dichter, warum nicht reden vom Josef Dobrovský, für uns ist er so etwas wie der Luther für die Christen, ein Sprachkünstler oder der Karel Mácha, der gilt als der bedeutendste tschechische Dichter der Romantik, den selbst der Klausner hoch schätzt. Aber der ist halt nicht alt geworden, schnell stirbt es sich in Böhmen. Solche und andere Männer stärken unser tschechisches Bewusstsein, dass wir auch wer sind, auch wenn Seine Kaiserliche Hoheit, Dero Eindrucksvolle Gnaden uns knebelt und kujoniert. Zwischen den Habsburgern und den Tschechen war schon immer eine Kluft, unser Volk und der habsburgische Kaiser aus dem fernen Wien haben noch nie zusammen gepasst, schon nicht im Dreißigjährigen Krieg und in der Ära des Herrn Franz-Joseph, pardon Seiner Hoheit des Herrn Kaisers Franz-Joseph, schon gar nicht.«

Jaroslav Kalousek redete sich wieder einmal in Rage, nahm dem Karl Polschitz den mitgebrachten Packen Literatur über den Jan Žižka aus der Hand und legte die Bücher auf das Kästchen, neben seinem Krankenbett.

»Fragen wir einfach den Klausner, ob er in einem zusätzlichen Seminar mehr über Josef Dobrovský ausbreiten kann, da könntest du dann deine Kompetenzen einbringen.«

»Du redest dich leicht, Karl, du bist ein Polschitz, einflussreich sozusagen. Aber wenn ein Gürteltier wie ich einen Vorschlag macht, heisst es gleich, er wäre der Revolutär par excellence, einer, der nur aufmischen will. So einen wie mich wird man später wegsperren.«

»Ich unterstütze dich, aber von dir muss es kommen.«

»In meinem Leben gibt es, im Gegensatz zu deinem Leben, keine fertigen Muster, keine schon fixen Entwürfe, die man nur zu übernehmen hat, ich muss alles auf mich zukommen lassen. Dann bist von so vielen Zufällen abhängig. Schau mich an, nach der Schule noch eine freche Goschn und ein paar Stunden später liege ich im Bett und leide.«

286

Der Jaroslav war nach der Schule zum Mirko Hasek in die Taverne gegangen und hatte sein Bier getrunken, war beim Nachhauseweg auf der spiegelglatten Straße ausgeglitten und hatte sich die Schulter massiv geprellt. »Der Dr. Brunelli hat mich eingefatscht und mir zwei Tage Ruhe verordnet, es ginge nicht ums Leben, hat er gesagt und ich solle bald wieder hinlangen.«

Karl hatte davon erfahren und dem Freund, der sich schon seit einem guten Jahr als der Avantgarde zugehörig verstand, zwei Bücher über den Jan Žižka und ein älteres aus der Bibliothek des Onkel Borwitz über den Thomas Münzer gebracht. »Der Münzer kommt dir sicher gelegen«, grinste der Karl, »der hatte viel übrig für die Bauern und hat auch mit Gewalt die seinerzeitigen Aufstände gefördert und geleitet.«

»Polschitz, werd nicht frech, den Münzer hab ich schon inhaliert, da hast du noch an der Mutterbrust gelegen. Übrigens möchte ich mit der Bahn nach Komotau hinauf fahren. Der Onkel Marek, Mutters Bruder, der im Komotauer Braunkohlebergbau arbeitet, hat mich eingeladen. Er würde mich auf der Buschtěhrader Eisenbahn hinauf nach Reichenberg begleiten, dann über Dux-Ossegg hinunter nach Prag. In der Stadt der tschechischen Helden könnte ich bei Onkel Vaclav, dem Bruder meines Vaters übernachten und dann im Januar heimfahren über Brünn und Budweis. Fährst mit?«

»Weihnachten ist bei uns immer noch ein Familienfest, außerdem brauche ich etwas Zeit zum Denken.«

»Der Herr Deutsch-Böhm' denkt, wieso das? Könntest die Komotauer Talsperre anschauen, ist ein kleines Wunderwerk der Technik.«

Aus nichtigem Anlass eröffnete der Kalousek wieder eine neue Front. »Ihr habt seltsame Identitätskonzepte, ihr deutschen Böhmen. Zieht euch in eure Horte zurück, kultiviert euer Deutsch-Böhmentum. Seid ihr was Besseres?«

»Das sagst du, es muss doch legitim sein, dass man zu seiner spezifischen Kultur steht, davon hat ja der Herr Jan Žižka, den du so als tschechischen Nationalhelden, als nationale Identifikationsfigur für die Tschechen hinstellst, auch schon geredet. Wir leben nun schon seit siebenhundert Jahren zusammen, die deutschen und die tschechischen Böhmen, die Juden noch dazu, haben miteinander gearbeitet, gelitten, geheiratet, sind miteinander gestorben. Das war doch ein passabler gemeinsamer Weg.«

»Aber die Habsburger sind nunmal keine Tschechen und trotzdem okkupieren sie uns seit Urzeiten. Es wird eine Zeit kommen, da werfen wir das Joch ab, wie es die Stände 1618 schon auf der Prager Burg vorgemacht und die Vasallen des Wiener Potentaten aus dem Fenster geworfen haben, nur schad, dass die sich nicht das Kreuz gebrochen haben.«

»Jetzt polemisierst wieder unerträglich, mein lieber Freund. Kurier erst einmal deine Schulter aus und wenn du dann noch Zeit hast, dann fährst allein nach Chomutov, wie der Herr wohl eher zu sagen belieben. Übrigens habe ich gehört, du sollst ein Referat schreiben über ›Caesar – De Bello Gallico‹, ich freue mich schon darauf, von dir zu hören.«

»Verdrück dich, Karl, aber lass mir die Bücher da. Wenn ich einmal der Robbespierre bin, dann halt ich meine schützende Hand über dich. Verlass dich darauf.«

112.

Die Stadt des Heiligen Wenzel und des Heiligen Nepumuk, das goldene Prag, gleißte im Sommersonnenlicht und auf der Karlsbrücke flanierten sie, die Fremden und die Kulturträchtigen, die Studenten und auch die eiligen Hausfrauen, die von der Alten Stadt herüber hetzten. Die Kunstsinnigen unter den Hunderten strebten hinauf zur Veitskathedrale oder mussten notwendigerweise am Altstädter Ring den Orloj besichtigen, schoben ihre müden Körper dann in eines der Lokale am Wenzelsplatz.

Der Jan Kalousek hatte nahe der barocken Kathedrale des hl. Nikolaus inmitten der Kleinseite eine Kammer bezogen, eher dürftig eingerichtet, in diesen heißen Tagen jedoch angenehm kühl und wie es sich im Winter anlassen würde, brauchte ihn derzeit nicht zu interessieren. Dass es ihn nach der Matura ins schöne Prag verschlagen würde, hatte ihm an der Wiege niemand gesungen, eher schon nach Brünn oder hinauf nach Pilsen oder Karlsbad würde der Sohn des kleinen Beamten Kalousek ziehen. Die halbe Stunde Fußweg zur Karlsuniversität, wo er sich eingeschrieben hatte, forderte ihn heraus, von der Karlsbrücke schaute er in die strudelnde Moldau, wo sie seinerzeit den Herrn von Nepomuk hinein gehängt hatten, auf dass er jämmerlich ertrinken musste und keiner war ihm zu Hilfe gekommen. Er müsste linkerhand bald das Rudolphinum näher besichtigen, sinnierte er. Er wurde von den Cafes im Graben regelmäßig inspiriert, säßen da vielleicht die Dichter und schrieben gerade ein Essay über die Stadt, das Judenviertel, den alten Wallenstein.

Literatur musste es sein und Philosophie dazu und

er würde keinesfalls ins Lehrfach streben. Wenn schon ein bürgerlicher Beruf, so müsste es eventuell, wenn sich's schon nicht vermeiden ließe, der Journalismus, das Prager Tagblatt sein, liberal im Zuschnitt, ganz auf seiner Linie. Die tschechisch-deutsch-jüdische Kulturgeschichte würde ihn interessieren, sagte er bei der Beratung in der Universität und es war ihm dann schon klamm ums Herz, als er, der Journalist in spe aus dem Böhmischen Wald diese vornehmen, souveränen Kommilitonen wortgewandt parlieren hörte, auf den Gängen, in der Mensa, in den Seminaren. Mit Ferdinand Polschitz hatte er kurz vor dem Abitur darüber geredet, eher beiläufig, was er denn, der Herr Polschitz von der Prager Universität halte und der meinte, er würde seinem Karl eher Wien empfehlen, schon weil er dort eine Anzahl Bekannter hätte. Aber wenn er nach Prag wolle, der Jaroslav, hätte er beim Herrn Steiner in der Prager Dependance eine Anlaufstelle.

Da ging er nun Tag für Tag durch die Stadt seiner Träume, eine recht widersprüchliche Metropole noch dazu, wo große Geister vor ihm schon lebten, der Jan Hus und der Wallenstein, Könige zu Hauf und Kaiser, Dichter und Wissenschaftler und er wurde sich immer bewusster, dass er dem Glück oder wem auch immer nur danken musste. Hier hatten viele Angesehene und Einflussreiche um die Vorherrschaft gekämpft, oben auf dem Berg, wo seit Jahrhunderten die Mächtigen residierten oder drüben auf dem Vyšehrad, wo die Prager dem ersten Kaiser, dem Luxemburgischen Abkömmling, Karl VI., in seiner Todesnacht die Ehre gegeben hatten.

Wenn er es in Prag allein nicht aushält, dann würde der Vater den Polizeidienst in Prachatitz quittieren und mit der

Mutter übersiedeln, gute Polizisten bräuchten die in der Hauptstadt immer, nur mag keiner mehr in die Stadt, sagte der Vater beim Abschied.

Nun lebte er also in recht ungewohnten Verhältnissen und bald wollte man ihn in einer Verbindung begrüßen, wie der Fuchs der Unitas deutete. Die Unitas war ihm gar nicht recht, zuviel Deutschtümmelei, meinte er, zu katholisch noch dazu. Ein Mann wie er, Freigeist vor allem, bräuchte anderes. Der unitarische Wahlspruch »In necessariis unitas, in dubiis libertas, in omnibus caritas«, zu deutsch »Im Notwendigen herrsche Einmütigkeit, im Zweifelhaften Freiheit, in allem aber Nächstenliebe«, sagte ihm zu, aber er traute dem Frieden nicht, wollte nicht vereinnamt werden, solches lag ihm, dem Freidenker, seit frühen Jugendtagen fern.

Er schrieb nach Wien, wollte den Karl mit einigen Weisheiten runterbügeln. Der Karl schrieb ihm zurück, er sei noch der gleiche geistreiche Schwärmer, ob er sich denn nicht neu orientieren wolle und er solle sich nach einer schönen Pragerin umschauen, da käme er auf andere, wirklichkeitsnahe Gedanken. Ein bisserl ein Faustus, wenngleich natürlich nicht im Goethe'schen Sinn, sondern ein tschechischer, sei er schon immer gewesen, schrieb der Neuwiener. Für ihn wäre der Jaroslav immer schon sein bester Freund, ein beispielhafter, ein guter Mensch, wäre er, schrieb er dem Freund nach Prag und wenn er langsam dem einäugigen Žižka abschwören würde, dessen geistiges und geistliches Andenken sich ja für die Gegenwart nicht mehr recht bewähre und sich um den Jan Neruda kümmern würde, der wie er an der Karls-Universität studiert habe und um den Alois Jirásek, der noch dazu in voller Blüte stünde, auch einer aus Kalousek'schem Geist, ein tschechischer Nationaler noch dazu, ein doch so gescheiter Historiker, dann würde er gar ihn, den Karl überreden, nach Prag zu kommen.

Der Jaroslav antwortete seinem Blutsbruder Karl, er würde sich wohl zunächst auf eine Studium Generale festlegen, »a wenig a Humanismus wird mir nicht schaden«, schrieb er in schönstem Prachatitzer Deutsch. Dann würde sich ja irgendwann entscheiden, ob er sich der Jurisprudenz oder der Medizin hingeben würde, die tschechische Historie würde ihm zudem sehr behagen. Aber er habe sich ja nicht zum Vergnügen in Prag eingeschrieben, könnte ja auch nach Wien kommen, »ich müsste halt ein paar Abstriche in der Wissenschaftlichkeit akzeptieren«, schrieb er beiläufig, um den verehrten collega zu inkommodieren. In der Parkanlage vor der Karls-Universität lungerten die Studiosi herum. Sobald ihre Vorlesungen und Kollegs beendet wären, würden sie sich an den Nachmittagen und Abenden in den Kneipen delektieren und die meisten der Kommilitonen würden ihrer schicklichen Verantwortung den wenigen Studentinnen gegenüber nachkommen, das wäre eine Vorstufe zu einem Gaudium Generale. Sie würden sich ständig vor Lachen ausschütten, doch wohl ein Zeichen intellektueller Unreife, fänden ständig wichtige Begründungen, um wie die Gockel vor den wenigen Damen zu balzen, zu kokettieren. Er könnte dieses infantile Verhalten nur missbilligen, der Ernst des Studiums sei ihm bewusst. Karl stellte sich nun lebhaft das süffisante Grinsen des Freundes vor.

113.

Eine der verehrlichen jungen Damen, notierte der Jaro, eine Baronin von Tollmann aus der Reichenberger Weber-

Dynastie derer von Tollmann, ein schönes und devotes Geschöpf, habe von ihrem Anatomieprofessor von Rotzky, einem Klagenfurter, erzählt, der den Leichen nach der Sektion gerne »ein oder zwei Fingerl abgeschnitten hätte«, um die naiven Dinger, wie er die Studentinnen nannte, damit beim abendlichen Wein im Lesbos, der griechischen Taverne am Vyšehrad, zu erschrecken. »Grauen und Schaudern vor dem Geheimnissen des menschlichen Körpers, seiner komplizierten Anatomie, kann den künftigen Arzt nicht früh genug erfassen«, habe eine der gurrenden Tauben gelacht. Früher wär es schon auch ein Leberl oder ein Niererl gewesen, aber heut verstünden die Leut keinen Spaß und man müsste gar mit einer Anzeige rechnen, habe der Herr von Rotzky gesagt. Aber nur zu Studienzwecken würd er ihnen diese Teile präsentieren, fügte der Herr Anatom an.

114.

Aber zumeist hängen die Damen in der Sonne an der Moldau, schrieb er weiter oder sie flanieren unten am Graben in der Neustadt mit den Herren Burschenschaftlern, bevor sie sich in eines der Kaffeehäuserln verdrücken, diese Vernichter väterlicher Vermögen. Den Walter Dorsch, ein schmalschultriger, blasser Bub, haben sie gerade noch abgehalten, von der Karlsbrücke in die Moldau zu springen. Er hielte es einfach nicht mehr aus in der wilden Stadt und er möchte wieder heim in sein Sedloňov, schrie er, nachdem sie ihn von der steinernen Brüstung weg gezerrt hatten. Gerade gegenüber vom Heiligen Nepomuk wollte er in die Moldau setzen. Der demütige Heilige schaute dem rührenden Spektakel, das der Dorsch aufführte, zu und geneigten Hauptes schien er zu bedenken, was ihm seinerzeit die Frau Königin im Beichtgeheimnis anvertraut hatte. Da hätte der Vater einen einträglichen Holzhandel, lamentierte der Walter Dorsch und der wollte, dass der Bub einmal ein Anwalt werden möcht, es zu was bringt, aber er möchte das eben nicht und er möchte wieder ins Gebirge heim oder lieber bringt er sich um, hatte er geweint.

Er, Jaroslav, möchte nun zunächst einmal gerne zwei, drei Praktika beim Arnošt Procházka belegen. Der wäre ein Individualist, käme ihm entgegen in seiner Weltanschauung, »und das war, wie du weißt, schon immer das Maß aller Dinge bei mir gewesen«, und der verehrliche Meister Rainer Maria Rilke würde unter Umständen das kommende Semester lesen. Seine Prosa allein würde ihn interessieren, der Rilke bringe gar die liebreizende Lou Andreas-Salomé mit und die wäre sicher schön anzuschauen. Beim Rilke wäre er sogar bereit, über seinen eigenen Schatten zu springen, weil der Rilke gerade ein Repräsentant moderner, wenngleich deutscher Literatur wäre und nicht Vertreter engstirniger provinzieller Entleerungen. »Bei ihm könnte man sogar religiös werden und auf dem Gebiet, gebe ich zu, bin ich Dilettant, das weißt, Karl, und ich kann derzeit nur über Kunst und Kultur, über Literatur insbesondere nachdenken, das füllt mich aus.«

Ein Literaturhaus sollte man in Prag bauen, wo sich die tschechisch- und deutschsprachigen Autoren austauschen könnten, fügte er an, und kompetente Dichter, Germanisten und Slawisten könnten somit größeres Interesse an unserer Literatur wecken. »Ideen hätte ich viele, wer will sie hören. Aber irgendwann werde ich ernsthaft arbeiten müssen, sonst schlage ich nur die Zeit tot und ich bin schlussendlich in

Geldnot und der Vater Kalousek in Prachatitz wird noch unglücklich, weil der Herr Sohn die Vorlesungen und Klausuren versäumt und weil er befürchten muss, dass der dekadente Nachkomme sich dem Alkohol und den schönen Pragerinnen hingibt und nur bedingt wichtige Dispute führt.

›Und die Prager Würste sind doch immer noch die besten, nur der Karel Mucha, der am Prachatitzer Hauptplatz sein Geschäft hat, macht bessere Brühwürste‹, schrieb der Jaroslav Kalousek. Aber der ist eben, natürlich, ein Tscheche.«

Der Karl Polschitz kannte die Vorliebe seines Freundes für die Brühwürste vom Mucha und er erwartete noch einige Seitenhiebe. Wider Erwarten hielt sich der Jaro zurück, was nicht unbedingt auf einen Sinneswandel hindeuten müsste, aber der Neuprager Jaroslav Kalousek übte eine dem Karl unerklärliche Zurückhaltung.

In das Packerl, das er ihm nach Prag schickte, legte er neben ein paar Wiener Brühwürsten einen Strang Wiener Salami, die der Franz Strotzki, der gleich neben der Universität sein Ladl hatte, allerdings direkt aus Udine bezog. »Einem armen tschechischen Hussiten gewidmet, zum alsbaldigen Verzehr empfohlen.« Der Jaro würde, das wusste er nur zu gut, ungeachtet seiner Phobie gegen alles Deutsche, sich eifrig über die Würste hermachen.

Karl Polschitz studierte die Rechtswisschaften und schaute sich auch in den betriebswirtschaftlichen Studiengängen um, wollte Jurist werden, das könne ihm an der Spitze des Polschitz'schen Unternehmens nicht schaden. Ferdinand Polschitz hielt ihn kurz, er solle ruhig in einer Kneipe arbeiten oder nachmittags im dortigen Polschitz'schen Spirituosenhandel mit anpacken.

Der Student Karl Polschitz beschrieb dem Jaroslav die Wiener Uni als das Non plus ultra, da könne man weit gehen in ganz Europa und lange suchen, bis man eine zweite Universität gleichen Zuschnitts treffe und er, der gute Jaroslav, solle in Prag zwei, drei Semester aussetzen, schrieb er nach Prag und eine neue, ihm bisher verschlossene Welt, kennenlernen. Er teile seine Abneigung gegen manche Studentenverbindungen und halte von den Schlägereien ebenso wenig wie von den Saufereien, er wolle aber nicht alle über einen Kamm scheren. »Aber die Unitas«, schrieb er dem Freund, »lässt sich da in Wien, wie sollte es auch anders sein, recht gut an.«

Man sei modern und aufgeschlossen hier in Wien, bei aller altehrwürdigen, jahrhundertelangen Tradition und die Studierenden kämen aus aller Herren Länder.

115.

Von einem Tag auf den anderen wurde dann alles anders. »Der Teufel ist los«, schrieb eine Tageszeitung und setzte fort: »Er treibt seine Horden durch die Lande und sterben werden viele.« Der Krieg war da.

»Keiner hat es vorausgesehen«, predigte der Pfarrer in der Jakobskirche, »jetzt müssen wir uns einer neuen Situation stellen«, und er erflehte den göttlichen Schutz und die Prachatitzer Frauen warfen sich jeden Morgen auf ihre Knie auf die harten Kirchenbänke und beteten zu ihrem Herrn und Gott, dass er das Elend doch aufhalten möge. Aber Gott ließ es geschehen.

Ein Neunzehnjähriger, ein Schüler noch, hieß es, einer, der noch nichts von der Welt gesehen hatte, ein geeisser Gavrilo Princip, einer aus der serbischen Untergrundorganisation Mlada Bosna erschoss den österreichischen Thronfolger Franz Ferdinand und seine Frau Sophie in Sarajevo, akkurat am 28. Juni 2014, als der Karl sich aufmachte, nach Prag zu fahren, um den Kalousek zu visitieren.

»Was tut der Thronfolger auch in Bosnien-Herzegowina«, fragte der Jaro. »Ich bin keiner, der schießen will, aber der Herr Thronfolger sollte in seinem Österreich bleiben.«

»Solltest erst dran denken, dass hier zwei Menschen ermordet wurden, Jaro, und dann kannst gescheit daherreden. Das wird noch weltweite Konsequenzen haben.«

»Schon die seinerzeitige Bosnische Annexion 1908 trug den Keim von Anarchie und Terror in sich«, dozierte der Jaroslav drauflos, »ein Fehler wurde nach dem anderen gemacht, Ausbeuter sind sie die Österreicher und der Herr Kaiser trägt an dieser Katastrophe ein gerüttelt Maß an Schuld.« Sie standen neben der bronzenen Figur des Heiligen Nepomuk und schauten den Ausflugsschiffen zu, die die Brücke unterquerten, voller lachender Passagiere, die, so schien es, nichts zu tun hatten mit dem Malheur von Sarajevo.

»Bist recht gscheit, der Krieg wird dich bald packen, Freunderl.«

116.

Im schwarz getäfelten Kellergewölbe im Zlata Husa skandierten die Schlagenden ihre Solidaritätskundgebung für Kaiser und Vaterland, sangen die geliebte Volkshymne auf eben diesen Kaiser und schworen, dass sie in Paris und in Moskau keinen Stein auf dem anderen lassen würden, und »wir geben Blut und Leben für das Vaterland und unseren Kaiser.«

»Gott erhalte, Gott beschütze Unsern Kaiser, unser Land! Mächtig durch des Glaubens Stütze führ' er uns mit weiser Hand! Laßt uns seiner Väter Krone schirmen wider jeden Feind: Innig bleibt mit Habsburgs Throne Österreichs Geschick vereint.« Die jungen Leute stemmten die Bierkrüge, schlugen sich auf die Schultern und weinten vor Begeisterung. Dann lagen die uniformierten Burschen und Füchse sich in den Armen, traten hinaus auf den Wenzelsplatz, zogen johlend hinüber zum Altstädter Ring, wie seinerzeit 1618 die aufgebrachten Stände auf den Hradschin stürmten.

Das war dann zu viel für den Jaroslav Kalousek und er kehrte dieser dekadenten Gesellschaft den Rücken, ging noch in eines der Bierlokale drüben auf der Kleinseite und verschwand in seinem Kabuff.

Das wäre eimerweise Schwachsinn einer infantil geschwätzigen Sklavenmeute, die nur den Herdentrieb kennen würde und die allesamt von Politik nichts verstünden, schrieb er nach Hause. Mit solchen unglaubwürdigen Phrasendreschern gäbe er sich nicht ab. »Das sind alles unfähige, hinterhältige und arglistige, karrieregeile, gewissenlose und bedauernswerte Kreaturen, die sich obendrein gerne einen Suff genehmigen und auch sonst keiner noch so hundsgemeinen Heimtücke abhold sind. Diese schmale Kammer herüben in der Malá Strana regt mich auch weniger zum Studieren, mehr zur Melancholie an, ich werde mich nach etwas anderem umschauen.« Vater und Mutter Kalousek waren entsetzt über die Schimpftiraden ihres Sohnes, den sie in Prag meinten auf gutem Geleise zu wissen.

»Ferdinand«, wandte der Bohumil Kalousek sich daheim in Prachatitz an den Polschitz Ferdinand, »was soll ich tun, gib mir einen Rat, der Jaroslav geht gar noch in den Untergrund.«

»Zuerst schauen wir, ob wir für den Bub ein anderes Zimmer bekommen, vielleicht in der Nové město, in der Nähe der Universität. Ich ruf den Steiner an. Es wird dem Jaroslav schon recht sein?«

Der Steiner rief nach drei Tagen zurück. Es wäre da ein Zimmer nahe beim Beisl vom Ballawaschl in der Jecna, allerdings nach hinten raus, aber mit einem ruhigen, friedlichen Gartenplätzchen im Hof, wo man auch im Sommer einmal in Ruhe ein Buch lesen könnte oder so, meinte der Steiner, »und im Beisl vom Ballawaschl kann der Herr Student gut und billig essen, kriegt auch eine gute Melange und das alles nur einen Sprung von der Universität weg.«

Es ließ sich gut an und der Jaroslav war zufrieden, pfiff auf die studentische Gesellschaft und schaute sich, wenn er am Abend vor dem Beisl auf der Bank saß, die Mädchen an, die in der Jecna rauf und runter liefen.

117.

Die Herren Offiziere, die forsch vor den Studenten in den Hörsälen in Wien und Prag ihr Kriegslied anstimmten, versprachen das Blaue vom Himmel. Dass es gewaltige Schlachten gäbe und wer ein Patriot wäre, nur ein klein wenig patriotisches Ehrgefühl besitze, müsse sich dem großen Geschehnis, das alle in seinen Bann ziehen würde, anschließen. Eine ganze Generation zöge in den Krieg, eine Generation von jungen Freiwilligen, der das Land heilig wäre und vor allem mit einem »Hurra« auf den Lippen würden sie dem Feind gegenüber treten. So wäre das ein heiliger Krieg und ihnen, den Studierenden, würde nach diesem Krieg, den man in kurzer Zeit gewinnen würde, der Aufstieg an die Spitze winken. Eine große Sehnsucht ginge durch die Jugend und diese tapferen Männer der beiden Kaiserreiche würden siegen und Weihnachten schon wieder daheim im Kreis ihrer Angehörigen feiern.

Und der Karl rief daheim in Prachatitz an und sagte den Eltern, dass er gar nicht anders könne und aus seinem Semester wäre keiner, der sich nicht freiwillig melde und ein Feigling wäre er noch nie gewesen. Und der Jaroslav telefonierte mit dem Vater, weil die Mutter vor Kummer nicht reden konnte und sagte, dass er der Einzige wäre, der kneifen würde und ein Feigling sei er noch nie gewesen.

Nun hatten die Eltern viel Zeit zu weinen und sich zu grämen und der Bozena brach das Herz und der Mutter Kalousek drückte der Schmerz auf der Brust und sie starb schon das Jahr darauf an gebrochenem Herzen. Der Ferdinand wurde schweigsam. Wie ein schweres Leichentuch lag der Kummer über dem Haus.

So waren sie alle tapfer die Herren Soldaten und der Karl war in Serbien so daheim wie in Frankreich und in Russland und neben ihm fielen sie alle in den Dreck und die Kugeln pfiffen von früh bis spät und er kam Abend für Abend in den Unterstand ohne eine Schramme und der Major meinte, er wäre ein vom Glück gesegneter, just der Major, den sie dann zur Osterzeit in feindlicher Erde zu Grabe getragen hatten. Und sie waren umzingelt von diesen elendigen Feinden und der Jaroslav kämpfte in Galizien und in Polen und sie rangen ihre Gegner nieder, denn es war der offenkundige Wille des Herrn Kaisers, dass man siege, dass man sich einer großen Aufgabe widme, die wohl hohe Anforderungen stelle, aber es lohne sich, dafür sein Leben zu geben. Das jedoch war weniger die Ansicht des Jaroslav, der nach zwei Jahren auch noch lebte und ein junger, forscher Oberleutnant geworden war, so forsch wie seinerzeit die jungen Offiziere, die sie in der Universität für den Feldzug geworben hatten. Aber das Jahr drei des Krieges sah auch den Jaroslav im Lazarett mit etlichen Verletzungen, die ihn beinahe ums Leben gebracht hätten, die aber seiner Seele großen Schaden zufügten, von dem er sich nicht mehr so recht erholte.

Aber es gab Friedensstörer und die sorgten dafür, wie die Heeresführung sagte, dass der Krieg so lange dauerte, obwohl er bis Weihnachten im ersten Jahr hätte gewonnen werden können. Es hatten doch die Geistlichen die Kanonen gesegnet und die Gewehre und die Handgranaten und die Gaskartuschen dazu. Aber der Feind hatte schlimme Waffen, viel zu viele Maschinengewehre und eine heftige Artillerie mit vielen großen, mächtigen Geschützen und ganz neue Panzer und so bedurfte es immer wieder des ganzen Patriotismus der Kämpfenden.

118.

In der Ratsstube im *Roten Kreuz* saßen sie, warfen die buntfarbigen, kunstvoll bemalten Tarockkarten auf den Tisch. Der Wirt hatte ein frisches, weißes Tischtuch über die Platte gelegt. Der Ferdinand hatte ein gutes Blatt in der Hand. Er betrachtete abwesend die osmanischen Spielleute auf den

Karten und die tanzenden Mädchen, den Großwesir, der der Dame seines Herzens, die ihm den Tee im goldenen Känn-chen reichte, die rechte Hand auf ihre Schulter legte, der sie wohl einlud in sein Gemach. Er betrachtete den prächtig gekleideten, schneidigen Junker mit keckem, schwarzem, zwirbeligem Schnurrbart, sein kurzes Schwert, das ihm an der Seite baumelte und dachte an seinen Karl.

Der erste Brief vom Karl von der balkanischen Front soll-te die Eltern beruhigen. Er könne damit rechnen, schrieb er, bald den ersten Stern auf den Schulterklappen zu tra-gen, dann wäre er Leutnant, würde sein erstes selbständiges Kommando über einen Zug erhalten und sie sollten sich nicht abtun, er würde sich schon weg ducken. Das Spiel kam nicht in Fahrt, denn die Herren hatten ihre Gedanken bei den kriegerischen Ereignissen.

Ferdinand legte die Karten auf den Tisch, schwieg und verließ den Nebenraum, musste heim zu seiner Bozena. Der Doktor warf seine Karten daneben: »Es ist eine Schande«, rief er, »sie sollten die Herren Kaiser und die Herren Ge-neräle am nächsten Baum aufhängen, diese verteufelte Ver-brecherbande. Die Pulversche von der Jakobsgasse drüben ist abgängig, wird den Tod von ihrem Hermannl nicht ver-kraftet haben, sie suchen sie seit zwei Tagen. In Belgien ist er gefallen, der Bub, zwei Wochen nachdem ihn der Herr Kaiser erwischt hat mit seinen Tentakeln. Er hat as Rheuma gehabt, der Hermannl, sich erst a weng erholt, der guate Bub und jetzt stirbt er den Heldentod. Das steht auf der To-desanzeige, die die Lena auf die Kommod gelegt hat, damit sie ihm immer nahe ist. Da müssn wir uns kümmern um die drei Klanen, der Klanste schreit noch in de Windeln. In der Familie hat er gscheit zugegriffen, der Tod, hat den

Vater vor zwei Jahren schon beim Holzfällen erwischt, den Pulver Sepp.«

Auch der Wolfschell kannte die Not dieser Welt, hatte seinerzeit viel vom Elend im Bürgerkrieg drüben in den Staaten gehört. Er war still geworden und die zwei verließen bald nach dem Ferdinand die rauchgeschwängerte Stube.

»Ich muaß an die frische Luft«, sagte der Doktor Brunelli und fasste mit der rechten Hand an seine Brust, »wenn es eine göttliche Gerechtigkeit gibt, dann müssen diese Staatsverbrecher büßen, auf ewig büßen, für jeden Bub, der im Krieg stirbt, für jeden Vater, der sich aus lauter Kummer as Leben nimmt, für jede Mutter tausendmal, die sich die Seel aus dem Leib schreit. Wenn es einen Herrgott gibt, und ich zweifel jeden Tag mehr daran, na werdn die mit so anem Kummer Beladenen tausend Mal größer sein im Himmel, wia der Gabriel und der Raphael, wia der Michael und der Uriel zusammen und de adelign Staatsverbrecher schmorrn in der Höll, auf ewig, hoff ich.«

Die Tränen rannen ihm an der Nase vorbei in seinen Schnauzer und der Doktor Brunelli schluchzte auf und es wär einfach nimmer auszuhalten, des Elend auf der verreckten Welt, sagte er.

Der Wolfschell lenkte seine Schritte zu seinem Haus und erschrak bis ins Mark, als ihn der kleine Pinscher hinter dem Gartenzaun vom Doleschal unvermutet anbellte. Es wäre eine schreckliche Welt, sagte er zu seiner Sascha und wenn er sie nicht hätte, würde er lieber von heut auf morgen gehen, da würde ihn nichts mehr halten auf dieser verkommenen Welt.

Sascha schenkte ihm ein Glas roten Wein ein, den würde er schon noch vertragen heute abend, es wäre ja erst neun Uhr und so früh sei er am Freitagabend noch nie vom Wirtshaus heim gekommen. Er erzählte ihr von der Trauer des Ferdinand Polschitz und dass der Brunelli einen heiligen Zorn bekommen hätte und das hätte er ihm gar nicht zugetraut. »Aber ein Doktor ist halt auch nur ein Mensch«, sagte er. Der Wolfschell trank das erste Glas recht zügig weg und sie mahnte ihn, dass er einen Rausch haben würde, wenn er den Wein so schnell in sich hinein schütten würde und mit seinem Magen würde er dann auch wieder Probleme bekommen.

Wolfschell meinte, er bekäme beim Treppensteigen in der letzten Zeit kaum Luft und müsse auf der halben Treppe stehen bleiben und im linken Bein würde das eine oder andere Mal ein fulminanter Schmerz bis in den Fuß nach unten rasen und die linke große Zehe wäre so seltsam gefühllos. Die Sascha nickte. Sie könne nicht schlafen, sagte sie und sie hoffe, dass der Krieg nicht in den Böhmerwald kommt. Er legte ihr seine rechte Hand auf ihre linke, die sich sehr klein anfühlte, wie in früheren Zeiten und er war sehr glücklich und dankbar, dass er sie hatte, seine Sascha.

119.

Der Tod hatte im ersten Jahr seines Einsatzes im Übrigen sehr viel zu tun und er sagte, als er vor den Herrn trat, mit ihm die unübersichtliche, prekäre Lage besprach und jegliche Verantwortung für dieses Desaster von sich wies, dass er zwar weiterhin pflichtgemäß zur Verfügung stünde, auch mit der gebotenen Vehemenz, wenn sie es denn nicht anders wollten die Irdischen, aber er wasche seine Hände in Unschuld. Es habe niemand diesen Krieg sonderlich nötig gehabt. Seiner Ansicht nach sei er zudem überflüssig, wie der Kropf einer oberbayerischen Bauersfrau.

Er werde den Irdischen viel Leid zufügen müssen, keine Rücksicht nehmen können, weder auf alt noch jung, noch auf reich oder arm, er behandle sie alle gleich und sie dürften sich auf das Schlimmste vorbereiten, er werde sie hinterrücks anrühren und keiner könne sich vor ihm verstecken und den er nicht nachhaltig treffe, dessen Seele werde er kränken bis ans Lebensende. An Visionen mangele es ihm nicht und er denke auch darüber nach, ob man nicht mit Neuem experimentieren könnte und vielleicht könnte noch Interessanteres, gar Epochales dabei herauskommen. Aber das werde die Zukunft zeigen. Kaiser und Könige werden in seinen Diensten stehen, Generäle vor allem und die Heilkundigen in den Lazaretten, requiriere er doch die Seinen durch deren Hand, ihm seien schließlich die Hände gebunden, sollten die Genannten versagen.

Er würde folglich mit ihnen gemeinsam mit entsprechender Raffinesse vorgehen, man müsse Phantasie an den Tag legen, delikates Agieren sei dabei sicher vorteilhaft und er wolle das nicht Gängige, Unübliche ins Leben rufen. Die Zukunft erwarte auch in seinem Geschäft innnovatives Vorgehen, sich auf bisherigem Stand auszuruhen, sich's gemütlich machen, wäre nicht sein Ding, schon von Amts wegen nicht.

Der Herr in den Himmeln stellte aber klar, dass auch er da nicht in der Verantwortung stehe, seine Geschöpfe hätten ihren freien Willen, Souveränität propagiere er von Anbeginn. Er habe ihnen autonome Freiheit zugestanden, das Gewissen als Richtschnur mitgegeben, aber sobald das alles wieder seinen rechten Weg gehe, wenn er, der Tod, seine

Arbeit beendet habe, wenn alles seinen Gang ginge, würde er die Verantwortlichen zur Rechenschaft ziehen, Gerechtigkeit müsse sein. Er solle nun sein Tagwerk beginnen. Am Ende der Zeiten und das habe er vor Ewigkeiten schon festgelegt, würde er auch ihm, dem Tod, jede Handhabe entziehen.

Der Tod nun wollte unzweifelhaft die Ehre Gottes gewahrt wissen und er stellte seine selbstischen Regungen unter den Willen Gottes und vor den Unbegreiflichkeiten Gottes mochte selbst er, der mächtige Tod, nur kapitulieren. Aber er, der Tod, würde es mit den Leuten zu tun haben, er würde die von Gott Verlassenen, die Gescheiterten, die Gequälten in ihrer letzten Stunde antreffen, in ihrem Lebensdrang und ihrer Angst und würde ihnen trotz ihrer Hoffnung und ihrem Notschrei dieses Leben entziehen und es vor seinen Herrn und Gott hintragen, es in die Hände des Vaters legen.

Die Lamentation des einzelnen Geschöpfes könne er nachvollziehen. In aller Bescheidenheit wolle er zudem für die Annalen festgehalten wissen, dass er zwar nicht für das Wie des individuellen Dahinscheidens verantwortlich zeichne, vielmehr sei es einzig und allein seine Schuldigkeit, für das finale Ergebnis Sorge zu tragen, mit Bedacht und wie es die eindrucksvolle Sprache des katholischen Weltgeistes ausdrücke: »Omnes ad majorem Dei gloriam.«

Das Feld wäre ihm fast zu groß, sagte der Tod, nochmals an den Herrn gewandt, von Italien bis zur Ostsee reiche es und von Frankreich bis hinüber ins Russische und seine Anstrengungen im Afrikanischen oder auf den Weltmeeren rechne er gar nicht mit.

Vor allem die Bemühungen im Osten forderten seine

ganzen Kräfte und zur Bewältigung der anfallenden Arbeit seien außergewöhnliche Energien und vielfältige Plackerei seinerseits vonnöten und all das würde über die bisherige Arbeitsmühsal weit hinaus gehen und er sei natürlich bereit, auch entsprechende Überstunden anzudenken. Wann das Ziel definitiv erreicht sei, könne er heute noch nicht sagen, aber er würde versprechen, sich mit letzter Hingabe seinem Tun zu widmen und sein Dienst würde sicher unauslöschlich im Gedächtnis des Menschengeschlechtes fortwirken. Auf zuverlässiges Mitwirken der Genannten könne er, wie schon erwähnt, bauen, auf sie sei Verlass.

Er nahm dann seine Sense von der Schulter. Mit den hageren Fingern prüfte er die Schärfe der gebogenen Klinge des stählernen Sensenblattes, ein hochwertiges Stück in einem Kärtner Hammerwerk geschmiedet, prüfte gleichermaßen akribisch die Stabilität des buchernen Holzstieles wie der beiden Griffe.

Den bläulichen Wetzstein zog er aus dem Futteral und er lag ihm sicher in der Hand, er führte ihn gerne. Er wetzte mit dem feinen Wetzstein aus hartem Kieselsandstein seine Sicheln und Sensen und seine Messer, er dengelte die Sense immerfort mit dem kleinen Hammer, er verstand das Gerät rechts- wie linkshändig zu führen und dann machte er sich an die Arbeit und er langte gewaltig zu. »Keiner soll sich beschweren, dass ich meinen Dienst vernachlässige«, sagte er mit nach oben gewandtem Blick.

Von den Unzähligen, die es von nun an mit dem Herrscher Tod zu tun bekamen, zogen die einen den Schluss, dass es absolut keinen Sinn mache, keinen Zweck habe, zu einem Gott zu beten, den es auf Grund solcher Umstände ja nicht geben könne. Andere wiederum beteten weiter ohne

Unterlass und baten diesen Gott, der auch an ihrem Leben scheinbar teilnahmslos vorüberging, um die Kraft, diese Übel anzunehmen und zu ertragen, rangen mit der Frage, wie es sein kann, dass der gerechte Gott duldet, dass guten Menschen Böses widerfährt.

Sie sollten ihr Schicksal aus der Kraft des Glaubens auf sich nehmen, gab ihnen der Pfarrer aus der Kommandantur mit ins Feld, weil auch Jesus Christus seine Not voller Verzweiflung ins All geschrien hätte und gar Hiob habe vor Zeiten schließlich geduldig und ergeben auf Gott vertraut und er segnete akribisch die Waffen und die Angstgeschüttelten ebenso wie die Abgebrühten. Das solle einer verstehen.

Der Feind sei rücksichtslos, sagte nach dem priesterlichen Segen der Herr Regimentskommandeur und voller Egoismus sei er, von dem könne man nichts, höchstens Böses erwarten, aber für das Elende, das einem der Feind zufüge, sei man im hiesigen Kommando nicht verantwortlich. So sei man gezwungen, immer und überall zuzuschlagen, bis der Feind die Waffen strecke.

Dass die Parteien ihm, dem Tod, bisher auf recht formidable und gar nicht zögerliche Art und Weise zugearbeitet hatten, bedachte er schließlich, wusste dies wohl zu schätzen und die Zwischenbilanz konnte sich sehen lassen. Diese Zuarbeit sei ein freiwillig Ding, er habe sie nicht eingefordert, er trüge nur gewissenhaft die Verantwortung dafür, dass die Kandidaten in seiner Hand den Übergang antreten konnten.

Schon einer seiner ersten größeren Einsätze an der Marne – war es erst gestern gewesen – ließ die Generäle ihre definitiv Dahingeschiedenen nur nach Hunderttausenden zählen. Er erinnerte sich an die anfängliche Zuversicht, weil jeder glaubte, die Lage zu beherrschen, und wenig war von heldenhaften Kämpfen zu spüren und die ausufernde Kriegsbegeisterung, welche die Soldaten anfangs auf beiden Seiten angetrieben hatte, verfiel zunehmend, je mehr er sich einmischen musste.

Er wusste jedoch zu wertschätzen, dass die von ihm selber angedachten und nun überschwänglich eingesetzten neuen Kriegstechniken demgemäße Erfolge zeitigten. Das wäre noch nicht alles gewesen an der Marne, sagte er sich nach der Heimkehr an seinen Arbeitsplatz. Das könne er heute schon sagen, obwohl er ja nicht allwissend wäre. Er bedachte das eben geführten Gespräch mit Gott – es schien, als wäre nur der Bruchteil einer Sekunde vergangen – und gab Brief und Siegel darauf, auch weiterhin sehr initiativ und visionär seiner Verantwortung nachzukommen.

Die Vorwürfe jener, die ihm vorhielten, er würde sich oft unversehens in ihr Leben einmischen, wies er jedoch weit von sich. Diese haltlosen Einwände würden ihn verletzen, sagte er, er ginge seit Anbeginn ohne Vorurteile seinen Pflichten nach und vor allem objektiv, vor ihm wären die Menschen alle gleich, er wäre eben parteilos und diene mit seinem Einsatz einzig und allein der Sache an sich, per procurationem sozusagen. Ein Krieg wäre für ihn eine äußerst unerfreuliche Ausnahmesituation und seine alltägliche Mühe, sein Dienst am Menschen, über den man oft genug einfach hinwegsehe, ihn als alltäglich nehme, gerate ins Hintertreffen, erfahre nicht die gemäße Würdigung. Letzten Endes sei jedes Hinzutreten an einen Leidenden ein Liebesdienst.

Im Übrigen könne er verstehen und damit wollte er die

unbegründeten Einwürfe endlich ad acta gelegt wissen, er könne also sehr wohl verstehen, dass die vielen Opfer ihre persönliche Klage äußerten, die Wehklagen der Menschheit dröhnen ihm doch seit Menschengedenken in den Ohren. Wenn man das Sterben, das mit seiner Hilfe aus dem irdischen Leben Gehen also, genau bedenke, so sei das Ganze – per definitionem – nur zum Besten der menschlichen spezies. Tu es Deus in manibus.

120.

Der anfänglichen Euphorie folgten das Entsetzen und die Trauer und eine lähmende Angst lag auch über den Böhmischen Ländern wie ein schweres Leichentuch, von Reichenberg bis Krumau und von Troppau bis Karlsbad. Die einen schrien Hurra und ließen Kaiser und Vaterland hoch leben und manche hohen Geistlichen gerierten sich als Kriegsprediger und segneten daheim schon Waffen, Helm und Koppelschloss und die jungen Leute marschierten, zwangen sich in die engen stählernen Panzer, ritten auf ihren feurigen Rössern in den heiligen Krieg, gewappnet mit Gewehr und Bajonett. Sie sangen ihre schönen vaterländischen Lieder, trösteten die weinenden Mütter und küssten ihre Bräute zum Abschied.

Im Preußischen Reich und an der schönen, blauen Donau schimpften sie über den argen, hinterhältigen Feind und auch der böse Feind auf der anderen Seite erflehte bei seinem Herrn und Gott den nötigen Beistand. Hasstiraden zogen übers Land wie ein Schwarm schwarzer Krähen.

Der Bürgerschullehrer Heinrich Wasecker hielt viele Reden und rief die Prachatitzer und die Bewohner der umliegenden Dörfer auf, ihre Zurückhaltung abzulegen und ihre große Verantwortung für Volk und Vaterland wahrzunehmen. Den Balkanesen würde mans schon zeigen, sich auf die faule Haut legen und vom Ertrag unseren mühevollen Arbeit leben, das hätt' nun ein End und wenn sie uns mit ihrer Hinterlist in den Krieg gedrängt hätten, dann würden wir sie gemeinsam auf die vorlaute Goschn haun. Acht Tage später war er dann schon an der Front in Serbien und Mitte September erhielt seine Frau, die schöne Mathilde, die Nachricht von seinem Heldentod. Der Hauptmann Wasecker war auf dem »Feld der Ehre« für Kaiser, *Volk und Vaterland* gefallen.

Der Tod selber musste dazu lernen, hatte er doch wenig Erfahrung mit diesen gepanzerten Wägen und den Unterseebooten, eher doch mit den marschierenden, zu Tode erschöpften Burschen, den an Hunger Krepierenden, nach der Mama Schreienden.

121.

Die Bozena weinte in diesen ersten Kriegstagen jeden Tag um ihren Bub und der Ferdinand wurde von der Sorge um die Familie fast erdrückt. Er verließ das Haus, strebte über den Hauptplatz hinunter zur Jakobskirche. Der Lehrer Anderl schlurfte über den Platz. »Auch ein Rechtschaffener«, dachte der Polschitz Ferdinand, »ein Weiser ist der alte Lehrer, für jedes geistige Abenteuer noch zu haben.« Am Vormittag war er noch im Buchladen gestanden, der Anderl, seltsam gebückt. Er war keiner, der auf den Tod wartete, aber auch keiner, der das Leben zweckentfremdet genoss, es in vollen Zügen in sich hineinschüttete. Solche Schwelger hatte es in Prachatitz nur zwei gegeben und alle zwei waren sie im Krieg geblieben. Der rotgesichtige Mostek, der keiner Auseinandersetzung aus dem Weg gegangen war, ein paar Jahre jünger als der Ferdinand und der Tuchschütz Fritz, frei residierender Nachfolger eines begüterten Vaters und der dessen Geld unter die Leute brachte. Der alte Tuchschütz saß nun lange schon im Rollstuhl und musste erleben, wie der Sohn mit Hurra in den Krieg zog und gerade noch die ersten Wochen überlebte. »Auch er verstarb für Kaiser und Vaterland«, resümierte der Ferdinand, als er am Tuchschützer Geschäft vorbeischritt.

Einen Kapitalisten hatte der junge Tuchschütz den Ferdinand genannt, seinerzeit beim Lammwirt, vor dem Krieg, einen ausgebrüteten Kuckuck im Nest vom Herrn Magisteronkel Borwitz, dem Herrn Gschäftbesitzer, lästerte er höhnisch grinsend. Er solle sich nichts einbilden, der Ferdinand, und überhaupt habe der Onkel Magister ja auch so manche Madam abgestaubt. A tschechisches Flitscherl wär sie, die er damals in Budweis abgschtaubt hat, der Herr Onkel Magister, »de eahm nachglafa ist, eine Madam war sie, sein Kanapeekriacherl«, spottete der grobe Lackl. »A ganz a windiger Grafflmacher war ihr Vater drüben in Budweis«, lachte er boshaft, »wissn mas eh alle und eahrane Muatta hot sie vor de Haustür von an großn Bauern hinglegt. Waret sie gfreckt, waret alle gholfa, sie is a dreckats Bankert gwesn.« Da war es dann still geworden beim Lammwirt, eine solche Bösartigkeit hat man noch nie ghört in Prachatitz. Da müasst ma scho weit gehn, hat der Wirt gsagt, wenn ma so a Unanständigkeit anhörn müasst und er soll se nimmer blickn lassn und seim Vater würd ers scho stecka.

Der Ferdinand hatte dann die Gaststube fassungslos verlassen und den üblen Lästerer stehen lassen, hatte aber lange Zeit an dieser Verleumdung zu tragen.

Der Lehrer Anderl verabschiedete sich, er wäre auf dem Weg zum Schwager, der warte auf ihn, sie spielten jeden Dienstagnachmittag bis in den Abend hinein die eine oder andere Partie Schach.

Ferdinand versuchte, die Gedanken an den Tuchschütz und an den Bindhals und die fesche Gräfin von Prechtingen, die ihm immer wieder durch den Kopf zogen zu verjagen und der Lehrer Anderl half ihm dabei unversehens, legte den Arm um den Jüngeren. »Aber ich geh ein Stück mit dir. Bist in Gedanken an den Bub, geht's dir auch nicht so gut?«, fragte er den Ferdinand. »Ich werd halt auch schon alt, Ferdinand, bald darfst mir auf die Leich' gehn«, lachte er, »hinten und vorn tut es weh, jeden Tag hab ich was Neues und der gute Doktor Brunelli wird meiner Gschicht kaum mehr Herr. So geht halt alles seinen Lauf. Andererseits ist mir fröhlich ums Herz, weil ich glaub, der Gevatter Tod experimentiert noch mit mir und es geht nicht zu schnell. Mein Lebenslicht ist zwar am Erlöschen. Er müsse aber noch das eine oder andere Kraut an mir ausprobieren. Aber für den Krieg, da brauchen sie mich nimmer.«

»Na ja«, sagte der Ferdinand, es is, wias is, das Sterben wird net abkommen, aber bei deiner Gesundheit«, fügte er an.

Der milde Abend verlockte zum Sitzen im Garten und die Bozena brachte ihn auf andere Gedanken.

122.

In Prachatitz haben sie auf der Straße über den Melezeck Martl geredet, der im *Roten Kreuz* wieder rumgeschrien hätte. »Seinen Hallodrie hat er wieder raushängen lassen«, sagten die Leute.

Dann kam, bald nachdem der Herr Kaiser den Krieg proklamiert hatte, ein Herr Stabsarzt Dr. Molnar mit einer schwarzkopferten Krankenschwester und zwei Grenadieren vom Budweiser Landwehr-Infanterie-Regiment Nr. 29 nach Prachatitz und untersuchte die Prachatitzer Burschen und die Dörfler aus der ganzen Umgebung. Die meisten der Kombattanten, freute er sich, wären kriegstauglich und sie würden gute Krieger werden, fügte er hinzu.

Er wär schon recht verfault, sagte der ihn untersuchende Dr. Molnar bei der Musterung, als der Melezeck seine braunen Zahnstümpfe bleckte und seine Lunga würd wie eine alte Dampflok rasseln, konstatierte der Doktor und einen deftigen Baamhackl hätt' er auch noch an seinen Händen. Wenn er sich gscheit waschen würd, wär er in einem besseren Zustand, setzte der Stabsarzt hinzu. Der Melezeck solle aufpassen, so was könnte sich auch auf den Charakter schlagen, bemerkte der untersuchende Stabarzt zu dem unguten, ranzig riechenden Gesellen.

Der Melezeck wollte lieber in den Krieg ziehen, als daheim das Geld, es war wenig genug, was er verdiente, auf den Tisch legen. Weil der grobe Lackl nun recht ordinär und ausfällig wurde und zu fluchen und zu geifern anfing, drohte ihm der Herr Stabsarzt, er würde ihn augenblicklich einsperren lassen und er wär eine charakterliche Wildsau.

Auf einen groben Klotz gehört ein grober Keil, wusste

314

der erfahrene und wenig zimperliche Doktor und er nannte den Melezeck einen ungehobelten, stinkigen Bauernfünfer, der nicht wüsste, dass das Wasser auch zum Waschen da wär und solche Leut könnt' man nicht einmal auf den Feind loslassen. Dann rief er zwei kräftige Soldaten und ließ den Hitzkopf auf die Straße werfen. Der Melezeck durfte also nicht in den Krieg ziehen und er war den Prachatitzern zeitlebens ein Ärgernis.

»Net bloß, dass die Russen die Kaiserlichen auf ungesetzliche Weis in de Karpaten drüben übern Haufen grennt hab'n«, schrie er, »a drüben in Verdun bei de Franzmänner, schlagn se alle auf die unsrigen wie die Berserker ein, alleweil auf die Deutschen haua se eini, wia de Bluthund san sie, und mir ham a so a Russnmatz in der Stadt, a so a blamierte.«

Der Melezeck machte den Wolfschell mitverantwortlich für den Krieg im Osten und im Westen, ein Spion sei er und dass er amerikanisch und russisch daherbaldowern tät und im Gymnase drüben die Jugend verführe, des sollten scho alle wissn. De Leit möchten no an eahm, den Melezeck Martl, denka. »Ich sog des scho, seit der Kriag ausbrocha is, a na, scho davor. Der Wolfschell is a Gauner, a schiacha, und der is ins Amerika ganga, weil eahm de Tschechn rüber gschickt ham zwengs dera Spionasche.«

Woher er das alles wisse, lachten die Tischkumpane zunächst und der Melezeck tat sich daran gütlich, den Wolfschell weiter zu denunzieren.

»Des wenn er hört, der Wolfschell, nachat sitzt du a Joahr drüben in Budweis, de wartn scho auf di. Oane vo deine Beleidigungen reichat scho aus für drei, vier Monat und wenn ma des alles zammrechnet, wos du etzat de zwoa Stunden gschwafelt host, na kummt scho massig wos aufs Papier, es is alles gerichtsverwertbar.«

Aber der Melezeck war unbelehrbar, haben die Leute erzählt und der Bauer Wilhelm, dem der Batzler Melchior in kindlichem Übermut in jungen Jahren das linke Auge mit einem Stein ruiniert hatte, der jeden Sonntag im Hochamt den Klingelbeutel herum reichte, sagte: »Guat, dass sie den Melezeck nicht gnommen hab'n beim Military, der hätt' uns gar im Kriag a Schand gmacht.«

Der Magistrat sei unfähig, tönte der Melezeck noch und das Kaff sollten sie wieder anzünden, wie damals in den Dreißigern. Der Holozky, der Vorarbeiter von der Essigfabrik, wo der Melezeck den Hof kehrte, sagte ihm, er würd ihn jetzt bald rausschmeißn, er wär eine Schand für die Fabrik.

Mittlerweile waren die ersten Todesnachrichten aus den Karpaten eingetroffen und es hatte den Pressler Josef getroffen und seine Marie musste die vier Kinder allein aufziehen, aber der Bruder vom Josef, der Franz, sagte ihr zu, dass er sie nehmen würde und für die Kinder und sie sorgen würde.

Mit dem Polschitz Ferdinand war der Pressler handelseinig geworden, dass er das Libiner Anwesen übernehmen würde, nachdem ja der Polschitz Wenzel auch so plötzlich gegangen wär und der Neffe, Barbaras Großer von Kuschwarda drüben, in den Wald hinein geheiratet hatte und der Hof sollte nicht auf den Hund kommen, da waren sie sich einig. Sie haben beim Prachatitzer Advokaten einen Vertrag aufgestellt und es war allen geholfen.

In der Schule drüben war der Wolfschell zweimal geladen worden, konnte er doch aus erster Hand erzählen, wie es so zuging drüben in den Vereinigten Staaten und dass man nach dem Krieg wieder frei wird reisen können. Zu-

316

dem brächte so ein Abenteurer wie der Wolfschell eine gewisse Abwechslung und die Jungen könnte ihre Gedanken an den Krieg vergessen. Er selber wäre halt zu alt, zu alt zum Kämpfen. Ein Krieger, lachte er, wäre er ja sowieso noch nie gewesen und zu alt zum Reisen mit einem Dampfer nach New York wäre er zudem, da bräucht es auch Junge und Gesunde.

Wolfschell erzählte von den sechs Jahren in New York, von den Schwierigkeiten der Anfangszeit, den harten Tagen auf dem Bau, wo er vom zehnten Stockwerk über die Stadt geschaut hätte und dieses New York, sagte er, wäre so groß, da würde ganz Böhmen rein passen. Er erzählte von den Tagen draußen in den Plains beim Bahnbau, wo auch viel gestorben worden wäre, weil viele Einwanderer aus Europa und auch die schwarzen jungen Leute und massenhaft Chinesen, fügte er an, den unwirtlichen Umständen, der Hitze im Sommer und der massiven Kälte in den Wintermonaten nicht gewachsen waren. Aber es wäre immer wieder Nachschub vor allem aus Europa gekommen, weil alle Arbeit gesucht hätten, wie er auch.

Für die jungen Gymnasiasten wie auch für die zuhörenden Lehrer stellte der Wolfschell eine unbekannte weite Welt vor mit all ihren Möglichkeiten wie auch den unwirtlichen Umständen. Er erzählte von den ausbeuterischen Eisenbahnmagnaten, den boshaften und rüpelhaften Vorarbeitern, aber auch von Männern, die menschlich und freundschaftlich mit den Leuten umgingen. Weil er mehrere Sprachen gesprochen hatte, nahm ihn der Erste Ingenieur mit in die Hauptverwaltung, weil die Russen und die Tschechen, die Skandinavier und die Deutschen oder auch Italiener eine Anlaufstation brauchten, einen, der ihre Probleme vorträgt, der ihnen weiterhilft.

Er erzählte von Dawid Szymon, einem jungen Polen, der mit dem Segen seiner Eltern nach Amerika gegangen war, in der Hoffnung auf ein besseres Leben.

»Nach zwei Jahren ist er krank geworden, der Adam, verging vor Sehnsucht und machte sich allein auf den Nachhauseweg und er wäre sicher irgendwo gestorben.« Er erzählte, dass er den Jungen in einem Eisenbahnabteil gefunden hätte, krank, ausgezehrt und mittellos, dass er mit ihm nach New York gefahren wäre, und er wusste nicht wie ihm so geschah, er ging mit ihm aufs Schiff und begleitete ihn bis Amsterdam herüber. »So kam ich wieder nach Europa und das Weitere ist eine ganz besondere Geschichte.«

Davon würde er jedoch bei anderer Gelegenheit erzählen. So belebte und erweiterte der Wolfschell das Weltbild und die Abenteuerlust der jungen Leute und sie merkten, dass es außerhalb ihrer kleinen böhmischen Heimat noch andere Menschen und Länder gab und der Lehrer erzählte ihnen dann vom großen Prachatitzer Bischof Johannes Neumann, der in eben diesem Amerika, von dem der Herr Wolfschell so spannend erzählen konnte, Großes bewirkt habe.

So schlug sich die Jugend im Städtchen auf Wolfschell's Seite und der Melezeck musste sich immer wieder ob seiner maßlosen Kritik Schelte und Widerworte gefallen lassen. Er wurde auch nicht zugänglicher, als er im Hospital lag, weil er beim Eggen gestürzt war und der Hansl, sein schwerer Ackergaul, ihm die Egge über den Leib gezogen hatte. So hatte ihn der Chefarzt nach zwei Wochen heim geschickt. Er solle den Rest seiner Unbilden daheim auskurieren, mehr könnte er im Krankenhaus nicht tun und rumliegen könnte er im heimischen Bett auch.

Der Melezeck hatte im Spital den anderen Kranken den Wolfschell als Ausgeburt des Bösen hingestellt, als Denunzianten, als russischen Agenten und Geheimbündler, dem man nicht trauen konnte. Den einen gefiel das, andere beschwerten sich beim Arzt und der Doktor meinte beim Abschied, er habe noch keinen so unleidlichen Menschen hier liegen gehabt und wenn sich's vermeiden ließe, solle er nicht mehr wieder kommen.

Man schrieb nun schon das dritte Kriegsjahr und es verging keine Woche, wo man nicht eine Todesnachricht von einem Gefallenen in der Zeitung gelesen hätte. Sie waren alle jung, die Gefallenen und oft genug war auch ein Vater dabei, der seine Frau nun allein in der Welt zurückgelassen hatte und die nicht aus und ein wusste. Der Schuttner Schorsch kam im zweiten Jahr als Krüppel heim, konnte nicht mehr gehen und stehen und er würde über kurz oder lang sterben. »Wenigstens bin ich nicht im Dreck in Polen oder Russland oder in Serbien verreckt«, sagte er, »und der Teufel sollte sie alle holen, diese Kaiser und die Generäle und das ganze Drecksgesindel, die uns das alles eingebrockt haben und am kleinen Mann geht es immer aus.«

Der Basler Hans, dessen Vater schon im September im ersten Kriegjahr an der Marne gefallen und der dem Wolfschell in der Schule aufgefallen war, weil er mitten im Stimmbruch steckte und sich am Gespräch über seine Erzählungen aus dem fernen Amerika so interessiert beteiligt hatte, dieser Basler Hans klopfte beim Wolfschell und er fragte ihn, ob er von diesem Amerika was zum Lesen hätte, weil er auswandern möchte, sobald es ginge, mitsamt der

Mama und den drei Geschwistern, sagte er. Es würde halt noch dauern, bis er ganz erwachsen wäre, aber dann würde ihn nichts mehr halten.

Der Wolfschell nahm ihn mit in die Wohnstube, wo die russischen Möbel standen und der silberne Samowar auf der Anrichte, und seine Frau Sascha, die er aus Petersburg mitgebracht hatte, stellte dem Basler Hans einen selbst gebackenen Kuchen auf den Tisch und ein Glas Tee und der Hans wusste nicht, wie ihm geschah, hatte er doch an Wochentagen noch nie einen Kuchen gegessen. Er erzählte, dass es der Mama jetzt wieder besser ginge, dass sie halt viel Arbeit hätte und in ihrem Alter kriegt sie sicher keinen anderen Mann mehr und dass die Vronerl, seine Schwester, jetzt ein Kind bekäme und sie würde nicht sagen, von wem sie es hat. Da könnte die Mama noch so bohren, sie würde es einfach nicht sagen, aber es könnte vom Leibitzer Hannes seinem Bub sein, dem Gottfried und das wären schon große Bauern draußen vor der Stadt und die Vroni bräucht sich da nicht schämen. Mit dem Gottfried wär sie auf der Kirchweih beieinander gehängt und er wird's schon gewesen sein, das würde man ja kennen, wenn das Kind da wäre, weil der Gottfried eine große Nasen hätte und man würde das einem Kind schon ansehen, wo es her stammt. Das Vronerl wäre halt noch keine sechzehn Jahre alt, würde die Mama immer lamentieren und wenn das Kind sterben würde, könnte man es nicht einmal im Friedhof beerdigen, weils ein unehelicher Bankert wär und darum wär es am allerbesten, sagte die Vroni, wenn sie bald ins Amerika fahren würden, da käm dann das Kind als Amerikaner auf die Welt. Aber sie würden das Kind auch so mit nach Amerika nehmen.

Der Wolfschell schaute sich diesen Jüngling an und erinnerte sich an seine jungen Jahre. Der Stiefvater hatte ihm, dem Aufsässigen, damals regelmäßig den Ochsenziemer gezeigt und die Mutter hatte geschrien, er solle nicht zuschlagen, er würd ihren Buben totschlagen und der Wolfschell konnte den Alten verstehen, weil er es ein Leben lang nicht verkraftet hatte, dass er einen solchen hereingeschneiten Nichtsnutz hatte aufziehen müssen.

Der Basler Hans sagte dann noch, dass die Mutter jeden Abend betet, dass wenigstens der nächste Tag keine neue Plag bringen würde und sie war dankbar, dass der Herrgott ihr nicht noch mehr auferlegt, sonst müsst sie einmal den Strick nehmen. »Aber das glaub ich ihr nicht«, sagte der Hans, »sie red halt, weil alles zu viel ist für sie und wenn ich die Matura hab, dann mache ich ihr ein schönes Leben drüben in Amerika.«

Der Wolfschell und seine Frau nickten und lobten diesen jungen Menschen und er solle das Buch über New York und Amerika behalten, solange er wolle.

123.

Der Tod war der Ansicht, seine Arbeit bald beenden zu können und es wäre danach nichts mehr wie früher. Mit dem Ergebnis seiner Eingriffe war er durchwegs zufrieden, trotzdem wäre das alles recht überflüssig gewesen, wiederholte er sich, nicht zwingend notwendig und ob sie, die Irdischen was draus gelernt hätten, wäre fraglich und die Zukunft würde es erweisen.

Zum Dank an Gott, der sie in ihrer Trübsal bisher beschützt hatte, haben die nach den Schlachten und Metzeleien jeweils übrig gebliebenen Landser und auch die Herren

Offiziere gebetet und ihre Bitternis ihren Angehörigen zudem brieflich mitgeteilt. An den großen Festtagen des Jahres krochen sie aus den Unterständen, durften sich leger auf einem großen Stück Ackerland oder einer gemähten Wiese versammeln, natürlich unter geziemender Berücksichtigung der Gefechtslage, denn der Regimentskommandeur oder eine hohe Persönlichkeit aus dem Generals- oder dem Adelsstand wollte ihnen Mut zusprechen.

Dass es ohne sie nicht ginge, sagten die Herren immer wieder, dass das Wohl des Vaterlandes und ihrer Lieben in der fernen Heimat einzig und allein von ihnen abhinge und dass man in den Generalsstäben sicher sei, dass die Angelegenheit nunmehr über kurz oder lang zu einem glücklichen Ende gebracht würde. Der Kaiser sei stolz auf seine Leute und er sei ihnen dankbar. Und an den Heiligen Abenden stimmten sie alle in den Schützengräben ein mehrstimmiges »Stille Nacht, heilige Nacht« an und sie haben in den Unterständen die Weihnachtspakete von den Lieben zu Hause geöffnet, die Briefe immer wieder und wieder gelesen, den Plätzchenstaub in der hohlen Hand gesammelt und andachtsvoll gesungen und geweint.

Und es war genau so, wie die Herren Prager Studenten es vorausgesagt hatten: Kein Stein blieb am anderen und der eine oder der andere der Freunde gab sein Blut, einen Arm oder ein ganzes Bein, auch sein Leben hin für eine große Sache und die Völker hatten ihre Kräfte entfaltet, sich für eine hehre Bestimmung aufgeopfert und, wie der Wolfschell nach dem großen Abschlachten sagte, »die eine oder andere Million Gefallener wäre dann doch zu viel gewesen.«

Mitten im Krieg verließ dann der Herr Kaiser aus Wien, ein doch recht verbitterter und starrköpfiger alter Mann, seine Soldaten und das große Feld seiner Verantwortung für immer und trug eben diese Verantwortung vor Gott, seinen Schöpfer hin, auf den er zeitlebens ja so große Stücke gehalten hatte. Schad war's grad, wirklich schad, hätt' er sich doch nach den kriegerischen Kalamitäten in seinem schönen Ischl erholen können und a bisserl auf die Jagd hätt' er auch gehn können.

Der Tod vernachlässigte auch seine Arbeit im Kleinen nicht und trotz der vielfältigen Amtspflichten landauf, landab, hatte er auch den Polschitz Wenzel, Karls Libiner Großvater schon im ersten Kriegsjahr mitgenommen. Wenzel selber hatte daraus keine große Aktion gemacht und hatte sich in das Unvermeidliche geschickt. Ein Leben lang hatte er allen gesundheitlichen Unbilden getrotzt und er wunderte sich schon ein wenig, dass es so schlecht um ihn stünde, wie ihm der Doktor Brunelli deutete. Er hat aber dann nach einer guten Woche quälender Husterei die Waffen gestreckt, sodass der Tod schließlich doch leichtes Spiel mit ihm hatte.

Anders der Großvater aus Nebahovy, der Martin Bursik, Bozenas Vater, den der Tod mitgenommen hatte, während drüben im fernen Arras, im April 1917, weit weg vom schönen Böhmischen Land, eine gewaltige Schlacht tobte. Ihn hatte der Schnitter im Stall erwischt, recht unverhofft lief das ab, weil ihn der Bummel in den steinernen Winkel im Stall drückte und sich pardout nicht von der Stelle rührte, auch nicht durch gutes Zureden vom Martin Bursik jun., bis der Vater seine Seele ausgehaucht hatte.

An Arras erinnerte sich der Tod übrigens mit gewissem Schaudern besonders an den jungen Schobert, der mit seiner Jugend argumentierte. Wie das, fragte sich der Tod, waren doch seine Gefährten auf dem Feld teilweise noch jünger und dass er doch heim möchte zu seiner Anni, lamentierte der Schobert, der er das ganze Leben versprochen hätte, gab er drängend zu bedenken. Dieser Schobert verhedderte sich in Widersprüche, zugegeben auf diese typische menschliche Art und Weise. Aber diese aus jugendlicher Unreife geborenen Antagonismen überwogen die vorgegebenen Sachverhalte nicht. Die Unbedingtheit des Chlorgases nämlich, es hatte sich in den Schützengräben breit gemacht, war ihm durch diese kleine Ritze unter dem Kinngurt der Gasmaske in die Lunge gedrungen, ein Entkommen war da nicht mehr möglich, gewaltige Atemnot hatte den Schobert schon im Griff, da bettelte er noch immer um sein junges Leben. Schließlich war er, der Tod, hinzugetreten und hatte diese Affär' beendet.

Und der andere Herr Kaiser drüben bei den Deutschen ging ins Exil in die Niederlande, wo die Überlebenden wie ehedem auf Holzschuhen durchs Leben zogen, lebte mit seiner trotzigen Uneinsichtigkeit, plauderte mit seiner Frau Kaiserin, führte seinen Hund spazieren, zupfte die matten Blüten von den Rosen, haute dort manches kleine Scheit Holz und war sich seiner Verantwortung immer noch nicht bewusst geworden.

Die Russen aber nahmen ihrem Herrn Kaiser, den sie den Zaren nannten, auf exaltierte Weise das Leben und schonten auch seine Frau und die lieben Kinder nicht. Das war eine Schlachterei gewesen, erinnerte sich der Tod mit gewissem Schaudern, wären doch auch Unschuldige unter den Hammer gekommen. Aber wo gehobelt wird, fallen die Späne, das wäre eine unschlagbare Weisheit.

Die Herren Generäle hüben und drüben hatten dann noch ihren wohl verdienten Ruhm, manche haben ja viel

Boden in Feindesland gewonnen, bevor sie ihn wieder zurücklassen mussten. Zurück gelassen haben sie dann auch viele tote junge Männer, eben Feinde, viele davon fast Kinder noch und Frauen haben sie zu Witwen gemacht, Kinder zu Waisen und Bräute einsam und unglücklich und Müttern haben sie das Herz gebrochen.

Die Namen der Opfer wurden in der Heimat in Stein geritzt, manchmal gar in Zeitungen geschrieben und allen kundgetan und die nicht mehr heimkamen vom Feld der Ehre, verschwunden waren in den Weiten des Ostens, in den Untiefen der Meere, vermisst auf ewig, wurden lange beweint. »Der Vater ist im Kaukasus in einer Kesselschlacht ums Leben gekommen«, dieser Satz geisterte durch die Gespräche seiner Kinder und der Kindeskinder, der Generationen.

124.

Insgesamt schien es dem Tod, als würde das Ganze ein unendliches, ihn sicher substantiell erschöpfendes Abenteuer werden. Der Tod war fülliger, satt geworden, stellte er mit Abscheu fest, wenn er in den Spiegel schaute. »Ich bin müde geworden«, resignierte er. »Na ja«, sagte er sich, »die Anstrengungen sind auch an mir nicht vorüber gegangen und jede Revolution, gleich Saturn, frisst eben ihre eigenen Kinder.« Das hatte doch Pierre schon gesagt, Pierre Victurnien Vergniaud, erinnerte er sich lächelnd, der alte Girondist in der Französischen Revolution, den hatte er sich seinerzeit auch geholt. Pierre ist nicht alt geworden, bedachte er, keckes Mundwerk, wusste er noch, aber im Innersten rechtschaffen. Im Gegensatz zu den Parvenüs ging er gelassen aufs Schafott, der Gute, mit Leuten wie ihm hat man eben kein überflüssiges procedere. Beiläufig erinnerte er sich an seinen elenden Kompagnon, der ihm, dem Tod, seinerzeit selber schärfste Konkurrenz gemacht hatte, an den Siebentöter Robespierre, ein absolut Radikaler, fintenreich, ihm fehlte die Gelassenheit, war es doch erst gestern, fand er.

Er setzte sich auf diese hölzerne Bank am Ende des relativ bequemen Schützengrabens. In Flandern, so berichtete der Tod im Unterstand, devot und mit einer gewissen Selbstsicherheit, derer er sich am Ende des Tages, rückblickend, noch ärgern würde, in Flandern, in diesen kahlen Weiten des westlichen Raumes, Weizenfeld an Weizenfeld, habe er zum ersten Mal gemerkt, dass er selber abgespannt sei, dass er entschleunigen müsse, könne sich oft nur mühselig konzentrieren, werde nachlässig. Deswegen mache er, das Wetter lade nachgerade dazu ein, einen Abstechern hierher in die Ukraine, wolle sich nur erholen.

Er schaute um sich. Er schätzte die Besonderheiten des Grabenkriegs, fügte er an und in der öffentlichen Meinung sei der Krieg im Osten zu Unrecht doch recht marginal beurteilt, aus seiner Sicht sei die Ostfront jedoch sein persönliches, sein besonderes Vermächtnis.

Er kicherte, scherzte und schrie und lärmte mit den fröhlichen Soldaten, stand auf, schaute um sich, hob die Flasche mit dem Weinbrand auf ihr Wohl, als er sich nach diesen ungemein anstrengenden Jahren unter diese Landser im Unterstand mischte.

Er wäre der Tod, sagte er und hob das Glas. Aber sie lachten ihn aus. Das könne ein jeder sagen, das müsse er beweisen. Er verstand diese undifferenzierten Einwände nicht. Er habe seine Existenz doch nachhaltig bewiesen, sagte er, oft genug, oft genug und sie sollten sich doch umschauen. Niemand hat diesen Krieg doch gebraucht, niemand, das wäre seine Meinung, dazu stehe er. Er ist so was von überflüssig gewesen, sagte er. Er würde sich schließlich und endlich auch die Hände in aller Unschuld waschen. Der Tod legte die schmalen Hände übers rechte, bleiche Knie und schaute den jungen Leuten einem um den anderen ins Gesicht, Unverständnis allenthalben.

Er wurde still, ging in sich, überlegte, dachte in eine noch etwas diffuse Richtung, während er eine Flasche Hochprozentigen um die andere an den sperrigen Mund setzte. Er fragte sich, ob man nicht mit Neuem, Überraschendem experimentieren könnte hier in den östlichen Weiten und ob vielleicht dabei Interessantes, Ungewohntes herauskommen würde. Aber das würde die Zukunft zeigen. Etwas mehr Raffinesse müsste man an den Tag legen, das Ungebräuchliche so ins Leben rufen. Man sollte sich's nicht zu gemütlich machen und auf bisherigem Standard ausruhen. Er beweise, räsonierte er, den nötigen logischen Realitätssinn, übrigens von Anfang an und er kenne auch die Bitternis und die Verzweiflung in den Herzen der Delinquenten, die sich ja vornehmlich aus einem Heer von unglücklichen, zudem unschuldigen Habenichtsen rekrutiere, er kenne ihre Anklagen gegen ihn und gegen ihren Gott, wie sie gegen ihn zu Gericht säßen. Wer sie denn seien, fragte er in die Runde. Hinzu fügen wolle er, dass nicht er, der Tod allein, das Leid in die Reihen der Irdischen brächte, das Leid habe genügend andere Präferenzen.

Der Tod wurde auf den Oberleutnant von Lugner aufmerksam, der sich von der harten, hölzernen Sitzbank im Unterstand emporwand, das halbvolle Glas hoch reckte und mit den Kameraden anstieß, dabei seinen Herrn und Gott lästerte und sein beschissenes Leben verfluchte, »und allen, die heute noch krepieren, wünsche ich ein gute Höllenfahrt«, schrie er, »hoch sollen sie leben«, torkelte hin zum Tod, der ihn nun behutsam in die Arme schloss. Der Herr Oberleutnant wehrte ihn nicht ab, ließ es geschehen, empfand die unvergleichliche Sanftmut und Milde der Umarmung. Den seltsamen Wunsch nach Unvergänglichkeit spürte er jählings in sich aufsteigen.

Der Oberleutnant hatte den Brief von seiner Braut, einen anderen von der lieben Mutter und vom lieben Vater, in der linken Seitentasche seiner schmucken Offiziersuniform stecken, zog diese beigen, farbigen Papiere heraus, schmiss sie in die Luft und sagte dem Hauptfeld Wernbolz, welcher der schon verblichenen Hälfte der Kompanie beim Sterben geholfen hatte, er solle die Papierl anzünden. Es wär aus, schrie er heftig, und vorbei wär es und er hätt' das im Urin. Im Unterstand hörten sie alle noch das Wummern in der Luft.

In der Tat, es war der Hagere allein, der sich ohne Verzug aus dem Krater wühlte, den Dreck, das eiserne, zerrissene Gestänge des Unterstandes, die blutige Erde beiseite schob. »Es geht dem Ende zu«, räsonierte der Tod unzufrieden, »die Irdischen gehen zu leichtfertig mit den ihnen anvertrauten Obsessionen um. Da haben die da drüben doch vergessen, die Kugel aus dem Rohr zu nehmen, ihr Fehler, nicht der meine. Wenn man nicht alles selber macht.«

Hätte einer aus dem Unterstand überlebt, er hätte nun den Tod in seinem Triumph erlebt, wie heute so morgen, objektiv, vorurteilslos, unparteiisch.

125

Dem alten Schuldirektor Wilschovsky hatte der Jaroslav Kalousek nicht nur einen Brief aus dem Krieg geschrieben. Der
Lehrer Wilschovsky wäre weg gezogen aus Prachatitz, ließ
ihm Ferdinand Polschitz wissen, den der Jaro anfragte, ob
ihm der Aufenthalt des verehrten Schullehrers bekannt sei
und der Ferdinand teilte ihm mit, dass der Herr Wilschovsky in Krumau lebe, nur die Anna sei in Prachatitz verblie-
ben, wohne im kleinen Haus der Eltern.

Er wäre ihm ein Vorbild gewesen, schrieb der Jaroslav
bald darauf seinem Lehrer ins schöne Krumau am Ober-
lauf der Vltava und dass er den Goethe heutzutage so schätze, und alle Klassiker und Vorklassiker, habe er allein dem
Herrn Direktor zu verdanken. »Was du ererbt von deinen
Vätern hast, erwirb es, um es zu besitzen«, das hätte er nicht
nur einmal deklamiert. Er habe sich angesprochen gefühlt
von Goethes Faust'scher Tragödie, einem besonderen Werk
der deutschen Literatur. Heute wüsste er, dass man nur
durch gediegene Arbeit, durch eigenen, verantwortungsbe-
wussten Einsatz Sinnvolles, Nützliches für die Gesellschaft,
sicher auch für sich selber, zu vollbringen vermag. Dass er
dem Herrn Direktor viel Mühe abgefordert habe, er viel
Nachsicht zudem übte, habe ihn tief berührt, auch wenn er
es als Heranwachsender seinerzeit so eindeutig nicht zu beurteilen vermochte und, schrieb er im letzten Brief kurz vor
dem Ende des unseligen Krieges, wenn es erlaubt sei, würde
er ihn bitten, die verehrte Tochter, die liebe Anna von ihm
zu grüßen. Sie habe ja Arbeit gefunden drüben in der Stoff-
fabrik des Herrn Polschitz, wie er vom Polschitz Ferdinand
erfahren habe, und es wäre für ihn eine große Ehre, dürfte er

einmal vorsprechen, wenn er denn den Krieg gesund überleben würde. Er würde sich in Prag niederlassen, die Jurisprudenz und die Politik würden ihm Freude bereiten und er
könnte sich vorstellen, darin eine Lebensaufgabe zu sehen.

So würde sich das Lebensrad auch des Jaroslav Kalousek
weiter drehen und niemand wisse, wo er morgen stünde, geschweige denn, was das Schicksal ihm abverlange. Er würde
die Anna besuchen, noch bevor er nach Prag ginge, schwor
er sich.

126.

Der Basler Hans brauchte nicht ins Amerika zu gehen, das
Glück hatte daheim angeklopft und der Leibitzer Gottfried
hatte dem Vronerl versprochen, dass er sie heiraten würde
und das Kind dann einen rechten Vater hätte. Die Mutter
hatte ihrem Hans gesagt, dass er nach dem Heldentod des
Vaters nun der Mann im Haus wär und das Vronerl würd
sie schon alle mitkommen lassen. So hatte sich beim Basler
alles zum Guten gewendet. »Manchmal kann eben aus einem Fehltritt, aus einer unbeabsichtigten Sünde«, hatte die
Mama gesagt, »was Gutes erwachsen.« Der Hannes Leibitzer verließ den Hof nur mehr alle heilige Zeit. Dass er einem
bayerischen Knecht das Lebenslicht ausgeblasen hatte, auch
wenn derselbe sich recht dumm angestellt hatte, lag auf seiner Seele und nahm ihm die Lebensfreude.

Die Straße nach Nebahovy haben die Prachatitzer Stadträte endlich in Stand gesetzt, der Tomanek hätte seine Freude daran gehabt. Aber der hatte auch das Zeitliche gesegne-
te. »Es ist halt dumm glaufn«, hätte er gesagt. Er war in einen Glasscherben getreten, den Gang zum Doktor Brunelli

hatte er sich gespart. Seine Geselle war gerade in Brünn bei einer Cousine väterlicherseits und hatte ihr den Garten umgegraben und den abgeblätterten Zaun gestrichen. Der Janik, mit dem der Jan Tomanek gut ausgekommen ist, hatte nach drei Tagen bei ihm geklopft. Da lag der Schmid schon im Fieber und der Doktor Brunelli schickte die nächsten Tage die Ordensschwester nach Nebahovy, dass sie ihn richtet. Der Tomanek hatte eine recht kräftige Natur, sodass er sich noch drei Wochen recht angestrengt hatte, aber es half nichts.

Der Pfarrer hatte ihn besucht und ihm die Letzte Ölung gegeben und bei der Beerdigung hatte er den Tomanek als beispielhaften Christenmenschen herausgestellt, der keiner Seele was zu Leide getan und sein Leben lang fleißig gearbeitet hätte und jeden Sonntag wär er jahraus, jahrein im Hochamt unter der Empore gesessen und hätte dem Pfarrer aufmerksam zugehört, das habe er noch in guter Erinnerung. Zu Weihnachten habe er im Pfarramt jedes Jahr seinen Stollen abgegeben, da hätte er mit dem Mohn und den trockenen Zwetschgen nicht gespart und das hätte die Pfarrhaushälterin schon gewusst und selber keinen Stollen gebacken. Davon hatte die Trauergemeinde bisher nichts gehört und die Leute nickten respektvoll. »Auf die Weise«, sagte dem Lehner-Friseur seine Adele zu der Wirtin vom *Roten Kreuz*, »kommst zu einem schönen Rezept.« Das hätten sie schon immer gewusst, dass der Tomanek ein Guter gewesen wäre, sagten die Prachatitzer auf dem Heimweg vom Friedhof. Der Verstorbene hatte seinem Cousin, dem Josef Stercinscy, sein Häusl in Nebahovy vermacht und der verkaufte es wiederum an den Viktor Fiala, den der Tomanek vor Zeiten als Gesellen angestellt hatte. Darüber hätte sich der Tomanek gefreut und so ist alles noch einmal gut ausgegangen.

127.

Der Karl Polschitz sagte zu seiner Mutter, als das Ganze vorbei und alles zerbrochen war, dass er nicht mehr hier bleiben könne in Böhmen, er ginge auch nicht nach Prag oder Wien und er würde nach Milwaukee auswandern, zu den Zupfers. Die Amerikaner würden keinen Krieg anfangen, sie wären die einzige friedfertige Nation auf der ganzen Welt, sagte er.

Der Jaroslav Kalousek trug, bald nachdem der Krieg beendet war, auch den Vater zu Grabe und ging nach Prag, weil sie dort eine neue Republik gegründet hatten und er der richtige Mann dafür wäre, wie ihm sein Professor Dostal von der juristischen Fakultät sagte und er könne ganz vorne mitmischen. Er solle sich nur auf ihn berufen und sie würden es den Deutschen jetzt geben. Aber der Jaroslav wusste, dass alles doch viel komplizierter ist, als man es allgemein so vordergründig denkt und erlebt und er wolle schon auf sich aufpassen und dem Karl schrieb er nach Prachatitz, dass er, wenn's ihm reicht, auch nach Amerika rüber käme, aber er denke natürlich auch an die Anna vom Direktor Wilschovsky, um die er sich schon am Gymnasium bemüht hatte, eher aus der Ferne aber immerhin und an die er während des Krieges immerzu gedacht hatte. Wer weiß, wie sich alles entwickelt, schrieb er, habe doch keiner von ihnen diesen vermaledeiten Krieg vorausgeahnt. Die Anna habe er einmal besucht und sie wäre schon die Richtige für einen wie ihn.

128.

Der aus dem Kriegsdienst in Ehren entlassene Oberleutnant Karl Polschitz hatte sich von der Wiener Universität exmatrikuliert, was ihm, wie er dem Vater am Telefon sagte, nicht schwer gefallen sei.

»Dann habe ich die Frau Anzengruber aufgesucht und die verwechselte mich mit einem böhmischen Herrn Ferdinand, womit sie dich meinte, Vater.«

Die Anna Anzengruber, vormals Gefährtin des Rittmeisters von Wesowitz, in Prachatitz Hauswirtschafterin desselben und Mutter des Herrn Monsignore Professor Jakob Anzengruber, der in Rom mit seiner Susanne Lebenserfahrungen gesammelt hatte und nun in Pölten lehrte, schlug die Hände über ihrer Brust zusammen. »Jessas, dös is er, der Herr Karl, wie der Vater leibhaftig, der böhmische Herr Ferdinand, sagte sie und zog mich ans Herz und dann in ihre gute Stube.«

»Um achte hat sie mich dann entlassen, nachdem sie mir ein Ganserl gebraten hatte und ein Rotkraut zu den Knödeln servierte. Eine fulminante Person, in jeder Hinsicht. Sie hat mich zwar gefragt, ob ich im Krieg war, ob ich auch geschossen hätte und so ... Aber dann legte sie los und ich kenne nun ihr Leben von vorn bis hinten, zudem das der Frau Baronin von Wesowitz aus ihrer Sicht und allen Tratsch aus Prachatitz in den vergangenen zwanzig Jahren. Aber sie würde ihr Wien, speziell ihr Mödling, nicht verlassen und schon gar nicht, um nach Amerika auszuwandern.«

Der Karl Polschitz war in der Vorosterzeit über Brünn und Pressburg hinuntergefahren nach Wien, der Universität, die ihm zwei Jahre Heimat gewesen war, hatte Ade gesagt, sich den Spirituosenhandel des Vaters wieder einmal pro forma angeschaut und ein paar alte Freunde heimgesucht. Wien war voller hinkender Kriegsveteranen, die sich alle nach dem Zusammenbruch der Habsburger Monarchie neu orientieren mussten, Handel und Wandel kamen mühselig auf die Beine, im Spirituosengeschäft gings beschwingt zu und da feierten manche, die hinten und vorn nichts besaßen, fröhliche Urstände. Der Neffe des Magisters Sochrotzky hatte seinerzeit, lange vor dem unseligen Krieg im Wiener Laden als Geschäftsführer die Regie übernommen. Ein feinsinniger und doch recht umtriebiger Junggeselle, der dem Chef in Prachatitz eine rechte Stütze geworden und im Krieg beizeiten uk gestellt worden war. Er würde dem Herrn Vater des Geschäft auch auf Kommission führen, sagte er zum Karl Polschitz, da bliebe man nicht mehr auf der Ware sitzen und alles wäre in diesen unruhigen Nachkriegszeiten mit weniger Risiko verbunden. Wie der Herr Vater dazu stehe. Der Vater meinte am Telefon, dass er nach Ostern selber nach Wien käme, da wäre einiges mehr für die Zukunft der Wiener Dependance zu bedenken, wenn er, der Karl, denn wirklich in die Vereinigten Staaten übersiedeln möchte. Aber noch wäre die Lage doch wohl sehr unübersichtlich.

Karl meinte, er könne in Milwaukee auch die Jurisprudenz studieren, das käme dem Herrn Vater doch wohl gelegen, aber er würde unter keinen Umständen in den hiesigen Breiten seine Zukunft aufbauen. »Eine malade Gesellschaft, Vater, dieses ramponierte Europa, da triffst den Tod, das Morbide an sich, auf Schritt und Tritt. Speiübel wird einem. Vier Jahr Tote hab ich gesehn und jetzt lauter Invaliden, Ruinierte an Leib und Seele, Streiks, Demonstrationen, Revolutionen, ich brauch ein wengerl an Frieden für mich.«

»Der Karl hatte eine Kompanie befehligt, über Tod und Leben sozusagen mit bestimmt, dass wir ihm jetzt nicht dreinreden können, wie er sein Leben baut, versteht sich von selbst.« Ferdinand und Bozena hatten sich zu einer helfenden, elterlichen Haltung durchgerungen.

Die Bozena weinte, wie sie es in all den Kriegsjahren getan hatte, als der Bub endgültig aus dem Haus ging, sich in Hamburg einschiffte und seinen ersten Brief nach zwei Monaten aus Milwaukee schrieb. Sie ging in die Jakobskirche, stellte nach Rücksprache mit dem Herrn Prälat eine große Kerze auf den Seitenaltar und entzündete sie. Sie betete für ihre Familie, für den Karl in Milwaukee und für den Martin Curtius, dessen Briefe sie all die Jahre aufbewahrt und immer wieder gelesen hatte und der mit seiner Liebe zu ihr nicht fertig geworden war. Sie betete, dass er eine gute Frau bekäme, dann hätte sie endlich ihren Frieden.

Der Ferdinand Polschitz widmete sich seinen alltäglichen beruflichen Angelegenheiten und hatte in seinen Dependancen in Prag und Budweis, Brünn und Krumau und in Wien drei Dutzend Angestellte, war für sie ein guter Patron und mehrte sein Vermögen, unterstützte das Spital und tat noch so mancherlei Gutes, großzügig und verschwiegen, wo die Linke nicht wusste, was die Rechte tut.

129.

»Ob ich etwas von Gott halte, möchtest du gerne wissen, von etwas, worüber sich die Leute den Kopf zerbrechen und zu keinem Ende kommen?« Wolfschell lachte. »Schau dich um in der Welt, vielleicht findest du die Antwort. Ich bin nicht mehr jung, bei mir geht es bald um den großen Abschied und ich hoffe nur, dass er nicht so jämmerlich sein wird, wie beim Graf Raschkotz. Ich würde es gerne wissen, ob es einen Gott gibt, ob er gerecht ist, wenn es ihn denn gibt, aber ich bin weder sicher, dass es ihn gibt, noch könnte ich behaupten, es gäbe ihn nicht.«

Ferdinand hatte an diesem frühen Sommerabend im Wolfschell'schen Wohnzimmer Platz genommen, die Bozena war mit Sascha im Garten hängen geblieben. »Neben dem Samowar, echtes Silber aus Kiew, sind das meine einzigen wertvollen Gegenstände im Haus«, er deutete weit ausholend auf die Ikonen, die an der beige tapezierten Wand gegenüber dem breiten Fenster hingen. »Ich liebe diese Ikonen, sie sind mir in den Jahren ans Herz gewachsen und es hat mich Mühe gekostet, die Kostbarkeiten unversehrt aus Petersburg mit hierher zu bringen, ein Geschenk meines Graf Valentin Boris Demidow. Ja, mein lieber Graf, wie wird es ihm gehen?«

Der Wolfschell erwies sich nun einmal mehr als der fachkundige Erzähler. »Unter der Kiewer Sonne ließ sich's aushalten«, lachte er, »zweimal hatte ich mit dem jungen Graf eine Geschäftsreise dorthin unternommen. Mein lieber Graf Boris war zwar noch jung an Jahren, wusste jedoch, wo es lang ging. In geschäftlichen Dingen war er ein beharrlicher Mann, war beim Vater durch eine strenge Schule gegangen, hatte Lebenserfahrung gewonnen durch viele Reisen nach Polen und Deutschland, gar nach Italien und Holland, wo ich ihn ja aus dieser Spelunke geholt hatte.

Der alte Graf Wladimir war in jungen Jahren nach Moskau gereist, hatte seine Niederlassung nahe Krasnojarsk am Jenissei besucht, war er doch ein Leben lang als Kaufmann unterwegs gewesen. Gar bis Kasachstan kam der Patriarch und das eine oder andere Souvenir brachte er mit nach Hause, unter anderem ein Bärenfell und die mächtigen Hauer einer Wildsau von einer ausgiebigen Jagd in den einsamen Wäldern bei Irkutsk an der Angara, die aus dem Baikalsee strömt. Ich habe eine alte Landkarte, wir können uns einmal darüber setzen und eine Weltreise machen.«

Für Ferdinand tat sich bei jedem Gespräch mit diesem ungewöhnlichen Menschen eine neue Welt auf und er schwor sich, den Kindern daheim davon zu erzählen, sie zu motivieren, nicht nur diesen Prachatitzer Schulalltag oder ein späteres enges Studium zu absolvieren, sondern offen zu werden für die Vielfalt der weiten Welt.

»Graf Wladimir Demidow, der Alte, den ich noch ein paar Jahre erleben durfte«, fuhr Wolfschell fort, »war ein Grandseigneur, einer aus der alten Schule. Eine winterliche Kälte hat ihn dann wochenlang niedergestreckt, bevor er eines Nachts seinen Geist übergab, so nannte er das Sterben.«

Dafür, dass der Wolfschell sozusagen ins Nichts hineingeboren wurde, aus der Bedeutungslosigkeit gekommen war, hatte er ein bedeutendes Reservoir an Kraft in dieses Leben eingebracht, hatte viel davon gehalten, seine Alltäglichkeiten mit der ihm eigenen Gelassenheit pflichtgemäß zu erfüllen. Wenn er nun mit dem Ferdinand redete, schenkte er dem Jüngeren trotzdem volle Aufmerksamkeit und ging auf dessen Fragen ein, war nicht der Meister, brillierte nicht mit seiner Gelehrsamkeit, hatte er sich doch als junger Mann auch mühsam zurechtfinden müssen, nichts war ihm in den Schoß gefallen. Er konnte nun aus dem Vollen schöpfen, Geschichten erzählen, wie sie nur das Leben schrieb.

Die Ikonenwand war in der Mitte mit der Gottesmutter von Vladimir geschmückt. »Sie stammt im Original aus dem späten 11. Jahrhundert und gehört zum Nationalheiligtum Russlands, zu den zentralen und wertvollsten Ikonen der Russischen Orthodoxen Kirche.« Dann erzählte er von seiner Teilnahme an der orthodoxen Liturgie, die ihn sehr bewegt hatte. »Viel Weihrauch, viel Gesang, großartige Stimmen der Priester und drei Stunden waren schnell vorbei und mein Boris war gerührt und glaubte schon im Himmel zu sein, wie er sagte.«

Der Abend mit Wolfschell verging wie im Flug. Von den Büchern, die der Ferdinand ihm von den verschiedenen Verlagen aus ganz Deutschland und Österreich besorgen musste, schwärmte der Wolfschell. »Wenn die Tage kürzer wurden, saßen Graf Boris und ich im Wohnzimmer und stöberten in den alten Bildfolianten vom Herrn Vater. Der hatte ein Faible für Wüsten und heiße Weltgegenden, für Meere und Flüsse und die Erzählungen, die sich ums Wasser und die Wüsten rankten. Mir selber geht es wie euren Rosen im Garten. Ohne Wasser und Sonne sind sie nichts und ich selber finde auch erst bei Sonnenlicht zu mir. Wenn ich einen meiner Bildbände durchblättere, bin ich's zufrieden, diese Augenblicke der Ruhe und Besinnung brauche ich.«

Beim sonntäglichen Mittagessen erzählte der Ferdinand im Kreise seiner Lieben vom Besuch beim Wolfschell, der ihn so beeindruckt hätte. »Unser Leben ist nur ein Wimpernschlag in der Menschheitsgeschichte«, sagte der Wolfschell, »und im All hätten wir keine Bedeutung und wir wüssten viel noch nicht, was unsere Nachkommen als Selbstverständlichkeit ansehen würden. Andererseits hat das Unscheinbare auch seine Bedeutung, sein Recht«, zitierte er den Wolfschell. Der Ferdinand schaute in die Runde und sein Thomas, der sich derzeit in seinem permanenten Protest

338

gefiel und der sich seinem Sauerbraten mit Lust und unbedarfter Freude widmete, meinte. »Geh, Papa, der Wolfschell is ein alter Mann, was der schon weiß. Papa, wirst doch net narrisch werden, der Russ is koa Umgang für dich.« Ferdinand verstand den Blick seiner Bozena und schwieg.

Nach dem Mittagessen setzte er sich mit ihr in den Garten. War's die frische Luft oder war's der Blütenzauber, der ihn so faszinierte. »Die Kinder müssen halt auch durch ihr Leben und sie müssen sich bewähren, jeder nach seinem Alter und seinem Verstand«, sagte der Ferdinand so beiläufig, als die Wally den Kaffee eingeschenkt hatte.

130.

Der Briefträger hatte unvermutete Post ins Haus gebracht. Der Doderer Vojtech gehörte zum Ferdinand Polschitz wie ein Bruder. Die Wochen nach dem frühen, unvermittelten Tod seiner Eltern hatte der Votech bei den Polschitz in Nebahovy verbracht. Er war ein blasser Bub, dünnes, blondes, gescheiteltes Haar fiel ihm ins Gesicht, das er mit einer kecken Bewegung immer wieder auf die linke Schädelseite zurückschleuderte. Seine blauen, wachen Augen nahmen alles wahr, die kleine stupsige Nase unterstrich seine stete Aufmerksamkeit und der Lehrer in der ersten Klasse legte ihm in diesen traurigen Wochen immer wieder die Hand auf die Schulter, tröstend, aufmunternd. Der Unfall der Eltern war über lange Zeit das Tagesgespräch in Prachatitz und den umliegenden Dörfern und Weilern.

Die zwei Dodererkinder warteten diesen Sonntag vergebens auf Vater und Mutter, die nach einem Besuch bei ihren Eltern drüben in Těšovice auf dem Heimweg mit der kleinen Kutsche vom Weg wegrutschten und den steilen Abhang kurz vor der kleinen Brücke über die Blanice hinunterstürzten. Den Vater haben sie tot unter der Kutsche hervorgezogen und sie haben ihn nach der mühseligen Bergung gleich nach Prachatitz in die Aussegnungshalle überführt und der Hirnstoß, der für die Sargtischlerei und die Aufbahrung in Prachatitz zuständig war, hat ihn am Abend noch schön hergerichtet. Die Mutter kam in der Nacht allein ins Haus zurück und redete nicht mehr und die Marthe weinte. Darin würde der Ferdl sich zeitlebens erinnern.

Am Tag darauf, es dürfte nach dem Morgenläuten gewesen sein, stieg die Doderer Fanny in den Stadel hinauf, die Rinder warteten auf das Fressen. Sie schob das Heu durchs Loch und fiel mit dem Büschel Futter auf die Tenne hinunter. Die Marthe hatte derweil den Vojtech für die Schule gerichtet, im Stall brüllten die Kühe und dann hatte sie die Mutter gefunden und ist mit dem Elend nicht fertig geworden. Sie hat die Mutter liegen lassen und rannte mit dem Vojtech zum Polschitz hinüber. Zehn Gehminuten vor Nebahovy stand das kleine Anwesen der Doderer. Das Elend war nun groß und von Prachatitz bis Těšovice haben die Leute geweint und haben den Herrgott gefragt, ob das hat so sein müssen.

»Traurig ist das und ein Kreuz«, sagte der Pfarrer bei der Beerdigung der zwei Doderereltern, »arg traurig, und ein großes Unglück, aber man soll dem lieben Gott nicht in die Speichen greifen, er weiß schon, was den Kindern gut tut.«

Ob dieser Anmerkung haben viele in der Trauergemeinde wieder den Kopf geschüttelt, hatte der Herr Pfarrer vor ein paar Tagen erst dem Hierwanger Poldi, der im Bach ertrunken war, nachgerufen, dass er im Himmel besser aufpassen solle, wenn er wieder besoffen wäre. Man hatte den Poldi noch am Abend am Bachufer sitzen sehen. Aber der Poldi hatte schon lange nichts Gescheites mehr zu essen gekriegt, das Flascherl Schnaps halt nicht mehr vertragen und ist im Schlaf ins Wasser gefallen.

Der Vojtech fand dann Unterschlupf beim Polschitz und die Marthe, die ältere Schwester, nahm die Tante Anni mit nach Těšovice hinauf. Da hatten sie eine billige Arbeitskraft am Hof und das bisschen Essen würden sie schon noch aufbringen. Als die Marthe achtzehn war, war sie von einem Tag auf den anderen verschwunden, schrieb bald darauf den ersten Brief aus Linz, wo sie in Stellung wäre, und ein paar Jahre später tauchte sie in Wien auf und lebte ihr Leben. Dem Vojtech, der mittlerweile beim Onkel Fritz, der eine Hafnerei in Prachatitz führte, Zuflucht gefunden hatte, schrieb sie immer wieder, dass sie sich schon um ihn kümmern würde, wenn sie fest auf den Beinen stünde.

Der Vojtech und der Ferdinand wurden die besten Freunde, verbrachten ihre Nachmittage beim Onkel Fritz in der Hafnerei oder schauten dem Polschitz Wenzel in Nebahovy bei der Bürstenbinderei zu. Der Libin und die Waldungen hinunter nach Záblatí und hinüber nach Žernovice wurden ihnen zur Heimat ihrer Kindertage. Der Lehrer Sammerl hatte ihnen alle vier Wochen ein Gedicht zum Lernen aufgetragen und dann rezitierten sie auf ihren Ausflügen den Peter Rosegger, der auch so ein Waldbauernbub gewesen war und den Ludwig Anzengruber, aus dessen Erzählungen der Lehrer Sammerl nicht müde wurde, vorzulesen.

Das war nun schon lange her und übers Unglück des Doderer Vojtech war sozusagen Gras gewachsen. Er wurde ein liebenswürdiger junger Mensch und nach der Bürgerschule lernte er beim Onkel Fritz das Hafnerhandwerk, war anstellig und brav wie seinerzeit der Jesusknabe in Nazareth, der auch daheim beim Vater das Zimmererhandwerk gelernt hatte und von dem wusste der Vojtech dann auch viel zu erzählen. Wenn ein Bauer oder ein kleiner Stadtpatrizier einen Kachelofen brauchte, dann setzte sich der Vojtech an den Tisch und erstellte einen Plan, schliff die Kacheln und setzte sein Werk in die Tat um und erwarb sich einen guten Ruf und das Ansehen des Onkels litt nicht unter der Arbeit des Vojtech, denn seine Arbeit war mustergültig und der Vojtech sittsam. Er war duldsam und er würde, wenn denn der Onkel einmal das Zeitliche segnete, die Zunft der Hafner und Töpfer bereichern und das Werk des Onkel Fritz fortführen. Er formte zudem den Lehm zu Vasen und Schalen, zu Töpfen und Krügen und landauf, landab konnte keiner mit der Töpferscheibe geschickter umgehen als der Ferdl.

Dann langte der Herr Kaiser zu und während der Ferdinand Polschitz nach Prag in die Kaserne zog, trat der Vojtech Doderer seinen Dienst beim K. u. k. Infanterie-Regiment in Hradisch hinten an der March an. Das war weit weg von Prachatitz und der Vojtech verbrachte in den ersten zwei Jahren nur einen kurzen Urlaub beim Onkel und im Regiment war er geschätzt bei seinen Vorgesetzten und bald brachte er es vom Infanteristen zum Gefreiten, schließlich nach zwei Jahren zum jüngsten Korporal und der Hauptmann Imre Horvath versprach ihm, sich dafür einzusetzen, dass er bald seinen ersten Zug führen dürfe, wenn er denn beim Regiment bliebe und der Unteroffizier sei im sicher, fügte er hinzu.

Dem Onkel Fritz war das gar nicht recht, aber der Karl Borwitz tröstete ihn. »Was morgen ist, Fritz, das wissen wir heute noch nicht, es braucht nur ein Ruckerl, dann ist es anders.«

Der Vojtech machte, nachdem er es bis zum Unteroffizier gebracht hatte, Jahr für Jahr dem Onkel Fritz seine Aufwartung und brachte immer wieder ein neues Mädchen mit. Für den Onkel war es ein kleines Übel, weil er sich um das künftige Leben seines Vojtech sorgte. »Jedes Jahr schleppt er ein anderes Frauenzimmer an, um sie begutachten zu lassen«, sagte er zum Borwitz, »wo soll denn das noch hinführen? Wie der Nikolaus mit seinem Krampus einmal im Jahr auftaucht, so strawanzt er im Sommer drei Wochen mit einer Madam durch die Stadt, fabuliert drauf los, redet wie ein Theaterschauspieler und reimt sich was zusammen. Dann fährt er wieder fort in seine Kaserne und das Jahr drauf steht er mit einer neuen Korvettn vor der Tür, so ein ordinärer Military, ein unseriöser Nichtsnutz is' er, ich muass eahm no delogieren.«

Zum Ferdinand sagte der Vojtech, dass die Anuschka die Einzige wäre, die ihn interessiere und das Jahr drauf war es eine blonde Jana, ohne die er nicht leben konnte, dann versprach die Mila das große Glück. Die Anuschka entstammte einem Bauernhof bei Přerov und die Jana, das anmutige Töchterlein seines Feldwebels, die in Prosenice lebte, verblieb ihm nach einem Soldatentanzabend im Mai in den Armen.

Die Mila wiederum, mit der er glücklich sein wollte, war eine schwarzhaarige Tschechin, Tochter des reichen Pferdehändlers Vojtěch Kovář aus der Gegend bei Benešov. Der war aus der Trenčíner Gegend zugewandert und Unteroffizier Vojtech Doderer hatte die Mila zwischen den Feiertagen, es war gerade am Tag der Unschuldigen Kinder, kennen gelernt. Er hatte den Regimentskoch zum Hof des Kovář begleitet, sie hatten beim Herrn Vater einen Wagen frischen, gesunden Pferdefleisches für die Kantine im Regiment geladen und ihre schwarzen Augen machten ihm den Garaus. Der Vojtech nahm sich den Januar lang Urlaub und er verbrachte mit der Mila eine glorreiche Zeit. Er wäre ein Schlawiner, ein ordinärer, sagte sie ihm nach zwei schönen Jahren, als sie seine vielen Briefe, die er mit den unterschiedlichen Bräuten getauscht hatte, in der Kommode gefunden hatte.

Der Ferdinand aber war lange schon mit seiner Bozena verheiratet, erzog seine Kinder zu guten Menschen und der Vojtech genoss seine vielen Liebschaften. Schließlich blieb er bei seiner Suska hängen, wurde unvermittelt Vater und kehrte wieder nach Prachatitz zurück. »Irgendwann braucht der Mensch seinen Frieden«, kündigte er dem Ferdinand seine Heimkehr an, »und eine Verantwortung habe ich auch, weil ich ja nun ein Vater werde.« Bei der Kaiserlich-Königlichen Landwehr in Hradisch ließen sie ihn ungern ziehen, aber der künftige Schwiegervater meinte, dass ein guter Hafner mehr Geld verdiene als ein K. u. k. Unteroffizier und wenn er die Suska wolle, solle er jetzt an die Zukunft denken und Pflichtbewusstsein beweisen, das wäre er der Suska und dem Kind schuldig.

Der große Krieg war dann schließlich auch vorbei. Ein mords Aderlass wäre es gewesen, schrieben die Zeitungen. Der Karl Polschitz war in Amerika und seine drei jüngeren Geschwister drängten ins große Leben. Manchmal wäre er zu müde zum Schlafen, sagte der Ferdinand zu seiner Bozena, dann brauchte er wieder seinen Auslauf und stieg aufs Pferd.

»Was die Zeit so mit sich bringt«, sagte der Vojtech Doderer zum Ferdinand bei einem längeren Ausritt hinauf auf den Libin. »Bin ich doch noch ein redlicher Hafnermeister geworden, eine Handlerer auch, wie du der Heimat und deiner Bozena treu geblieben bist.« Der Ferdinand sagte zur Bozena am späten Abend, dass er sein einfaches Leben, das jeden Tag die gleichen Verpflichtungen mit sich bringe, nicht missen möchte. »Dass der Vojtech noch die Reib'n kriegt hat, freut mich am meisten.«

Die Bozena aber schaute die Hochzeitsfotografie vom Martin Curtius an, der nun nach so vielen Jahren geheiratet hatte, eine eingewanderte Spanierin wäre sie, schrieb er aus Paraquay. Irgendwann käme die Zeit, da müsse man sich trennen vom Schmerz der verlorenen Heimat, schrieb er und was im Leben so auf einen zukommt, was man nicht ändern könne, habe man eben zu tragen, so geht es und manche Jahre ging es nicht gut. »Aber jetzt wage ich einen Neubeginn, so wie damals, als ich hierher nach Encarnación kam.« Und Bozenas Herz zuckte ein wenig, wenn sie diese versteckten Andeutungen, die nur sie verstand, las. Sie hatte ihren Ferdinand so lieb, aber der Martin hatte auch seinen Platz in ihrem Herzen.

131.

Da wäre eine Dame im Buchladen, sagte die Wally, und die würde nach dem Herrn Ferdinand fragen, eine illustre Madam wär sie wohl, gepflegt, flott und hätt' einen flauschigen Hut am Kopf. Der Ferdinand Polschitz sah sich mit diesem Geschöpf konfrontiert, das er zuletzt in Prag gesehen hatte. Die Katinka Trebes wär sie und nach Dresden ins Reich wär sie seinerzeit abgedriftet, einem Herrn zuliebe, lachte sie.

Ob er sich ihrer erinnern könnte, fragte sie und hatte dieses schon recht bedeutungsvolle Lächeln im Gesicht.

»Ja, die Frau Katinka, was sagt man denn dazu«, meinte der Herr Ferdinand und die Dame reichte ihm mit einer schicklichen Nochalance die rechte Hand. Sie wäre auf der Durchreise und da sie seinerzeit doch den Herrn Magister Borwitz kennen lernen durfte und die Fahrt grad runter von Pilsen recht anstrengend gewesen sei, möchte sie doch die Reise hier in Prachatitz unterbrechen. Sie hätte gehört, der Herr von Borwitz sei verstorben, das wär ihr ins Herz gefahren, wär er doch was Besonderes gewesen, der Karl, und auf den Friedhof möchte sie schaun.

Die Bozena bat die Frau Katinka Stuckraff zum Mittagessen zu bleiben. Ein Händl mit einem böhmischen Knödel dürften ihr wohl schmecken und ein eingemachtes Kraut dazu. Da musste man die Madam nicht überreden und sie nahm dankend die freundliche Einlüdung an.

Ihr Mann habe en gros gehandelt, Eisenwerke, Hütten und so, erzählte sie am Mittagstisch, aber das wäre ja nun schon lange vorbei. Die Badekur, die ihn jedes Jahr nach Karlsbad führte, habe ihm endlich auch nicht mehr geholfen. Die Leber wär es gewesen, hätten die Ärzte diagnostiziert und er sei in Karlsbad verstorben. Sie habe nun dem Herrn Direktor Komradin vom Hotel Europa, wo der Gatte logiert habe, ihre Aufwartung gemacht. Sie wäre ihm ja zu großem Dank verpflichtet, Unannehmlichkeiten habe er ja doch gehabt und sie wär dann noch nach Teplitz rauf und nach Prag, habe dort beim Moses Mendel, ein trefflicher Mann, einen Besuch gemacht und dann habe sie an den lieben Freund Karl Borwitz gedacht.

Von der Schwiegermutter erzählte sie, die steinalt daheim in Dresden in der Familienvilla lebe, mit der sie ein harmonisches Verhältnis pflege, die geistreich plaudere, ihre Freundinnen Woche für Woche empfange.

Sie selber habe sich auf Reisen begeben, habe Wien besucht und Rom gesehen, wäre auf der Akropolis gewesen, »Kultur vom Feinsten, wenngleich etwas brüchig«, lachte sie, »ja, die Griechen, haben so eine Vergangenheit, aber alles ist doch recht desolat, als wär die Zeit stehen geblieben. Jetzt, wo wieder eine Ruh ist, sollte man sich die Welt anschauen.«

Sie habe ein gutes Jahr in Paris gelebt, im vierten Arrondissement, nahe Notre Dame, im Sully Hôtel genächtigt. »Charmant, charmant«, lächelte sie, »einfach bezaubernd, da könnt' man verweilen«, wissend, dass der Ferdinand Polschitz und seine Bozena noch nicht aus Böhmen herausgekommen waren, vielleicht Wien kannten oder Prag, aber das wär es dann schon gewesen. Der verstorbene Gatte habe ihr ein beträchtliches Auskommen hinterlassen. »Amsterdam möchte ich noch sehen, Brügge vor allem, mit seiner Spitzenklöppelei, den Gobelin-Manufakturen. Ein Studienkollege meines verstorbenen Mannes lebt dort mit seiner Familie, ist im Import-Export führend.«

»In Rom waren wir für geraume Zeit«, warf die Bozena ein.

Katinka gab eine gute Vorstellung, als gediegene, seriöse Geschäftsfrau stellte sie sich vor, gebildet, weltgewandt, ohne zu dick aufzutragen. Im Pupp zu Karlsbad wäre sie diesmal nicht eingekehrt, erwähnte sie beiläufig. »Da braucht man einen Partner, als alleinstehende Frau hat man flugs einen Verfolger auf den Fersen«, lachte sie, »und den bringt man nicht mehr los.«

Dem Karl von Borwitz legte sie am Nachmittag ein Bukett frischer Blumen aufs Grab. »Wenn man übermütig wird, sollte man auf einen Friedhof gehen«, sagte sie lebenserfahren und souverän, »da spürt man dann, wie wenig so ein aufgeblasener, irdischer Mensch bedeutet und was im Leben wirklich zählt.«

Nach zwei Tagen verließ die Katinka Stuckraff das Polschitz'sche Anwesen. Sie würde einmal schreiben, aber Dresden wäre halt so weit von Prachatitz entfernt wie Amerika, aber da möchte sie auch noch einmal hin, hätten sie doch alle so schlechte Zeiten hinter sich und wer weiß, wie lange man noch lebe. »Es ist eben alles rudimentär, wenn man dann heimkommt aus der weiten Welt, wieder in sein Dresden oder die alte böhmische Heimat«, nickte sie, schaute zurück ins kleinstädtische Milieu von Prachatitz und stieg in die Eisenbahn.

»Da muss ich den Anderl fragen, was rudimentär heißt, vielleicht bin ich auch rudimentär«, sagte die Bozena, »das würd mich jetzt schon arg interessieren.«

132.

Die Stammtischfreunde trafen sich wieder regelmäßig einmal im Monat, seit kurzem im Prager Stüberl, das der Wirt vom *Roten Kreuz*, der Scherdel Wastl, angebaut hatte. Man müsste auch in stürmischen Zeiten zusammenhalten, lautete die Devise. Die massiven, dunkel gebeizten Stühle, aus einheimischem Buchenholz gefertigt und mit festem Sitzpolster ausgestattet, luden zu langem Verweilen ein. Der edle Tisch und die moderne Anrichte ergänzten das Ambiente. Die Atmosphäre des schönen Raumes erfreute die

Gesellschaft und die Männer geizten nicht mit Lob. Üblicherweise war es der Leibitzer, dem die Rolle der Begrüßung zufiel, war er doch der Senior der Clique. Heute fehlte er und die Stimmung war gedrückt. Es würde heute Abend keiner lachen oder übers Maß hinaus kalauern.

In solchen Fällen, wenn die Stimmung ins Übersteigerte umzuschlagen schien, sah Wolfschell sich dezent herausgefordert. Dann holte er die Freunde zurück auf den Teppich, nutzte vollendet eine kleine Gesprächspause und tat seine Meinung kund, nicht zu laut, man hörte ihm zu.

Er teilte seinen Gemütszustand offen mit, schilderte mit dem ihm eigenen bescheidenen Charme Figuren, mit denen er unter bestimmten Umständen dann und wann in Amerika oder Russland zu tun hatte und die Zeit glitt dahin.

Er skizzierte Sachverhalte, teilte seine Sicht der Dinge dazu mit und gliederte seine Worte zugleich systematisch in wohl abgewogene Portionen, für jeden verständlich, nachvollziehbar. Ein Wolfschell'scher Witz war stets leicht unterkühlt, aber treffsicher. Nicht dass er zu wildem Lachen, Geschrei und heftigem Schenkelklopfen animierte, eher zu zustimmendem Kopfnicken, das Übereinstimmung signalisierte, deutliche Zustimmung auch und jeder Scherz der anderen Stammtischteilnehmer nahm sich dagegen nahezu vulgär, gewöhnlich aus.

Der Platz des Hannes Leibitzer blieb leer, ein gelassener Mann mit schwerfälligem Phlegma war er, geachtet in der Bauernschaft, mit dem Sprechermandat für die Viehbarone und kleinen Höfe ausgestattet, der selber ein stattliches Anwesen bewirtschaftete. Er fehlte heute im Kreis der örtlichen Honoratioren.

»Er sitzt daheim und wartet«, sagte der Polschitz Ferdinand, »der Staatsanwalt wird ihn morgen einbestellen, die ersten Aussagen, so der Staatsanwalt, widersprechen sich. Er müsste alle Zeugen hören.«

Statt eines Rehbocks habe der Leibitzer Hannes einen Bauernknecht aus einem bayerischen Grenzhof nahe Kuschwarda erschossen, erzählte Ferdinand Polschitz. Ein Elend wäre es, ein großes und die Angehörigen des Knechts wären nach dem Mittag noch auf dem Leibitzer Hof eingetroffen, hätten arg lamentiert und dem Leibitzer große Vorwürfe gemacht. Aber gewiss wäre auch schon, dass der Knecht in aller Früh durch die Jagdtreiber aus dem Schlaf gerissen wurde, sich auf allen Vieren davongemacht habe und dem Leibitzer vors Gewehr gelaufen wäre. Der habe ihn mit einem Rehbock verwechselt. Man habe den Schlafplatz des Erschossenen entdeckt und eine Decke, eine Buckelkirm mit feinem Salz drinnen und eine leere Schnapsflasche wären gefunden worden. Er wäre wohl ein Schmuggler, habe man angenommen und im Kuschwardaland wäre er für manche delikate Eskapade bekannt.

Der Dr. Brunelli, der den toten Knecht angeschaut hatte, konnte nicht viel dazu sagen, fiele doch alles, was noch anzuführen wäre, unter seine ärztliche Schweigepflicht und die Herren Kriminaler hätten zudem noch so ihre eigenen Ansichten.

So hielt man sich an diesem Abend an den aufgetischten Braten und allenthalben plauderten die Freunde über dieses und ähnliche Unglücke. Geredet wurde über die Alltagsereignisse in Prachatitz, worüber die Leute eben so reden. Der Direktor Federweiß, der schon weit herum gekommen war, erzählte von einem Kollegen, den sie im Slowakischen eine Schrotladung in den Allerwertesten gejagt hätten und da wäre der Schütze besoffen gewesen, ein Jagdaufseher noch dazu, in Diensten eines gräflichen Adjutanten, der dem Graf Mikloško, der im Kaschauer Regiment, nahe der Ungarischen Grenze diente, den Rücken frei gehalten hatte. Der Schütze habe daraufhin seine Anstellung im gräflichen Forstdienst verloren und wäre unehrenhaft entlassen worden. Er habe neben dem Spott als Arschjäger auch noch eine wenig passable Anstellung auf einem der Höfe des Graf Mikloško einzunehmen gehabt. Der vom Schrotkorn durchsiebte Freizeitjäger habe die darauffolgenden Tage in einem Wirtshaus auf dem Bauch liegend verbracht und das Jagdgebiet des Graf Mikloško fürderhin gemieden.

Gelächter hub an, verflachte recht bald, auch weil der Freund Hannes Leibitzer in persönlichen Kalamitäten steckte, nicht jeden Tag wird ja ein bayerischer Wilderer von einem böhmischen künischen Bauern niedergestreckt.

Der Dr. Brunelli wiederum berichtete vom Jagdunfall eines gewissen Lackner Johann, eines wohl bestallten Kollegen von der Wiener Medizinischen Fakultät, Sanitätsrat in jungen Jahren schon, »a weng a Poseur, der jeder schönen Larve nachgelaufen is«, setzte er hinzu. Der habe seinen Dackel, ein recht kluges, zotteliges, braunes Hunderl, mit auf die Jagd genommen, hinaus ins Revier mitten in den Leithabergen. »Nun war des Viecherl seinem Herrn gehorsam wie ein Madl in seinen dümmsten Jahren, also gar nicht«, lachte der Dr. Brunelli.

Der Lackner habe sein Gewehr an den Baum gelehnt und sich's auf einer Decke unter dem Hochstand gemütlich gemacht, wollte seine Ruh. Aber der Wolfi, so habe das Hunderl geheißen, wäre um seinen Herrn herumgetollt, auch um den Baum, an den der Lackner das Gewehr plaziert hatte, ungesichert natürlich, wie sich dann eben nach dem folgenden Malheur herausgestellt hatte. Der Wolfi habe das Gewehr umgestoßen, ein Schuß habe sich gelöst und die Kugel wäre dem Lackner durchs Knie. Seither würde der Johann hinken, aber ein Wundbrand habe sich wenigstens vermeiden lassen und er habe Gottseidank das Bein behalten. Der Lackner hatte eine Liason mit der Schwester seines Prinzipals und heute sei er wohl bestallter Dozent an der Fakultät. Den Wolfi habe er dann mit in die Ehe gebracht und sie, die Valentina einen fünfjährigen Buben. »Die Valentina hat den Knaben von einem italienischen Stoffhändler bekommen, der noch vor der Niederkunft der Braut das Weite gesucht und heim ins Königreich getrachtet hat. Aber es hat der Valentina an nichts gefehlt, weil sie in Simmering, kurz bevor es nach Kaisereberdorf hinübergehe, ein Geschäft hat mit einem Haufen Angestellter und vom Kaffeepackerl über den modischen Hut für die schöne Dame bis zum Silberbesteck bietet sie der Wiener Gesellschaft, die den schwarzlockigen italienischen Bub anschauen mag, alles an, was das Herz begehrt. Der Lackner ist dem Herrn Direktor, dem älteren Bruder seiner Valentina, nachgefolgt und so hat sich der Schuss vom Wolfi auch noch ausgezahlt.«

Sie waren so schön im Erzählen, im Fabulieren und sie wollten ja am Prachatitzer Stammtisch nicht über die Weltkonflikte entscheiden. An den Leibitzer und seinen Kummer und an den toten Schmugglerknecht, den der Hannes ins Jenseits befördert hatte, dachte keiner mehr und der Wolfschell steuerte einen Part aus seiner russischen Lebensgeschichte bei. Er habe seinem Herrn, dem Graf Valentin Boris Demidow, einmal das Leben gerettet. Es wäre ein reiner Zufall gewesen, weil alles einem eben so zufällt, meinte er. Sie hätten an der Newa drei Tage gejagt und und die Abende am Feuer verbracht und hätten sich beizeiten ins Zelt verdrückt. Da wäre der Graf Valentin noch einmal hinaus, hätte seine Notdurft wohl am Ufer abgeladen und wäre ins Wasser gefallen. Die Strömung hätte den Valentin Boris mitgerissen, er wäre ein miserabler Schwimmer gewesen und er, der Wolfschell, sei durch den lauten Schrei des Grafen erwacht, zum Fluss gerannt, in die Fluten gesprungen, hätte den jungen Menschen zu fassen bekommen und ans Ufer gezogen. »Reiner Zufall«, sagte Wolfschell, »es hätte ganz anders enden können.« Dann schaffte er den Geretteten ins Boot, setzte über die Newa, am anderen Ufer stand ein recht ansehnlicher Bauernhof. Dort setzte die Bäuerin den unterkühlten, schlotternden Unglücksraben ins heiße Bad, kochte ihm heißen Spitzwegerichtee mit Honig und steckte ihn mit einem heißen Kieselstein ins warme Bett, »und ich lernte an diesem Abend noch meine spätere Frau kennen«, fügte Wolfschell hinzu.

Er erzählte dann von seiner unruhigen Phase, von seinen Jahren in Prag, der recht unvermittelten Auswanderung nach Amerika und den schwierigen Anfangsjahren in New York. Vier Jahre habe er auf dem Bau gearbeitet, obwohl ausgebildeter Jurist, aber es habe sich nichts geschickt, alles ging daneben. »Dann brauchte der Herr Architekt einen Sprachkundigen, der das Sprachendilemma unter den Arbeitern koordinierte, hatten wir doch Russen und Tschechen, Polen und Deutsche und Leute aus vieler Herren Länder, die beim Bau der Hochhäuser, der Straßen und großen Plätze eingesetzt waren. »Dieses New York geht ja auf wie ein Hefeteig«, setzte er hinzu.

Dann habe ihn das Elend eines Neunzehnjährigen, ein

Bauernbub aus dem Schlesischen, gerührt. »Der junge Bursche hatte unendliches Heimweh und verließ eines Abends die gemeinsame Unterkunft. Ich fand ihn tags darauf in einem leeren Eisenbahnabteil, er wollte zum Hafen und dann mit dem nächstbesten Schiff zurück nach Polen. Er war zutiefst hilflos und ich entschied mich kurzerhand ebenfalls zur Rückreise nach Europa. Ich war für den Kleinen der große Bruder und er verließ sich in allen Lebenslagen auf mich. Dawid Szymon war sein Name, ein Bub aus der Nähe von Białystok an der russischen Grenze. Der Vater hatte einen kleinen Hof, kaum etwas zum Überleben für acht Köpfe und so verließ der Dawid Haus und Hof, seine Eltern und Geschwister und machte sich auf ins gelobte Amerika. Dort könne man alles werden und das Land hätte keine Grenzen und jeder könne reich werden, phantasierte der Dawid und die gebratenen Hendl würden jedem nur so in den Mund fliegen.

»Aber was tut ein junger Mensch ohne Mama in Amerika, das Heimweh, die Sehnsucht haben ihn beinahe umgebracht.« In Rotterdam gingen sie an Land, kamen bis nach Amsterdam, arbeiteten dort in einer Spelunke und dort lernte er, Wolfschell, in dieser elenden Kneipe diesen jungen Russen kennen, der nachts um ein Uhr sturzbetrunken immer noch am hölzernen Tisch schlief. In der Jackentasche des Betrunkenen fand er einen Ausweis und die Hoteladresse. Er hob den jungen Mann gemeinsam mit Dawid auf eine primitive Trage und sie schleppten den Berauschten in sein Hotel, legten ihn dem erstaunten Portier vor den Tresen und verschwanden wieder.

»Am späten Abend des nächsten Tages stand der junge Russe im Lokal und redete mit dem Kneipenwirt. Der führte ihn zu mir und der Russe umarmte mich, dankte, lobte und er stünde sein ganzes Leben in meiner Schuld, meinte er. Wir sollten ihn nach Sankt Petersburg begleiten, er brauche tüchtige und vor allem ehrliche Leute und wir fänden bis zum Lebensende Arbeit auf seinem Gut. So lag unvermittelt ein anderes Leben vor mir. Zuerst in Prag auf Rechtswissenschaft getrimmt, dann sechs Jahre Amerika und dann Russland, zum Herrn Zaren, dem lieben Väterchen.

Wir stiegen in die gräfliche Kutsche, Dawid und ich wechselten uns auf dem Kutschbock ab und dann ging es zunächst nach Białystok. Dort war das Glück groß und mit dem Segen der Eltern begleitete uns Dawid Szymon nach Petersburg, das heilige Petersburg. Dawid war dem Graf Valentin ein treuer Gefährte, ist heute noch, als reifer Mann auf dem Gut des Graf Demidow beheimatet. Er war ihm immer zu Diensten, ist längst waschechter Russe und dürfte, so sagte ihm der Graf zu, auch heiraten, wenn es denn sein müsste. Es dauerte nicht lange und Dawid fand ein braves Mädchen, lebte mit der wachsenden Familie im Gärtnerhaus und hatte das Leben, das ihm gefiel.

Die Freunde horchten, staunten und fragten, denn diese Welten waren ihnen fremd. Sie hatten von Amerika gehört, dem mächtigen New York, das ja größer als das alte Babel wäre und der eine oder andere hatte in der Verwandtschaft oder im Bekanntenkreis Auswanderer, die heute in den Vereinigten Staaten lebten. Aber Russland blieb ihnen fremd, das wäre eine andere Kultur, ein anderer Glaube, die hätten da drüben zudem eine schwere Sprache und unbekannte Schrift und da kämen sie hier schon gar nicht zurecht damit.

Ferdinand Polschitz meinte, der Wolfschell solle in der Prachatitzer Bürgerschule und im Gymnasium von seinen

Erlebnissen erzählen, das könnte den jungen Leuten nicht schaden und die Herren Lehrer werden sicher kriegsmüde sein. »Was nehmen die jungen einem alten Mann schon ab«, lachte der Wolfschell, »da muss jeder seine eigenen Erfahrungen machen, die glauben mir nichts.«

Der Polschitz Ferdinand wandelte, bevor die Kirchturmuhr von Sankt Jakob zwölf schlug, nach Hause zu seiner Bozena und bedachte, dass da so einiges passiere auf der Welt, wovon er keine Ahnung habe, was er sich nicht vorstellen könne und so manches Unheil wäre an ihm auch vorüber gegangen und weshalb gerade er, der Ferdinand Polschitz, das Leben, das er führen dürfe, verdient habe. Er wäre eben ein Glückskind, folgerte er.

133.

Der Wolfschell stand mit dem Ferdinand vor der Kirchentür von Sankt Jakob, hatte dort auf den Jüngeren gewartet und die Freunde redeten über Gott und die Welt. »Der Václav Brožík von Nebahovy ist gestorben«, sagte der Ferdinand. »Ich werd ihm morgen seine Weis am Grab spielen, er hat mir das Geigenspielen beigebracht.« Lange ist es her, überlegte er und was ist alles geschehen seit diesen unbeschwerten Kindertagen. »Wage wohl, sagte der Václav, wenn er uns Kinder nach den ersten Fingerübungen entließ und ich sah weit und breit keine Waage.« Der Ferdinand lachte und dachte mit Wehmut an die alten Zeiten und den Holzhauer Václav Brožík und er konnte den lieben Onkel Karl mit seinem Ausspruch besser verstehen: »Von einem Tag auf den anderen kann alles anders sein«, hatte der Onkel immer wieder gemeint, »nichts hat Bestand und das allein zählt und hat Gültigkeit für alle Zeit.«

»Aber das Wetter bleibt wie es ist«, lachte der Wolfschell. »Es ist allgemein kälter geworden in diesem Jahr und heut früh war es frostig und eisig auf dem Weg zum Hauptplatz hinunter und klirrend kalt und die Eisblumen an den Fenstern waren eine schöner als die andere. Der Frost ist ein unübertroffener Künstler. An der Newa war es Mitte November oft schon peinlich kalt und wir hatten den ganzen Winter über vor den Fenstern die Läden dicht gemacht. Wenn ich zurückdenke, war es in den vergangenen Jahren um diese Zeit wärmer«, und er räsonierte darüber, dass der August heuer zu nass und der September übermäßig kalt gewesen wären und auch feuchter und es könnte sein, dass sich das Klima allgemein abfrischen würde, »als würden sie uns aus dem Westen vom Atlantik her unfreundlich gesonnen sein.«

Er hatte den Ferdinand gefragt, ob er ihn auf den Libin hinauf begleiten würde, die trockene Luft tät ihm heut gut. Ein Wetterumsturz schien sich anzukündigen, dann würde sich diese unangenehme nasskalte Luft über den Kamm des Böhmischen Waldes hereinschieben und die Temperaturen würden im ganzen Prachatitzer Land bis hinein in die Niederungen des böhmischen Kessels schnell fallen.

»Die Schulkinder freuen sich schon, wenn es kälter wird«, sagte der Ferdinand, »wenn die ersten Schneegestöber durch die Prachatitzer Gassen und Straßen fahren. Dann bleiben die Leut wieder in den Häusern und der Hauptplatz gehört den Kindern. Unsere Marie geht jetzt nach Brünn, sie möchte eine Lehrerin werden für Latein und Deutsch.«

Dann redeten sie über die Stadtpolitik, weil der Wolfschell auch meinte, dass es gut wäre und vorteilhaft für die

ganze Stadt, würde der Ferdinand sich als Bürgermeister-
kandidat ins Rennen begeben und über das, was die Großen
so anstellen würden, redeten sie. Die tschechischen Republikaner in Prag droben, würden ja alles besser machen, jetzt,
nachdem der große Kehraus vorbei war. Der Masaryk wäre
ja ein rechtschaffener Mann, ein frischer Geist. »Wenn sie
ihm nur das Leben nicht ruinieren, seine Herren Mitstreiter.
Politik frisst den Menschen. So kann man auch das Elend,
das der große Krieg in den Seelen der Menschen zurück gelassen hatte, nicht einfach abstreifen, vergessen und vieles
ändert sich, in Prag und in Prachatitz, in ganz Böhmen«,
setzte der Wolfschell hinzu.

Es fing verstärkt zu stöbern an, Schneeflocken tanzten
vom Himmel, die Temperatur war recht angenehm zum
Wandern.

»In Nebahovy hab'n sie jetzt die Straßn gepflastert, werden fortschrittlich die Dörfler und einen Wirt haben sie, der
gar ein Essen auskocht, aber nur am Samstagabend und am
Sonntagmittag, war mit meiner Sascha drüben, hab unseren
Braunen, den Leopold, eingespannt. Er macht das nebenbei, arbeitet sonst beim Schwiegervater in der Stadt herinnen. Es is a Mährischer, war ein Metzgergesell bei Brünn
und hat eine Prachatitzerin geheiratet, die Soleder Monika,
der Vater ist der Tischler, draußen bei den Weihern.«

»Hab es ghört, soll noch recht ein Junger sein, übrigens
unser Karl hat wieder geschrieben, er hat sich gut eingelebt,
studiert an der Universität von Milwaukee.«

Er würde sich nichts mehr merken können, die Gedanken von eben verflüchtigen sich wie eine Wolke am Himmel, fügte der Wolfschell an. »Aber da kannst mit aller Kraft
dagegen ankämpfen wollen, das ist nur noch kräftezehren-

der und schließlich zwecklos. Da soll man nicht zynisch werden.«

Der Ferdinand meinte, seine Bozena würde das Lied von der Glocke und noch andere Gedichte in deutsch und in tschechisch deklamieren, »und der Doktor Brunelli hört ihr gern zu, wenn er mit seiner Lenka einmal zum Abendessen kommt. Aber er schaut schlecht aus, der Dr. Brunelli.«

»Eine Hetz is es halt, as Lebn«, sagte der Wolfschell, »und an unserem Doktor Brunelli geht es auch nicht spurlos vorüber.«

Über die Gräuel des Krieges redeten sie nicht. »Ach, ja, Milwaukee«, meinte der Wolfschell, »wo sich die Deutschen tummeln. War ich nie dort, mein Zuhause hatte ich in New York, auf den Hochhäusern und bei der Eisenbahn und ein wenig Prärie war auch dabei.« Er lachte und meinte, dass das rückblickend wohl alles unnötig gewesen wäre, diese Amerikareise und Russland habe ihn sowieso tiefer geprägt. Aber seinerzeit, lachte er, da war er war jung und wollte die Welt erobern, da habe das Vorwärtsdrängen eben zu seinem Leben gehört. Das war so die Wolfschell'sche Heiterkeit des abgeklärten Alten.

»Den Federweiß haben sie auch nach Budweis, da geht es dem End zu, hört man. Die Alten gehen und dann haben die Jungen wieder das Sagen, ein beständiger Kreislauf, wer wird der Nächste sein?« Der Ferdinand war auch schon ruhiger geworden und stellte sich immer wieder den wesentlichen Fragen des Lebens.

»Der Federweiß erinnert mich immer an den Graf Wronsky, den wir seinerzeit, bei einer Fahrt nach Petersburg hinüber vor dem Ehernen Reiter, Zar Peters Denkmal auf dem Dekabristenplatz, getroffen haben. Der schmale Schädel, sein Lachen, die ganze Gestik, nur dass der Federweiß ein paar Jahre mehr auf dem Buckel hat. Die Wronskys waren dermal erfolgreiche Landbesitzer, alter russischer Adel, gewiefte Teehändler, sie kannten seit Generationen Sibirien und das Eismeer ebenso wie die Krim und die Ostsee, waren Seefahrer gewesen und am Zarenhof geachtet, Geld spielte bei denen keine Rolle.«

Ob er denn in Petersburg in einer orthodoxen Kirche Gottesdienst mitgefeiert habe, zur Osterzeit, wollte Ferdinand Polschitz in Erfahrung bringen.

»Ostern würde die Seele reinigen, meinen die gläubigen Russen«, lachte der Wolfschell, »aber nur die Seelen der Gläubigen. Wem die Kirchenfeste nichts geben, der verlustiert sich am guten Essen.«

»Man erreicht Sankt Petersburg ja nicht von heute auf morgen, nicht unversehens. Die Umstände einer Reise sind zunächst durchzuhalten, das Wetter, unvermittelte Hitze, die Kälte der Nacht mögen einem die Reise verderben. Schlechte Wege und Straßen, Gefahren bei Nacht, allerlei Gesindel ist auf Beute aus, zieht durch die Lande und wenn der Himmel allein das Dach für den nächtlichen Schlaf ist, dann schickt der Wanderer wohl sein Stoßgebet in den Himmel.« Wolfschells Augen leuchteten.

»Es ist tatsächlich eine langsame, mühsame Annäherung an die Stadt, Spannung und vor allem Vorfreude begleiteten uns auf der Reise. Am späten Nachmittag sahen wir in der Ferne die Türme der Kirche des Erlösers. Man sollte vor der Stadt nächtigen, jeder Bauer gibt dir Unterkunft, ist dankbar für ein paar Münzen. Am nächsten Vormittag dann am Schlossplatz stehen, einen heißen Tee schlürfen, ein Stück Brot brechen, das ist nicht mit Geld zu bezahlen. Dann kann man den Winterpalast, ein prächtiges Ensemble, bewundern. Am Nachmittag darfst du nicht versäumen, auf der Newskystraße, einer nicht überschaubaren Prachtallee mit pompösen Geschäften und Hotels zu flanieren, im guten Rock versteht sich. Mit Gaslampen entlang der Straße wird die Nacht zum Tag.«

Der Wolfschell kam von einem zum anderen. Er würde wieder ins Erzählen abkommen, aber das alte Petersburg mit seinem Charme habe ihn verzaubert, lachte er und legte dem Jüngeren die Hand auf den Arm. »Bin ein alter Mann geworden, da denkt man an die alten Bekannten, findet sich urplötzlich in alten Umständen wieder, als wäre es gestern gewesen, treibt das Fabulieren schon mal auf die Spitze, redet mehr als sich geziemt. Meine Sascha lässt mich ausreden und dann legt sie mir die Decke über die Beine, wenn ich eingeschlafen bin.«

Wolfschell rieb sich das Gesicht, als würde er müde werden. »Der Wronsky war bei diesem angesprochenen Besuch in Petersburg plötzlich neben uns aufgetaucht«, redete er weiter, »riss den Boris in seine Arme, sein Säbel schlug ihm ans Bein, er lachte und gestikulierte und lud uns für den Nachmittag auf sein Landhaus an der Newa. Er würde uns eine Kutsche schicken, wo wir denn logierten, fragte er. »Ich muss ins Kaffeehaus, nicht weit weg vom Synod, lachte er, muss einen Bekannten treffen, wir reden am Nachmittag weiter. Dann war er weg.« Ferdinand Polschitz war in diese fremde Welt eingetaucht, hätte daheim viel zu erzählen. Wolfschell spannte den Bogen weiter.

Er habe in Prag in der Französischen Straße ein Haus, alter Besitz, lange schon die Prager Wronsky-Dependance, meinte er lapidar, nachdem ich am Nachmittag in seiner

Datscha erwähnt hatte, dass ich dort in der Französischen Straße in einem spätgotischen alten Haus, in einem finsteren, nur mit einer Kerze erhellten Hinterzimmer, ein paar Semester verbracht hätte. Er habe also in der Französischen Straße ein Haus, sagte er, ein Cousin in diplomatischen Diensten des Zaren, hätte dort residiert, bevor er in die Türkei an den Bosporus entschwunden war. Heute lebe dort ein entfernter Verwandter, uralter kaukasischer Adel, Graf Juri Lobanov-Rostov, der auf das alte Fürstengeschlecht derer von Rostov zurückschaut, die leider erloschen seien, im Kiewer Rus einflussreich über Jahrhunderte vernetzt waren.« Wolfschell hielt inne. Hinter dem rechten Auge baue sich zu oft ein Druck auf, meinte er und ob er, Ferdinand, ihn nicht nach Hause begleiten könnte, ein leichter Schwindel mache ihm etwas zu schaffen.

Dann hatte er scheinbar seine Unpässlichkeit vergessen, redete wieder von seinen Jahren über dem Großen Teich, von der Politik, die drüben von den Reichen gemacht würde. »Die Maschine genießt in den aufstrebenden Städten vielfach höheres Ansehen als der Mensch und viele Einwanderer verlassen jene Orte, an denen sie seinerzeit gestrandet waren, nach einer langen Odysee aus der Alten Welt. Sie sind alle auf der Suche nach dem verlorenen Garten Eden, sind Wanderer, wie der Abdias, von dem unser Adalbert Stifter so rühmend erzählt.«

Ferdinand hatte die Geschichte von Abdias vom großen böhmischen Dichter in einem Regal im Bücherladen stehen, vor langen Jahren schon hatte er ihn gelesen, hatte das Leben dieses Einsamen der Weltliteratur nicht aus dem Sinn gebracht.

»Den Abdias müsst ihr lesen«, sagte seinerzeit der Lehrer Anderl in der Schule, »da könnt ihr tatsächlich etwas fürs Leben lernen.« Neben dem Hagestolz und dem Hochwald stand die Erzählung vom unbeugsamen Nordafrikaner im Regal, einem Aufrechten, der Jahwe verehrt, lebenslang sich von seinem Gott nicht abbringen lässt, wie Hiob sein Schicksal zu ändern versucht, es schließlich, trotz aller Klage und allem Aufbegehren, annimmt.

Der Lehrer Anderl hat ihnen den Lebenskampf des Abdias vorgelesen, hatte erzählt von einem, der daheim in der heißen Wüste nicht glücklich geworden war, der Hab und Gut, Freundschaften, Frau und Kind verliert und auszieht in die weite Welt, in den kalten Norden, weit oberhalb des breiten Meeres, das Afrika mit dem christlichen Abendland verbindet, als der ewige Wanderer, auf der Suche nach dem Glück, zeitlebens geprägt von einem Traum von etwas ganz Anderem.

Der Wolfschell, der ihn mitnahm in die Weite der Welt und ihre Geheimnisse, erinnerte den Ferdinand Polschitz an diesen Suchenden, den der große Stifter seinen Kampf ums Dasein bestehen ließ, der es mit dem Schicksal aufnahm, es schließlich zuließ. Wolfschell war von seiner Geisteshaltung ein Philosoph, der von den Lebenden und den Toten redete, von einem Weltenherrscher auch, der wenig mit dem im Religionsunterricht und von der Kanzel Gepriesenen zu tun hatte. Er sprach über Katastrophen und die Not der Unterdrückten, über Gräuel und das von bösen Menschen hervorgerufene Grausen aus der Sicht eines Menschen, der scheinbar über den Dingen steht, äußerte seine Meinung über Krieg und Frieden, wie andere über den Alltagsstreit im Stadtrat oder wie die Bauern über die Geburt eines Kalbes oben am Libin.

Der Mensch sei tagaus, tagein bedroht von den Konstellationen, über die er nicht herrsche, die über ihn hinweg zögen, ein Vergänglicher sei er, verwelke wie das Laub im Herbst, das von den Bäumen geweht wurde und doch verrichte der Mensch seine täglichen Werke. »Für das Leben musst mutig sein und ein wenig Neugier kann nicht schaden. Was zählt für dich im Leben Ferdinand, sag mir das.« Er wartete auf keine Antwort, redete weiter.

Der Wolfschell war in seinen amerikanischen Jahren ein Republikaner geworden, in Russland hatte er die Politik vergessen müssen, aber in Böhmen war er eine Zeitlang wieder skeptisch-kaisertreu geworden, wenngleich er den hiesigen böhmischen Adeligen noch nie recht über den Weg getraut hatte und die neue republikanische Politik der Tschechen passe schon in die Zeit, sagte er immer. »Mein Graf Valentin Boris Demidow ist eine Ausnahme, der ist leutselig und gerecht, aber jetzt werden sie ihn nach Sibirien schicken, die Bolschewiki. Na ja, der heilige Basilios, ein Bauernbub war er, wird ihm schon beistehen, der hat schon vor fünfhundert Jahren gewusst, dass auch die Narretei so ihre Bedeutung hat.« Manches, was Wolfschell von sich gegeben hatte, glich einer Scharade.

Die Männer wurden nun auf dem Nachhauseweg, die lange Strecke vom Libin herunter, recht schweigsam. Wolfschell's Hund streunte voraus, horchte, spähte in den Wald hinein, schnüffelte an tausenderlei Dingen, mit ihm würde Wolfschell die unübersichtliche Weltlage weiter bedenken, sobald sie die Haustüre hinter sich abgesperrt hatten.

134.

»Ich lebte mit Graf Boris geraume Zeit im Libanon«, erzählte er weiter, »der Perle der Levante, alte Hochkultur und im schönen Beirut waren wir und im persischen Teheran, da geben sich die Prinzen der Safawidendynastie und jene der ehrwürdigen Zanddynastie die Hand. Eroberer alle und Heerführer, Städtbauer, aber die Leute galten nichts, hatten den Hoheiten zu dienen, ihre Steuern auf zu bringen, das ist so bis heute. Aber mein Heimatgefühl für das schöne Petersburg, das tatsächlich meine zweite Heimat ist, hielt mich immer von längeren Aufenthalten bei den Muselmanen ab. Ich fühlte mich trotz der Gastfreundschaft als Fremder, taugte weder zum Amerikaner noch zum Russen, nicht zum Orientalen, schon gar nicht zum Perser. Man bleibt natürlich lebenslang Böhme, ich bin nur da im Stifterland wirklich daheim, der Böhmerwald ist mein Zuhause.«

Ferdinand war ganz Ohr: »Der Islam ist sicher hochinteressant, ich weiß darüber so wenig wie über die amerikanischen Indianer.«

»Die Religion, mein Lieber, die Religion der Muslime, na die ist weit entfernt von unserer Wirklichkeit, da fand ich mich nicht zurecht. Da reden wir einmal mehr davon, wenn du bei mir bist, ich habe Karten und Bücher, die dich interessieren. Der Islam, diese ganze ferne Welt aus Tausend und einer Nacht, diese geheimnisvolle Welt der Basare, die Emsigkeit fleißiger Menschen, aber auch eines seltsamen, fatalistischen Vorsehungsglaubens, dieser orientalischen Lethargie, die Welt des Fastens, all das wäre was für deinen Buchladen.«

Ferdinand sah schon die Regale überquellen von Büchern

und Bildbänden von islamischen Moscheen und Minaretten, von betenden Muslimen, von Pilgern, die die Kaaba in Mekka umrundeten, von kämpfenden Kurden und Arabern und von Kamelen, Oasen, Wüsten und Dattelpalmen und vielem anderen. Die Prachatitzer würden staunen und seine Buchbestände an einem Tag aufkaufen.

Wie der Wolfschell so vor ihm stand, seine Mantelmütze über den grau melierten Kopf gezogen, wie er in die Nacht schaute, während er erzählte, erinnerte er ihn an den grauhaarigen Eremiten, der in einem dichten Wald nahe Hustinec, am Rande des Hochmoors lebte, dem die Frauen die Tür einrannten, wenn sie mit einem Kummer nicht fertig wurden und der eines Tages auf und davon war. Er wäre zur See gegangen, erzählten die einen. Nach Tibet wäre er hinübergepilgert, hätte den Sprung zu den Buddhisten gemacht, ein Abtrünniger, ein Häretiker wäre er, glaubten andere zu wissen. Aber er blieb verschwunden.

»Wien sah uns zwei lange Monate«, meinte Wolfschell. Diese Stadt sei tonangebend, maßgeblich im Konzert der Metropolen von außerordentlicher Bedeutung, erzählte er, wichtig für die Habsburger, aber auch für das ganze Abendland von Dublin an der irischen Ostküste bis ins griechische Athen hinunter und von seinem geliebten Kiew im Rus, der Mutter aller russischen Städte, bis ins heilige Rom. Wien sei ein Brückenkopf zwischen den Kulturen und den Religionen, weil man früher gesagt habe, dass Wien das Tor zum Orient sei.

»Was meinst damit?«, fragte der Ferdinand, begierig nach jedem Wort aus dem Mund des großen Reisenden, der die Welt kennen gelernt hat.

»Wenn schon kein weites Tor mehr in den heutigen aufregenden Zeiten offen steht, a Türl ist es wenigstens noch, das schöne Wien, wanns beliebt, mein ich, verstehst, Ferdinand. Eine dekadente, angeschwächelte, etwas morbide wirkende und doch so moderne Weltstadt ist dieses gegenwärtige Wien. Leute aus aller Herren Länder flanieren durch die Straßen, vergeuden ihre Zeit in den großen, sündteuren Läden. Ein Kaffeehaus am anderen steht am Graben oder am Stephansplatz und a bisserl a Bauchtanz im seriös-anrüchigen Griechenbeisl, das dem eloquenten Stavros, einem griechischen Türken aus Bafra am Schwarzen Meer gehört, wird angeboten. Dazu a wenig Schamanenmusik im Orient in der Naglergasse oder beim Haschl in der Dorotheergasse, die die Seelen der Frauen wieder ins Gleichgewicht bringt und a Nasn voller Rauschgift dazu. A wenig osmanisch muaß es sowieso sein, wie sie zu sagen belieben, die Wiener. Heut musst dich verlustieren, morgen bist vielleicht schon hinüber, lachen die Einheimischen.

Der Stavros vom Griechenbeisl hat übrigens einen griechischen Vater, der eine Türkin aus dem Umland von Istanbul geheiratet hat, Tochter eines Gemüsebauern und von ihr hat er alle türkischen Rezepte. Den Tavuklu Pilav, Hühnchenfleisch auf türkischem Reis-Pilav, würzt er mit Paprikapulver und Knoblauch, dass du die Engel singen hörst und du riechst nach dem Essen, als wärst du durch ein Knoblauchfeld gewandert. Dann serviert er in einem speziellen Messingkännchen wunderbaren mit Kardamon und Zimt gewürzten Ahve, das ist der türkische Mokka, den die Türken wohl nach der Belagerung von Wien im Jahre 1699, an der sich übrigens der viel bewunderte Prinz Eugen gesund gestoßen hat, da gelassen haben.«

Ferdinand genoss eine Lehrstunde.

»Aber Spaß beiseite. Das Rathaus musst gesehen haben, Ferdinand, ein frischer Historismus, sag ich, noch jung an Jahren, streckt seine neugotischen Türmchen in den blauen Wiener Himmel, gebaut aus weißen Leithakalken. Genau an der Wiener Ringstraße protzt er sich vor den Besuchern aus aller Welt und die Staatsoper in der Inneren Stadt musst besuchen. Es heißt ja in Wien, man wäre erst dann ein echter Wiener, »wann man amol die Staatsoper von innen gsehn hat« oder das grandiose Schloss Schönbrunn, das eine alte und bedeutende Historie hat, ein Prachtwerk noch aus dem siebzehnten Jahrhundert. Du meinst, der Herr Kaier Franz Joseph träte persönlich hinter dem Gemäuer hervor oder erhöbe sich aus einem der abgewetzten Plüschpolstersessel oder einem pompösen, blumigen Diwan, die in einem der herrschaftlichen Zimmer geduldig auf irgendwelche Besucher warten. Der Bernhard Fischer von Erlach hat's gebaut, Begegnungsstätte für Politik, Kultur und Kirche über zwei Jahrhunderte bis herein in die heutige Zeit, eine Habsburgische Kostbarkeit, ein kulturhistorisches Kleinod mitnichten.«

»Nächste Woche, am Donnerstagabend ist die Bozena beim Vater. Hast du Zeit für mich?« Der Ferdinand war gefesselt, voller Erwartungen, würde die Gespräche dann mit der Bozena und den Kindern teilen, falls die nicht gerade Wichtigeres im Sinn hätten.

»In den Foyers der Wiener Hotels trifft sich die Hautevolee, die vornehme Gesellschaft dieser Welt und sie reden sich gegenseitig tot wie die alten Weiber, parlieren mit größter Wichtigkeit aber auch der nötigen Nonchalance über die üblichen Krisenherde in der Welt und die unterschiedlichsten Lösungsmöglichkeiten, die sich doch anböten, hätten sie nur etwas zu sagen im Reigen der Bedeutsamen. Nicht nur die Damen erzählen die Affären von der Frau Opernsängerin Adami mit dem Prinz Salman Khan aus Damakus, der ihretwegen einer anderen wichtigen Diva den Laufpass gegeben hätte, also nichts Echauffierendes, nur das gewohnte Belanglose. Wenn der Hund vom Fürst Schwerneberg an einer vergifteten Wurst verreckt, ist das nicht trivial, das hat seine Bedeutung.«

135.

Sie standen vor dem Schaufenster der Polschitz'schen Bücherei, das Fenster im Obergeschoss öffnete sich: »Zeit wird's, meine Herren«, lachte die Bozena. Sie wartete auf ihren Ferdinand.

»Ich komme gleich, Bozena, nur noch fünf Minuten.« Aus dem Obstgarten kroch der süße Duft der Birnen, die in der vollen Reifen standen. Er würde sich in den nächsten Tagen um die knorrigen Bäume kümmern müssen. Die Stadltür stand leicht offen, war nur angelehnt, der Voderer verbrachte darin eine Nacht. »Bis morgen lasst mi halt im Stadl schlafn, Ferdinand«, sagte er, »bin beim Herrn Magister scho a Dauergast gwesn.« Jedes Jahr zur gleichen Zeit logierte der Voderer, der nichts sein eigen nannte, beim Borwitz. Dann war er wieder auf und davon, nachdem er in aller Früh ein Haferl Kaffee getrunken und einen Keiln Brot gegessen hatte. Ins Bad wollt er gehen, lachte er, meinte das kaiserliche Karlsbad, dort hätte er ein recht passables Auskommen.

Das matte Gekläffe einiger schlaftrunkener Hunde drang vom unteren Tor herauf.

»Dass sie den Kaiser Karl von heut auf morgen davongejagt haben«, sagte der Wolfschell noch, »ist schon auch eine rechte Schererei, aber wir sind jetzt Demokraten. Es ist auch ein Wendepunkt in den Zeiten, wirst es sehen.«

Der Ferdl Polschitz winkte ab. »Den Karel Kramář habens droben in Prag in der republikanischen Regierung recht bald in die Wüste geschickt und dem Vlastimil Tusar wird es auch so gehn und die Deutschen verweigern sich, sie missbilligen des Ganze, hab'n sie gsagt, na da schau her. Jessas, wia soll des weitergehn. Ich glaub, ich verkauf meinen Krempel und geh ins Amerika, wie mein Karl. Aber es ist, wie es will. Der gute Wenzel möcht sich im Grab umdrehn.«

»Oder du gehst nach Südamerika, wie der Curtius, wirst ein Haziendero, mein Lieber«, lachte der Wolfschell, »das liegt dir eh im Blut. Der Kramář droben in Prag hat seinerzeit eine Russin geheiratet, wie ich, auch so ein Vaterlandsverräter, das hätt' er nicht machen dürfen, das hatte den Kaiserlichen schon nicht gepasst. Aber den Karl, den bescheidnen Mann, schicken sie den vom Thron, den guten Kaiser Karl. Na, ich versteh die Welt nicht mehr. Ausreisen darf er, hat es geheißen und das ›in allen Ehren‹.« Er darf das schöne Österreich verlassen, nachdem die herrliche Armee seiner Majestät den Geist endgültig aufgegeben hat. Er setzte auf Versöhnung und Hoffnung im zerstrittenen Volk nach diesem schrecklichen Krieg, der Herr Kaiser Karl, aber das rechnet ihm heutzutage keiner mehr an. Seine Zeit ist eben vorbei. Aus dem Zug soll er gewunken haben, erzählen die Leut, der Herr Kaiser mit seiner Gemahlin Zita, der letzte Statthalter und Erbe der habsburgischen Welt. Na, und jetzt regieren halt die Herren Demokraten in Budapest und in Prag und im gottseligen Wien.

»Es kommt ja nichts Besseres nach«, meinte der böhmische Ferdinand.

Der Nachtwächter bog in den Hauptplatz ein, steuerte an der Jakobskirche vorbei, sein monotoner Singsang störte die Stille der Nacht nicht, die Menschen wähnten sich wohl eher geborgen. Die elfte Stunde kündete er an. »Hört, Ihr Leut, und lasst Euch sagen: Uns're Glock' hat elf geschlagen. Elf der Jünger waren treu; einer trieb Verräterei.«

»Da kannst drauf warten«, sagte der Wolfschell zum böhmischen Ferdinand.

Von Franz Spichtinger sind bereits die folgenden vier Romane erschienen:

Breitbrucker Rhapsodie

Schauplatz dieses figurenreichen Romans ist ein verschlafenes Dorf namens Breitbruck. Franz Spichtinger stellt bewegende, oft dramatische Lebensschicksale in den Mittelpunkt, erzählt in eindringlicher Sprache von Geburt, Leben und Sterben der Dörfler. Vor dem Auge des Lesers lässt der Autor ein faszinierendes Kaleidoskop von Psychogrammen erstehen, erzählt mit langem Atem von einem Menschenschlag, der Chuzpe und Charme versprüht, aber auch in Abgründe blicken lässt. Das Besondere an Spichtingers Geschichten ist die beobachtende, nicht wertende Haltung des Erzählers, mit der er eine nahezu spielerische Leichtigkeit der Figurenkonstellationen erzeugt.

Gebundene Ausgabe, 216 Seiten | 22.90 €
ISBN 978-3-8423-7099-9
Paperback, 216 Seiten | 13.90 €
ISBN 978-3-8423-7109-5

Eine böhmische Serenade

Ferdinand Hrdlicka, Archivoberrat in der Stadtarchiv-Bibliothek, kann die historischen Fakten des Dreißigjährigen Krieges wie die der Weimarer Republik umfassend erklären und er legt größten Wert auf ein geordnetes Leben. Kaum hat ihn seine Frau Antonia verlassen, gerät sein Leben aus den Fugen. Als sie schließlich zurückkommt, kehrt damit die Beschaulichkeit aber nicht wieder ein. Antonia wird von ihrer Tante das Restaurant Treibsand übernehmen, und so steht auch für Ferdinand Hrdlicka eine berufliche Veränderung an. Es sind schließlich die Erfahrungen von Liebe und Freundschaft, die ihn lehren, sein Los zu meistern.

In diesem bunten Bilderbogen ergreifender Geschichten scheinen unterschiedliche Lebensentwürfe von Menschen auf, wie das Schicksal der dem Leben zugewandten Bertil, die nach Krieg, Vertreibung und Flucht aus Böhmen ihr Geschick in die Hand nimmt und in Argentinien neu beginnt, oder der Aufbruch, den Christiane Wordes in späten Jahren auf dem amerikanischen Kontinent wagt.

Eine böhmische Serenade ist eine Erzählung, in der es um Abschied und Verzicht geht, um Neuanfang und Tapferkeit, vor allem aber um couragierte Unverzagtheit.

Gebundene Ausgabe, 224 Seiten | 24.90 €
ISBN 978-3-8482-2051-9

Paperback, 224 Seiten | 14.90 €
ISBN 978-3-8482-2730-3

Remsky, Hamlet und Beaufort

Drei ehemalige Schulfreunde begegnen sich nach zwanzig Jahren wieder. Aus ihnen sind erfolgreiche Männer geworden, die es ganz nach dem Wunsch ihrer Väter zu Ansehen und Wohlstand gebracht haben. Ihre zufällige Begegnung wird unversehens zu einer Reise in die Vergangenheit, auf der sich die großen Fragen des Lebens noch einmal stellen und Bilanz gezogen wird: Ist das, was im Leben erreicht wurde, in jeder Hinsicht das Bestmögliche gewesen?
In diesem Reigen von Lebensschicksalen, die der Roman aufscheinen lässt, wird so mancher von uns das eigene wiedererkennen.

Paperback, 284 Seiten | 16.90 €
ISBN 978-3-7357-3924-7

Der Ratisburger Mane geht ins Amerika

›Ins Amerika gehen‹ ist im böhmisch-bayerischen Raum des ausgehenden 19. Jahrhunderts das geflügelte Wort für einen großen Traum. Wenn es einer schafft, ihn zu verwirklichen, dann ›der Mane‹, so ist man sich einig. Doch woher soll ein einfacher Regensburger Handwerker wie Manfred Waldstein das Geld nehmen? Das Schicksal will es, dass er dem Kommandaten des Königlich Bayerischen Infanterieregiments begegnet und mit ihm in den Krieg gegen Frankreich zieht. Als er nach dem letzten schweren Gefecht in die Heimat zurückkehrt, ist er nicht mehr derselbe; nur sein Traum, eines Tages nach Amerika auszuwandern und sich dort eine Existenz als Farmer aufzubauen, brennt noch in ihm. Schon hat sich der Mane darauf eingerichtet, die nächsten Jahre durch harte Arbeit im heimatlichen Eisenbahnausbesserungswerk die Mittel für die Überfahrt zusammenzusparen, da kommt von ganz unerwarteter Seite Hilfe …

Paperback, 292 Seiten | 9.99 €
ISBN 978-3-7347-5833-1

Alle Bücher sind auch als E-Book erhältlich.

Besuchen Sie die Homepage des Autors:
www.Franz-Spichtinger.de

- Informationen zum Autor
- Leseproben
- Bestellmöglichkeiten
- Kontakt